MORTALHA PARA UMA ENFERMEIRA

A marca fsc é a garantia de que a madeira utilizada na fabricação do papel deste livro provém de florestas que foram gerenciadas de maneira ambientalmente correta, socialmente justa e economicamente viável, além de outras fontes de origem controlada.

P. D. JAMES

MORTALHA PARA UMA ENFERMEIRA

TRADUÇÃO
Daniel Estill

COMPANHIA DAS LETRAS

Copyright © 1971 by P. D. James
Proibida a venda em Portugal.

1ª edição brasileira: Francisco Alves Editora, 1984

*Grafia atualizada segundo o Acordo Ortográfico da Língua Portuguesa de
1990, que entrou em vigor no Brasil em 2009.*

Título original:
Shroud for a nightingale

Capa:
Elisa v. Randow

Foto de capa:
Bel Pedrosa

Preparação:
Ciça Caropreso

Revisão:
*Isabel Jorge Cury
Carmen S. da Costa*

Dados Internacionais de Catalogação na Publicação (CIP)
(Câmara Brasileira do Livro, SP, Brasil)

James, P. D.
    Mortalha para uma enfermeira / P. D. James ; tradução Daniel Estill. — São Paulo : Companhia das Letras, 2011.

    Título original: Shroud for a nightingale.
    ISBN 978-85-359-1806-9

    1. Ficção policial e de mistério (Literatura inglesa) I. Título.

11-00205   CDD-823.0872

Índice para catálogo sistemático:
1. Ficção policial e de mistério : Literatura inglesa
823.0872

2011

Todos os direitos desta edição reservados à
EDITORA SCHWARCZ LTDA.
Rua Bandeira Paulista 702 cj. 32
04532-002 — São Paulo — SP
Telefone (11) 3707-3500
Fax (11) 3707-3501
www.companhiadasletras.com.br

Para J. M. C.

1

DEMONSTRAÇÃO DA MORTE

I

Na manhã do primeiro assassinato, a srta. Muriel Beale, inspetora das Escolas de Formação de Enfermeiras junto ao Conselho Geral de Enfermagem, já estava acordada pouco depois das seis da manhã e, com um certo desânimo matinal, lembrou-se de que era segunda-feira 12 de janeiro, dia da inspeção do Hospital John Carpendar. Em meio à sonolência, registrara os primeiros sons familiares de um novo dia: o despertador de Angela, silenciado quase antes de ela ter consciência de que estava tocando; a própria Angela, andando e fungando pelo apartamento como um animal desajeitado mas amistoso; o tilintar agradável e antecipatório do chá sendo preparado. Obrigou-se a abrir os olhos, resistindo ao desejo insidioso de buscar novamente o aconchego da cama quentinha e deixar a mente escorregar para a abençoada inconsciência. Por quê, em nome de Deus, dissera à enfermeira-chefe Taylor que chegaria pouco antes das nove da manhã para acompanhar as estudantes do terceiro ano em sua primeira aula prática do dia? Um horário absurdo! Cedo demais! O hospital ficava em Heatheringfield, na divisa entre Sussex e Hampshire; teria de percorrer mais de oitenta quilômetros, boa parte dos quais antes de o dia clarear. Além disso, chovia, como vinha acontecendo com monótona persistência havia já uma semana. Dava para ouvir o chiado distante dos pneus dos carros na avenida Cromwell e o tamborilar ocasional dos pingos d'água nos vidros da janela. Ainda bem que tivera o cuidado de conferir o mapa de Heatheringfield para encontrar a localização exata do hospital. Uma cidade-mercado em crescimento, especialmente quando desconhecida, pode virar um labirinto e uma perda de tempo para o motorista preso no emaranhado de veículos levando pessoas ao trabalho, sobretudo numa manhã chuvosa de segunda-feira. Instintivamente, pressentiu que seria um dia difícil e espreguiçou-se debaixo das cobertas, reunindo forças para enfrentá-lo. Esticando os dedos rígidos, chegou quase a apreciar a momentânea fisgada de dor nas juntas retesadas. Um começo de artrite. Bem, era de se esperar. Tinha quarenta e nove anos, afinal de contas. Já estava na hora de levar a vida com um pouco mais de suavidade. O quê, em nome de Deus, a fizera achar que conseguiria chegar a Heatheringfield antes das nove e meia?

A porta se abriu, deixando entrar uma nesga de luz. Angela Burrows afastou as cortinas com um gesto brusco, investigou o céu escuro de janeiro e o vidro respingado de chuva e fechou-as outra vez. "Está chovendo", disse, com a satisfação sombria de quem profetizou o mau tempo e não quer ser responsabilizado pela pessoa que ignorou seu aviso. A srta. Beale se apoiou no cotovelo, acendeu o abajur e aguardou. Em alguns segundos, a amiga voltou e acomodou a bandeja matinal. A toalha que cobria a bandeja era de linho bordado e engomado, as xícaras floridas estavam arrumadas com as asas alinhadas, os quatro biscoitos nos dois pratinhos da mesma louça estavam posicionados com precisão, dois de cada tipo, e o bule exalava um perfume delicado de chá-da-índia recém-preparado. As duas mulheres nutriam profunda adoração pelo conforto e eram obcecadas por arrumação e ordem. Os padrões que um dia haviam implantado na ala particular de seu hospital-escola também eram aplicados a seu conforto, de modo que a vida no apartamento não era muito diferente da de uma clínica de repouso cara e tolerante.

A srta. Beale dividia o apartamento com a amiga desde a formatura de ambas na mesma escola normal, vinte e cinco anos antes. A srta. Angela Burrows era diretora de ensino de um hospital-escola em Londres. Na opinião da srta. Beale, ela era o paradigma da professora de enfermagem e em todas as suas inspeções inconscientemente estabelecia seus padrões de acordo com os frequentes pronunciamentos da amiga sobre os princípios das boas práticas do ensino de enfermagem. A srta. Burrows, por sua vez, especulava sobre como o Conselho Geral de Enfermagem sobreviveria quando chegasse a hora de a srta. Beale se aposentar. Os matrimônios mais felizes têm esse tipo de ilusão reconfortante como base, e a relação das srtas. Beale e Burrows, ainda que de outro tipo, essencialmente inocente, se apoiava em bases muito semelhantes. Tirando esse fator da admiração recíproca não declarada, elas diferiam muito uma da outra. A srta. Burrows era robusta, sólida e poderosa, ocultando uma sensibilidade vulnerável debaixo de uma fisionomia rígida, impregnada de bom senso. A srta. Beale era miúda, tinha jeito de passarinho, movimentos e fala precisos, afetados por uma gentileza ultrapassada que algumas vezes a fazia correr o risco de parecer ridícula. Mesmo os hábitos fisiológicos das duas eram diferentes. Ao primeiro toque do despertador, a pesada srta. Burrows acordava para a vida e se mantinha positivamente cheia de energia até a hora do chá da tarde; depois disso, à medida que a noite caía, mergulhava numa letargia sonolenta. Todos os dias a srta. Beale abria os olhos pesados com relutância, obrigava-se a cumprir as primeiras tarefas do dia e ia ficando cada vez mais animada à medida que o dia avançava. As duas haviam conseguido conciliar até mesmo essa incompatibilidade. A srta. Burrows preparava o chá da manhã prazerosamente e a srta. Beale lavava a louça do jantar e se encarregava do chocolate da noite.

A srta. Burrows serviu as duas xícaras de chá, pôs dois cubos de açúcar na xícara da amiga e foi com a sua para a cadeira ao lado da janela. Ainda jovem aprendera a jamais sentar-se na cama. Disse: "Você precisa sair cedo. Acho que vou preparar seu banho. A que horas começa?".

A srta. Beale murmurou em voz baixa que dissera à enfermeira-chefe que chegaria por volta das nove horas. O chá estava abençoadamente doce e estimulante. A promessa de partir assim cedo fora um erro, mas ela estava começando a achar que afinal de contas conseguiria chegar às nove e quinze.

"A enfermeira-chefe é a Mary Taylor, não é? Ela tem ótima reputação, para uma chefe de enfermagem de hospital de província. É surpreendente que nunca tenha vindo para Londres. Pensar que ela nem mesmo se candidatou ao cargo quando a senhorita Montrose se aposentou..." A srta. Beale murmurou algo incompreensível, mas como não era a primeira vez que tinham aquele diálogo, foi corretamente interpretada pela amiga como tendo feito um protesto no sentido de que nem todo mundo quer ir para Londres e de que as pessoas têm a mania de achar que nada de interessante acontece no interior.

"Isso é verdade, claro", ela concordou com a amiga. "E o John Carpendar fica num lugar muito agradável. Gosto daquela região, perto da fronteira com o Hampshire. Pena que essa sua visita não seja no verão. De todo modo, não se compara a ser enfermeira-chefe de um hospital-escola importante. Uma pessoa com a capacidade dela... Hoje ela poderia ser uma referência em enfermagem." Em seus tempos de estudante, ela e a srta. Beale tinham sofrido nas mãos de uma dessas "referências da enfermagem", mas ambas lamentavam profundamente o desaparecimento daquela linhagem aterrorizante.

"Aliás, acho bom você correr. A estrada está em obras um pouco antes do desvio de Guildford."

A srta. Beale não perguntou como a outra sabia que a estrada estava em obras. Era o tipo de coisa que a srta. Burrows invariavelmente sabia. A voz cordial prosseguiu:

"Esta semana encontrei a Hilda Rolfe, diretora de ensino de lá, na biblioteca de Westminster. Que mulher extraordinária! Inteligente, é claro, e sabidamente professora de primeira, mas desconfio que aterroriza os alunos."

A srta. Burrows frequentemente aterrorizava seus próprios alunos, isso para não falar em suas colegas de profissão, mas ela ficaria muito surpresa se alguém lhe dissesse isso. A srta. Beale perguntou:

"Ela mencionou alguma coisa sobre a inspeção?"

"Só de passagem. Tinha ido devolver um livro e estava com pressa, não conversamos muito. Parece que houve uma epidemia de gripe na escola e que metade da equipe está doente."

A srta. Beale achou estranho a diretora de ensino encontrar tempo para visitar Londres e devolver um livro no momento em que enfrentava problemas tão difíceis com sua equipe, mas não disse nada. Antes do café da manhã a srta. Beale reservava suas energias para pensar, não para falar. A srta. Burrows deu a volta na cama para servir uma segunda xícara à amiga. Disse:

"Bom, com um tempo desses e metade dos professores com gripe, parece que você vai ter um dia muito entediante."

Como as duas viriam a repetir uma para a outra ao longo dos anos com a reconfortante tendência que cultivavam de reafirmar o óbvio — um dos prazeres da longa intimidade —, a srta. Burrows não poderia estar mais errada. A srta. Beale, achando que o pior que o dia poderia lhe reservar era uma viagem tediosa, uma inspeção árdua e uma possível discussão com os membros do Comitê de Formação de Enfermeiras que se dignassem a comparecer, puxou o penhoar para os ombros, enfiou os pés nos chinelos e se arrastou para o banheiro. Foram seus primeiros passos na direção de assistir a um assassinato.

II

Apesar da chuva, o percurso foi menos difícil do que a srta. Beale temera. A estrada estava boa, e pouco antes das nove da manhã ela já estava em Heatheringfield, a tempo de se misturar à última leva do *rush* matinal. A ampla Georgian High Street estava entupida de veículos. Mulheres levavam os maridos que trabalhavam em outras cidades até a estação, ou os filhos para a escola; caminhonetes faziam entregas, ônibus embarcavam e desembarcavam passageiros. Nos três sinais de trânsito da rua, um mar de pedestres atravessava a pista com os guarda-chuvas inclinados para se proteger da garoa fina. Os mais jovens, em seus uniformes exuberantes, tinham o ar aprumado de alunos de escola particular; a maioria dos homens usava chapéu de feltro e carregava pastas; as mulheres estavam vestidas de maneira despretensiosa, na agradável combinação de elegância citadina com informalidade interiorana típica de sua classe. Atenta ao sinal de trânsito, aos pedestres que atravessavam a rua e às placas indicativas do caminho para o hospital, a srta. Beale teve apenas uma rápida oportunidade de prestar atenção no elegante prédio do século XVIII onde estava intalada a prefeitura, na fileira de casas com fachadas de madeira cuidadosamente preservadas e no esplêndido pináculo com florão da igreja da Santa Trindade. Guardou, porém, a impressão de estar numa comunidade próspera, preocupada em preservar seu legado arquitetônico, ainda que a série de filiais de lojas modernas, no final da High Street, sugerisse que os cuidados preservacionistas deveriam ter sido iniciados uns trinta anos antes.

Mas ali estava a tabuleta, finalmente: a estrada para o hospital John Carpendar, uma ampla avenida bordejada de árvores, saía da High Street. Do lado esquerdo, um muro alto, de pedras, cercava o terreno do hospital.

A srta. Beale fizera o dever de casa. A maleta estufada que estava sobre o banco traseiro do carro continha um histórico abrangente do hospital, além de uma cópia do relatório da última inspeção do Conselho Geral de Enfermagem e dos comentários do Comitê de Gestão Hospitalar sobre os limites à implementação das recomendações otimistas do inspetor. Como ela descobrira em suas pesquisas, o hospital tinha uma longa história. Fora fundado em 1791 por um rico comerciante nascido na cidade, que a deixara na juventude para fazer fortuna em Londres e que voltara ao se aposentar, decidido a impressionar os moradores locais com suas benfeitorias. Ele poderia ter comprado fama e garantido a salvação de sua alma socorrendo as viúvas e os órfãos ou reconstruindo a igreja, mas a era da ciência e da razão substituíra a era da fé, e a voga era doar hospitais para atender os pobres enfermos. Assim, depois das reuniões de praxe numa cafeteria local, nascera o hospital John Carpendar. A construção original, de algum interesse arquitetônico, fora substituída havia muito tempo, primeiro por um sólido monumento vitoriano à piedade ostentatória, depois por uma construção mais funcional e sem graça típica do século xx.

O hospital nunca parara de crescer. A comunidade local era formada predominantemente por uma classe média próspera, com forte vocação para a caridade e poucos lugares onde praticá-la. Pouco antes da Segunda Guerra fora criado um anexo, uma ala muito bem equipada para pacientes particulares. Tanto antes quanto depois da criação do Serviço Nacional de Saúde ela atraíra pacientes endinheirados e, consequentemente, notáveis especialistas de Londres e de lugares ainda mais distantes. A srta. Beale refletiu que Angela estava certa ao se referir ao prestígio dos hospitais-escola londrinos, mas o John Carpendar também possuía ótima reputação. Era muito compreensível que uma mulher achasse que não era tão ruim assim ser enfermeira-chefe de um hospital público numa região em pleno desenvolvimento, respeitado pela comunidade a que servia, situado em local agradável e fortalecido por suas próprias tradições locais.

A srta. Beale estava diante do portão principal. Havia um alojamento para o porteiro à esquerda, uma verdadeira casa de bonecas adornada com mosaicos, relíquia da fase vitoriana do hospital; à direita ficava o estacionamento dos médicos. Um terço das vagas demarcadas já estava ocupado por Daimlers e Rolls-Royces. A chuva cessara e a primeira luz da manhã fora substituída pela normalidade cinzenta de um dia típico de janeiro. As luzes estavam todas acesas no hospital. Ela o via diante de si, parecia um grande navio ancorado, bem iluminado, pulsante de atividade e força. À esquerda, as construções baixas e envidraçadas do novo ambulatório. Um pequeno fluxo de pacientes já se dirigia, abatido, para a entrada. A srta. Beale avançou com o carro até a portinhola da guarita, baixou o vidro e se apresentou. O porteiro, entediado, a imagem da arrogância, dignou-se a sair e a se apresentar também.

"A senhora deve se dirigir ao Conselho Geral de Enfermagem", anunciou, pomposo. "Pena ter vindo por este portão. A Escola de Enfermagem fica na mansão Nightingale, a cerca de cem metros da entrada pela avenida Winchester. Sempre usamos a entrada dos fundos para a mansão Nightingale."

O homem falou com resignada reprovação, como se lamentasse aquela singular falta de discernimento que lhe custaria uma considerável dose de trabalho extra.

"Mas será que não é possível chegar à escola por aqui?"

A srta. Beale não estava nem um pouco inclinada a voltar para a confusão da High Street nem tinha a intenção de dar a volta no terreno do hospital em busca de uma duvidosa entrada dos fundos.

"Bem, poder a senhora pode." O tom do porteiro sugeria que apenas os mais obstinados tentariam fazer uma coisa assim; em seguida o homem se aproximou da porta do carro como se fosse transmitir instruções confidenciais e complexas, que se mostraram, na verdade, notavelmente simples. A mansão Nightingale ficava no interior da área do hospital, atrás do ambulatório novo.

"Basta ir por aquela rua à esquerda e seguir direto até depois do necrotério. Quando chegar ao alojamento dos médicos residentes, vire à direita. Há uma placa indicativa na bifurcação. Não tem erro."

Por uma vez aquela declaração comprovadamente pouco auspiciosa parecia justificada. O terreno do hospital era amplo e arborizado, uma mistura de jardim convencional, gramado e árvores amontoadas e malcuidadas que fez a srta. Beale pensar no terreno de um velho hospital psiquiátrico. Era raro encontrar um hospital público com um espaço tão generoso, mas as diversas ruas internas estavam bem sinalizadas e apenas uma delas saía do ambulatório novo para a esquerda. A visitante identificou facilmente o necrotério, um prédio pequeno, feio e atarracado, diplomaticamente posicionado no meio das árvores e ainda mais sinistro devido a seu isolamento estratégico. O alojamento dos médicos residentes era novo e inconfundível. A srta. Beale ainda teve tempo de formular mentalmente sua queixa frequente e tantas vezes injustificada — de que os comitês de gestão hospitalar preferem acomodar seus médicos confortavelmente a oferecer aposentos adequados às escolas de enfermagem — antes de registrar a existência da anunciada sinalização. Uma placa pintada de branco apontava para a direita e dizia: "Mansão Nightingale, Escola de Enfermagem".

Trocou de marcha e virou com cuidado. A nova rua era estreita e cheia de curvas, com monturos de folhas molhadas ocupando os dois lados da passagem, de modo que restava pouco espaço até mesmo para um único carro passar. Umidade e desolação por todos os lados. As árvores cresciam bem perto do caminho e suas copas se entrelaçavam no alto, de modo que os pesados ramos escuros formavam um túnel sombrio. De vez em quando uma rajada de vento provocava uma precipitação de gotas de chuva sobre o carro ou colava no para-brisa uma folha que caía. As bordas relvadas eram interceptadas por canteiros regulares e oblongos como túmulos, salpicados de moitas raquíticas. Estava tão escuro debaixo das árvores que a srta. Beale acendeu os faróis do carro. A rua cintilou diante dela como uma faixa coberta de óleo. Deixara a janela do carro aberta e mesmo com o inevitável cheiro de gasolina e vinil aquecido dava para sentir um ranço adocicado de

15

folhagem em decomposição. Sentiu-se estranhamente isolada naquele silêncio sombrio; de repente foi tomada por uma ansiedade irracional, uma sensação bizarra de viajar fora do tempo, em alguma nova dimensão, sendo arrastada para um horror incompreensível e inevitável. O sentimento não passou de uma tolice passageira que ela rapidamente tirou da cabeça, lembrando-se da movimentação animada da High Street, a menos de um quilômetro dali, e de como a vida e as atividades costumeiras estavam próximas. Mesmo assim, fora uma experiência estranha e desconcertante. Zangada consigo mesma por aquele momento de loucura mórbida, fechou o vidro e pisou no acelerador. O carrinho saltou para diante.

De repente, percebeu que fizera a última curva e que a mansão Nightingale se erguia diante dela. Surpresa, freou abruptamente. Era uma casa extraordinária, um imenso prédio vitoriano de tijolos vermelhos, acastelado e adornado com exagero, coroado por quatro enormes torreões. Estava vivamente iluminada naquela manhã escura de janeiro e, contrastando com as sombras da estrada, resplandecia à sua frente como o castelo de alguma mitologia infantil. Havia uma enorme estufa enxertada do lado direito do prédio que, para a srta. Beale, parecia mais adequada aos Jardins Botânicos Reais do que a uma construção que, obviamente, já fora uma residência particular. Sua iluminação era menos feérica que a da casa, mas através dos vidros semi-iluminados era possível discernir as esguias folhas verdes das aspidistras, o vermelho áspero das poinsétias e as manchas amareladas e acobreadas dos crisântemos.

O momento de pânico vivido pouco antes pela srta. Beale debaixo das árvores desapareceu por completo, substituído pelo assombro que lhe inspirou a mansão Nightingale. Apesar da confiança de sempre no próprio bom gosto, ela não estava totalmente imune aos caprichos da moda e perguntou-se, inquieta, se, caso estivesse em determinada companhia, não teria sido adequado admirar o lugar. Mas virara um hábito seu observar cada prédio com olhar clínico, avaliando sua adequação à função de escola de enfermagem — certa vez, de férias em Paris, viu-se, para seu próprio horror, rejeitando o palácio Elysée como algo que não merecia atenção —, e como escola para formação de enfermeiras a mansão Nightingale era sem dúvida inviável. Bastava um olhar para que as objeções se multiplicassem em sua mente. A maioria dos quartos devia ser grande demais. Onde, por exemplo, encontrar escritórios aconchegantes para a diretora de ensino, a instrutora clínica e a secretária da escola? Além disso, seria extremamente difícil manter o prédio aquecido de forma adequada, e aqueles janelões góticos, pitorescos, sem dúvida, para quem gostava daquele tipo de coisa, deviam bloquear quase toda a luz. Para piorar, havia algo sinistro, assustador mesmo, naquela casa. Numa época em que a Profissional (a srta. Beale, a despeito da comparação infeliz, sempre pensava na palavra com P maiúsculo) se empenhava tanto para entrar no século XX, descartando atitudes e métodos ultrapassados como pedras no caminho — convidada com frequência a fazer palestras, algumas de suas frases prediletas costumavam ficar agarradas ao seu pensamento —, era realmente lamentável abrigar jovens estudantes naquele mostrengo vitoriano. Não faria mal nenhum incorporar a seu relatório um comentário enfático sobre a necessidade de uma nova sede para a escola. A mansão Nightingale fora reprovada antes mesmo de ela pôr os pés lá dentro.

Na recepção, porém, não encontrou nada a criticar. Assim que pisou o último degrau da escadaria de acesso, a pesada porta de entrada se abriu, deixando sair lá de dentro um sopro de ar morno e aroma de café recém-passado. Uma empregada uniformizada se manteve respeitosamente a um lado e atrás dela, descendo a ampla escada de carvalho que cintilava contra os lambris escuros, como num retrato renascentista cinza e dourado, surgiu a figura da enfermeira-chefe Mary Taylor de mãos estendidas. A srta. Beale, adotando seu radiante sorriso profissional, uma combinação de alegre expectativa com enorme confiança, deu um passo na direção dela. A malfadada inspeção da Escola de Enfermagem John Carpendar estava começando.

III

Quinze minutos depois, quatro pessoas desceram a escadaria principal e foram até a sala de demonstração, no térreo, onde assistiriam à primeira aula prática do dia. O café foi servido na sala de espera da enfermeira-chefe, num dos blocos dos torreões, onde a srta. Beale foi apresentada à diretora de ensino, a srta. Hilda Rolfe, e a um cirurgião sênior, o dr. Stephen Courtney-Briggs. Ela os conhecia de reputação. A presença da srta. Rolfe era necessária e previsível, mas a srta. Beale ficou ligeiramente surpresa com o fato de o dr. Courtney-Briggs dedicar uma parte tão significativa de sua manhã à inspeção. Ele lhe fora apresentado como vice-presidente do Comitê de Formação de Enfermeiras, e ela normalmente esperaria encontrá-lo junto com os demais membros do comitê para a reunião de encerramento, no fim do dia. Era incomum um cirurgião sênior assistir a uma aula, e o fato de ele demonstrar tanto interesse pessoal pela escola era gratificante.

Havia espaço para três pessoas caminharem lado a lado pelos amplos corredores forrados de madeira, e a srta. Beale viu-se escoltada pela enfermeira-chefe e pelo dr. Courtney-Briggs, ambos de estatura elevada, o que a fez sentir-se uma delinquente minúscula. O dr. Courtney-Briggs, com a imponência marcante de sua calça listrada de especialista, caminhava à sua esquerda. Cheirava a loção pós-barba. A srta. Beale distinguia o perfume mesmo com o odor marcado de desinfetante, café e lustra-móveis que impregnava o ar. Achou-o inesperado, mas não desagradável. A enfermeira-chefe, a mais alta dos três, caminhava em sereno silêncio. Usava seu traje formal de gabardine cinza abotoado até o pescoço; uma tira fina de linho branco arrematava o colarinho e os punhos. Seu cabelo era dourado como o milho, quase da mesma cor da pele, penteado para trás a partir da testa e firmemente retido por um imenso triângulo de musselina cuja ponta lhe chegava quase ao meio das costas. O toucado lembrava à srta. Beale os usados na última guerra pelas irmãs do Serviço de Enfermagem Militar. Ela praticamente não voltara a vê-los desde então, mas sua simplicidade combinava com a srta. Taylor. Aquele rosto de maçãs altas, olhos grandes e protuberantes — que faziam a srta. Beale pensar, irreverentemente, em groselhas pálidas, rajadas e espinhentas — ficaria grotesco debaixo de um toucado mais ortodoxo e adornado. A srta. Beale podia sentir a presença perturbadora da diretora de ensino, irmã Rolfe, seguindo os três, incomodamente colada aos calcanhares deles.

O dr. Courtney-Briggs dizia:

"Essa epidemia de gripe tem sido um transtorno total. Fomos obrigados a adiar a vinda da outra turma de enfermeiras e em certo momento chegamos a pensar que mesmo a que está aqui teria de voltar para o ambulatório. Foi por pouco."

Deve ter sido mesmo, pensou a srta. Beale. Toda vez que havia uma crise no hospital, as primeiras sacrificadas eram as estudantes de enfermagem, cujos programas de treinamento sempre podiam ser interrompidos. O assunto amargava sua alma, mas aquele não era um bom momento para protestar. Emitiu um som de vaga aquiescência. Começaram a descer o último lance de escada. O dr. Courtney-Briggs retomou seu monólogo:

"Parte da equipe docente também pegou a gripe. A aula prática desta manhã será realizada por nossa instrutora clínica, Mavis Gearing. Tivemos de pedir a ela que voltasse a dar aulas na escola. Normalmente, é claro, ela seria responsável apenas pelo treinamento no ambulatório. É uma ideia relativamente nova, a presença de uma instrutora treinada para ensinar as moças no ambulatório, usando os pacientes como material clínico. Neste momento as irmãs da enfermaria estão simplesmente sem tempo. É claro que a ideia do sistema de turmas de treinamento é relativamente nova. Quando eu estudava medicina, as aprendizes de enfermagem eram treinadas integralmente nos ambulatórios e só assistiam a palestras de vez quando, em seu tempo livre, quando não tivessem nenhuma tarefa junto ao corpo médico. Havia pouco ensino formal: nada de afastá-las anualmente da enfermaria para um período de estágio na escola de enfermagem. Todo o conceito de formação das enfermeiras foi alterado."

A srta. Beale era a última pessoa a necessitar de uma explicação sobre a função e os estudos de uma instrutora clínica ou sobre a evolução dos métodos de formação das enfermeiras. Perguntou-se se o dr. Courtney-Briggs não estava lembrado de quem ela era. Aquelas informações elementares seriam mais adequadas aos novos membros do Comitê de Gestão Hospitalar, em geral ignorantes sobre questões de formação de enfermeiras, bem como sobre todas as outras coisas relacionadas a hospitais. Sua sensação era de que o médico tinha algo em mente. Ou seria aquela uma conversa meramente casual, sem relação com a interlocutora, de um egoísta que não suporta ficar um minuto sequer sem ouvir a ressonância confortadora da própria voz? Se fosse isso, quanto antes ele retomasse seu turno no ambulatório ou a ronda em sua própria ala e deixasse a inspeção prosseguir sem o benefício de sua presença, melhor para todos os envolvidos.

A pequena procissão atravessou o corredor de mosaicos e entrou numa sala situada na parte fronteira do prédio. A srta. Rolfe se adiantou para abrir a porta e ficou a um lado enquanto os demais entravam. O dr. Courtney-Briggs insistiu para que a srta. Beale passasse antes dele. Ela se sentiu em casa na hora. Apesar das anomalias da sala em si — as duas grandes janelas com seus mosaicos de vidros coloridos, a imensa lareira de mármore esculpido com figuras drapejadas sustentando a base da chaminé, o teto alto de estuque profanado pelas três lâmpadas fluorescentes —, o ambiente evocava seus próprios dias felizes de estudante, um mundo perfeitamente adequado e familiar. Aqui estava toda a parafernália de sua profissão: a fileira de armários com portas de vidro, os instrumentos posicionados com brilhante precisão; os painéis nas paredes com diagramas sinistros da circulação sanguínea e os processos improváveis da digestão; o quadro-negro preso à parede, manchado pela poeira das anotações mal apagadas de outras aulas; os carrinhos de demonstração com suas bandejas cobertas por toalhas de linho; as duas macas de demonstração, uma delas com um boneco em tamanho real acomodado em meio a travesseiros; o inevitável esqueleto pendurado em seu suporte, em miserável decrepitude — e impregnando toda a atmosfera o cheiro poderoso e adstringente de desinfetante. A srta. Beale aspirou profundamente, como uma dependente química. Quaisquer que fossem as falhas que viesse a encontrar naquela sala específica — quanto à adequação de equipamento de ensino, iluminação ou mobília —, ela jamais se sentia fora de casa naquela atmosfera intimidante.

Dirigiu seu breve sorriso de solidariedade e estímulo às estudantes e à professora e se acomodou numa das quatro cadeiras já posicionadas na lateral da sala. A enfermeira-chefe Taylor e a srta. Rolfe sentaram-se uma de cada lado dela, da maneira mais silenciosa e reservada possível considerando-se a determinação do dr. Courtney-Briggs de ser efusivamente galante puxando as cadeiras para as damas. A chegada do pequeno grupo, por mais diplomática que fosse, pareceu desconcertar por instantes a enfermeira-instrutora. Impossível uma inspeção se integrar com naturalidade a uma aula, mas era sempre interessante observar quanto tempo a instrutora levava para restabelecer o *rapport* com sua turma. Uma professora de primeira, como a srta. Beale sabia por experiência própria, era capaz de manter a turma motivada mesmo debaixo de bombardeio pesado, quanto mais durante a visita de uma inspetora do Conselho Geral de Enfermagem; mas nada indicava que Mavis Gearing viesse a mostrar-se uma digna representante daquele grupo raro e dedicado. Faltava autoridade à jovem — ou mulher, para ser mais exata. Ela parecia uma pessoa conciliadora; dava a impressão de estar sempre prestes a sorrir com afetação. Além disso, sua maquiagem era pesada demais para uma mulher que devia estar preocupada com artes menos efêmeras. Mas ela não passava, afinal, de simples instrutora clínica; não era uma enfermeira tutora qualificada. Estava ali dando sua aula sem ter sido avisada com antecedência, e enfrentando dificuldades. A srta. Beale decidiu que não emitiria um julgamento rigoroso demais sobre ela.

A turma, como ela percebeu, deveria praticar a alimentação do paciente por tubo intragástrico. A estudante que faria o papel de paciente já estava numa das macas, o vestido quadriculado protegido por um babador impermeável, a cabeça apoiada numa pilha de travesseiros. Era uma moça de aspecto trivial, expressão forte e obstinada e feições curiosamente maduras; usava o cabelo sem brilho puxado para trás, de forma pouco atraente, a partir da testa alta e aristocrática. Estava deitada imóvel sob a iluminação fluorescente, parecendo um pouco ridícula e ao mesmo tempo estranhamente digna, como se concentrada em algum mundo particular, dissociando-se de todo o procedimento por um esforço da vontade. De repente ocorreu à srta. Beale que a moça talvez estivesse com medo. Uma ideia ridícula mas persistente. De um momento para outro, perdeu a vontade de observar aquele rosto resoluto. Irritada com a própria susceptibilidade irracional, desviou a atenção para a enfermeira-instrutora.

A irmã Gearing olhou com ar apreensivo e inquiridor para a enfermeira-chefe, que lhe respondeu com um gesto de assentimento, e retomou a aula.

"A enfermeira Pearce está representando nossa paciente. Acabamos de examinar seu histórico. Seu nome é senhora Stokes, ela tem cinquenta anos, quatro filhos e é casada com um coletor de lixo do município. Sofreu uma laringectomia como parte de um tratamento de câncer." Voltou-se para uma estudante à sua direita.

"Enfermeira Dakers, poderia, por favor, descrever o tratamento da senhora Stokes até o momento?"

Aplicada, a enfermeira Dakers deu início ao histórico. Era uma moça pálida e magra que ao falar se ruborizava de forma pouco atraente. Era difícil ouvir o que ela dizia, mas ela sabia o que tinha a dizer e apresentou os fatos com correção. Mocinha conscienciosa, pensou a srta. Beale, dona de uma inteligência sem brilho, talvez, mas estudiosa e confiável. Pena ninguém ter tomado alguma providência com seu problema de acne. Manteve um ar de vivo interesse profissional enquanto a enfermeira Dakers apresentava o histórico médico fictício da sra. Stokes, aproveitando para examinar as demais estudantes em detalhe, fazendo sua costumeira avaliação pessoal do caráter e da capacitação de cada uma.

Era visível que a epidemia de gripe cobrara seu preço. Havia apenas sete moças na sala de demonstração. As duas posicionadas dos dois lados da maca chamavam logo a atenção. Obviamente eram gêmeas idênticas, moças robustas de rosto vermelho e cabelo acobreado formando uma franja densa sobre olhos incrivelmente azuis. Suas toucas, o topo pregueado, do tamanho de um pires, estavam colocadas bem para a frente, as duas imensas abas de linho branco projetando-se para trás. A srta. Beale, que desde seus dias de estudante sabia muito bem o que era possível fazer com um par de alfinetes de cabeça branca para fixar toucas, nem por isso estava menos intrigada com a arte capaz de prender com tanta firmeza uma cobertura tão bizarra e imaterial sobre aquele tufo de cabelo empilhado sobre a cabeça. O uniforme do John Carpendar parecia-lhe surpreendentemente ultrapassado. Quase todos os hospitais que visitara já haviam substituído aquelas toucas fora de moda pelo modelo americano, menor, mais fácil de usar, mais rápido de posicionar, mais barato e mais fácil de lavar. Alguns hospitais, para tristeza da srta. Beale, estavam até adotando toucas descartáveis de papel. Mas o uniforme das enfermeiras de um hospital sempre fora zelosamente defendido; as alterações só ocorriam depois de muita relutância. Claro, além disso o John Carpendar cultivava a tradição. Até mesmo os aventais estavam um tanto fora de moda. Os braços roliços e sardentos das gêmeas despontavam de mangas de um tecido de algodão rosa quadriculado, lembrando à srta. Beale seus próprios tempos de estudante. O comprimento das saias não fazia concessões à moda vigente, e os pés robustos estavam plantados em sapatos pretos baixos amarrados com cadarço.

Ela passou os olhos rapidamente pelas demais estudantes. Havia uma moça de ar tranquilo, de óculos, expressão simples e inteligente. A reação imediata da srta. Beale foi pensar que teria prazer em acolhê-la em qualquer enfermaria. Ao lado dela estava uma moça morena, de expressão amuada, maquiagem em excesso e um ar de desinteresse estudado pela demonstração. Um tipo batido, pensou a srta. Beale. De vez em quando ela constrangia seus superiores ao usar sem o menor pudor aqueles adjetivos antiquados, mas eles sempre sabiam exatamente o que ela queria dizer. Sua declaração "A enfermeira-chefe recruta moças muito amáveis" significava que as aprendizes vinham de respeitáveis famílias de classe média, tinham recebido o benefício de completar o segundo grau, usavam saias na altura do joelho ou abaixo dele e tinham a noção correta dos privilégios e das responsabilidades de serem estudantes de enfermagem. A última aluna da turma era uma jovem muito bonita, de franja loura aparada na altura das sobrancelhas sobre um rosto vivo e contemporâneo. Atraente o bastante para aparecer num pôster de recrutamento, pensou a srta. Beale, mas, por algum motivo, se a ocasião surgisse, ninguém a escolheria. Enquanto imaginava o porquê dessa contradição, a enfermeira Dakers chegou ao fim de seu relato.

"Muito bem, enfermeira", disse irmã Gearing. "Portanto estamos diante do problema do pós-operatório de uma paciente já gravemente malnutrida e agora incapaz de receber alimentação oral. O que isso significa? Pois não, enfermeira?"

"Alimentação intragástrica ou por via retal, irmã."

Foi a jovem morena de expressão mal-humorada que respondeu, disfarçando cuidadosamente todo tom de entusiasmo ou mesmo de interesse na voz. Decerto aquela não era uma pessoa agradável, pensou a srta. Beale.

Houve um murmúrio no grupo. Irmã Gearing ergueu uma sobrancelha interrogativa. A estudante de óculos disse:

"Uma alimentação por via retal seria inadequada, irmã. O reto não absorve a quantidade necessária de nutrientes. Seria melhor fazer alimentação intragástrica, por via oral ou nasal."

"Certo, enfermeira Goodale, foi exatamente isso que o médico prescreveu para a senhora Stokes. Poderia prosseguir, por favor? Explique o que está fazendo, passo a passo."

Uma das gêmeas empurrou o carrinho para a frente e exibiu sua bandeja de instrumentos: o frasco com a mistura de bicarbonato de sódio para limpeza da boca e das narinas; o funil de polietileno e a sonda correspondente, de vinte centímetros; o conector; o lubrificante; a cuba rim com o abaixador de língua, a pinça para língua e o afastador. Ela ergueu a sonda esofágica Jacques. A sonda ficou desagradavelmente pendurada em sua mão sardenta, como uma cobra amarela.

"Certo, enfermeira", encorajou-a a irmã Gearing. "Agora, a alimentação. O que vão dar a ela?"

"Na verdade, só leite morno, irmã."

"Mas e se estivéssemos lidando com uma paciente real?"

A gêmea hesitou. A estudante de óculos disse com serena autoridade: "Poderíamos adicionar proteína solúvel, ovos, um preparado de vitaminas e açúcar".

"Certo. Se a alimentação tubária prosseguir por mais de quarenta e oito horas, precisamos ter certeza de que a dieta está adequada no que se refere a calorias, proteínas e vitaminas. Qual a temperatura do alimento, enfermeira?"

"Temperatura corporal, irmã, trinta e oito graus."

25

"Correto. E como a paciente está consciente e em condições de engolir, vamos alimentá-la por via oral. Não se esqueça de tranquilizá-la, enfermeira. Explique a ela de maneira simples o que vai fazer e por quê. Lembrem-se disso, meninas, jamais iniciem um procedimento de enfermagem sem explicar ao paciente o que vai acontecer."

Eram estudantes do terceiro ano, pensou a srta. Beale. Já deveriam saber isso àquela altura. Mas a gêmea, que sem dúvida teria lidado facilmente com a situação se estivesse com uma paciente real, achou difícil e constrangedor explicar o procedimento a uma colega. Contendo o riso, murmurou algumas palavras diante da figura rígida deitada na maca e quase jogou a sonda esofágica em cima dela. A enfermeira Pearce, ainda com os olhos fixos diante de si, pegou a sonda com a mão esquerda e a levou à boca. Depois, fechando os olhos, engoliu. Houve um espasmo convulsivo dos músculos da garganta. Ela parou para tomar fôlego e engoliu de novo. A sonda encurtou. A sala de demonstração estava muito silenciosa. A srta. Beale tinha consciência de sentir-se insatisfeita, sem saber bem por quê. Talvez fosse um pouco incomum praticar a alimentação orogástrica com uma estudante daquela forma, contudo também não era algo desconhecido. Num hospital, é mais comum a sonda ser colocada por um médico, mas uma enfermeira também pode assumir essa responsabilidade; era melhor que aprendessem umas com as outras do que com um paciente gravemente enfermo, e o boneco de demonstração de fato não era substituto satisfatório para um ser vivo. Certa vez atuara como paciente em sua própria escola de enfermagem e achara inesperadamente fácil engolir a sonda. Acompanhando os movimentos convulsivos da garganta da enfermeira Pearce e engolindo também, com solidariedade inconsciente, ela quase se lembrava, trinta anos depois, do arrepio súbito causado pela sonda ao deslizar pelo palato mole e da surpresa que sentira ao constatar a facilidade do processo. Mas havia algo de patético e perturbador naquela figura rígida, de rosto pálido, deitada na maca, os olhos bem apertados, usando um babador como um bebê, a sonda fina se arrastando e se contorcendo como um verme pelo canto de sua boca. A srta. Beale teve a sensação de assistir a um sofrimento inútil, como se toda aquela demonstração fosse um ultraje. Por um segundo, precisou resistir ao impulso de protestar.

Uma das gêmeas agora fixava uma seringa de 20 ml à ponta da sonda, prestes a aspirar um pouco de suco gástrico a fim de testar se a outra extremidade chegara ao estômago. As mãos da moça estavam firmes. Talvez fosse apenas imaginação da srta. Beale, mas a sala estava anormalmente silenciosa. Olhou para Mary Taylor. A enfermeira-chefe fitava a enfermeira Pearce com as sobrancelhas levemente franzidas. Seus lábios se moveram e ela mudou de posição na cadeira. A srta. Beale achou que ela talvez estivesse a ponto de emitir um protesto. Mas a enfermeira-chefe não emitiu nenhum som. O dr. Courtney-Briggs estava inclinado para a frente em sua cadeira, as mãos segurando os joelhos. Olhava intensamente não para a enfermeira Pearce, mas para o gotejamento, como se hipnotizado pela leve oscilação da sonda. A srta. Beale ouvia o som pesado e rascante da respiração dele. A srta. Rolfe estava sentada rigidamente ereta, as mãos cruzadas descansando no colo, os olhos pretos sem nenhuma expressão. Mas a srta. Beale viu onde eles estavam fixados, e não era na moça na maca, e sim na estudante loura bonitinha. E, por um lapso de segundo, a jovem lhe devolveu o olhar, também sem nenhuma expressão.

A gêmea que ministrava o alimento, visivelmente satisfeita ao ver que a sonda esofágica estava onde deveria estar — no estômago —, ergueu o funil bem acima da cabeça da enfermeira Pearce e começou a derramar a mistura de leite devagar pela sonda. As estudantes pareciam conter a respiração. E foi então que aconteceu. Ouviu-se um grito agudo, horrivelmente inumano, e a enfermeira Pearce saltou para fora da maca como se a empurrasse uma força irresistível. Um segundo antes ela estava deitada, imóvel, apoiada em sua pilha de travesseiros, e agora estava fora da maca, cambaleando para a frente na ponta dos pés, como parodiando uma dançarina de balé, tentando agarrar o ar em vão, freneticamente em busca da sonda. E o tempo todo ela gritava, um grito perpétuo, como um apito entupido. A srta. Beale, horrorizada, mal teve tempo de reparar no rosto contorcido, nos lábios espumando, antes de a garota despencar no chão, contorcendo-se, enroscada como um aro, a testa encostada no chão, todo o corpo contraído em agonia.

Uma das estudantes gritou. Por um segundo, ninguém se moveu. Logo depois, todos avançaram. A irmã Gearing agarrou a sonda e a arrancou da boca da moça. O dr. Courtney-Briggs lançou-se, resoluto, no meio da confusão, braços abertos. A enfermeira-chefe e a irmã Rolfe se debruçaram sobre a criatura convulsa, escondendo-a da vista de todos. Então Mary Taylor se levantou e buscou a srta. Beale com os olhos.

"As estudantes... A senhorita poderia cuidar delas, por favor? A sala ao lado está vazia. Mantenha-as todas reunidas."

Tentava manter a calma, mas a urgência deixava sua voz cortante. "Depressa, por favor."

A srta. Beale assentiu. A enfermeira-chefe se inclinou outra vez sobre a figura convulsa. Os gritos já tinham parado, substituídos por gemidos queixosos e por um horrível tamborilar ritmado dos calcanhares no assoalho de madeira. O dr. Courtney-Briggs despiu o paletó, jogou-o para o lado e começou a arregaçar as mangas.

IV

Murmurando palavras de estímulo, a srta. Beale conduziu o pequeno grupo de estudantes pelo corredor. Uma delas, não foi possível perceber qual, indagou com voz aguda: "O que aconteceu com ela? O que aconteceu? O que foi que deu errado?". Mas ninguém respondeu. Aturdidas, em estado de choque, todas se transferiram para a sala ao lado. Situada nos fundos da casa, era uma sala pequena, de formato irregular, claramente separada da recepção de pé-direito alto e que agora servia de escritório para a diretora de ensino. A um primeiro olhar, a srta. Beale viu uma grande escrivaninha, uma fileira de arquivos verdes de aço, um quadro de avisos lotado, um pequeno quadro com ganchos de onde pendiam diversas chaves, e um painel que ocupava uma parede inteira e exibia o programa de ensino e o progresso individual de cada aluna. A parede divisória cortava uma janela ao meio, de forma que o escritório, já de proporções incômodas, era também inconvenientemente escuro. Uma das alunas acionou o interruptor e a barra central de luzes fluorescentes começou a piscar antes de acender por inteiro. De fato, pensou a srta. Beale, cuja mente tratava de agarrar-se ao conforto das preocupações usuais, aquele era um espaço inadequado para uma coordenadora ou mesmo para qualquer outra instrutora.

A breve lembrança da finalidade de sua visita lhe trouxe um segundo de conforto, mas em seguida a horrível realidade do momento voltou a se impor. As estudantes — o patético e desorganizado bando — tinham se agrupado no meio da sala, como se incapazes de toda e qualquer ação. Olhando rapidamente ao redor, a srta. Beale notou que só havia três cadeiras. Por um instante sentiu-se constrangida e confusa em seu papel de anfitriã que não sabe muito bem como acomodar todos os convidados. Não era uma preocupação tão irrelevante assim. Teria de deixar as meninas bem instaladas e tranquilas se quisesse manter seus pensamentos afastados do que ocorria atrás da porta ao lado; e talvez elas tivessem de passar um bom tempo trancadas naquela sala.

"Aproximem-se", disse, em tom jovial. "Vamos empurrar a escrivaninha da irmã para junto da parede, assim, quatro de vocês poderão sentar-se sobre ela. Eu fico com a cadeira da escrivaninha e duas de vocês podem ficar nas poltronas."

29

Ao menos havia alguma atividade. A srta. Beale viu que a estudante magra e loura estava trêmula. Ajudou-a a instalar-se numa das poltronas e a moça morena e mal-humorada prontamente ocupou a outra. Ela que tome conta da colega, pensou a srta. Beale, e em seguida foi ajudar as outras moças a limpar a escrivaninha e empurrá-la para junto da parede. Se ao menos pudesse encarregar uma delas de fazer um chá! Mesmo aceitando os métodos modernos de combater o estado de choque, a srta. Beale ainda depositava muita fé num chá bem forte, doce e quente. Mas não havia a menor possibilidade de conseguir um chá naquele instante: não ajudaria em nada perturbar e assustar o pessoal da cozinha.

"Que tal agora nos apresentarmos?", disse, encorajadora. "Meu nome é Muriel Beale. Nem é preciso dizer que sou a inspetora do Conselho Geral de Enfermagem. Sei o nome de algumas de vocês, mas não estou muito segura de quem é quem."

Cinco pares de olhos fitaram-na com um ar de incompreensão amedrontada, mas a estudante eficiente — como a srta. Beale ainda a considerava — identificou-as uma a uma sem elevar a voz.

"As gêmeas são Maureen e Shirley Burt. Maureen é cerca de dois minutos mais velha que Shirley e tem mais sardas. Se não fosse por isso, seria bem difícil diferenciá-las. Ao lado de Maureen está Julia Pardoe. Christine Dakers ocupa uma das poltronas e Diane Harper a outra. Eu sou Madeleine Goodale."

A srta. Beale, que jamais tivera muita facilidade com nomes, fez sua costumeira recapitulação mental. As gêmeas Burt. Bonitinhas e saudáveis. Seria bem fácil lembrar seus nomes, ainda que muito difícil perceber quem era quem. Julia Pardoe. Nome atraente para uma moça atraente. Muito atraente, para quem aprecia aquele tipo de beleza loura, quase felina. Sorrindo para os olhos violeta inexpressivos, a srta. Beale concluiu que algumas pessoas, e não necessariamente homens, de fato poderiam apreciá-la bastante.

Madeleine Goodale. Um belo nome sensato para uma menina muito sensata. Achou que não teria maior dificuldade para lembrar-se de Goodale. Christine Dakers. Havia algo muito errado ali. Durante a breve aula prática a moça dera a impressão de estar doente e agora parecia à beira de um colapso. Tinha pele ruim — fato incomum para uma enfermeira. E agora estava totalmente sem cor, e o resultado era que as espinhas ao redor de sua boca e espalhadas por sua testa sobressaíam como feridas inflamadas. Estava encolhida no fundo da poltrona, as mãos alisando e repuxando alternadamente o jaleco. A enfermeira Dakers sem dúvida era a mais abalada de todas no grupo. Talvez tivesse sido uma amiga muito próxima da enfermeira Pearce. Supersticiosa, a srta. Beale fez uma rápida correção mental do tempo verbal. Talvez fosse uma amiga muito próxima. Se ao menos houvesse maneira de servir um pouco de chá à garota, para restaurar-lhe as forças!

A enfermeira Harper, com o batom e a sombra dos olhos sobressaindo na face pálida, disse de repente: "Decerto havia alguma coisa no alimento".

As gêmeas Burt se viraram para ela ao mesmo tempo. Maureen disse: "É claro que havia! Leite".

"Estou falando de alguma coisa além do leite." Ela hesitou. "Veneno."

"Mas como seria possível? Shirley e eu pegamos uma garrafa de leite fresco na geladeira da cozinha logo de manhã cedo. A senhorita Collins estava lá e nos viu. Deixamos a garrafa na sala de demonstração e só colocamos na jarra de medida um pouco antes da aula prática, não foi, Shirley?"

"Isso mesmo. A garrafa estava fechada. A gente pegou por volta das sete horas."

"E vocês não adicionaram nada por engano?"

"O quê, por exemplo? Claro que não."

As gêmeas falaram ao mesmo tempo, parecendo firmes e confiantes, quase despreocupadas. Elas sabiam exatamente o que haviam feito e quando, e a srta. Beale per-

31

cebeu que ninguém seria capaz de confundi-las. Não eram do tipo que se deixa atormentar por culpas desnecessárias ou que se vê acometido pelo tipo de dúvida irracional que costuma afligir personalidades menos fleumáticas e mais imaginativas. A srta. Beale tinha a sensação de entendê-las muito bem.

Julia Pardoe disse: "Talvez outra pessoa tenha feito alguma besteira com o alimento".

Olhou em torno, para as colegas, de olhos baixos, provocativa, levemente irônica.

Sem se alterar, Madeleine Goodale observou: "E por que alguém faria isso?".

A enfermeira Pardoe deu de ombros e seus lábios se contraíram num leve sorriso, como se ela guardasse algum segredo. Disse: "Por acidente. Ou talvez para fazer uma brincadeira. Ou quem sabe a pessoa fez isso intencionalmente".

"Mas seria uma tentativa de assassinato!", falou Diane Harper, parecendo não acreditar no que tinha ouvido. Maureen Burt riu.

"Não seja idiota, Julia. Quem haveria de querer assassinar a Pearce?"

Ninguém respondeu. Era uma lógica aparentemente irrefutável. Impossível imaginar alguém querendo matar a enfermeira Pearce. A srta. Beale se deu conta de que das duas uma: ou Pearce era do time dos que são considerados naturalmente inofensivos ou era uma personalidade por demais negativa para inspirar o tipo de ódio excruciante capaz de levar ao assassinato. A enfermeira Goodale concluiu, brusca: "Nem todo mundo gostava da Pearce".

A srta. Beale olhou surpresa para a moça. Era um comentário inesperado para a enfermeira Goodale... Um tanto insensível, dadas as circunstâncias, e desconcertantemente inadequado. Além disso, registrou o uso do passado verbal. Ali estava uma estudante que não esperava voltar a ver a enfermeira Pearce com vida.

A enfermeira Harper insistiu com veemência: "É uma

estupidez falar em assassinato. Quem ia querer matar a Pearce?".

A enfermeira Pardoe encolheu os ombros: "Talvez o ato não fosse dirigido para a Pearce. Não era a Jo Fallon que ia atuar como paciente hoje? O nome dela era o primeiro da lista. Se ela não tivesse ficado doente ontem à noite, estaria naquela maca hoje de manhã".

Ficaram todas em silêncio. A enfermeira Goodale se voltou para a srta. Beale.

"Ela tem razão. Fazemos um rodízio rigoroso para escolher a estudante que atuará como paciente; de fato, nesta manhã não era a vez da Pearce. Mas Josephine Fallon foi para a enfermaria ontem à noite — a senhorita certamente soube da epidemia de gripe — e Pearce era a próxima da lista. Pearce estava no lugar da Fallon."

A srta. Beale ficou um instante perdida. Achou que deveria interromper aquela conversa, que era sua responsabilidade afastar o acidente da cabeça das estudantes. É claro que só poderia ter sido um acidente. Mas não sabia como fazer isso. Além do mais, era terrivelmente fascinante ir chegando aos fatos. Para ela, sempre fora assim. Além disso, talvez também fosse melhor para as meninas dedicar-se àquele exercício investigativo e descomprometido em vez de ficar alimentando uma conversa forçada e inútil. Já dava para perceber que o choque estava dando lugar à agitação levemente contida que costuma se seguir a toda tragédia, desde que a tragédia não seja conosco, claro.

Julia Pardoe prosseguiu, com sua voz composta e um tanto infantil: "Então, se a verdadeira vítima era para ser a Fallon, nenhuma de nós poderia ser culpada, não é? Nós todas sabíamos que a Fallon não seria a paciente de hoje".

Madeleine Goodale respondeu: "Imagino que todo mundo soubesse. Pelo menos todo mundo na mansão Nightingale. Falou-se bastante no assunto durante o café da manhã".

O grupo ficou novamente em silêncio, refletindo sobre aquele novo desdobramento. A srta. Beale observou com interesse que nenhuma dissera que ninguém ia querer matar Fallon. Então Maureen Burt disse:

"Fallon não pode estar tão doente assim. Hoje de manhã ela já estava de novo em Nightingale, logo depois das oito e quarenta. Shirley e eu vimos quando ela saiu pela porta lateral um pouco antes de irmos para a sala de demonstração, depois do café da manhã."

A enfermeira Goodale perguntou, cortante: "E como ela estava vestida?". Maureen não pareceu surpresa com a pergunta aparentemente irrelevante.

"De calça. De casaco. Com aquele lenço de cabeça vermelho que ela gosta de usar. Por quê?"

A enfermeira Goodale, visivelmente abalada e surpresa, tentou disfarçar. Disse:

"Era o que ela estava vestindo antes que a levássemos para a enfermaria ontem à noite. Acho que ela voltou aqui para pegar alguma coisa no quarto dela. Mas ela não deveria ter saído da enfermaria. Foi uma coisa idiota. Ela estava com uma febre de quase quarenta graus ao ser internada. Sorte dela que a irmã Brumfett não a viu sair."

A enfermeira Pardoe disse em tom malicioso: "Estranho, não?". Ninguém respondeu. De fato era estranho, pensou a srta. Beale, lembrando-se do longo percurso úmido que fizera do hospital à escola de enfermagem. A estrada era muito sinuosa, mas sem dúvida havia um atalho por baixo das árvores. Só que era um passeio bem estranho para uma moça doente no início de uma manhã fria de inverno. Certamente algum motivo forte devia tê-la feito voltar para a mansão Nightingale. Afinal de contas, se estivesse precisando de alguma coisa de seu quarto era só pedir a alguém que a buscasse para ela: qualquer colega teria se encarregado de levar fosse o que fosse até a enfermaria. E aquela era a moça que deveria ter desempenhado o papel de paciente naquela manhã e que agora estaria, lógico, deitada na sala ao lado em meio à confusão de tubos e lençóis.

A enfermeira Pardoe disse: "Bem, tem uma pessoa

que sabia que a Fallon não atuaria como paciente hoje de manhã. A própria Fallon".

A enfermeira Goodale, com o rosto pálido, olhou para ela.

"Se você quer bancar a idiota e a maldosa, acho que não tenho como impedi-la. Mas se eu fosse você, parava imediatamente com essa difamação."

A enfermeira Pardoe parecia despreocupada e até satisfeita de si. Ao perceber seu sorriso malicioso, realizado, a srta. Beale concluiu que já estava na hora de interromper aquela conversa. Estava pensando em como mudar de assunto quando a enfermeira Dakers disse com voz fraca, do fundo de sua poltrona: "Não estou me sentindo bem".

A preocupação foi imediata. A enfermeira Harper foi a única que não fez menção de ajudar. Todas as outras se reuniram em torno da moça, felizes com a oportunidade de fazer alguma coisa. A enfermeira Goodale disse: "Vou acompanhar você até o lavabo, lá embaixo".

Saiu da sala amparando a garota. Para surpresa da srta. Beale, a enfermeira Pardoe foi também. O recente antagonismo parecia esquecido enquanto as duas, uma de cada lado, amparavam a enfermeira Dakers. A srta. Beale ficou com as gêmeas Burt e a enfermeira Harper. Um novo silêncio se fez — mas a srta. Beale aprendera a lição. Fora imperdoavelmente irresponsável. Não haveria mais conversas sobre morte ou assassinato. Enquanto as moças estivessem ali sob sua guarda, podiam muito bem aproveitar o tempo estudando. Olhou com ar severo para a enfermeira Harper e convidou-a a descrever os sinais, os sintomas e o tratamento de uma falência pulmonar.

Dez minutos depois, as três ausentes voltaram. A enfermeira Dakers ainda estava pálida, porém recomposta. Quem parecia preocupada era a enfermeira Goodale. Como se não conseguisse se conter, disse:

"O frasco de desinfetante não está no lavatório. Vocês sabem de qual frasco eu estou falando. Ele sempre fica na prateleira pequena. Pardoe e eu não conseguimos encontrá-lo."

A enfermeira Harper interrompeu sua exposição tediosa mas surpreendentemente competente e disse:

"Você se refere àquele frasco com uma substância que parecia leite? Estava lá ontem à noite, depois da ceia."

"Isso foi há muito tempo. Alguém esteve naquele banheiro hoje de manhã?"

Aparentemente, ninguém. Todas se entreolharam em silêncio.

Nisso a porta se abriu. A enfermeira-chefe entrou em silêncio e fechou a porta atrás de si. Houve um estalar de linho engomado quando as gêmeas escorregaram da mesa e se viraram para ela, atentas. A enfermeira Harper ergueu-se desajeitadamente da poltrona. Todas olharam para a srta. Taylor.

"Crianças", ela disse, e essa palavra inesperada e gentil anunciou a verdade antes que ela falasse.

"Crianças, a enfermeira Pearce morreu há poucos minutos. Não sabemos ainda como nem por quê, mas quando algo inexplicável assim acontece é preciso chamar a polícia. A secretaria do hospital está fazendo isso agora. Quero que sejam corajosas e sensatas, como sei que serão. Até a polícia chegar, acho melhor não falarmos sobre o que aconteceu. Vão recolher seus livros. A enfermeira Goodale vai levá-las até minha sala de espera, para que aguardem lá. Vou pedir um café bem forte, que daqui a pouco será servido a vocês. Fui clara?"

Ouviu-se um murmúrio submisso: "Sim, senhora".

Mary Taylor virou-se para a srta. Beale.

"Lamento muitíssimo, mas isso significa que a senhora também terá de esperar."

"É claro, enfermeira-chefe, compreendo perfeitamente."

Por cima das cabeças das estudantes os olhos das duas se encontraram, desconcertados, confusos, interrogativos, repletos de muda solidariedade.

Mas a srta. Beale ficou levemente horrorizada ao lembrar-se, mais tarde, da banalidade e da irrelevância de seu primeiro pensamento consciente.

"Esta deve ter sido a inspeção mais rápida de que se tem notícia. Que diabos vou dizer ao Conselho Geral de Enfermagem?"

V

Poucos minutos antes, as quatro pessoas reunidas na sala de demonstração haviam se levantado e olhado umas para as outras, pálidas e absolutamente exaustas. Heather Pearce estava morta. Fosse qual fosse o critério, legal ou médico, ela estava morta. Já fazia cinco minutos que o grupo tinha conhecimento disso, mas mesmo assim havia insistido, teimado, sem fazer comentários, como se ainda houvesse alguma chance de que aquele coração flácido voltasse a pulsar e a viver. O dr. Courtney-Briggs despira o paletó para trabalhar na garota e a frente de seu colete estava toda manchada de sangue. Ele olhou para a mancha espessa, um vinco no cenho, o nariz franzido com desagrado, quase como se o sangue fosse uma substância estranha para ele. A massagem cardíaca fora complicada, além de ineficaz. Surpreendentemente complicada para o dr. Courtney-Briggs, pensou a enfermeira-chefe. Mas com certeza a tentativa se justificara... Não houvera tempo para levar a moça até a sala de cirurgia. Pena que a irmã Gearing tivesse arrancado a sonda esofágica. Provavelmente fora uma reação natural, só que talvez com isso ela tivesse eliminado a única chance de sobrevivência para Pearce. Se a sonda estivesse posicionada teria sido possível tentar uma lavagem estomacal imediata, mas a tentativa de enfiar outra sonda pela narina fora frustrada pelos espasmos de agonia da garota, e quando os espasmos cessaram já era tarde demais e o dr. Courtney-Briggs fora forçado a abrir a caixa torácica e tentar a única medida que restava. Todos sabiam dos esforços heroicos do dr. Courtney-Briggs. Pena

37

que tivessem deixado o corpo com um aspecto tão pateticamente mutilado e a sala de demonstração com cheiro de abatedouro. Coisas daquele tipo transcorrem melhor numa sala de cirurgia, protegidas e dignificadas por toda a parafernália dos rituais cirúrgicos.

Foi ele o primeiro a falar.

"Essa não foi uma morte natural. Não havia apenas leite naquele frasco. Bem, isso é óbvio para todos nós, eu deveria saber. É melhor chamarmos a polícia. Vou ligar para a Scotland Yard. Por acaso conheço uma pessoa lá. Um dos comissários assistentes."

Ele sempre conhece alguém, pensou a enfermeira-chefe. Sentia o impulso de confrontá-lo. O efeito de choque deixara nela um resíduo de irritação e, irracionalmente, dirigida contra ele. Disse com calma:

"Devemos chamar a polícia local, e acho que cabe à secretaria do hospital fazer isso. Vou falar com o senhor Hudson pelo telefone interno agora. A polícia local chamará a Scotland Yard se achar necessário. Embora eu não consiga imaginar a razão disso. Mas é uma decisão que cabe ao chefe de polícia, não a nós."

Em seguida se dirigiu ao telefone preso à parede, contornando cuidadosamente a figura agachada da srta. Rolfe. A diretora de ensino ainda estava ajoelhada. Parecia um personagem de melodrama vitoriano, pensou a enfermeira-chefe, com seus olhos ardentes num rosto mortalmente pálido, o cabelo preto um pouco desfeito sob a touca de babados e aquelas mãos cobertas de sangue. Virava as mãos devagar, analisando a massa avermelhada com um interesse neutro e especulativo, como se também achasse difícil acreditar que aquele sangue era mesmo real. Disse:

"Se há suspeita de crime, será que deveríamos mover o corpo?"

O dr. Courtney-Briggs respondeu, ríspido:

"Não tenho a menor intenção de mover o corpo."

"Mas não podemos deixá-la aqui, não desse jeito!" A srta. Gearing estava quase chorando de indignação. O médico fulminou-a com os olhos.

38

"Minha cara, a moça está morta! Morta! Que diferença faz o lugar onde deixamos o corpo? Ela não sente nada. Não sabe nada. Pelo amor de Deus, não me venha com sentimentalismos em relação à morte. O que é indigno é morrermos todos, não o que acontece com nosso corpo."

O médico se virou bruscamente e foi até a janela. A irmã Gearing fez menção de segui-lo, depois afundou na cadeira mais próxima e começou a chorar, quieta, como um bichinho. Ninguém lhe deu atenção. A irmã Rolfe ergueu-se, rígida. Mantendo as mãos estendidas para a frente no gesto ritual da enfermeira cirúrgica, dirigiu-se até a pia a um canto, empurrou o registro da torneira com o cotovelo e começou a lavar as mãos. No telefone da parede, a enfermeira-chefe discava um número de cinco algarismos. Os presentes ouviram sua voz calma.

"É da secretaria do hospital? O senhor Hudson está? É a enfermeira-chefe." Houve uma pausa. "Bom dia, senhor Hudson. Estou falando da sala de demonstração, no térreo da mansão Nightingale. O senhor poderia vir até aqui imediatamente? Sim. É muito urgente. Infelizmente aconteceu uma tragédia, uma coisa horrível, e será necessário que o senhor ligue para a polícia. Não, prefiro não informá-lo por telefone. Obrigada." Recolocou o fone no gancho e disse em voz baixa: "Ele está vindo. Também terá de informar o vice-presidente. É uma falta de sorte sir Marcus estar em Israel, mas a primeira coisa é chamar a polícia. E agora é melhor eu contar às outras estudantes".

A irmã Gearing fazia força para se controlar. Assoou o nariz estrepitosamente no lenço, guardou-o de novo no bolso do uniforme e levantou um rosto congestionado.

"Sinto muito. É o choque, acho. É que tudo isso é tão horrível. Uma coisa tão chocante. E na minha primeira aula! Todo mundo em volta, assistindo daquele jeito. As outras estudantes também. Um acidente tão horrível..."

"Acidente, irmã?" Da janela, o dr. Courtney-Briggs se voltou para os presentes, depois se aproximou da irmã Gearing com passadas largas e inclinou a cabeça maciça,

39

aproximando-a da dela. Sua voz estava ríspida, irritada, ele praticamente cuspia as palavras no rosto dela. "Acidente? A senhora está sugerindo que o veneno corrosivo chegou sozinho, por acidente, àquele leite? Ou que uma garota em sã consciência resolveu se matar dessa maneira especialmente horrível? Ora, ora, enfermeira, que tal um pouco de franqueza, para variar? O que acabamos de testemunhar se chama assassinato!"

2

ENCERRAMENTO À MEIA-NOITE

I

Era tarde da noite da quarta-feira 28 de janeiro, décimo sexto dia da morte da enfermeira Pearce, e na sala de convivência das estudantes, no primeiro andar da mansão Nightingale, a enfermeira Dakers escrevia sua carta de meio de semana para a mãe. Normalmente, acabava a carta a tempo de mandá-la pelo correio do fim do dia, mas naquela semana sentia-se sem ânimo e pouco inclinada a dedicar-se à tarefa. A cesta de papel a seus pés já recebera as versões amassadas dos dois primeiros rascunhos rejeitados. E agora tentava pela terceira vez.

Estava sentada a uma das mesas de trabalho geminadas em frente à janela, o cotovelo esquerdo quase roçando as pesadas cortinas que mantinham a escuridão úmida da noite do lado de fora, o antebraço cercando protetoramente o bloco de papel. Diante dela, a luz do abajur brilhava sobre a cabeça encurvada de Madeleine Goodale, tão próxima da sua que a enfermeira Dakers conseguia ver o couro cabeludo branco debaixo do cabelo repartido e sentir o odor penetrante e antisséptico, ainda que quase imperceptível, do xampu. Dois livros didáticos estavam abertos na frente de Goodale e ela fazia anotações. Nada a preocupava, pensava a enfermeira Dakers com uma inveja ressentida; nada na sala ou fora dali era capaz de perturbar sua tranquila concentração. A admirável e segura Goodale tratava de garantir que a medalha de ouro do John Carpendar para as melhores notas do exame final acabasse espetada em seu jaleco imaculado.

41

Assustada com a intensidade daquele antagonismo repentino e vergonhoso que lhe dava a sensação de que poderia ser captado por Goodale, a enfermeira Dakers desviou os olhos da cabeça inclinada e tão desconcertantemente próxima e olhou ao redor. O ambiente lhe era tão familiar, depois de quase três anos de aulas, que normalmente ela mal percebia os detalhes da arquitetura e da decoração. Naquela noite, porém, observou o lugar com clareza inesperada, como se ele não tivesse nenhuma relação com ela ou com sua vida. Era grande demais para ser aconchegante; a mobília dava a sensação de que as peças haviam sido adquiridas aos poucos ao longo dos anos. Um dia talvez aquela tivesse sido uma sala de visitas elegante, mas fazia muito tempo que o papel de parede desaparecera; agora eram paredes pintadas — e sujas. Uma reforma seria feita quando houvesse verba, diziam. A lareira, ornamentada com mármore esculpido e circundada de carvalho, abrigava um grande aquecedor a gás, feio e velho no aspecto, mas ainda notavelmente eficiente, que chiava e emitia um forte calor capaz de chegar aos cantos mais escuros do aposento. A elegante mesa de mogno junto à parede mais distante, sobre a qual havia uma pilha de revistas em desordem, devia ser herança do próprio John Carpendar. Agora, porém, estava arranhada e sem brilho; apesar de espanada regularmente, quase nunca era polida, e o tampo estava riscado e áspero. À esquerda da lareira, em contraste gritante, havia um enorme e moderno aparelho de tevê, presente da Associação de Amigos do Hospital. Diante dela, um imenso sofá de molas gastas, forrado de cretone, e uma única poltrona combinando. As outras cadeiras lembravam as do ambulatório do hospital, só que eram velhas e feias demais para ser usadas pelos pacientes. Os descansos de braço de madeira clara estavam encardidos; os assentos coloridos de vinil, velhos e cheios de calombos, exalavam um cheiro desagradável por causa do calor da lareira. Uma das cadeiras estava vazia — a de assento vermelho, usada invariavelmente pela enfermeira Pearce. Desprezando a intimidade do sofá, ela gostava de sentar-se ali, um pouco à parte do grupo bem entrosado de estudantes em torno da tevê, olhando para a tela com um desinteresse calculado, como se aquele fosse um prazer do qual podia abrir mão com facilidade. De vez em quando passava os olhos pelo livro em seu colo, como se as bobagens oferecidas a seu entretenimento fossem por demais intoleráveis. Sua presença, pensou a enfermeira Dakers, sempre fora um pouco incômoda e opressiva. A atmosfera na sala de convivência das estudantes sempre ficava mais leve e relaxada sem aquela figura rígida, de censora. Mas a cadeira vazia, o assento cheio de calombos, quase era pior. A enfermeira Dakers gostaria de ter coragem de ir até a cadeira, alinhá-la com as demais na frente da tevê e ela mesma se acomodar no assento gasto, exorcizando de uma vez por todas aquele fantasma opressivo. Será que as outras estudantes também pensavam assim? Impossível saber. As gêmeas Burt, emparelhadas lado a lado nas profundezas do sofá, estariam de fato tão embevecidas quanto pareciam com o velho filme de gângster a que assistiam? As duas tricotavam os pesados suéteres que sempre usavam no inverno, seus dedos se moviam depressa, os olhos nunca se afastavam da tela. Ao lado delas, a enfermeira Fallon, de calça comprida e com uma perna jogada por cima do braço da poltrona, descansava tranquila. Era seu primeiro dia de volta à escola depois do afastamento médico; ainda estava pálida e abatida. Será que sua mente se voltava mesmo para o herói de cabelo lustroso e chapéu ridículo, alto e de fita larga, com um casaco de ombreiras exageradas, e cuja voz rouca, pontuada pelos disparos dos tiros, enchia a sala? Ou será que também ela estava morbidamente consciente da presença daquela cadeira vermelha vazia, com seu assento cheio de calombos e com a extremidade dos braços lustrosa pelo contato com as mãos de Pearce?

A enfermeira Dakers estremeceu. Segundo o relógio da parede, já passava das nove e meia. Fora, se armava uma ventania. A noite seria agitada. Nos raros intervalos de silêncio da televisão, ouvia os estalos e suspiros do vento nas árvores e imaginava as últimas folhas caindo sem ruído sobre a grama e a estradinha, isolando a mansão Nightingale num charco de silêncio e decomposição. Forçou-se a pegar a caneta. Precisava continuar! Logo seria hora de ir para a cama e uma a uma as estudantes dariam boa-noite e desapareceriam, deixando-a sozinha para enfrentar a escada mal iluminada e o corredor escuro mais à frente. Jo Fallon ainda estaria por ali, claro. Ela jamais ia para a cama antes do encerramento da programação da televisão. E quando isso acontecesse, seguiria seu caminho solitário escada acima para preparar seu uísque quente com limão de todas as noites. Todo mundo sabia do hábito de Fallon. Mas a enfermeira Dakers achava que não suportaria ficar a sós com Fallon. A companhia dela era a última que escolheria, mesmo para aquela caminhada solitária e assustadora da sala de convivência até a cama.

Recomeçou a escrever.

"Agora, mamãe, por favor, não comece a se preocupar com o assassinato."

Deu-se conta da impossibilidade da frase assim que as palavras foram postas no papel. Devia haver algum jeito de evitar aquela palavra emocional, tingida de sangue. Tentou de novo. "Agora, mamãe, não comece a se preocupar com as coisas que lê no jornal. Não há necessidade mesmo. Não corro nenhum risco, estou perfeitamente satisfeita e ninguém acredita que a morte de Pearce tenha sido provocada por um ato deliberado."

Não era verdade, claro. Algumas pessoas deviam pensar que a morte de Pearce resultara de um ato deliberado. Se não fosse assim, o que a polícia estaria fazendo lá? E era ridículo achar que o veneno havia caído no alimento por acidente ou que Pearce, a devota, a conscienciosa, a essencialmente entediante Pearce, pudesse ter resolvido se matar daquela maneira tão atroz e espetacular. Continuou a escrever:

"O Departamento de Investigação Criminal ainda está por aqui, mas agora só aparece de vez em quando. Os policiais foram muito gentis com todas nós, estudantes, e acho que não suspeitam de ninguém. A pobre da Pearce não era muito popular, mas é ridículo achar que alguém quisesse fazer mal a ela."

Será que a polícia foi mesmo gentil? — ela se perguntou. Claro, todos foram muito corretos e educados. Distribuíram as frases feitas de sempre para reafirmar a importância da cooperação de todos no esclarecimento da terrível tragédia: era preciso dizer a verdade o tempo todo, não deixar nada para trás, por mais trivial e sem importância que alguma coisa pudesse parecer. Nenhum deles erguera a voz nem fora agressivo ou intimidador. E todos haviam sido assustadores. A mera presença masculina e afirmativa deles na mansão Nightingale fora como a porta selada da sala de demonstração — um lembrete constante da tragédia e do medo. Para a enfermeira Dakers, o mais assustador de todos era o inspetor Bailey, um homem grande, robusto, de rosto redondo como a lua, cuja voz e jeito tranquilizadores e familiares contrastavam de modo perturbador com seus olhos frios, que guardavam alguma semelhança com os olhos de um porco. O interrogatório parecia não ter fim. Ela ainda se lembrava das sessões intermináveis, da força de vontade de que necessitara para enfrentar aquele olhar inquiridor.

"Me disseram que a senhorita foi quem mais ficou abalada com a morte da enfermeira Pearce. Ela era muito sua amiga?"

"Não. Nem tanto. Nada de especial. Eu mal a conhecia."

"Mas isso é surpreendente! Depois de quase três anos de estudos juntas? Morando e trabalhando tão próximas umas das outras, seria natural que todas se conhecessem muito bem."

Não fora fácil explicar.

"Algumas coisas, mas não tudo. Conhecemos os hábitos umas das outras, mas no fundo eu não sabia como ela era; isto é, como pessoa." Uma resposta tola. De que outra forma era possível conhecer alguém, a não ser como pessoa? E não era verdade. Ela conhecera Pearce. Conhecera muito bem.

"Mas vocês se davam bem? Não houve nenhuma discussão nem nada parecido? Nenhum evento desagradável?"

Expressão estranha, "evento desagradável". Ela voltou a ver aquela figura grotesca cambaleando para a frente em agonia, os dedos tentando inutilmente agarrar o ar, a sonda fina repuxando a boca, como uma ferida. Não, não tinha havido nenhum evento desagradável.

"E as outras estudantes? Elas também se davam bem com a enfermeira Pearce? Nenhuma alteração, que a senhorita soubesse?"

Alteração. Expressão estúpida. Qual seria o oposto?, ela se perguntou. Mesmice? Em geral, vivemos na mesmice. Respondera:

"Que eu saiba, ela não tinha inimigos. E se alguém não gostava dela, isso não seria motivo para matá-la."

"É o que todas vocês me dizem. Mas alguém a matou, não foi? A não ser que o veneno não fosse para a enfermeira Pearce. Ela fez o papel de paciente por mero acaso. Você estava sabendo que naquela noite a enfermeira Fallon havia adoecido?"

E assim por diante. Perguntas sobre cada minuto daquela última e terrível aula prática. Perguntas sobre o desinfetante do lavatório. O frasco vazio, totalmente limpo de impressões digitais, fora encontrado pela polícia logo depois, caído no meio dos arbustos, nos fundos da casa. Qualquer um poderia tê-lo jogado pela janela de um dos quartos, ou do banheiro, na escuridão protetora daquela manhã de janeiro. Perguntas sobre seus movimentos desde que acordara. A reiteração constante, naquela voz ameaçadora, de que nada deveria ser deixado para trás, nada deveria ficar oculto.

Ela se perguntava se as outras estudantes tinham ficado

com tanto medo quanto ela. As gêmeas Burt haviam dado a impressão de estar simplesmente aborrecidas e resignadas, atendendo às convocações esporádicas do inspetor com um dar de ombros e um cansado "Ah, meu Deus, de novo!". A enfermeira Goodale nada dissera ao ser chamada para o interrogatório, nem antes nem depois. A enfermeira Fallon fora igualmente reticente. Era fato sabido que o inspetor Bailey a interrogara na enfermaria assim que ela se recuperara um pouco. Ninguém estava a par do que se passara naquele interrogatório. Diziam que Fallon admitira ter voltado à mansão Nightingale bem cedo na manhã do crime, mas que se recusara a dizer por quê. Típico de Fallon. E agora ela estava de volta à mansão, outra vez reunida ao grupo. Até aquele momento nem sequer mencionara a morte de Pearce. A enfermeira Dakers especulou consigo mesma se ela viria a fazer isso, e quando; e, morbidamente sensível ao sentido oculto de cada palavra, continuou escrevendo sua carta:

"A sala de demonstração deixou de ser usada desde a morte da enfermeira Pearce, mas, fora isso, o programa de ensino avança de acordo com o planejado. Apenas uma das alunas, Diane Harper, saiu da escola. O pai veio buscá-la dois dias depois da morte da enfermeira Pearce, e a polícia parece não ter dado importância ao fato. Todas achamos burrice ela desistir tão perto dos exames finais, mas o pai dela nunca foi muito favorável ao treinamento da filha como enfermeira, e, bom, agora ela está noiva, então eu acho que por isso ela achou que não fazia diferença. Ninguém mais está pensando em sair do curso. Pode ficar sossegada, querida mamãe, ninguém corre o menor perigo. Agora, preciso lhe contar a programação de amanhã."

Dali para a frente não havia mais necessidade de rascunho. O resto da carta seria fácil. Releu o que havia escrito e concluiu que estava bom. Pegou no bloco uma nova folha de papel e começou a escrever a versão final da carta. Com um pouco de sorte, terminaria logo antes de o filme acabar e de as gêmeas largarem o tricô e irem para a cama.

Escreveu depressa e meia hora depois, com a carta concluída, viu com alívio que o filme chegava ao último holocausto e ao abraço final. Naquele exato momento a enfermeira Goodale tirou os óculos de leitura, levantou os olhos e fechou o livro. A porta se abriu e Julia Pardoe apareceu.

"Voltei", anunciou com um bocejo. "Esse filme era péssimo. Alguém está a fim de um chá?" Ninguém respondeu, mas as gêmeas enfiaram as agulhas de tricô no novelo de lã e se reuniram a ela na porta, desligando a tevê ao passar. Pardoe jamais se daria ao trabalho de fazer chá se encontrasse alguém para assumir a tarefa, e em geral as gêmeas se encarregavam. Enquanto as seguia para fora da sala de convivência, a enfermeira Dakers olhou para trás, para a figura silenciosa e imóvel de Fallon, agora sozinha com Madeleine Goodale. Sentiu um impulso repentino de falar com Fallon, de dizer-lhe que estava contente por ela estar de volta, de perguntar sobre sua saúde ou simplesmente dar-lhe boa-noite, mas as palavras pareciam coladas a sua garganta, o momento passou e a última coisa que viu ao fechar a porta atrás de si foi o rosto pálido de Fallon, seus olhos vazios ainda voltados para a tevê, como se ela não tivesse percebido que a tela estava apagada.

II

Num hospital o tempo é documentado, os segundos são medidos pelo latejar de um pulso ou pelo gotejar do sangue ou do plasma; os minutos, pela duração de uma parada cardíaca; as horas, pelos altos e baixos do gráfico de temperatura ou pela duração de uma cirurgia. Quando chegou a hora de documentar os eventos da noite que separou o dia 28 do dia 29 de janeiro, raros foram os protagonistas do Hospital John Carpendar que não sabiam onde estavam ou o que estavam fazendo em qualquer momento de suas horas de vigília. Talvez tivessem optado por não revelar a verdade, mas pelo menos sabiam onde estava a verdade.

A tempestade daquela noite foi violenta, embora errática; de hora em hora o vento variava de intensidade e até de direção. Às dez da noite não havia mais que um *obbligato* suspirante entre os olmos. Uma hora depois, o vento iniciou um *crescendo* de fúria. Os grandes olmos ao redor da mansão Nightingale estalavam e gemiam sob a violência do ataque e o vento uivava no meio deles como um bando de demônios às gargalhadas. Ao longo dos caminhos desertos, os montes de folhas mortas, ainda empapados da chuva, moviam-se lentamente até dividir-se em rajadas e ser levantados em espirais selvagens, como insetos ensandecidos, e acabar grudados aos troncos escuros das árvores. Na sala de cirurgia, no último andar do hospital, o dr. Courtney-Briggs, impassível diante da crise, resmungava para sua assistente que aquela seria uma noite agitada e em seguida baixava novamente a cabeça para a prazerosa contemplação do intrincado problema cirúrgico que se apresentava entre as bordas afastadas do corte cirúrgico. Abaixo dele, no silêncio e na penumbra das enfermarias, os pacientes resmungavam e se viravam no meio do sono, como se estivessem conscientes do tumulto reinante do lado de fora. A radiologista, que fora chamada para tirar raios X urgentes do paciente do dr. Courtney-Briggs, cobriu de novo o aparelho, apagou as luzes e se perguntou se o seu pequeno carro enfrentaria a estrada. As enfermeiras do turno da noite moviam-se em silêncio entre seus pacientes, testando as janelas, fechando melhor as cortinas, como se quisessem manter do lado de fora todas as forças estranhas ou ameaçadoras. O porteiro de plantão na entrada principal, inquieto em sua cadeira da portaria, levantou-se sobre os pés dormentes e pôs mais dois blocos de carvão na lareira. Em seu isolamento, sentia falta de calor e conforto. A pequena casa parecia balançar a cada rajada de vento.

Mas pouco antes da meia-noite a tempestade amai-

49

nou, como se sentisse a aproximação da hora das bruxas, aquela hora morta da noite em que o coração do homem bate mais devagar e os pacientes moribundos deslizam com mais facilidade para o derradeiro oblívio. Houve um silêncio lúgubre por cerca de cinco minutos, sucedido por um lamento suave e ritmado provocado pelo vento ao investir e suspirar no espaço entre as árvores, como extenuado pela própria fúria. Concluída a cirurgia, o dr. Courtney-Briggs tirou as luvas e rumou para o vestiário dos cirurgiões. Assim que se desfez do avental, usou o telefone interno para ligar para o andar das irmãs, na mansão Nightingale, e pedir que a irmã Brumfett, encarregada da ala particular, voltasse ao hospital para supervisionar os cuidados com seu paciente nas primeiras horas críticas. Satisfeito, constatou que o vento amainara. A irmã poderia vir sozinha e a pé, como já fizera tantas vezes antes para atender a seus chamados. Não queria sentir-se obrigado a buscá-la em seu carro.

Menos de cinco minutos depois, a enfermeira Brumfett avançava resoluta por entre as árvores, a capa enrolada em torno do corpo como uma bandeira castigada pelo vento que se embola no mastro, o capuz sobre a cabeça cobrindo a touca preguelada de religiosa. O jardim estava estranhamente pacífico naquele breve interlúdio da tempestade. Ela se movia em silêncio pela grama encharcada, sentindo como a terra embebida de chuva aderia às solas grossas de seus sapatos e vendo como às vezes um graveto fino arrancado pela tempestade se soltava de um último filamento de casca e caía com suave negligência a seus pés. Depois que alcançou a paz da enfermaria particular e começou a ajudar a estudante do terceiro ano a preparar o leito pós-operatório e o suporte para o soro, o vento recomeçou a soprar. Mas a enfermeira Brumfett, absorta na tarefa, já não prestava atenção nele.

Pouco depois da meia-noite e meia, Albert Colgate, o encarregado noturno da portaria principal, que cabeceava sobre o jornal vespertino, foi abruptamente despertado por uma faixa de luz varrendo a janela da guarita e pelo motor de um carro que se aproximava. Deve ser o Daimler do dr. Courtney-Briggs, pensou. Portanto, a cirurgia terminara. Ele esperava que o carro saísse pelo portão principal, mas inesperadamente o veículo parou. Foram ouvidos dois toques peremptórios de buzina. Resmungando, o porteiro enfiou o sobretudo e saiu pela porta da guarita. O dr. Courtney-Briggs baixou o vidro e gritou algo para ele através do vento.

"Tentei sair pelo portão da Winchester, mas tem uma árvore atravessada no caminho. Achei que seria bom informar. Tome providências assim que possível."

O porteiro enfiou a cabeça pela janela do carro e foi imediatamente envolvido pelo cheiro voluptuoso de fumaça de charuto, loção pós-barba e couro. O dr. Courtney-Briggs recuou um pouco ao vê-lo tão próximo. O porteiro disse:

"Sem dúvida um daqueles velhos olmos, senhor. Assim que amanhecer, transmito a informação. Não posso fazer nada agora à noite: impossível, no meio desta tempestade."

O dr. Courtney-Briggs começou a subir o vidro. Colgate retirou a cabeça depressa.

O médico disse: "Não é preciso fazer nada agora. Amarrei minha echarpe branca num dos ramos. Duvido que alguém passe por ali antes do amanhecer. Se passar, vai ver a echarpe. Mas convém o senhor alertar quem passar por aqui. Boa noite, Colgate".

O grande carro ronronou para longe do portão principal e Colgate voltou para a casinha. Meticulosamente, observou a hora no relógio da parede acima da lareira e fez um registro em seu livro: "12h32, o dr. Courtney-Briggs informa sobre árvore caída no acesso para a avenida Winchester".

Acomodou-se outra vez em sua cadeira e pegou o jornal, mas um pensamento cruzou sua mente: era estranho o dr. Courtney-Briggs ter tentado ir pelo caminho que ia dar no portão da Winchester. Não era a maneira mais rápida de ele chegar em casa; além disso, o médico raramente usava aquela estrada. Usava sempre a entrada da frente. Talvez, pensou Colgate, ele tivesse a chave do portão da avenida Winchester. O dr. Courtney-Briggs tinha a chave de quase todos os lugares do hospital. Mas era estranho, de todo modo.

Pouco antes das duas da manhã, no silencioso segundo andar da mansão Nightingale, Maureen Burt se agitou no sono, resmungou incoerentemente por entre os lábios úmidos e contraídos, e acordou incomodada, ciente de que tomar três xícaras de chá antes de ir para a cama fora um certo exagero. Ficou deitada imóvel por um momento, sonolenta mas consciente dos rugidos da tempestade, pensou que talvez conseguisse adormecer outra vez, percebeu que o mal-estar era excessivo para ser suportado e estendeu o braço para o interruptor do abajur. Sob o impacto da luz instantânea e ofuscante, despertou por completo. Enfiou os pés nos chinelos, jogou o penhoar sobre os ombros e saiu para o corredor. Ao fechar a porta do quarto atrás de si sem fazer barulho, uma súbita rajada de vento agitou as cortinas da janela do final do corredor. Foi até lá para fechá-la. Por entre os galhos enredados e suas sombras agitadas projetadas na vidraça, dava para ver o hospital enfrentando a tempestade como um grande navio ancorado, as janelas das enfermarias pouco iluminadas diante da linha vertical de janelinhas cintilantes dos escritórios das irmãs e das cozinhas das enfermarias. Fechou a janela com cuidado e, meio cambaleante de sono, foi tateando até o banheiro. Menos de um minuto depois, saiu de novo para o corredor, parando um instante para acostumar os olhos à escuridão. Da barafunda de sombras no alto da escada, uma, mais densa, se destacou e avançou, até definir-se como um vulto de capa e capuz. Maureen não era uma moça nervosa; em seu estado de sonolência, limitou-se a pensar como era surpreendente que alguém mais estivesse acordado e circulando. Logo viu que era a enfermeira Brumfett. Dois olhos penetrantes se fixaram nela através dos óculos, em meio à penumbra. A voz da irmã estava surpreendentemente áspera.

"É uma das gêmeas Burt, não é? O que você está fazendo aqui? Tem mais alguém de pé?"

"Não, senhora. Pelo menos acho que não. Só levantei para ir ao banheiro."

"Ah, sim. Bem, desde que todas estejam bem... Achei que a tempestade pudesse ter incomodado vocês. Acabo de voltar da minha enfermaria. Um dos pacientes do doutor Courtney-Briggs teve uma recaída e ele precisou operá-lo às pressas."

"Certo, irmã", respondeu a enfermeira Burt, incerta sobre o que mais se esperava dela. Ficou surpresa pelo fato de a enfermeira Brumfett se preocupar em justificar sua presença a uma simples estudante e percebeu uma certa hesitação quando a irmã ajustou melhor a longa capa em torno do corpo e seguiu com passos rápidos pelo corredor, até a escada distante. Seu quarto ficava no andar de cima, ao lado do apartamento da enfermeira-chefe. Quando chegou ao pé da escada, a irmã Brumfett se virou e deu a impressão de que ia falar alguma coisa. Nesse momento a porta de Shirley Burt se abriu lentamente e apareceu uma cabeça de cabelo vermelho desgrenhado.

"O que está acontecendo?", ela perguntou sonolenta.

Brumfett caminhou na direção das duas gêmeas.

"Nada, enfermeira. Simplesmente estou a caminho da cama. Venho de minha enfermaria. E Maureen teve que se levantar para ir ao banheiro. Não há nada com que se preocupar."

Em nenhum momento Shirley deu a impressão de estar preocupada. Logo depois, saiu para o patamar da escada, vestindo o penhoar. Resignada e um pouco complacente, disse:

"Quando a Maureen acorda eu também acordo. Sempre fomos assim, desde bebês. Pergunte à mamãe!" Um pouco abalada pelo sono, mas encantada com o fato de que a telepatia familiar ainda funcionasse, fechou a porta do quarto atrás de si com jeito de que, uma vez acordada, pretendia continuar assim.

"É inútil tentar dormir de novo com esse vento. Vou preparar um chocolate quente. A senhora aceita uma caneca? Ajuda a dormir."

"Não, obrigada, enfermeira. Não acho que eu vá ter algum problema para adormecer. Sejam o mais silenciosas que puderem. Não vão incomodar as outras. E não vão se resfriar." Irmã Brumfett virou-se novamente para a escada. Maureen disse: "A Fallon está acordada. Bom, pelo menos o abajur dela ainda está aceso".

As três olharam pelo corredor, para onde um ponto de luz atravessava a fechadura da enfermeira Fallon e lançava uma pequena mancha luminosa no painel de madeira trabalhada da parede oposta.

Shirley disse: "Vamos levar uma caneca de chocolate para ela então. Ela provavelmente está acordada, lendo. Venha, Maureen! Boa noite, irmã".

Arrastando os pés, as duas seguiram pelo corredor até chegar à copa, ao fundo. Depois de uma segunda pausa, a irmã Brumfett, que ficara olhando firme para elas, com uma fisionomia rígida e sem expressão, subiu por fim a escada e tomou o rumo da cama.

Exatamente uma hora depois, sem que ninguém na mansão Nightingale ouvisse ou notasse, uma vidraça frágil na estufa, que passara a noite inteira chacoalhando espasmodicamente, abriu-se para dentro, explodindo em cacos sobre o chão de mosaicos. O vento apressou-se a entrar pela abertura, como um animal que fareja alguma coisa. Seu hálito frio folheou as revistas nas mesas de vime, levantou as folhas das palmeiras e agitou com delicadeza as samambaias. Por fim, encontrou o comprido armário branco centralizado sob as prateleiras das plantas. Mais cedo naquela noite, a porta fora deixada escancarada pelo visitante desesperado e cheio de pressa que enfiara a mão nas profundezas do armário. Durante toda a noite, a porta continuara aberta, imóvel em suas dobradiças. Mas agora o vento começou a movê-la delicadamente para a frente e para trás, e depois, como se tivesse se cansado da brincadeira, fechou-a com um ruído surdo e decisivo.

E tudo o mais dormia sob o teto da mansão Nightingale.

III

A enfermeira Dakers foi despertada pelo zumbido do despertador ao lado da cama. O débil mostrador luminoso indicava 6h15. Mesmo com as cortinas abertas, o quarto ainda estava totalmente às escuras. O quadrado de luz fraca vinha, como ela sabia, não da porta, mas das luzes distantes do hospital, onde a equipe da noite já estaria tomando sua primeira rodada de chá matinal. Continuou imóvel por um instante, ajustando-se a seu próprio despertar, sondando hesitante os primeiros sinais do dia. Dormira bem, apesar da tempestade, da qual tivera apenas uma leve consciência. Com um lampejo de alegria, deu-se conta de que, na verdade, poderia encarar o dia com confiança. A infelicidade e a apreensão da noite anterior, das semanas anteriores, pareciam ter se desmanchado. Agora pareciam não ser mais que o efeito do cansaço e de uma depressão passageira. Ela atravessara um túnel de infelicidade e insegurança desde a morte de Pearce, mas naquela manhã, milagrosamente, acordara para um novo dia. Era como uma manhã de Natal nos tempos de infância. Como o início das férias de verão da escola. Como acordar renovada depois de uma doença febril, com a certeza reconfortante de que mamãe estava ali e de que todos os cuidados da convalescença a aguardavam. Era como a vida familiar restaurada.

O dia brilhava diante dela. Catalogou suas promessas e prazeres. Pela manhã, haveria a palestra sobre farmacopeia. Uma coisa importante. Ela sempre fora fraca em drogas e dosagens. Em seguida, depois do intervalo, o dr. Courtney-Briggs daria seu seminário cirúrgico para o terceiro ano. Era um privilégio um médico do gabarito dele preocupar-se tanto com a formação das enfermeiras. Ela sentia um certo receio diante do dr. Courtney-Briggs, sobretudo quando ele fazia perguntas diretas, em *staccato*. Mas naquela manhã ela seria corajosa e falaria com confiança. Depois, à tarde, o ônibus do hospital levaria o grupo de estudantes para a maternidade e para a clínica pediátrica local, a fim de acompanhar o trabalho dos chefes de equipe. Aquilo também era importante para alguém que pretendia ser enfermeira distrital. Ficou mais um pouco deitada, pensando no programa gratificante daquele dia, até que resolveu sair da cama, calçar os chinelos, vestir o penhoar barato e tomar o rumo da copa das alunas.

Todas as manhãs, as enfermeiras de Nightingale eram chamadas pontualmente às sete horas por uma das empregadas, mas a maioria das estudantes, acostumadas que estavam a acordar cedo quando nas enfermarias, programava os despertadores para as seis e meia: assim teriam tempo de fazer chá e fofocar. As madrugadoras já estavam por lá. A saleta estava bem iluminada, alegremente doméstica, como sempre cheirando a chá, leite fervido e detergente. Uma cena confortadoramente comum. As gêmeas Burt estavam lá, os rostos ainda inchados de sono, ambas bem embrulhadas em penhoares vermelhos-vivo. Maureen levava seu radinho sintonizado na Rádio 2 e balançava os quadris e os ombros de leve, ao ritmo das notas matinais da BBC. Sua irmã gêmea já depositara as duas imensas canecas delas numa bandeja e agora remexia uma lata de biscoitos. A única outra aluna presente era Madeleine Goodale; envolta num antigo penhoar quadriculado escocês, ela aguardava, de bule na mão, o primeiro jato de vapor da chaleira. Otimista e aliviada como estava, a enfermeira Dakers ficou com vontade de abraçar todas elas.

"Onde está Fallon esta manhã?", perguntou Madeleine Goodale sem grande interesse.

A enfermeira Fallon, sabidamente preguiçosa para se levantar, em geral era uma das primeiras a fazer o chá.

Tinha o hábito de levá-lo consigo para o quarto para beber relaxadamente na cama, onde permanecia até o último momento possível, para depois se apresentar pontualmente para o café da manhã. Naquela manhã, porém, seu bule pessoal, assim como sua xícara e seu pires, ainda estavam na prateleira do armário, ao lado da lata de chá-da-china que Fallon preferia, em vez do forte chá-preto que as demais alunas do grupo achavam necessário tomar antes de ficar em condições de enfrentar o dia.

"Vou chamá-la", sugeriu a enfermeira Dakers, feliz por ser útil e ansiosa por comemorar sua libertação da tensão das últimas semanas, tomada que estava por uma sensação geral de benevolência.

"Espere aí, então leve uma xícara do meu chá para ela", disse Maureen.

"Ela não vai gostar do seu chá-da-índia. Vou só ver se ela está acordada e avisar que a água está fervendo."

Por um momento a enfermeira Dakers pensou em preparar ela mesma o chá de Fallon e levar à colega. Mas o impulso passou. Não que Fallon fosse especialmente temperamental ou imprevisível, só que por alguma razão as pessoas não costumavam interferir nas coisas pessoais dela nem esperar que ela as compartilhasse. Fallon tinha poucos bens, mas eram coisas caras e elegantes, cuidadosamente escolhidas e de tal forma incorporadas a sua *persona* que pareciam sagradas.

A enfermeira Dakers foi quase correndo pelo caminho até o quarto de Fallon. A porta estava destrancada. Isso não a surpreendeu. Desde que uma das estudantes adoecera durante a noite e ficara fraca demais para se arrastar pelo quarto e destrancar a porta, uma regra proibia as moças de se trancarem à noite. Desde a morte de Pearce, uma ou duas haviam passado a chave na porta e, se as irmãs desconfiaram, nada disseram. Talvez também elas dormissem melhor atrás de portas trancadas. Mas Fallon não sentira medo.

As cortinas estavam bem fechadas. O abajur estava

aceso e o quebra-luz ajustável inclinado, de forma a projetar uma lua pálida na parede oposta e deixar a cama na sombra. Uma massa de cabelos negros se espalhava sobre o travesseiro. A enfermeira Dakers apalpou a parede em busca do interruptor e fez uma pausa antes de acendê-lo. Em seguida, pressionou-o delicadamente, como se pretendesse iluminar o quarto de maneira suave e gradual, poupando Fallon de um despertar mais rude. O quarto se encheu de luz. Ela piscou sob a luminosidade inesperada. Então, caminhou em silêncio até a cama. Não gritou nem desmaiou. Ficou completamente imóvel por um instante, olhando o corpo de Fallon e sorrindo de leve, como se estivesse surpresa. Não teve dúvida de que Fallon estava morta. Os olhos estavam arregalados, porém sem expressão, baços como os de um peixe morto. A enfermeira Dakers se inclinou e olhou para dentro deles, como se desejasse encontrar algum brilho ou como se procurasse, em vão, um vestígio do próprio reflexo. Depois virou-se devagar e saiu do quarto, apagando a luz e fechando a porta atrás de si. Oscilou como uma sonâmbula ao longo do corredor, apoiando-se com as mãos na parede.

A princípio as alunas não perceberam que ela havia voltado. Depois, três pares de olhos fixaram-se nela de repente, três figuras congeladas numa pose dramática de interrogação e dúvida. A enfermeira Dakers se apoiou no batente da porta e abriu a boca sem emitir nenhum som. As palavras não saíam. Alguma coisa parecia ter acontecido com sua garganta. O queixo inteiro tremia sem controle e sua língua estava colada ao céu da boca. Os olhos imploravam alguma coisa às colegas. Muitos minutos pareceram transcorrer enquanto as outras observavam seu esforço. Quando as palavras saíram, ela deu a impressão de estar calma, levemente surpresa.

"É a Fallon. Morreu."

Sorriu como alguém que desperta de um sonho e explicou com paciência: "Alguém matou a Fallon".

A sala se esvaziou. Ela não teve consciência da disparada coletiva pelo corredor. Estava sozinha. A chaleira assobiava, a tampa chacoalhando com a força do vapor. Desligou o gás com cuidado, franzindo a testa, concentrada. Muito devagar, como uma criança encarregada de uma tarefa preciosa, pegou a lata, o bule elegante, o conjunto de xícara e pires e, cantarolando docemente consigo mesma, preparou o chá matinal da Fallon.

3

ESTRANHOS NA MANSÃO

I

"O patologista chegou, senhor."

Um policial enfiou a cabeça raspada para dentro do quarto e levantou uma sobrancelha interrogativa.

O superintendente-chefe Adam Dalgliesh interrompeu o exame das roupas da garota morta, seu metro e noventa desconfortavelmente aprisionado entre o pé da cama e a porta do armário. Olhou o relógio. Dez horas e oito minutos. Sir Miles Honeyman, como sempre, chegara na hora certa.

"Ótimo, Fenning. Peça a ele a gentileza de aguardar um momento, por favor. Vamos acabar aqui num minuto e quando isso acontecer alguns de nós saímos e abrimos espaço para ele."

A cabeça desapareceu. Dalgliesh fechou a porta do armário e conseguiu se espremer entre o móvel e o pé da cama. Uma coisa era certa: não havia espaço para uma quarta pessoa no momento. A massa volumosa do datiloscopista ocupava o espaço entre a mesa de cabeceira e a janela, enquanto, quase dobrado ao meio, escovava o carvão cuidadosamente sobre a superfície da garrafa de uísque, girando-a pela rolha. Ao lado da garrafa havia uma placa de vidro com as digitais da garota morta, com as linhas claramente visíveis.

"Alguma coisa?", perguntou Dalgliesh.

O homem das digitais fez uma pausa e observou mais de perto.

"Um belo grupo de digitais aparecendo, senhor. São dela, com certeza. Porém, nada mais. Parece que o camarada que vendeu a garrafa fez a limpeza de sempre, antes de embrulhar. Será interessante ver o que conseguimos com o copo de uísque."

Lançou um olhar possessivo para o copo, que ficara onde havia caído da mão da garota, levemente equilibrado numa curva da colcha. Só depois que a última fotografia fosse tirada ele lhe seria entregue para que realizasse seus exames.

Inclinou-se outra vez sobre a garrafa e voltou a dedicar-se a ela. Atrás dele, o fotógrafo da Scotland Yard manobrou tripé e câmera — uma nova Cambo Monorail, Dalgliesh observou — para o pé direito da cama. Ouviu-se um clique, houve uma explosão de luz, e a imagem da garota morta saltou diante deles, ficando suspensa no ar, ardendo na retina de Dalgliesh. Cores e formas foram intensificadas e distorcidas naquele brilho cruel e instantâneo. O longo cabelo negro formava um emaranhado contra a brancura dos travesseiros; os olhos fixos pareciam esferas exoftálmicas, como se o *rigor mortis* os estivesse empurrando para fora das órbitas; a pele estava branca e lisa, repulsiva ao toque, uma membrana artificial, grossa e impermeável como vinil. Dalgliesh piscou, apagando a imagem de um brinquedo de bruxa, uma marionete grotesca jogada sobre o travesseiro. Quando olhou outra vez para ela, voltou a ver uma garota morta sobre a cama; nem mais nem menos que isso. Por mais duas vezes, a imagem deformada saltou diante dele e permaneceu petrificada no ar depois que o fotógrafo tirou duas fotos com a Polaroid Land, para entregar a Dalgliesh as imagens instantâneas que ele sempre pedia. Com isso, deu seu trabalho por encerrado. "Essa foi a última. Já acabei, senhor", disse ele. "Vou deixar o senhor Miles entrar agora." Espichou a cabeça para fora da porta enquanto o datiloscopista, resmungando com satisfação, carinhosamente ergueu o copo da colcha com um fórceps e o colocou ao lado da garrafa de uísque.

Sir Miles devia estar esperando no patamar da escada, pois entrou imediatamente, uma figura rotunda e familiar, com a cabeça imensa coberta de cabelos negros e cacheados e olhinhos impacientes. Entrou com um ar de bonomia de teatro de revista e, como sempre, acompanhado de um leve cheiro azedo de suor. A demora não o perturbara. Sir Miles, dádiva divina para a patologia forense ou charlatão canhestro, conforme a preferência de cada um, não se ofendia com facilidade. Conquistara boa parte de sua reputação — e também, talvez, sua recente nomeação como cavalheiro — por seguir o princípio de que nunca se deve ofender alguém deliberadamente, por mais humilde que seja a pessoa. Cumprimentou o fotógrafo, que estava de saída, e o datiloscopista como se fossem velhos amigos, e saudou Dalgliesh. Mas as cortesias sociais foram breves; sua preocupação o precedia como um miasma enquanto ele se aproximava da cama.

Para Dalgliesh ele não passava de um vampiro; era raro, admitiu, sentir aversão por alguém por uma causa racional. Num mundo perfeitamente organizado, sujeitos com atração por pés sem dúvida se tornariam podólogos; os que sentiam atração por cabelos, cabeleireiros; e os vampiros, anatomistas mórbidos. Surpreendentemente, poucos faziam isso, mas sir Miles era uma demonstração viva de suas inclinações. Aproximava-se de cada novo cadáver com avidez, quase com regozijo; suas piadas macabras já haviam sido ouvidas em metade dos clubes noturnos de Londres; era um especialista em morte que, obviamente, apreciava o que fazia. Dalgliesh ficava inibido em sua companhia: tinha consciência de que antipatizava com o homem — e o sentimento parecia se irradiar dele. Mas sir Miles ignorava o fato. Apreciava demais a si mesmo para conceber que outros pudessem considerá-lo menos admirável, e essa ingenuidade envolvente lhe dava um certo charme. Mesmo seus colegas que mais deploravam sua presunção, seu afã por publicidade e a irresponsabilidade de tantas de suas declarações, achavam difícil antipatizar com ele tanto quanto pensavam que ele merecia. As mulheres pareciam achá-lo atraente. Talvez exercesse um fascínio mórbido sobre elas. Sem dúvida seu bom humor contagiante era o de um homem que considera o mundo um lugar excelente pelo mero fato de contê-lo.

Sempre soltava um "ai, ai, ai" diante de um corpo. Fez isso agora, afastando o lençol com um gesto curiosamente afetado dos dedos gorduchos. Dalgliesh foi até a janela e olhou para fora, para a trama de galhos através da qual o hospital distante, ainda iluminado, brilhava como um palácio imaterial, suspenso no ar. Ouvia o leve roçar dos lençóis da cama. Sir Miles faria apenas um exame preliminar, mas a simples ideia daqueles dedos roliços a insinuar-se pelos orifícios macios do corpo era suficiente para qualquer um desejar uma morte pacífica em sua própria cama. O trabalho importante seria feito mais tarde, na mesa de autopsia, aquela bacia de alumínio com seus sinistros acessórios de drenos e aspersores sobre a qual o corpo de Josephine Fallon seria metodicamente dissecado pelo bem da justiça, ou da ciência, ou da curiosidade, segundo a preferência de cada um. E depois disso o assistente mortuário de sir Miles faria jus a seus proventos costurando todo o corpo outra vez para devolver-lhe uma aparência de humanidade decente, para que a família pudesse vê-lo sem se chocar. Se é que havia uma família. Ele se perguntou quem, se houvesse alguém, seriam os enlutados oficiais de Fallon. Aparentemente, não havia nada no quarto — nenhuma foto ou carta — que sugerisse laços estreitos com algum ser vivente.

Enquanto sir Miles transpirava e murmurava, Dalgliesh lançou-se a uma segunda expedição pelo quarto, evitando com todo o cuidado olhar para o patologista. Sabia que essas suscetibilidades eram irracionais e sentia um pouco de vergonha delas. Os exames *post-mortem* não o incomodavam. O que lhe revirava o estômago era o exame impessoal de um corpo feminino ainda quente. Poucas horas antes ela teria tido direito a alguma discrição, poderia ter escolhido seu próprio médico, livre para rejeitar aqueles dedos estranhamente brancos e avidamente perscrutadores. Poucas horas antes, ela era um ser humano. Agora não passava de carne morta.

Era o quarto de uma mulher que preferia se sentir desimpedida. Tinha os confortos básicos necessários e um ou dois itens mais sofisticados, selecionados com cuidado. Era como se ela tivesse feito uma lista de suas necessidades e procurado atendê-las de maneira dispendiosa, mas precisa e sem extravagâncias. O tapete grosso junto à cama não devia ser, ele achou, do tipo que o Comitê de Gestão Hospitalar fornecia. Havia apenas um quadro, mas era uma aquarela original, uma linda paisagem de Robert Hills, pendurada onde a luz da janela incidia melhor. No parapeito da janela via-se o único enfeite, um bibelô de porcelana Staffordshire representando John Wesley pregando do alto do púlpito. Dalgliesh virou-o nas mãos. Era perfeito; peça de colecionador. Contudo não havia nenhum dos pequenos implementos do dia a dia que muitos dos que moram em instituições residenciais gostam de ter por perto para obter algum reconforto e paz de espírito.

Foi até a estante de livros ao lado da cama e examinou de novo os títulos. Também pareciam ter sido escolhidos para atender a estados de espírito previsíveis. Uma coletânea de poesia moderna, que incluía até o último lançamento de Dalgliesh; as obras completas de Jane Austen, bem manuseadas, mas encadernadas em couro e impressas em papel-bíblia; uns poucos livros de filosofia, equilibradamente distribuídos entre textos acadêmicos e de apelo popular; cerca de uma dúzia de romances modernos em brochuras, Greene, Waugh, Compton-Burnett, Hartley, Powell, Cary. Mas a maioria dos livros era de poesia. Olhando para eles, Dalgliesh pensou que os dois tinham gostos semelhantes. Se tivéssemos nos encontrado, pelo menos teríamos tido o que dizer um ao outro. "A morte de qualquer homem me diminui." Mas é claro, doutor Donne. O verso por demais repetido havia se tornado o lugar-comum do momento num mundo superpopuloso, onde não se envolver era praticamente uma necessidade social. Algumas mortes, porém, ainda tinham o poder de diminuir mais que outras. Pela primeira vez em anos, ele se dava conta de uma sensação de desperdício, de uma perda pessoal irracional.

Avançou. Ao pé da cama havia um móvel com um gaveteiro, uma engenhoca horrorosa de madeira clara, desenhada, se é que alguém a desenhara, para ser muito feia mas oferecer o máximo de espaço ocupando a menor área possível. O tampo do móvel servia de penteadeira, e ali havia um pequeno espelho. Diante dele, estavam a escova e o pente da moça. Nada mais.

Abriu a gavetinha da esquerda. Era onde ela guardava sua maquiagem, os potes e tubos cuidadosamente organizados numa pequena bandeja de papel machê. Havia muito mais coisas do que ele esperava encontrar: creme de limpeza, uma caixa de lenços de papel, base, pó compacto, sombra para os olhos, rímel. Era visível que ela se maquiava com cuidado. Mas havia apenas um item de cada produto. Nada de experiências, nenhum impulso consumista, nenhuma embalagem abandonada pela metade com o conteúdo endurecido em torno da tampa. O conjunto inteiro dizia: "Isso é o que vai bem comigo. São as coisas de que preciso. Nem mais nem menos".

Abriu a gaveta da direita. Continha apenas uma pasta sanfonada com compartimentos indexados. Folheou o conteúdo. Uma certidão de nascimento. Uma certidão de batismo. Uma caderneta com o registro da conta poupança. O nome e o endereço do advogado. Nada de correspondência pessoal. Enfiou a pasta debaixo do braço.

Dirigiu-se então ao armário e voltou a examinar o conjunto de roupas. Três calças compridas largas. Coletes de cashmere. Um casaco de inverno de tweed vermelho-vivo. Quatro vestidos bem cortados de lã de boa qualidade. Tudo transpirava qualidade. Era um guarda-roupa caro para uma estudante de enfermagem.

Ouviu um último resmungo satisfeito de sir Miles e virou-se. O legista estava se recompondo, descalçando as luvas de borracha. Eram tão finas que ele parecia estar descascando a pele. Disse:

"Morta, eu diria, há cerca de dez horas. Considerando principalmente a temperatura retal e o grau de *rigor mortis* nos membros inferiores. Mas isso é apenas uma suposição, caro colega. Essas coisas são incertas, como você sabe. Vamos dar uma olhada no conteúdo do estômago; quem sabe encontramos alguma pista. No momento, e pelos indícios clínicos, eu diria que ela morreu por volta da meia-noite, uma hora a mais ou a menos. De acordo com o senso comum, é claro, ela morreu ao beber seu aperitivo noturno."

O datiloscopista deixara a garrafa e o copo de uísque sobre a mesa e agora trabalhava na maçaneta da porta. Sir Miles se aproximou deles e, sem tocar no copo, inclinou a cabeça e aproximou o nariz da borda.

"Uísque. Mas... o que mais? É isso que estamos nos perguntando, meu caro colega. É isso que estamos nos perguntando. Uma coisa: não era algo corrosivo. Nada de ácido carbólico desta vez. Aliás, não fui eu quem fez a autopsia da outra garota. Rikki Blake foi o responsável por aquele trabalhinho. Assunto desagradável. Suponho que vocês estejam atrás de alguma conexão entre as duas mortes, não?"

Dalgliesh respondeu: "É possível".

"Quem sabe. Quem sabe. Esta provavelmente não foi uma morte natural — mas precisamos aguardar a toxicologia. Só depois disso talvez fiquemos sabendo de alguma coisa. Não há sinal de estrangulamento ou asfixia. Nenhuma marca de violência externa para sugerir isso. Aliás, ela estava grávida. Cerca de três meses, eu diria. Consegui fazer um belo toque vaginal. A autopsia confirmará, é claro."

Seus pequenos olhos brilhantes percorreram a sala. "Nenhum recipiente para veneno, ao que parece. Se é que foi veneno, claro. Algum bilhete de suicídio?"

"Mesmo que houvesse, não seria uma evidência conclusiva", Dalgliesh respondeu.

"Eu sei. Eu sei. Mas a maioria deixa um pequeno *billet doux*, uma cartinha de amor. Gostam de contar a história, meu caro colega. Gostam de contar a história. O carro mortuário já está aqui, aliás. Vou levá-la, se você já tiver encerrado com ela."

"Já encerrei", Dalgliesh disse.

Ele esperou e observou enquanto os carregadores manobravam a maca para dentro do quarto e, com rápida eficiência, soltavam o peso morto sobre ela. Sir Miles inquietava-se em torno deles com a ansiedade nervosa de um especialista que tivesse encontrado um espécime notável e precisasse ter certeza de que o transporte seria feito com cuidado. Era estranho que a remoção daquela massa inerte de ossos e músculos rígidos sobre a qual cada um deles, de maneira diferente, exercia seu ofício, pudesse deixar o quarto tão vazio e desolado. Dalgliesh já observara isso antes, quando um corpo era removido; aquela sensação de palco vazio, de objetos cênicos distribuídos ao acaso e privados de significado, como se o ar tivesse sido esvaziado. Pessoas que acabavam de morrer tinham seu próprio carisma misterioso; não era à toa que se cochichava na presença delas. Mas agora ela se fora, e ele não tinha mais nada a fazer no quarto. Deixou o datiloscopista anotando e fotografando suas descobertas e saiu para o corredor.

II

Já passava das onze horas, mas o corredor ainda estava muito escuro, a única janela iluminada ficava na extremidade mais distante, discernível apenas como uma névoa quadrangular atrás das cortinas fechadas. Dalgliesh, num primeiro momento, distinguiu apenas a forma e as cores de três baldes vermelhos cheios de areia e o cone de um extintor de incêndio destacando-se contra a madeira de carvalho trabalhada do revestimento das paredes. Os ganchos de ferro, cravados brutalmente na madeira que os sustentava, formavam um contraste incongruente com a linha de elegantes luminárias de bronze convoluto que saíam dos centros dos painéis quadrifoliados que revestiam as paredes. Era óbvio que as luminárias, originalmente projetadas para gás, depois tinham sido adaptadas grosseiramente, sem imaginação nem perícia, para uso com eletricidade. O bronze não estava polido e a maioria das delicadas cúpulas de vidro, recurvadas de forma a parecerem pétalas de flores, ou não existiam mais ou estavam quebradas. Em cada um dos lampiões deflorados havia um único soquete monstruosamente equipado com uma única lâmpada de baixa potência e coberta de poeira, cuja luz débil e difusa lançava sombras pelo chão e servia apenas para acentuar a penumbra dominante. Além da outra pequena janela na ponta do corredor, praticamente não havia mais luz natural. A grande janela acima da escada, uma representação pré-rafaelita em vidro lúgubre da expulsão do Paraíso, era praticamente inútil.

Examinou o interior dos quartos adjacentes ao da garota morta. Um deles estava desocupado, com a cama desfeita, a porta do guarda-roupa escancarada e as gavetas — forradas com folhas de jornais recentes — todas puxadas para fora, como para demonstrar o vazio essencial do quarto. O outro, ainda em uso, parecia ter sido abandonado às pressas; viam-se os lençóis jogados com descuido e o tapete embolado ao lado da cama. Havia uma pequena pilha de livros-textos na mesa de cabeceira; ele abriu o primeiro deles na folha de rosto, onde leu a inscrição "Christine Dakers". Então aquele era o quarto da garota que encontrara o corpo. Inspecionou a parede entre os dois quartos. Era fina, uma divisória leve de compensado, que tremeu e emitiu um som cavo quando Dalgliesh bateu de leve nela. Imaginou se a enfermeira Dakers teria ouvido alguma coisa durante a noite... Se Josephine Fallon não tivesse morrido na hora e praticamente sem fazer barulho, algum indício de sua aflição com certeza teria atravessado aquela divisória inconsistente. Estava ansioso para interrogar a enfermeira Christine Dakers. No momento ela estava na enfermaria, em estado de choque, segundo lhe haviam informado. O choque provavelmente era bastante genuíno, mas, ainda que não fosse, não havia nada que ele pudesse fazer. Por enquanto a enfermeira Dakers estava muito bem protegida por seus médicos contra todo e qualquer questionamento da polícia.

Avançou um pouco mais. No lado oposto aos quartos das enfermeiras havia uma sequência de cubículos com banheiros e lavatórios que levava a um grande vestiário quadrado, equipado com quatro pias, cada uma delas cercada por uma cortina de chuveiro. Todos os cubículos tinham uma pequena janela de correr, com vidros opacos; as janelas estavam situadas num lugar inconveniente, mas não eram difíceis de abrir. Davam para os fundos da mansão e para duas alas pequenas, cada uma construída sobre um claustro de tijolo, incongruentemente enxertado no prédio principal. Era como se o arquiteto, depois de esgotar as possibilidades do estilo neogótico e neobarroco, tivesse decidido incluir uma influência mais contemplativa e eclesiástica. O terreno entre os claustros era uma selva maltratada de arbustos e árvores que cresciam tão próximos à mansão que alguns galhos pareciam roçar as janelas do andar inferior. Dalgliesh distinguia silhuetas imprecisas fazendo buscas em meio à vegetação e ouvia o murmúrio distante de suas vozes. A embalagem descartada de desinfetante que matara Heather Pearce fora encontrada entre aqueles arbustos, e era possível que um segundo recipiente, com um conteúdo igualmente letal, também tivesse sido arremessado da mesma janela nas horas de maior escuridão. Havia uma escovinha de unhas na prateleira do cubículo. Dalgliesh pegou-a e arremessou-a pela janela, num grande arco até o meio dos arbustos. Não conseguiu ver nem ouvir sua queda, mas um rosto animado apareceu entre as folhagens afastadas, uma mão acenou para ele e os dois policiais avançaram mais para dentro da vegetação.

Seguiu então pela passagem até a copa das enfermeiras, na outra extremidade. O sargento-detetive Masterson estava lá com a irmã Rolfe. Examinavam juntos uma coleção de objetos variados, espalhados diante deles sobre uma superfície de trabalho, como se estivessem envolvidos num jogo de memória. Havia dois limões espremidos, uma tigela de açúcar granulado, diversas canecas contendo chá frio, a superfície do líquido rajada e enrugada, um delicado jogo de bule Worcester com xícara, pires e jarra de leite. Havia também um pedaço de papel de embalagem amassado com os dizeres "Scunthorpe's Wine Stores, 149, High Street, Heatheringfield" e um recibo com algumas palavras rabiscadas, aberto e apoiado em duas latas de chá.

"Ela comprou o uísque ontem de manhã", disse Masterson. "Sorte nossa, o senhor Scunthorpe é meticuloso com relação a recibos. Aqui estão a nota e o papel da embalagem. Parece que ela só abriu a garrafa quando foi para a cama, ontem."

Dalgliesh perguntou: "Onde estava guardada?".

A srta. Rolfe foi quem respondeu. "Fallon sempre guardava o uísque no quarto dela."

Masterson riu.

"Não é de surpreender, com o material custando quase três libras a garrafa."

A irmã Rolfe olhou para ele com desdém.

"Duvido muito que Fallon se preocupasse com isso. Não era do tipo de fazer marcas na garrafa."

"Ela era generosa?", Dalgliesh perguntou.

"Não, apenas despreocupada. Guardava o uísque no quarto porque a enfermeira-chefe pediu."

Mas trouxe a garrafa para cá ontem, para preparar seu drinque noturno, pensou Dalgliesh. Mexeu levemente no açúcar com o dedo.

A irmã Rolfe disse: "O açúcar é inocente. As estudantes me disseram que todas o puseram no chá pela manhã. E pelo menos as irmãs Burt beberam um pouco".

"Mas assim mesmo vamos mandá-lo junto com o limão para o laboratório", Dalgliesh disse.

Levantou a tampa do pequeno bule e olhou para dentro. Respondendo a sua pergunta tácita, a irmã Rolfe disse: "Parece que a enfermeira Dakers preparou um chá matinal nele. É o bule de Fallon, claro. Ninguém mais toma o chá da manhã em porcelana Worcester antiga".

"A enfermeira Dakers preparou o chá para a enfermeira Fallon antes de saber que ela estava morta?"

"Não, depois. Foi uma reação apenas automática, eu acho. Já devia estar em estado de choque. Afinal de contas, acabara de encontrar o corpo de Fallon. Dificilmente esperava curar o *rigor mortis* com chá quente, mesmo sendo o melhor *blend* de chá-da-china. Acho que o senhor vai querer conversar com Dakers, mas terá que esperar. Ela está na enfermaria no momento. Creio que já lhe informaram. Fica na ala particular, e a irmã Brumfett está cuidando dela. É por isso que eu estou aqui. Assim como na polícia, nossa profissão é hierarquizada e quando a enfermeira-chefe não se encontra na mansão Nightingale, Brumfett assume o segundo posto na ordem. Normalmente, ela estaria aqui a sua inteira disposição, e não eu. O senhor foi informado, claro, de que Mary Taylor está voltando de uma conferência em Amsterdam. Não estava previsto, mas ela precisou substituir o presidente do Comitê de Formação de Enfermeiras. Assim, ao menos uma de nós, do alto escalão, tem um álibi."

Dalgliesh fora informado, e mais de uma vez a ausência da enfermeira-chefe parecia ser um fato que todos com quem ele encontrou, ainda que rapidamente, achavam necessário mencionar, explicar ou lamentar. Mas a irmã Rolfe fora a primeira a fazer uma referência maldosa ao fato de que isso garantia o álibi de Mary Taylor pelo menos para o momento da morte de Fallon.

"E as outras estudantes?"

"Estão na pequena sala de estudos, no andar inferior. A irmã Gearing, nossa instrutora clínica, convocou-as para um período de estudos. Não acho que estejam progredindo muito em suas leituras. Teria sido melhor providenciar alguma atividade mais dinâmica, mas não é fácil pensar em algo assim em cima da hora. O senhor vai até lá falar com elas?"

"Não, mais tarde. Vou falar com elas na sala de demonstração, onde a enfermeira Pearce morreu."

Ela olhou para ele e depois desviou os olhos depressa, mas não tão depressa que Dalgliesh não percebesse sua expressão de surpresa e, pensou, de desaprovação. Ela esperava dele um pouco mais de sensibilidade, de respeito. A sala de demonstração não vinha sendo usada desde a morte da enfermeira Pearce. Interrogar as estudantes lá, depois da segunda tragédia, reforçaria a lembrança dos horrores recentes. Se alguma delas estivesse inclinada a se descontrolar, o local poderia contribuir para isso, e jamais passou pela cabeça dele usar outra sala. A irmã Rolfe, ele pensou, era como todas as outras. Queriam que os assassinos fossem apanhados, mas apenas mediante meios muito cavalheirescos. Queriam que fossem punidos, mas apenas se a punição não agredisse a sensibilidade delas próprias.

Dalgliesh perguntou: "Como este lugar é trancado à noite?".

"As irmãs Brumfett, Gearing e eu é que nos encarregamos disso, alternadamente, a cada semana. Esta semana é a vez de Gearing. Somos as únicas irmãs que residem aqui. Trancamos e passamos as travas na porta da frente e na da cozinha pontualmente às onze da noite. Há uma pequena porta lateral com uma tranca Yale e um cadeado interno. Se uma das estudantes ou um membro da equipe precisam chegar mais tarde, recebem uma chave dessa porta e a trancam ao voltar. As irmãs têm sua chave própria. Existe apenas uma outra porta, do apartamento da enfermeira-chefe, no terceiro andar. Ela tem uma escada particular e, é claro, sua própria chave. Além disso, existem as portas de incêndio, porém todas ficam trancadas por dentro. Não seria difícil penetrar neste lugar. Imagino que quase todas as instituições sejam assim. Mas nunca houve nenhum ladrão, que eu saiba. De vez em quando um vidro se quebra na estufa. Alderman Kealey, o vice-presidente, parece achar que o assassino de Fallon entrou por ali. Ele é ótimo para encontrar explicações confortáveis para todos os problemas embaraçosos da vida. Para mim, parece que o vidro foi quebrado pelo vento, mas sem dúvida o senhor vai tirar sua própria conclusão."

Ela está falando demais, ele pensou. Loquacidade era uma das reações mais comuns ao choque ou ao nervosismo, e uma das que um policial podia aproveitar melhor num interrogatório. No dia seguinte, ela se odiaria por ter feito aquilo e se tornaria muito mais difícil, bem menos cooperativa. Nesse ínterim, ia revelando a ele bem mais do que se dava conta.

O vidro quebrado, é claro, precisaria ser examinado, e o madeiramento também, em busca de sinais de que tivesse sido forçado. Mas achava improvável que a morte da enfermeira Fallon pudesse ser obra de um intruso. Ele perguntou: "Quantas pessoas dormiram aqui na noite passada?".

"Brumfett, Gearing e eu. Brumfett passou parte da noite fora. Sei que foi chamada para a enfermaria pelo doutor Courtney-Briggs. Martha Collins estava aqui. É a governanta. E havia cinco estudantes: as enfermeiras Dakers, Goodale, Pardoe e as gêmeas Burt. E Fallon dormiu aqui, claro. Isto é, se é que ela teve tempo para dormir! Aliás, sua lâmpada de cabeceira passou a noite acesa. As gêmeas Burt levantaram-se pouco depois das duas da manhã para preparar um chocolate quente e quase levaram um copo para Fallon. Se tivessem feito isso, o senhor teria uma ideia melhor da hora da morte. Mas acharam que ela talvez tivesse adormecido com a luz acesa e que poderia não achar agradável ser acordada, mesmo diante da visão e do cheiro de chocolate quente. As gêmeas costumam encontrar conforto na comida e na bebida, mas ao menos já viveram o suficiente para saber que nem todos compartilham desse mesmo interesse e que Fallon, em especial, poderia preferir o sono e a privacidade a um chocolate quente e à companhia delas."

"Interrogarei as gêmeas. E quanto à área externa do hospital? Fica aberta durante a noite?"

"Há sempre um funcionário na portaria da frente. Os portões principais não são trancados por causa das ambulâncias, mas ele fica de olho em toda e qualquer pessoa que entre ou saia. A mansão Nightingale fica bem mais perto da entrada dos fundos, mas geralmente não vamos até lá a pé, pois o caminho é mal iluminado e um bocado assustador. Além disso, vai dar na avenida Winchester, que fica a pouco mais de três quilômetros do centro da cidade. O portão dos fundos é trancado ao anoitecer no verão e no inverno por um dos porteiros, mas todas as irmãs e a enfermeira-chefe têm a chave."

"E as enfermeiras que passam mais tarde?"

"Estão instruídas a entrar pelo portão da frente e usar o acesso principal, que dá a volta em todo o hospital. Há um atalho bem mais curto pelo meio das árvores, que usamos durante o dia e que fica a uns duzentos metros, mas quase ninguém gosta de passar por ali à noite. Acho que o senhor Hudson, o secretário do hospital, pode lhe dar uma planta do terreno e da mansão Nightingale. Por falar nisso, ele e o vice-presidente estão à sua espera na biblioteca. O presidente, sir Marcus Cohen, está em Israel. Mesmo assim, é um belo comitê de recepção. Até o doutor Courtney-Briggs cancelou suas consultas externas para receber a Scotland Yard na mansão Nightingale."

"Então", Dalgliesh disse, "a senhora poderia fazer a gentileza de dizer a eles que irei encontrá-los em breve?"

Estava dispensando sua companhia. O sargento Masterson, como para amenizar a situação, disse abruptamente em voz alta: "A irmã Rolfe foi de grande ajuda".

A mulher bufou com desdém.

"Ajudar a polícia! Não haverá uma conotação sinistra nessa frase? De todo modo, não acho que tenha sido especialmente útil. Não matei nenhuma delas. E na noite passada estava assistindo a um filme no novo cinema de arte daqui. Estão passando uma mostra de Antonioni. Esta semana é *A aventura*. Só voltei quase às onze da noite e fui direto para o meu quarto. Não cheguei a ver Fallon."

Dalgliesh identificou a primeira mentira com uma resignação cansada e se perguntou quantas mais, importantes ou não, seriam ditas no curso da investigação. Mas não era hora de interrogar a irmã Rolfe. Ela não seria uma testemunha fácil. Respondera às perguntas integralmente, porém com indisfarçável ressentimento. Ele não tinha certeza se era dele ou de seu trabalho que ela não gostava, ou se qualquer outro homem provocaria nela aquele tom de raivoso desprezo. Seu rosto irado combinava com sua personalidade, rebarbativa e defensiva. Era forte e inteligente, mas sem suavidade ou feminilidade. Os olhos profundos e muito escuros talvez tivessem sido atraentes, porém ficavam sob um par de sobrancelhas perfeitamente alinhadas e negras, tão escuras e densas que pareciam sugerir alguma deformidade no rosto. O nariz era largo e com poros dilatados, os lábios uma linha fina e contínua. O rosto de uma mulher que nunca aprendera a se entender com a vida e talvez tivesse desistido de tentar. Dalgliesh pensou de repente que, caso se descobrisse que a assassina era ela e sua foto fosse publicada, outras mulheres, ao perscrutar avidamente aquela máscara insondável em busca de sinais de perversidade, declarariam não estar surpresas. E no mesmo instante sentiu pena dela, com uma mistura de irritação e compaixão, algo que se poderia sentir por uma pessoa inadequada ou com alguma deformidade. Desviou o rosto depressa para que ela não percebesse aquele súbito espasmo de piedade. Para ela, ele sabia, teria sido um insulto total. E quando se voltou para agradecer formalmente a ajuda dela, viu que ela já se afastara.

III

O sargento Charles Masterson tinha ombros largos e um metro e noventa de altura. Carregava seu peso com facilidade e todos os seus movimentos surpreendiam pelo controle e precisão num homem tão terminantemente masculino e pesado. Em geral, era considerado bonito, antes de mais nada por ele mesmo, e com seu rosto forte, lábios sensuais e olhos velados se parecia muito com um conhecido ator do cinema americano do tipo durão. Às vezes, Dalgliesh achava que o sargento, consciente disso, procurava reforçar a semelhança adotando um leve sotaque americano ao falar.

"Muito bem, sargento. O senhor teve a oportunidade de dar uma olhada no lugar e de conversar com algumas pessoas. Conte-me o que descobriu."

Aquele convite era conhecido por inspirar terror no coração dos subalternos de Dalgliesh. Significava que o superintendente esperava ouvir um relato breve, sucinto, preciso, em estilo elegante porém abrangente, do crime, capaz de apresentar todos os fatos relevantes conhecidos até o momento para alguém que acabava de tomar conhecimento da história. A capacidade de saber o que se deseja dizer e fazer isso com o mínimo de palavras apropriadas é tão incomum entre policiais quanto em qualquer outro meio social. Os subordinados de Dalgliesh podiam reclamar, dizendo que não sabiam que era preciso ter diploma em língua inglesa para se qualificar para as fileiras do Departamento de Investigação Criminal. Mas o sargento Masterson era o que menos se intimidava. Ele tinha lá suas fraquezas, porém falta de autoconfiança não era uma delas. Estava feliz por trabalhar no caso. Na Yard era sabido que o superintendente Dalgliesh não tolerava idiotas e que sua definição de idiotice era pessoal e precisa. Masterson o respeitava, pois Dalgliesh era um dos detetives mais bem-sucedidos da instituição e para Masterson sucesso era o único critério que contava. Ele o considerava capaz, o que não queria dizer que o achasse tão capaz quanto Charles Masterson. Na maior parte do tempo, e por motivos que lhe parecia inútil explorar, antipatizava com Dalgliesh do fundo do coração. Achava que o sentimento era recíproco, mas isso não o preocupava muito. Dalgliesh não era o tipo de homem que prejudica a carreira de um subordinado por não simpatizar com ele, e todos diziam que era meticuloso, e mesmo judicioso, em atribuir os créditos a quem de direito. Mas a situação exigiria vigilância, e Masterson pretendia manter-se atento. Um homem com ambições em sua escalada cuidadosamente planejada rumo a um cargo de chefia seria tolo se não reconhecesse logo que era uma grande estupidez contrariar um oficial superior. Masterson não tinha a menor intenção de ser esse tipo de tolo. Mas um pouco de cooperação do "Super" naquela campanha em prol da boa vontade mútua não seria nada ruim. E ele não tinha certeza se poderia contar com isso. Disse:

"Vou tratar das duas mortes de maneira separada, senhor. A primeira vítima..."

"Por que falar como um repórter policial, sargento? Precisamos ter certeza de que temos uma vítima antes de usar essa palavra."

Masterson começou: "O primeiro óbito... A primeira garota que morreu era uma estudante de enfermagem de vinte e um anos, Heather Pearce".

Prosseguiu relatando os fatos referentes às mortes das duas garotas até onde eram conhecidos, tendo o cuidado de evitar os exemplos mais gritantes do jargão policial, aos quais, ele sabia, o seu "Super" desenvolvera uma suscetibilidade mórbida, e de resistir à tentação de exibir seus recém-adquiridos conhecimentos sobre alimentação intragástrica, que se dera ao trabalho de arrancar da irmã Rolfe na forma de uma explicação abrangente, ainda que relutante. E concluiu: "De modo, senhor, que existe a possibilidade de que uma das mortes — ou as duas — tenha sido suicídio, de que uma ou as duas foram acidentais, de que a primeira foi um assassinato com uma vítima errada ou de que houve dois assassinatos com duas vítimas pretendidas. Escolhas intrigantes, senhor".

Dalgliesh respondeu: "Ou que a morte de Fallon resultou de causas naturais. Enquanto não recebermos o relatório da toxicologia, tudo que dissermos em antecipação aos fatos será mera teoria. Por ora, contudo, vamos tratar os dois casos como assassinatos. Bem, vamos até a biblioteca ver o que o vice-presidente do Comitê de Gestão Hospitalar tem a nos dizer".

IV

A biblioteca, facilmente identificável por uma grande placa acima da porta, era uma sala agradável de pé-direito alto no primeiro andar, próxima à sala de convivência das estudantes. Uma das paredes estava completamente ocupada por três janelas oitavadas, mas as outras três tinham estantes de livros que iam até o teto, deixando vazio o centro da sala. Como mobília havia quatro mesas distribuídas diante das janelas e dois sofás gastos, um de cada lado da lareira onde agora um velho aquecedor a gás soltava um chiado sinistro de boas-vindas. Diante do fogo, sob dois tubos fluorescentes, quatro homens, que murmuravam juntos com ar conspiratório, viraram-se a uma só vez quando Dalgliesh e Masterson entraram, observando-os com curiosidade. Era um momento familiar para Dalgliesh, composto, como sempre, de interesse, apreensão e esperança — o primeiro confronto dos protagonistas de um caso de assassinato com um estranho, um convidado que não era bem-vindo, o especialista em mortes violentas vindo de fora para exibir seus supostos talentos.

Em seguida o silêncio foi quebrado, as figuras rígidas relaxaram. Os dois homens que Dalgliesh já encontrara — Stephen Courtney-Briggs e Paul Hudson, secretário do hospital — deram um passo à frente, com sorrisos formais de boas-vindas. O dr. Courtney-Briggs, que aparentemente tomava conta de todas as situações dignificadas por sua presença, fez as apresentações. O secretário do grupo, Raymond Grout, trocou um frouxo aperto de mãos. Tinha um rosto gentil e lúgubre, agora contraído pela apreensão, como uma criança prestes a chorar. Seu cabelo caía em mechas prateadas sobre uma testa alta. Provavelmente era mais jovem do que aparentava, pensou Dalgliesh, mas ainda assim devia estar bastante próximo da aposentadoria.

Ao lado da figura alta e encurvada de Grout, Alderman Kealey parecia espevitado feito um terrier. Era um homenzinho ruivo, de ar esperto, pernas tortas como as de um jóquei, vestindo um terno xadrez cuja padronagem horrorosa era realçada pela excelência do corte. O terno lhe dava uma aparência antropomórfica, como um animal numa comédia infantil, e Dalgliesh quase se imaginou apertando uma pata.

"Que bom que o senhor pôde vir, superintendente, e tão depressa", disse.

Aparentemente, deu-se conta da tolice do comentário assim que o pronunciou, pois lançou um olhar astuto de debaixo das sobrancelhas ruivas eriçadas para seus companheiros, como se os desafiasse a rir dele. Ninguém riu, mas o secretário parecia tão humilhado quanto se a impropriedade tivesse sido sua, e Paul Hudson desviou o rosto para esconder um sorriso constrangido. Era um jovem bem-apessoado que na primeira vinda de Dalgliesh ao hospital se mostrara eficiente e confiável. Agora, no entanto, na presença de seu vice-presidente e do secretário do grupo, parecia inibido e assumira o ar pesaroso de um homem diante do sofrimento. O dr. Courtney-Briggs disse:

"Seria demais esperar que já houvesse alguma notícia, suponho. Vimos o carro fúnebre partir e troquei algumas palavras com Miles Honeyman. Ele não pode se comprometer com nada por enquanto, é claro, mas disse que é muito improvável que a morte tenha sido natural. A garota cometeu suicídio. Bem, eu deveria imaginar que isso era óbvio para qualquer um."

Dalgliesh respondeu: "Nada é óbvio por enquanto".

Fez-se silêncio. O vice-presidente pareceu constrangido, pois pigarreou ruidosamente e disse:

"O senhor vai precisar de um escritório, claro. O departamento local de investigação trabalhou num posto policial que montaram aqui. Eles realmente nos incomodaram muito pouco. Mal notamos a presença deles." Olhou com otimismo disfarçado para Dalgliesh, como se refreasse um desejo ardente de que a equipe de investigadores se acomodasse da mesma forma. A resposta de Dalgliesh foi breve.

"Vamos precisar de uma sala. Seria possível disponibilizar alguma na mansão Nightingale? Seria o arranjo ideal."

A solicitação pareceu desconcertá-los. O secretário do grupo respondeu com hesitação: "Se a enfermeira-chefe estivesse aqui... É difícil para nós saber qual sala está livre. Mas ela não deve demorar".

Alderman Kealey resmungou. "Não podemos deixar tudo à espera da enfermeira-chefe. O superintendente deseja uma sala. Encontre uma para ele."

"Bom, tem o escritório da senhorita Rolfe, no térreo, ao lado da sala de demonstração." O secretário do grupo voltou os olhos tristes para Dalgliesh. "O senhor conheceu a senhorita Rolfe, nossa diretora de ensino, é claro. Bem, ela pode se transferir temporariamente para a sala da sua secretária... A senhorita Buckfield está afastada, com gripe, então a sala dela está vazia. É bastante apertada, apenas um armário, na verdade, mas, se a enfermeira-chefe..."

"Providencie para que a senhorita Rolfe faça a mudança de tudo o que possa precisar. Os porteiros podem transportar os arquivos." Alderman Kealey virou-se e latiu para Dalgliesh: "Está bem assim?".

"Se a sala for discreta, razoavelmente à prova de som e puder ser trancada, além de grande que chegue para acomodar três homens e munida de telefone direto para a central, serve. E se além disso tiver água corrente, melhor ainda."

O vice-presidente, agastado por aquela formidável lista de exigências, disse hesitante: "Há um pequeno vestiário com banheiro no térreo, na frente do quarto da senhorita Rolfe. Ele pode ficar à sua disposição".

O sr. Grout ficou ainda mais infeliz. Lançou um olhar para o lado do dr. Courtney-Briggs em busca de um aliado, mas nos últimos minutos o médico permanecera inexplicavelmente silencioso e parecia relutante em encontrar seus olhos. Então o telefone tocou. O sr. Hudson, aparentemente satisfeito com a oportunidade de ação, deu um pulo para atender. Virou-se para o vice-presidente.

"É do *The Clarion*. Querem falar com o senhor."

Alderman Kealey agarrou o aparelho com firmeza. Depois de tomar a decisão de afirmar-se, parecia a ponto de assumir o comando de toda e qualquer situação e aquela correspondia perfeitamente a suas capacitações. Embora assassinatos pudessem estar além de suas preocupações normais, lidar habilmente com a imprensa local era algo que ele sabia fazer.

"Alderman Kealey falando. Vice-presidente do Comitê de Gestão. Sim, a Scotland Yard está aqui. A vítima? Ah, não acho que seja o momento de falarmos em vítima. Pelo menos por enquanto. Fallon. Josephine Fallon. Idade?" Tampou o bocal com a mão e virou-se para o secretário. Estranhamente, foi o dr. Courtney-Briggs quem respondeu.

"Ela estava com trinta e um anos e dez meses", disse. "Era exatamente vinte anos mais moça que eu, nem um dia a mais, nem um dia a menos."

Alderman Kealey, sem se surpreender com a gratuidade da informação, voltou a seu interlocutor.

"Tinha trinta e um anos. Não, ainda não sabemos como ela morreu. Ninguém sabe. Estamos aguardando o relatório da autopsia. Sim, o superintendente-chefe Dalgliesh. Ele está aqui no momento, mas ocupado demais para falar. Espero poder emitir uma nota para a imprensa esta noite. Provavelmente já estaremos com o resultado da autopsia. Não, não há motivo para suspeitar de assassinato. O chefe de polícia chamou a Scotland Yard por medida de precaução. Não, até onde eu sei as duas mortes não têm ligação. Muito triste. Sim, muito. Se o senhor telefonar por volta das seis da tarde, eu talvez tenha mais informações. Só o que sabemos no momento é que a enfermeira Fallon foi encontrada morta em sua cama hoje de manhã, pouco depois das sete horas. Poderia perfeitamente ter sido um ataque cardíaco. Ela estava saindo de uma gripe. Não, nada de bilhete. Nada desse tipo."

Ele ficou um momento escutando, depois voltou a apoiar a mão no bocal e se virou para Grout.

"Estão perguntando sobre os familiares dela. O que sabemos sobre eles?"

"Ela não tinha familiares. Era órfã." Novamente, foi o dr. Courtney-Briggs quem respondeu.

Alderman Kealey transmitiu a informação e desligou. Com um sorrisinho sinistro, lançou um olhar ao mesmo tempo de autoafirmação e advertência para Dalgliesh, que achou interessante ficar sabendo que a Scotland Yard fora chamada por medida de precaução. Era um novo conceito sobre as responsabilidades do pelotão de investigação e algo que ele achava que dificilmente despistaria os rapazes da imprensa local, quanto mais os repórteres londrinos, que em breve farejariam o rastro da notícia. Imaginou como o hospital lidaria com a publicidade. Alderman Kealey teria de contar com alguma orientação para que o inquérito não fosse prejudicado. Mas ainda havia tempo para isso. Agora, o que ele mais queria era se livrar deles e dar início à investigação. Essas preliminares sociais eram sempre uma aborrecida perda de tempo. E logo haveria uma enfermeira-chefe para tomar providências, ser consultada e provavelmente até antagonizá-lo. Pela resistência do secretário do grupo a dar qualquer passo sem o consentimento dela, parecia que ela era uma pessoa com personalidade forte. Ele não gostava da perspectiva de precisar deixar claro para ela, com muita diplomacia, que só havia espaço para uma personalidade forte naquela investigação.

O dr. Courtney-Briggs, que permanecera em pé junto à janela olhando para fora, para o jardim arrasado pela tempestade, virou-se, afastou as preocupações com um gesto brusco de corpo e disse:

"Infelizmente não posso perder mais tempo. Preciso ver um paciente na ala particular e fazer a ronda da enfermaria. Eu ia dar uma aula para as estudantes aqui, no final da manhã de hoje, mas agora isso terá de ser cancelado. Kealey, por favor me informe se houver algo que eu possa fazer."

Ignorou Dalgliesh. A impressão transmitida, sem dúvida intencional, foi a de que era um homem muito ocupado que já perdera tempo demais com trivialidades. Dalgliesh resistiu à tentação de atrasá-lo. Por mais agradável que fosse domar a arrogância do dr. Courtney-Briggs, esse era um prazer do qual ele precisava abrir mão no momento. Havia questões mais relevantes.

Foi então que ouviram o barulho de um carro. O dr. Courtney-Briggs voltou para a janela e olhou para fora, mas não disse nada. O restante do pequeno grupo ficou tenso e se voltou para a porta, como se movido por uma força comum. A porta de um carro bateu. Em seguida houve um silêncio de alguns segundos, seguido de passos apressados sobre o chão de mosaicos. A porta se abriu e a enfermeira-chefe entrou.

A primeira impressão de Dalgliesh foi a de uma elegância altamente pessoal e ao mesmo tempo despreocupada, e de uma autoconfiança quase palpável. Viu uma mulher alta e esguia, sem chapéu, de tez pálida levemente dourada, cabelo quase da mesma cor, puxado para trás a partir da testa alta e formando uma espiral intrincada na nuca. Vestia um casaco cinza de *tweed*, tinha uma echarpe verde-clara em torno do pescoço, carregava uma bolsa preta e uma pequena valise. Entrou silenciosamente na sala, largou a bolsa na mesa, descalçou as luvas e sondou o pequeno grupo em silêncio. Quase instintivamente, como se observasse uma testemunha, Dalgliesh reparou em suas mãos. Os dedos eram muito brancos, longos e afilados, mas com nós singularmente grossos. As unhas estavam cortadas bem curtas. No terceiro dedo da mão direita, um imenso anel de safira num engaste cheio de adornos brilhava em contraste com a articulação. Perguntou-se se ela o retirava quando estava trabalhando e, caso o retirasse, como fazia para passá-lo pelos nós do dedo.

O dr. Courtney-Briggs, após um rápido "Bom dia, enfermeira-chefe", avançou para a porta e ali ficou, como um convidado entediado, deixando claro que estava impaciente para sair dali o mais depressa possível. Mas os demais se reuniram em torno dela. Uma sensação de alívio surgiu de imediato. Foram feitas apresentações murmuradas.

"Bom dia, superintendente." Sua voz era profunda, levemente rouca, uma voz tão única quanto ela própria. Mal parecia dar-se conta da presença dele; mesmo assim ele percebeu seus olhos verdes e protuberantes avaliando-o num relance. Seu aperto de mãos foi firme e frio, e tão fugaz que mais pareceu um encontro fugidio de palmas, nada mais que isso.

O vice-presidente disse: "A polícia vai precisar de uma sala. Pensamos na sala da senhorita Rolfe, talvez".

"Muito pequena, eu acho, e sem privacidade suficiente, muito próxima do corredor principal. Seria melhor o senhor Dalgliesh usar a sala de visitas do primeiro andar e o lavabo contíguo. A sala tem chave. Há uma escrivaninha com gavetas munida de fechadura no escritório geral: podemos levá-la para cima. Assim a polícia terá alguma privacidade e a interferência no trabalho da escola será mínima."

Ouviu-se um murmúrio de assentimento. Os homens pareciam aliviados. A enfermeira-chefe disse a Dalgliesh: "O senhor precisa de um quarto para dormir? Gostaria de dormir no hospital?".

"Não será necessário. Ficaremos na cidade. Mas eu preferiria trabalhar aqui. É possível que fiquemos até tarde todas as noites, portanto ajudaria se pudéssemos ter uma cópia das chaves."

"Por quanto tempo?", o vice-presidente atalhou. Parecia uma pergunta estúpida, mas Dalgliesh notou que todos os rostos se viraram para ele como se aquela fosse uma dúvida que ele tivesse condições de responder. Sabia que tinha a reputação de ser rápido. Será que eles também sabiam disso?

"Cerca de uma semana", disse. Mesmo que o caso se arrastasse por mais tempo, descobriria tudo o que precisava sobre a mansão Nightingale e seus ocupantes em sete dias. Se a enfermeira Fallon tivesse sido assassinada — e era o que ele achava que havia acontecido —, o círculo de suspeitos seria restrito. Se o caso não se resolvesse numa semana, provavelmente jamais seria resolvido. Pensou ter ouvido um pequeno suspiro de alívio.

A enfermeira-chefe perguntou: "Onde está ela?".

"Levaram o corpo para o necrotério, senhora."

"Não estou falando de Fallon. Onde está a enfermeira Dakers? Soube que foi ela quem encontrou o corpo."

Alderman Kealey respondeu. "Está sob cuidados na enfermaria particular. Estava muito abalada e pedimos ao doutor Snelling que a examinasse. Ele deu a ela um sedativo e a colocou sob os cuidados da irmã Brumfett."

E acrescentou: "A irmã Brumfett está um pouco preocupada com ela. Ainda por cima, sua enfermaria está bastante movimentada. Não fosse por isso, teria ido buscar a senhora no aeroporto. Todos nós nos sentimos mal por ninguém ter ido esperá-la, mas achamos que a melhor coisa a fazer era enviar-lhe um recado por telefone pedindo que nos ligasse assim que aterrissasse. A irmã Brumfett achou que o choque seria menor se a senhora fosse informada dessa maneira. Por outro lado, pareceu-nos errado que não houvesse ninguém lá. Eu queria mandar o Grout, mas...".

A voz rouca o cortou com uma discreta reprovação: "Tenho a impressão de que a menor de suas preocupações seria poupar-me do choque...". Ela se voltou para Dalgliesh:

"Estarei na minha sala de estar, no terceiro andar, em cerca de quarenta e cinco minutos. Se for conveniente para o senhor, eu gostaria de trocar algumas palavras consigo."

Dalgliesh, resistindo ao impulso de responder com um

dócil "Sim, enfermeira-chefe", respondeu que estava bem. Mary Taylor virou-se para Alderman Kealey.

"Vou ver a enfermeira Dakers agora. Depois disso, sem dúvida o superintendente vai me fazer algumas perguntas e em seguida estarei em meu escritório principal, se o senhor e o senhor Grout quiserem falar comigo. Estarei, é claro, disponível o dia inteiro."

Sem mais palavras ou olhares, apanhou a valise e a bolsa e saiu da sala. O dr. Courtney-Briggs abriu a porta mecanicamente para ela e preparou-se para segui-la. Diante do vão da porta, disse com jovial beligerância:

"Bem, agora que a enfermeira-chefe está de volta e a importante questão da acomodação dos policiais foi resolvida, talvez o trabalho no hospital possa prosseguir. Se eu fosse o senhor, não me atrasaria para o encontro, superintendente Dalgliesh. Mary Taylor não está acostumada a insubordinações."

Saiu e fechou a porta atrás de si. Alderman Kealey pareceu perplexo por um instante, depois disse:

"Ele está chateado, claro. Natural. Não circulou um boato..."

Então seus olhos pousaram em Dalgliesh. Pensou em alguma coisa e se virou para Paul Hudson:

"Bem, senhor Hudson, o senhor ouviu a enfermeira-chefe. A polícia ficará na sala de visitas deste andar. Tome as providências, meu caro colega. Tome as providências!"

V

Mary Taylor vestiu o uniforme antes de ir para a enfermaria particular. Na hora, foi uma coisa instintiva, mas enquanto segurava o manto com firmeza em torno do corpo e avançava em passos enérgicos pela trilha que ligava a mansão Nightingale ao hospital, percebeu que o instinto tinha uma motivação racional. Era importante para o hospital que a enfermeira-chefe estivesse de volta, e importante que sua volta fosse notada.

O caminho mais rápido para a ala particular era pelo saguão do ambulatório. O lugar já fervia de atividade. As cadeiras confortáveis, dispostas com cuidado, em círculos, para dar a ilusão de informalidade e conforto descontraído, eram ocupadas num instante. Voluntárias do comitê de senhoras da Liga de Amigos já tomavam conta da chaleira elétrica, servindo chá aos pacientes regulares que preferiam chegar uma hora antes da consulta pelo simples prazer de sentar-se num lugar quente, ler as revistas e conversar com os conhecidos de sempre. Ao passar por eles, a enfermeira-chefe percebeu cabeças se voltando para olhá-la. Houve um breve silêncio, seguido do costumeiro murmúrio de cumprimentos respeitosos. Notou que a equipe médica júnior, com seus jalecos brancos, abria passagem para ela e que as enfermeiras-estudantes se encostavam à parede.

A enfermaria particular ficava no segundo andar daquele que ainda era chamado de prédio novo, apesar de ter sido concluído em 1945. Mary Taylor subiu pelo elevador na companhia de dois radiologistas e de um jovem servente. Murmuraram um cerimonioso "Bom dia, enfermeira-chefe", caíram num silêncio artificial até o elevador parar, depois deram um passo atrás para que ela saísse antes deles.

A enfermaria particular consistia num conjunto de vinte quartos simples posicionados dos dois lados de um amplo corredor central. O escritório da irmã, a cozinha e a copa ficavam logo no início do corredor. Assim que ela entrou, uma jovem estudante do primeiro ano saiu da cozinha. Ruborizou-se ao ver a enfermeira-chefe e murmurou algo sobre ir chamar a irmã.

"Onde está a irmã, enfermeira?"

"No quarto sete, com o doutor Courtney-Briggs, enfermeira-chefe. O paciente dele não está bem."

"Não os incomode. Quando ela voltar, apenas diga que eu vim ver a enfermeira Dakers. Onde ela está?"

"No quarto três, enfermeira-chefe." A jovem hesitou.

"Está bem, enfermeira, sei o caminho. Volte a suas tarefas."

O quarto três ficava no fim do corredor, um dos seis quartos simples que costumavam ser reservados para as enfermeiras doentes. Apenas quando esses quartos estavam todos ocupados os membros da equipe eram conduzidos aos quartos laterais das enfermarias. Não era, Mary Taylor observou, o quarto onde Josephine Fallon ficara internada. O quarto três era o mais iluminado pelo sol e agradável dos seis reservados às enfermeiras. Uma semana antes fora ocupado por uma enfermeira com pneumonia, complicação resultante da gripe. Mary Taylor, que visitava todas as enfermarias do hospital uma vez por dia e recebia relatórios diários de cada enfermeira doente, achou improvável que a enfermeira Wilkins já estivesse bem para ter alta. A irmã Brumfett decerto a transferira, para que a enfermeira Dakers ocupasse o quarto três. E Mary Taylor podia imaginar o motivo. A única janela do aposento dava para o gramado e os canteiros muito bem cuidados da parte da frente do hospital; a partir daquele lado da enfermaria era impossível ver a mansão Nightingale, mesmo um vislumbre dela, através do emaranhado de galhos desfolhados das árvores. Querida Brumfett! Tão rígida e desatualizada em seus pontos de vista, mas tão imaginativa quando se tratava do bem-estar e do conforto de seus pacientes! Brumfett, que criava constrangimento de tanto que falava em obrigações, obediência, lealdade, sabia muito bem o que queria dizer com aqueles termos impopulares e se conduzia de acordo com eles. Era uma das melhores irmãs que o John Carpendar possuía ou pudesse vir a ter. Entretanto Mary Taylor estava satisfeita que as obrigações tivessem impedido a irmã Brumfett de ir buscá-la no aeroporto de Heathrow. Já era suficientemente desagradável voltar para casa com mais uma tragédia; não precisava do fardo adicional de devoção e preocupação caninas de Brumfett.

Puxou o banquinho de debaixo da cama e sentou-se

ao lado da moça. Apesar do sedativo do dr. Snelling, a enfermeira Dakers não dormia. Estava deitada de costas, imóvel, olhando para o teto. Nesse momento, voltou os olhos para a enfermeira-chefe. Havia neles um vazio de infelicidade. No armarinho junto à cabeceira via-se um livro didático, *Matéria médica para enfermeiras*. A enfermeira-chefe pegou-o.

"É muita dedicação de sua parte, enfermeira, mas pelo breve período que vai passar aqui, por que não pegar um romance no carrinho da Cruz Vermelha? Ou uma revista de fofocas? Posso buscar para você?"

A resposta foi um rio de lágrimas. A figura esguia contraiu-se convulsivamente na cama, enterrou a cabeça no travesseiro e agarrou-o com as mãos trêmulas. A cama chegou a balançar com seus espasmos de mágoa. A enfermeira-chefe levantou-se, foi até a porta e fechou a janelinha de observação das enfermeiras. Voltou depressa para seu lugar e esperou sem dizer nada, sem nenhum movimento além de pousar a mão sobre a cabeça da jovem. Depois de alguns minutos, a tremedeira cessou e a enfermeira Dakers ficou mais calma. Começou a balbuciar, a voz soluçante, abafada pelo travesseiro.

"Estou tão infeliz, com tanta vergonha."

A enfermeira-chefe inclinou a cabeça para captar melhor as palavras. Sentiu um arrepio de horror percorrê-la. Estaria ouvindo uma confissão de assassinato? Começou a rezar sob a respiração.

"Meu Deus, por favor, não. Não esta criança! Não é possível que tenha sido esta criança."

Aguardou, sem ousar fazer perguntas. A enfermeira Dakers se virou e olhou para ela, os olhos vermelhos e inchados no meio de duas luas amorfas num rosto manchado, deformado pela infelicidade.

"Eu sou uma pessoa ruim, enfermeira-chefe, ruim. Fiquei feliz quando ela morreu."

"A enfermeira Fallon."

"Ah, não, a Fallon não! Fiquei triste com a Fallon. A enfermeira Pearce."

A enfermeira-chefe segurou os dois ombros da garota, pressionando-a de encontro à cama. Segurou firme o corpo trêmulo e fitou os olhos molhados.

"Quero que você me diga a verdade, enfermeira. Você matou a enfermeira Pearce?"

"Não, enfermeira-chefe."

"Nem a enfermeira Fallon?"

"Não, enfermeira-chefe."

"Teve alguma coisa a ver com a morte delas?"

"Não, enfermeira-chefe."

Mary Taylor respirou. Relaxou a pressão sobre a menina e sentou-se outra vez.

"Acho melhor você me contar tudo o que aconteceu."

Então, agora com calma, a história patética veio à tona. Na época, não tinha parecido um roubo. Parecera um milagre. Mamãe precisava muito de um casaco de inverno e a enfermeira Dakers vinha economizando trinta *shillings* de seus salários mensais. Só que estava levando muito tempo para economizar o dinheiro e o inverno estava ficando cada vez mais frio; e mamãe, que nunca reclamava e jamais pedia nada, de vez em quando precisava esperar quase quinze minutos pelo ônibus, de manhã, e se resfriava facilmente. E, mesmo que se resfriasse, não podia faltar ao trabalho, pois a sra. Arkwright, a compradora da loja de departamentos, estava atrás de uma oportunidade para demiti-la. Trabalhar numa loja não era realmente o emprego certo para mamãe, mas não era fácil encontrar trabalho quando se tem mais de cinquenta anos e nenhuma qualificação, e as jovens assistentes do departamento não eram muito gentis. Sempre insinuavam que mamãe não estava dando conta do trabalho, o que não era verdade. Mamãe podia não ser tão rápida quanto elas, mas o fato é que ela queria atender bem os clientes.

E então a enfermeira Harper deixou cair duas notas novas de cinco libras quase aos pés dela. A enfermeira Harper recebia uma mesada tão generosa do pai que podia até perder dez libras sem se incomodar com isso. O fato ocorrera havia mais ou menos quatro semanas. A enfermeira Harper vinha caminhando com a enfermeira Pearce do alojamento das enfermeiras, na direção do refeitório do hospital, para o café da manhã, e a enfermeira Dakers seguia alguns passos atrás delas. As duas notas caíram do bolso da capa da enfermeira Harper e flutuaram suavemente até o chão. Seu primeiro impulso foi chamar as duas estudantes, mas alguma coisa na visão daquele dinheiro a reteve. As notas eram tão inesperadas e inacreditáveis, tão belas em seu estado original de notas novas. Ficou olhando para elas por um segundo e depois se deu conta de que estava olhando para o novo casaco da mãe. E a essa altura as outras duas estudantes já tinham quase sumido de vista, as notas estavam dobradas em sua mão e já era tarde demais.

A enfermeira-chefe perguntou: "Como a enfermeira Pearce soube que você estava com o dinheiro?".

"Ela disse que tinha me visto. Por acaso, ela deu uma olhada ao redor quando eu me abaixei para pegar as notas. Não significou nada para ela naquele momento, mas, quando a enfermeira Harper falou com todos que tinha perdido dinheiro e que as notas deviam ter caído do bolso de sua capa no caminho para o café da manhã, a enfermeira Pearce deduziu o que havia acontecido. Ela e as gêmeas foram com a enfermeira Harper procurar pelo caminho, para ver se encontravam o dinheiro. Acho que foi aí que ela se lembrou de ter me visto pegar alguma coisa no chão."

"Quando foi que ela falou com você sobre isso?"

"Uma semana depois, enfermeira-chefe, quinze dias antes de nossa turma ir para a mansão. Acho que antes disso ela se recusou a acreditar. Devia estar tentando decidir se ia falar comigo."

Portanto a enfermeira Pearce esperara. A enfermeira-chefe se perguntou qual teria sido a razão disso. Impossível ter levado uma semana inteira para confirmar suas suspeitas. Ela devia ter se lembrado de ver Dakers agachada, pegando as notas, assim que soube do sumiço do dinheiro. Então, por que não abordar a garota em seguida? Teria sido mais gratificante para seu ego perverso esperar que o dinheiro fosse gasto para ter a culpada sob seu poder?

"Ela estava chantageando você?", perguntou.

"Oh, não, senhora!" A moça estava chocada. "Ela só exigiu que eu devolvesse cinco *shillings* por semana, não era chantagem. Todas as semanas ela enviava o dinheiro para uma sociedade de auxílio a ex-presidiários. Ela me mostrou os recibos."

"E por acaso ela explicou por que não estava devolvendo o dinheiro para a enfermeira Harper?"

"Ela achou que seria difícil explicar sem me envolver, e eu implorei para que não fizesse isso. Teria sido o fim de tudo, enfermeira-chefe. Eu quero me qualificar como enfermeira distrital depois que me formar, para poder então cuidar de mamãe. Se eu conseguir uma posição em algum distrito, a gente vai poder ter uma casinha e quem sabe até um carro. Mamãe poderá sair da loja. Falei com a enfermeira Pearce sobre isso. Além do mais, ela disse que Harper era tão descuidada com dinheiro que seria bom ela aprender uma lição. Enviou todos os pagamentos para a sociedade de ex-presidiários porque achou que era o certo. Afinal de contas, eu poderia ir para a prisão se ela não me desse cobertura."

A enfermeira-chefe respondeu secamente: "Claro que isso é um absurdo e você deveria saber que é um absurdo. A enfermeira Pearce parece ter sido uma jovem muito estúpida e arrogante. Tem certeza de que ela não estava fazendo outras exigências? Existem inúmeras formas de chantagem".

"Mas ela não faria isso, enfermeira-chefe!" A enfermeira Dakers se esforçou para erguer a cabeça do travesseiro. "A Pearce era... bem, ela era boa."

Pareceu achar a palavra inadequada e franziu as sobrancelhas como se estivesse terrivelmente ansiosa para explicar.

"Ela costumava conversar bastante comigo e me deu um cartão com uma passagem da Bíblia para eu ler diariamente. Uma vez por semana, ela me perguntava se eu estava fazendo isso direitinho."

A enfermeira-chefe foi tomada por um sentimento tão profundo de indignação que precisou buscar alívio na ação. Levantou-se do banquinho e foi até a janela, refrescando o rosto em brasa junto à vidraça. Sentia o coração disparado e percebeu, quase com interesse clínico, que suas mãos tremiam. Depois de um momento, voltou para a beira da cama.

"Não diga que ela era boa. Diga cumpridora de suas obrigações, conscienciosa e bem-intencionada, se quiser, mas não boa. Se algum dia você estiver diante da verdadeira bondade, vai perceber a diferença. E eu não me preocuparia com a questão de sentir-se satisfeita por ela estar morta. Nas circunstâncias, você não seria normal se sentisse de outra forma. Com o tempo, talvez você seja capaz de sentir pena dela e perdoá-la."

"Mas, enfermeira-chefe, sou eu quem precisa de perdão. Sou uma ladra." Haveria um laivo de masoquismo na voz queixosa, a perversa autodegradação de quem nasce para se vitimizar? Mary Taylor disse com rispidez:

"Você não é uma ladra. Você roubou uma vez, o que é bem diferente. Todos nós temos algum incidente na vida do qual sentimos vergonha e que lamentamos. Você aprendeu uma lição sobre si mesma, sobre o que é capaz de fazer, e isso abalou sua confiança. Agora, precisa conviver com esse conhecimento. Só podemos começar a compreender e a perdoar os outros quando aprendemos a compreender e perdoar a nós mesmos. Você não vai roubar de novo. Sei disso, e você também sabe. Mas já fez isso uma vez. Sabe que é capaz de roubar. Esse conhecimento impedirá que se sinta satisfeita demais consigo mesma, que sucumba à vaidade. Pode torná-la uma pessoa mais tolerante e compreensiva, uma enfermeira melhor. Mas isso não vai acontecer se você for dominada pela culpa, pelo remorso e pela amargura. Essas emoções insidiosas podem ser muito apreciadas, mas não vão ajudá-la, nem a você nem a mais ninguém."

A moça olhou para ela.

"A polícia precisa saber?"

Essa, claro, era a questão. E só podia haver uma resposta.

"Precisa. E você vai ter de contar para eles exatamente como contou para mim. Mas primeiro quero ter uma conversa com o superintendente. É um novo detetive, da Scotland Yard desta vez, e acho que é um homem inteligente e compreensivo."

Seria mesmo? Como ela poderia saber? Aquele primeiro encontro fora tão rápido, uma mera troca de olhares e um toque de mãos. Estaria ela simplesmente confortando-se com uma impressão superficial de que ali estava um homem com autoridade e imaginação, capaz de solucionar o mistério de ambas as mortes com um mínimo de prejuízo aos inocentes e até mesmo aos culpados? Sentira isso instintivamente. Mas seria um sentimento racional? Ela acreditava na história da enfermeira Dakers — contudo, dispunha-se a acreditar. Como a história pareceria a um oficial da polícia que estivesse diante de uma multiplicidade de suspeitos e nenhum motivo discernível? E o motivo estava bem ali. Era todo o futuro da enfermeira Dakers e o da mãe dela. E Dakers havia se comportado de maneira muito estranha. De fato, quando Pearce morrera a mais abalada de todas as enfermeiras fora ela, mas se recuperara com impressionante rapidez. Mesmo sob o intenso interrogatório policial, mantivera seu segredo em segurança. O que então precipitara aquela desintegração em remorso e confissão? Seria apenas o choque de ter encontrado o corpo de Fallon? E por que a morte de Fallon fora tão cataclísmica, se ela nada tivera a ver com o assunto?

Mary Taylor voltou a pensar em Pearce. Impressionante como na verdade não se conhecia quase nada das estudantes. Se alguém parasse para prestar atenção em Pearce, diria que ela era a típica estudante sem brilho, aplicada e sem atrativos, que com toda a probabilidade buscara a enfermagem para compensar a falta de outros meios mais ortodoxos de realização. Sempre havia alguém assim em todas as escolas de enfermagem. Era difícil recusá-las quando se inscreviam no curso, pois apresentavam qualificações mais do que adequadas e referências impecáveis. E de forma alguma resultavam em enfermeiras ruins. Apenas, raramente acabavam entre as melhores. Mas agora ela começava a se perguntar. Se Pearce possuía um desejo secreto tão intenso de poder, a ponto de usar a culpa e o sofrimento dessa criança para alimentar seu próprio ego, então ela estava muito além de ser uma pessoa comum e inofensiva. Havia sido uma jovem perigosa.

E conduzira tudo de maneira muito inteligente. Esperar uma semana, até ter uma dose razoável de certeza de que o dinheiro fora gasto, deixara Dakers sem opção. A menina nem sequer poderia alegar que cedera a um súbito impulso e que pretendia devolver o dinheiro. E mesmo que Dakers decidisse confessar, talvez para a enfermeira-chefe, a enfermeira Harper precisaria ser informada. Pearce teria pensado nisso. E apenas Harper poderia decidir se a processaria ou não. Talvez fosse possível influenciá-la, persuadi-la a perdoar. Mas, supondo que não fosse possível, a enfermeira Harper certamente contaria ao pai, e Mary Taylor não conseguia imaginar o sr. Ronald Harper demonstrando compaixão por alguém que ajudara a si mesmo com o dinheiro dele. O contato de Mary Taylor com ele fora breve, porém revelador. Ele chegara ao hospital dois dias depois da morte de Pearce, um homem grande, de aspecto opulento e agressivo, vestindo um casaco de piloto de automóvel com um exagerado acabamento em pele que o fazia parecer ainda maior. Sem preliminares ou explicações, lançou seu discurso pronto, tratando a enfermeira-chefe como se ela fosse um de seus mecânicos. Ele não deixaria a filha permanecer nem mais um minuto na mansão com um assassino à solta, com ou sem a polícia no caso. Essa história de formar-se em enfermagem fora uma ideia estúpida desde o começo e se encerrava naquele momento. Além do mais, sua Diane não precisava de carreira nenhuma. Estava noiva, não estava? Por sinal, um belíssimo noivado! Filho de seu sócio. Eles já poderiam tratar do casamento em vez de esperar o verão e, enquanto isso, Diane poderia ficar em casa e ajudar no escritório. Ele a estava levando embora agora, e queria ver quem tentaria impedi-lo.

Ninguém o impediu. A moça não fez nenhuma objeção. Permaneceu docilmente no escritório da enfermeira-chefe com uma postura bastante humilde, mas com um leve sorriso de satisfação por toda aquela confusão e pela masculinidade assertiva de seu pai. A polícia não podia impedi-la de ir embora, tampouco se preocupou em tentar. Foi estranho, pensou a enfermeira-chefe, ninguém ter suspeitado seriamente de Harper, e se as duas mortes foram obra da mesma mão, esse instinto mostrou-se correto. A última vez que vira a moça fora quando ela entrara no carro imenso e medonho do pai, as pernas finas sob o novo casaco de pele que ganhara para compensar a frustração de deixar o curso pela metade, e se virara para acenar para o resto do grupo, como uma estrela de cinema condescendendo em dar um pouco de atenção a seus fãs. Não, não se tratava de uma família especialmente agradável. Mary Taylor lamentava a sorte de todo aquele que estivesse sob seu poder. Ainda assim, mesmo com os caprichos de sua personalidade, Diane Harper fora uma enfermeira eficiente e em diversos aspectos ainda melhor que Pearce.

Mas ainda havia uma questão a ser respondida, e levou apenas um segundo para ela reunir a coragem necessária para perguntar.

"A enfermeira Fallon sabia alguma coisa sobre esse assunto?"

A menina respondeu imediatamente, com segurança e um pouco surpresa.

"Oh, não, senhora! Pelo menos, eu acho que não. Pearce jurou que não contaria a uma alma sequer, e ela não parecia especialmente amiga de Fallon. Tenho certeza de que ela não contaria para a Fallon."

"Não", disse a enfermeira-chefe. "Suponho que ela não contaria."

Gentilmente, levantou a cabeça da enfermeira Dakers e afofou seus travesseiros.

"Agora quero que você tente dormir um pouco. Você vai se sentir muito melhor quando acordar. E procure não se preocupar."

A expressão da menina relaxou. Sorriu para a enfermeira-chefe e, colocando a mão para fora, tocou levemente o rosto de Mary Taylor. Depois, aconchegou-se nas cobertas, como que decidida a adormecer. Agora estava tudo bem. Mas claro que estava. Sempre funcionava. Como eram fáceis e insidiosamente satisfatórias aquelas pequenas esmolas de aconselhamento e consolo, cada porção individual temperada conforme o gosto de cada um. Ela poderia ser a esposa de um vigário vitoriano presidindo a cozinha da sopa dos pobres. A cada um segundo as suas necessidades. Acontecia todos os dias no hospital. Na enfermaria, a voz profissional da irmã: "Aqui está a enfermeira-chefe para vê-la, senhora Cox. Parece que a senhora Cox não está se sentindo muito bem nesta manhã, enfermeira-chefe". Um rosto cansado e marcado pela dor sorria corajoso do travesseiro, a boca ávida por sua dose de afeto e confiança. As irmãs trazendo-lhe seus problemas, os intermináveis problemas insolúveis sobre trabalho e personalidades incompatíveis.

"Está se sentindo melhor a respeito do problema agora, irmã?"

"Sim, obrigada, enfermeira-chefe. Muito melhor."

O secretário do grupo tendo que lidar desesperadamente com suas próprias fraquezas.

"Eu me sentiria melhor se pudéssemos conversar rapidamente sobre o problema, enfermeira-chefe." Claro que se sentiria! Todos queriam uma conversa rápida sobre o problema. Todos iam embora se sentindo melhor. Ouvir qualquer palavra de conforto que a enfermeira-chefe tivesse a dizer. Toda a sua carreira profissional parecia uma liturgia blasfema de conforto e absolvição. E como era bem mais fácil dar e receber esse leite suave da bondade humana do que a acidez da verdade. Ela podia imaginar a absoluta incompreensão e o ressentimento com que receberiam seu credo particular.

"Nada tenho a oferecer. Não há nenhuma ajuda. Estamos todos sozinhos, todos, desde o momento de nosso nascimento até a morte. Nosso passado é nosso presente e nosso futuro. Cada um tem de viver consigo mesmo até não restar mais tempo. Se você quiser a salvação, olhe para si próprio. Não existe outro lugar para olhar."

Ela ficou sentada por mais alguns minutos e depois saiu em silêncio do quarto. A enfermeira Dakers deu-lhe um leve sorriso de adeus. Ao entrar no corredor, viu a irmã Brumfett e o dr. Courtney-Briggs saindo do quarto do paciente dele. A enfermeira Brumfett apressou-se.

"Sinto muito, enfermeira-chefe. Não sabia que a senhora estava na enfermaria."

Ela sempre usava o título formal. As duas poderiam passar suas folgas juntas, passeando ou jogando golfe; poderiam ir assistir a um espetáculo em Londres uma vez por mês, com a mesma regularidade confortadora e entediante de um casal unido há anos; poderiam tomar seu chá matinal e o leite de antes de dormir juntas num tédio indissolúvel. Mas no hospital Brumfett sempre a chamava de enfermeira-chefe. Os olhos astutos buscaram os dela.

"A senhora conheceu o novo detetive, o homem da Yard?"

"Apenas rapidamente. Tenho uma reunião marcada com ele assim que eu voltar."

O dr. Courtney-Briggs disse: "Por acaso, eu o conheço; não muito bem, mas já nos encontramos. A senhora vai considerá-lo uma pessoa razoável e inteligente. Ele tem uma boa reputação, claro. Dizem que trabalha muito rápido. No que me diz respeito, essa é uma vantagem considerável. O hospital não resiste a toda essa confusão. Imagino que ele vá querer falar comigo, mas terá que esperar. A senhora pode dizer a ele que eu vou aparecer na mansão Nightingale quando terminar minha ronda, enfermeira-chefe?".

"Se ele perguntar, direi", Mary Taylor respondeu calmamente. Ela voltou-se para a irmã Brumfett.

"A enfermeira Dakers está mais calma agora, mas acho que seria melhor ela não ser perturbada por visitantes. Provavelmente, vai conseguir dormir um pouco. Mandarei algumas revistas para ela e algumas flores novas. Quando o doutor Snelling irá vê-la?"

"Ele disse que iria antes do almoço, enfermeira-chefe."

"Você poderia fazer a gentileza de pedir que ele venha conversar comigo? Estarei no hospital o dia inteiro."

A enfermeira Brumfett respondeu: "Acho que o detetive da Scotland Yard também vai querer falar comigo. Espero que ele não demore muito. Estou com uma enfermaria cheia de doentes".

A enfermeira-chefe desejou que Brum não se fizesse de muito difícil. Seria lamentável se ela pensasse que poderia tratar um superintendente-chefe da polícia metropolitana como se ele fosse um recalcitrante médico do hospital. O dr. Courtney-Briggs sem dúvida exibiria sua personalidade arrogante de sempre, mas ela estava com o pressentimento de que o superintendente Dalgliesh saberia lidar com o dr. Courtney-Briggs.

Eles seguiram juntos em direção à porta da enfermaria. A mente de Mary Taylor já estava ocupada com novos problemas. Alguma coisa deveria ser feita a respeito da mãe da enfermeira Dakers. Ainda faltavam alguns anos para que a mocinha se qualificasse plenamente como enfermeira distrital. Enquanto isso, ela precisava ser aliviada da ansiedade constante gerada pela preocupação com a mãe. Talvez fosse bom conversar com Raymond Grout. Talvez houvesse um cargo administrativo para ela em algum lugar do hospital. Mas seria certo? Não podemos nos entregar ao desejo de ajudar alguém às custas dos outros. Fossem quais fossem os problemas de recrutamento que o pessoal do hospital pudesse ter em Londres, Grout não enfrentava dificuldade para preencher suas vagas administrativas. Ele tinha o direito de esperar eficiência, e as senhoras Dakers deste mundo, assoladas tanto por suas próprias incapacidades quanto pela má sorte, dificilmente poderiam lhe oferecer isso. Pensou que deveria telefonar para a mulher; e para os pais das outras estudantes também. O mais importante era tirar as garotas da mansão Nightingale. A programação do curso não podia ser interrompida e já estava seriamente comprometida pela situação atual. Ela teria que combinar com a administração para que elas ficassem no dormitório das enfermeiras — haveria espaço suficiente, com tantas enfermeiras acamadas —, e elas poderiam ir todos os dias para a mansão, para a biblioteca e para a sala de aula. Além disso, seria preciso consultar o vice-presidente do Comitê Gestor do Hospital, além de ter que lidar com a imprensa, comparecer ao inquérito e providenciar o funeral. As pessoas iam querer falar com ela continuamente. Mas em primeiro lugar o mais importante era falar com o superintendente Dalgliesh.

4

PERGUNTAS E RESPOSTAS

1

Os aposentos da enfermeira-chefe e das irmãs situavam-se no terceiro andar da mansão Nightingale. Ao chegar ao topo da escada, Dalgliesh viu que a ala sudoeste era separada do restante do andar por uma divisória especialmente adaptada, de madeira branca, na qual uma porta de proporções ínfimas e imateriais, comparada ao pé-direito alto e às paredes revestidas de carvalho, mostrava a inscrição: "Apartamento da Enfermeira-Chefe". Havia uma campainha; antes de apertá-la, ele observou um pouco o corredor. Era parecido com o de baixo, porém decorado com um tapete vermelho que, apesar de desbotado e gasto, dava uma ilusão de conforto ao vazio desse andar superior.

Dalgliesh foi silenciosamente de porta em porta. Cada uma tinha um cartão com um nome escrito à mão enfiado num suporte de bronze. Viu que a enfermeira Brumfett ocupava o quarto contíguo ao apartamento da enfermeira-chefe. Próximo, havia um banheiro funcionalmente dividido em três pequenos cubículos, cada um com sua própria banheira e vaso sanitário. A porta seguinte tinha o nome da irmã Gearing e os dois quartos seguintes estavam vazios. A irmã Rolfe ficava na extremidade norte do corredor, ao lado da cozinha e da despensa. Dalgliesh não tinha autorização para entrar em nenhum dos quartos, mas experimentou as maçanetas de todas as portas. Como imaginava, estavam trancadas.

Foi a própria enfermeira-chefe quem abriu a porta de seu apartamento, segundos depois de ele tocar a campainha, e ele a seguiu até a sala de estar. O tamanho e o luxo do ambiente o deixaram sem fôlego. O apartamento ocupava toda a torre sudoeste, uma imensa sala octogonal pintada de branco, o teto decorado com padrões dourados e azul-claros, com duas enormes janelas voltadas para o hospital. Uma das paredes estava coberta, do teto ao chão, com prateleiras brancas de livros. Dalgliesh resistiu à inconveniência de caminhar por acaso até lá no intuito de avaliar a personalidade de Mary Taylor através de suas preferências literárias. Mas, de onde ele estava, não via livros didáticos, relatórios oficiais encadernados ou pastas empilhadas. Era uma sala de estar, não um escritório.

O fogo ardia na lareira, a madeira ainda estalando com os gravetos recém-adicionados. Ele ainda não se impusera sobre o ar da sala, que estava frio e parado. A enfermeira-chefe vestia uma capa vermelha curta sobre o vestido cinza. Tirara o lenço da cabeça e um rolo volumoso de cabelo claro repousava pesadamente sobre o pescoço frágil e pálido.

Sorte dela, pensou, ter nascido numa época que sabia apreciar a individualidade da aparência e da forma, atribuindo tudo à estrutura óssea e nada às nuances suaves da feminilidade. Um século antes, teria sido considerada feia, até mesmo grotesca. Mas hoje a maioria dos homens a consideraria interessante, e alguns poderiam até descrevê-la como bela. Para Dalgliesh, era uma das mulheres mais lindas que ele já tinha visto.

Exatamente no meio das três janelas, uma pesada mesa de carvalho servia de apoio para um grande telescópio preto e branco. Dalgliesh observou que não se tratava de um brinquedo amador, mas de um instrumento caro e sofisticado. Dominava toda a sala. A enfermeira-chefe notou para onde ele olhava e disse:

"O senhor se interessa por astronomia?"

"Não especialmente."

Ela sorriu. "'*Le silence éternel de ces espaces infinis m'effraie*'?"

"Desconforto, mais do que medo. Provavelmente por causa da vaidade. Não consigo me interessar por nada que eu não só não entendo como sei que jamais terei a menor chance de um dia entender."

"Para mim, esse é o atrativo. Uma forma de escapismo, até mesmo de voyeurismo, acho — ser absorvida por um universo impessoal, sobre o qual não posso ter nenhuma influência ou controle e, melhor ainda, onde ninguém espera isso de mim. Uma abdicação das responsabilidades. Faz os problemas pessoais recuperarem suas devidas proporções."

Ela conduziu Dalgliesh para o sofá de couro preto, junto ao fogo. Diante dele, uma mesa baixa sobre a qual havia uma bandeja com uma cafeteira, leite quente, açúcar cristal e duas xícaras.

Quando se sentou, ele sorriu e disse: "Se quero me dedicar à humildade ou especular sobre o incompreensível, prefiro contemplar uma prímula. A despesa é ínfima, o prazer é mais imediato e a moral tão válida quanto".

A língua ferina debochou dele.

"Pelo menos, sua entrega a essas perigosas especulações filosóficas se restringem a umas poucas semanas da primavera."

A conversa, ele pensou, é uma pavana verbal. Se eu não me cuidar, vou acabar gostando. Quando será que ela vai tocar no assunto principal? Ou será que está esperando que eu comece? E por que não? Eu sou o requerente, o intruso.

Como se lesse seus pensamentos, ela disse de repente:

"É estranho que ambas fossem garotas sem amigos, as duas órfãs. Deixa minha tarefa menos árdua. Não há parentes desolados para consolar, graças a Deus. A enfermeira Pearce tinha apenas os avós, que a criaram. Ele é um minerador aposentado e os dois moram numa casinha pobre na periferia de Nottingham. Pertencem a uma seita religiosa muito puritana, e sua única reação à morte da menina foi: 'Seja feita a vontade de Deus'. Achei a resposta muito estranha para uma tragédia tão obviamente resultante de uma ação humana."

"Então, a senhora acha que a morte da enfermeira Pearce foi assassinato?

"Não necessariamente. Mas não acuso Deus de se ocupar com a sonda orogástrica."

"E os parentes da enfermeira Fallon?"

"Nenhum, que eu saiba. Perguntamos a ela sobre seu parente mais próximo quando se matriculou e ela nos disse que era órfã, sem parentes de sangue vivos. Não havia razão para questionar isso. Provavelmente era verdade. Mas a morte dela estará nos jornais amanhã e, se houver algum parente ou amigo, com certeza irá aparecer. O senhor conversou com as estudantes, eu suponho?"

"Acabo de ter uma conversa preliminar com elas, em grupo. Estive com elas na sala de demonstração. Foi útil para eu ter uma ideia da situação geral do caso. Todas concordaram em deixar suas digitais, o que está sendo feito agora. Vou precisar das digitais de todos os que estavam na mansão Nightingale ontem à noite e hoje de manhã, nem que seja com o objetivo de começarmos por eliminação. E, é claro, vou ter de interrogar cada um separadamente. Mas fico satisfeito pela oportunidade de conversar primeiro com a senhora. Afinal de contas, a senhora estava em Amsterdam quando a enfermeira Fallon morreu. É um suspeito a menos com que me preocupar."

Ele se surpreendeu ao ver os nós dos dedos dela empalidecerem na asa da cafeteira. Seu rosto enrubesceu. Ela fechou os olhos e ele achou ter ouvido um suspiro. Observou-a um pouco desconcertado. O que dissera certamente era óbvio para uma mulher inteligente. Nem mesmo sabia por que se preocupara em dizer aquilo. Se a segunda morte fora um assassinato, então qualquer pessoa com um álibi para toda a noite anterior estaria fora de suspeita. Como se percebesse a surpresa dele, ela disse:

"Desculpe-me. Devo estar parecendo obtusa. Sei que é bobagem alguém se sentir tão aliviado por não estar sob suspeita quando todo mundo sabe que você é inocente. Talvez porque nenhum de nós seja inocente de fato. Um psicólogo poderia explicar isso, tenho certeza. Mas o senhor pode mesmo ter tanta certeza? O veneno — se é que foi veneno — não poderia ter sido colocado na garrafa de uísque de Fallon em algum momento depois que ela a comprou, ou a garrafa original que ela comprou ter sido trocada por outra com veneno? Isso poderia ter sido feito antes de eu ir para Amsterdam na terça-feira à tarde."

"Infelizmente a senhora terá que se conformar com a sua inocência. A senhorita Fallon comprou essa garrafa específica de uísque na loja de bebidas Scunthorpe, na High Street, ontem de tarde, e deu o primeiro e único gole ontem à noite, quando morreu. A garrafa ainda está praticamente cheia, o uísque dentro dela está ótimo, até onde eu sei, e as únicas digitais na garrafa são da própria Fallon."

"Vocês trabalharam muito depressa. Quer dizer que o veneno foi colocado ou no copo, depois de ela ter se servido, ou então no açúcar?"

"Isso se ela foi envenenada. Não podemos ter certeza de nada enquanto não recebermos o relatório da perícia, e talvez nem depois disso. O açúcar está sendo avaliado, mas apenas por formalidade. A maioria das estudantes se serviu daquele açucareiro ao tomarem o chá de manhã, e pelo menos duas beberam os seus. Assim, resta-nos o copo de uísque com o limão quente. A senhorita Fallon tornou tudo muito fácil para o assassino. Ao que parece, toda a mansão Nightingale sabia que, se ela não saísse à noite, ficava assistindo televisão até o fim da programação. Ela dormia pouco e nunca ia cedo para a cama. Quando a programação da tevê acabava, ela ia para o quarto trocar de roupa. Depois, de chinelos e penhoar, ia para a pequena copa no segundo andar preparar seu drinque noturno. Deixava o uísque no quarto, mas não podia preparar a bebida lá, pois lá não havia água nem meio de aquecê-la.

Então, criou o hábito de levar o copo térmico com o uísque servido para a copa e adicionar o limão quente lá. Um estoque de limões era deixado no armário, junto com o cacau, café, chocolate e outros itens que as enfermeiras costumam usar em suas bebidas noturnas. Depois, levava o copo para o quarto e o deixava na mesa de cabeceira enquanto tomava banho. Sempre tomava um banho rápido e gostava de entrar na cama imediatamente depois, enquanto ainda estava aquecida. Creio que era por isso que preparava o drinque antes de entrar no banheiro. Ao voltar para o quarto e ir para a cama, a bebida estava na temperatura certa. E, aparentemente, isso era uma rotina."

A enfermeira-chefe disse: "É assustador como tanta gente acaba conhecendo os hábitos de cada um numa comunidade pequena e fechada como esta. É inevitável, claro. Na verdade não existe privacidade. Como poderia existir? Eu sabia do uísque, sim, mas não achava que fosse da minha conta. A garota com certeza não era uma alcoólatra iniciante nem estava oferecendo bebida para as estudantes mais jovens. Na idade dela, tinha todo o direito de escolher sua própria bebida noturna".

Dalgliesh perguntou como a enfermeira-chefe ficara sabendo do uísque.

"A enfermeira Pearce me contou. Pediu para conversar comigo e me passou a informação com aquele jeito de 'não gosto de fazer fofoca, mas acho que a senhora deveria saber'. A bebida e o diabo eram praticamente a mesma coisa para a enfermeira Pearce. Mas não acho que Fallon guardasse segredo sobre seu uísque. Como poderia? Como eu disse, conhecemos os pequenos hábitos de cada uma. Mas é claro que existem coisas que não sabemos. Josephine Fallon era uma pessoa muito reservada. Não tenho como lhe dar informações sobre sua vida fora do hospital e duvido que alguém possa."

"Quem era a amiga dela aqui? Certamente tinha alguém em quem ela confiava, não? Essa não é uma necessidade para toda mulher que convive num tipo de comunidade fechada como esta?"

Ela o fitou com alguma estranheza.

"Sim. Todas nós precisamos de alguém. Mas acho que Fallon não precisava de uma amiga tanto quanto a maioria. Ela era incrivelmente autossuficiente. Se fosse confiar em alguém, seria em Madeleine Goodale."

"Aquela com jeito comum, de rosto redondo e óculos grandes?"

Dalgliesh lembrava-se dela. Não era um rosto sem atrativos, principalmente devido à pele perfeita e à inteligência daqueles grandes olhos cinzentos por trás da grossa armação de chifre. Mas a enfermeira Goodale nunca seria mais do que uma moça sem graça. Podia imaginar seu futuro: os anos de estudo enfrentados com perseverança, o sucesso nos exames; uma carga crescente de responsabilidade, até tornar-se também ela, por fim, uma enfermeira-chefe. Era comum garotas como ela serem amigas de uma mulher mais atraente: uma maneira de experimentar, ao menos de modo indireto, uma vida mais romântica e menos limitada. Como se lesse seus pensamentos, Mary Taylor disse:

"A enfermeira Goodale é uma de nossas enfermeiras mais eficientes. Eu esperava que ela ficasse aqui depois de formada e entrasse para nossa equipe de enfermagem. Mas é muito improvável. Ela está noiva do vigário local e quer se casar na próxima Páscoa."

Ela lançou um olhar rápido e um pouco malicioso para Dalgliesh.

"Ele é considerado um jovem muito promissor. O senhor parece surpreso, superintendente."

Dalgliesh riu: "Depois de vinte anos de polícia, eu já deveria ter aprendido a não fazer julgamentos superficiais. Acho que seria melhor eu conversar primeiro com a enfermeira Goodale. Acredito que a sala que a senhora está liberando para nós ainda não esteja pronta. Poderíamos começar usando a sala de demonstração? Ou vocês talvez venham a precisar dela?".

"Eu preferiria que vocês se reunissem com as garotas em outro lugar, se possível. Aquela sala traz lembranças infelizes e dramáticas para elas. Nem sequer a estamos usando para as demonstrações. Até que a pequena sala de visitas no primeiro andar esteja pronta, eu gostaria que as estudantes fossem entrevistadas aqui."

Dalgliesh agradeceu. Colocou sua xícara de café de volta à mesa.

Ela hesitou e depois disse: "Senhor Dalgliesh, há uma coisa que eu gostaria de dizer. Sinto que... Eu estou... no lugar dos pais das minhas alunas. Se em algum momento... Se o senhor vier a suspeitar que alguma delas está envolvida, posso contar com sua palavra de que serei informada? Elas vão precisar de proteção. Com certeza vamos ter que providenciar um advogado". Ela hesitou novamente: "Por favor, me desculpe se eu estiver sendo desagradável. É que não se costuma ter muita experiência nessas coisas, e eu só não gostaria que elas...".

"Caíssem em armadilhas?"

"Que fossem pressionadas a dizer coisas que as fizessem incriminar erroneamente a si mesmas ou a outros membros da equipe."

Dalgliesh se irritou além do razoável.

"Existem regras estabelecidas, a senhora sabe", disse.

"Ah, regras! Sei que existem regras. Mas tenho certeza de que o senhor é tão experiente quanto inteligente para deixar que elas o limitem demais. Só estou lembrando ao senhor que essas garotas são menos inteligentes em tais questões, e sem nenhuma experiência."

Lutando contra sua irritação, Dalgliesh disse com ar grave:

"Só o que posso lhe dizer é que as regras existem e que é nosso interesse mantê-las. A senhora tem noção de que presente seria para a equipe de defesa qualquer infração nossa? Uma jovem desprotegida, uma estudante de enfermagem ameaçada por um oficial de polícia com anos de experiência em pegar desavisados. Já existem dificuldades demais no caminho da polícia neste país; nós não as aumentamos voluntariamente."

108

Ela corou e ele achou interessante observar a onda de rubor percorrendo seu pescoço, a pele fina, cor de mel claro, como se por um breve momento corresse fogo em suas veias. Então, de repente, passou. A mudança foi tão intempestiva que ele nem chegou a ter certeza de ter mesmo presenciado aquela metamorfose reveladora. Ela então disse com tranquilidade:

"Ambos temos nossas responsabilidades. Esperemos que elas não entrem em conflito. Enquanto isso, o senhor deve contar que eu estarei tão preocupada com as minhas quanto o senhor com as suas. E isso me lembra de algumas informações que preciso lhe dar. Referem-se a Christine Dakers, a estudante que encontrou o corpo da enfermeira Fallon."

Ela descreveu de maneira breve e sucinta o que acontecera durante sua visita à enfermaria particular. Dalgliesh observou com interesse que ela não fez comentários, não emitiu opiniões nem tentou justificar o comportamento da garota. Ele não lhe perguntou se acreditava na história. Era uma mulher extremamente inteligente. Devia saber que acabara de lhe fornecer o motivo por trás de tudo. Ele perguntou quando poderia interrogar a enfermeira Dakers.

"Ela está dormindo agora. O doutor Snelling, que cuida da saúde das enfermeiras, irá vê-la mais tarde, ainda nesta manhã. Depois, virá falar comigo. Se ele concordar, talvez o senhor possa vê-la à tarde. E agora vou chamar a enfermeira Goodale. Isto é, se não houver mais nada que o senhor queira saber de mim."

"Vou precisar de muitas informações sobre a idade das pessoas, históricos e desde quando estão no hospital. Isso não estaria nos registros delas? Ajudaria se eu pudesse ter acesso a eles."

A enfermeira-chefe refletiu. Dalgliesh percebeu que, quando isso acontecia, seu rosto ficava em repouso absoluto. Um pouco depois, ela disse:

"Toda a equipe tem seus dossiês pessoais, claro. Legalmente, esses registros pertencem ao Comitê Gestor do

Hospital. O presidente só voltará de Israel amanhã à noite, mas eu falarei com o vice-presidente. Imagino que ele vá pedir que eu examine os registros antes de liberá-los, para verificar se não contêm informações particulares, irrelevantes para a sua investigação."

Dalgliesh achou prudente não pressioná-la a respeito de quem deveria decidir o que era irrelevante para o caso.

Disse: "Existem perguntas pessoais que eu devo fazer, claro. Mas seria muito mais conveniente, e ganharíamos mais tempo, se eu pudesse obter essas informações rotineiras consultando os registros".

Era curioso como a voz dela podia soar tão agradável e ainda tão obstinada.

"Entendo que possa ser bem mais conveniente, e também seria uma maneira de verificar a verdade do que lhe dissessem. Mas os registros só podem ser entregues mediante as condições que acabei de mencionar."

Então, ela estava segura de que o vice-presidente aceitaria e concordaria que o ponto de vista dela era o correto. E certamente assim seria. Ali estava uma mulher formidável. Diante de um problema delicado, ela refletiu sobre o assunto, chegou a uma conclusão e declarou sua decisão com firmeza, sem desculpas ou hesitação. Uma mulher admirável. Seria fácil lidar com ela, contanto, claro, que todas as suas atitudes fossem tão aceitáveis quanto essa.

Ele perguntou se poderia usar o telefone, chamou o sargento Masterson, que supervisionava a preparação da pequena sala de visitas que seria o escritório deles, e preparou-se para a longa e tediosa seção de entrevistas individuais.

II

A enfermeira Goodale foi chamada pelo telefone e chegou dois minutos depois, parecendo tranquila e sem pressa. Mary Taylor achou que não era preciso dar explicações ou tranquilizar essa jovem segura de si e simplesmente falou:

"Sente-se, enfermeira. O superintendente Dalgliesh quer conversar com você."

Em seguida, pegou sua capa da cadeira, jogou-a sobre os ombros e saiu, sem voltar a olhar para nenhum dos dois. O sargento Masterson abriu seu caderno. A enfermeira Goodale sentou-se numa cadeira reta junto à mesa, mas, quando Dalgliesh sugeriu que passasse para a poltrona diante do fogo, mudou de lugar sem objeções. Sentou-se rígida na beira do assento, as costas eretas, as pernas com formas surpreendentes e elegantes posicionadas de lado com discrição. Mas as mãos, pousadas sobre o colo, pareciam bem relaxadas, e Dalgliesh, sentado diante dela, viu-se diante de dois olhos desconcertantemente inteligentes. Disse:

"Você talvez fosse mais próxima da senhorita Fallon do que qualquer outra pessoa no hospital. Fale-me sobre ela."

Ela não se mostrou surpresa com a formulação da primeira frase, mas fez uma pausa de alguns segundos antes de responder, como se organizasse seus pensamentos. Então, respondeu:

"Eu gostava dela. Ela me aceitava melhor do que a maioria das outras estudantes, mas não creio que seus sentimentos por mim fossem muito mais fortes do que isso. Afinal tinha trinta e um anos, acho que parecíamos muito imaturas para ela. Ela era bem sarcástica, o que não ajudava muito, e acho que algumas das meninas tinham medo dela.

"Raramente ela me falava sobre seu passado, mas me contou que os pais morreram num bombardeio em 1944, em Londres. Foi criada por uma tia mais velha e educada num desses internatos em que as crianças entram quando são pequenas e ficam morando até se formarem. Desde que as mensalidades sejam pagas, é claro, mas tenho a impressão de que não houve dificuldades a esse respeito. Ela sempre quis ser enfermeira, mas ficou com tuberculose ao deixar a escola e precisou passar dois anos num sanatório. Não sei onde. Depois disso, dois hospitais a recusaram por motivos de saúde, então ela teve alguns empregos temporários. Logo depois de iniciarmos nossa formação, ela me contou que havia estado noiva mas que não dera certo."

"Você não perguntou por quê?"

"Nunca perguntei nada a ela. Se ela quisesse me contar, teria feito isso."

"Ela contou que estava grávida?"

"Sim, dois dias antes de adoecer. Já devia estar suspeitando, mas o resultado do exame chegou naquela manhã. Perguntei o que ela pretendia fazer e ela disse que ia se livrar do bebê."

"Você lembrou a ela que isso provavelmente seria ilegal?"

"Não. Ela não se preocupava com a legalidade. Eu disse a ela que aquilo era errado."

"Mas mesmo assim ela pretendia fazer o aborto?"

"Sim. Ela disse que conhecia um médico que faria e que não haveria nenhum risco real. Perguntei se ela precisava de dinheiro e ela disse que estava tudo bem, que dinheiro era o menor de seus problemas. Ela nunca me contou a quem ela recorreria e eu nunca perguntei."

"E você estava pronta a ajudá-la com dinheiro, caso ela precisasse, mesmo desaprovando que ela se livrasse do bebê?"

"Minha desaprovação não era o que contava. O que contava era que aquilo estava errado. Mas quando vi que ela estava determinada, foi preciso decidir se ia ajudá-la. Temia que ela fosse a uma clínica de aborto qualquer e pusesse sua vida e sua saúde em risco. Sei que a lei mudou, que agora é mais fácil obter uma recomendação médica, mas achei que ela não se qualificaria. Tive que tomar uma decisão moral. Se você se dispõe a cometer um pecado, pelo menos que seja com inteligência. Do contrário, você não só está insultando a Deus como também desafiando-O, não acha?"

Dalgliesh respondeu gravemente. "Trata-se de uma questão teológica interessante sobre a qual não tenho competência para discutir. Ela contou a você quem era o pai?"

112

"Não diretamente. Acho que era um jovem escritor amigo dela. Não sei seu nome nem onde o senhor poderia encontrá-lo, mas sei que a Jo passou uma semana com ele na ilha de Wight em outubro. Ela estava com sete dias de férias vencidos e me disse que resolvera ir caminhar na ilha com um amigo. Acho que o amigo era ele. Com certeza não era ninguém daqui. Foram na primeira semana e ela me disse que ficaram numa pequena pousada, a uns oito quilômetros de Ventnor. Isso foi tudo que ela me contou. Suponho que ela tenha engravidado naquela semana, não?"

Dalgliesh respondeu: "As datas coincidiriam. E ela nunca lhe fez nenhuma confidência sobre o pai da criança?".

"Não. Eu perguntei por que ela não queria se casar com o pai e ela respondeu que seria injusto para a criança ter que aguentar dois pais irresponsáveis. Lembro de ela dizer: 'E além do mais ele ficaria horrorizado com a ideia, a não ser que de repente fosse acometido de uma vontade irresistível de viver a paternidade apenas para saber como era. Ele poderia gostar de ver o nenê nascer e então, um dia, poderia escrever um conto sensacional sobre o nascimento. Mas ele realmente não se compromete com ninguém que não seja ele mesmo'."

"Mas ela gostava dele?"

A jovem ficou em silêncio todo um minuto antes de responder. Então, disse:

"Acho que sim. Acho que pode ter sido por isso que ela cometeu suicídio."

"O que faz você pensar que foi suicídio?"

"Porque a outra possibilidade é ainda mais improvável. Nunca achei que Jo fosse do tipo que se mataria — se é que existe um tipo. Mas na verdade eu não a conhecia. A gente nunca conhece ninguém de verdade. Qualquer coisa é possível para qualquer um. Sempre acreditei nisso. É mais provável que ela tenha se matado do que tenha sido assassinada. Essa segunda hipótese seria absolutamente incrível. Por que motivo?"

"Minha esperança era que a senhorita pudesse me dizer."

"Bem, eu não sei. Ela não tinha inimigos no John Carpendar, ao menos que eu saiba. Ela não era popular. Era muito reservada, muito solitária. Mas as pessoas não desgostavam dela. E, mesmo que desgostassem, um assassinato sugere algo mais do que apenas antipatia. Parece muito mais provável que ela tenha voltado às atividades cedo demais depois da gripe, se viu tomada por uma depressão, achou que não aguentaria ir em frente com o aborto mas tampouco ter um filho ilegítimo, e acabou cedendo ao impulso de se matar."

"Você me disse, quando perguntei a todas na sala de demonstração, que talvez tenha sido a última pessoa a ver Josephine Fallon viva. O que aconteceu exatamente quando estiveram juntas à noite? Ela deu alguma demonstração de que estaria pensando em suicídio?"

"Se tivesse dado, eu dificilmente a teria deixado ir se deitar sozinha. Ela não disse nada. Acho que não trocamos mais do que uma dúzia de palavras. Eu perguntei como ela estava se sentindo e ela respondeu que estava bem. Ela claramente não estava com ânimo para conversar e, assim, eu não quis incomodá-la. Uns vinte minutos depois, me levantei para ir para a cama. Não a vi mais."

"E ela não falou da gravidez?"

"Ela não falou nada. Parecia cansada, eu achei, e um pouco pálida. Mas, enfim, Jo estava sempre um pouco pálida. Sinto-me péssima ao pensar que ela pudesse ter precisado de ajuda e eu a deixei sozinha, sem dizer as palavras que poderiam tê-la salvado. Mas ela não era uma mulher que inspirasse confidências. Fiquei um pouco mais depois que as outras se foram, pois achei que ela pudesse querer conversar. Quando ficou claro que ela queria ficar sozinha, eu fui embora."

Ela comentou sobre se sentir péssima, Dalgliesh pensou, mas não aparentou ou falou como se sentisse assim. Em momento algum se culpou. Por que faria isso? Ele duvidou que ela estivesse sofrendo pelo que quer que fosse. Ela fora mais próxima de Josephine Fallon do que qualquer outra estudante. Mas ela realmente não havia se importado. Será que alguém no mundo se importava? Ele perguntou:

"E a morte da enfermeira Pearce?"

"Acho que não passou de um acidente. Alguém colocou o veneno no alimento de brincadeira, ou apenas por maldade, mas sem se dar conta de que o resultado seria fatal."

"O que seria estranho num programa de enfermagem com estudantes de terceiro ano, cujo programa provavelmente inclui informações básicas sobre venenos corrosivos."

"Eu não estava sugerindo que foi uma enfermeira. Não sei quem foi. E não acho que algum dia vocês venham a descobrir. Mas não consigo acreditar num assassinato intencional."

Estava tudo muito bem, pensou Dalgliesh, mas certamente soava um pouco insincero numa moça inteligente como a enfermeira Goodale. Era, é claro, a opinião geral, quase oficial. Eximia todo mundo do pior crime e não acusava ninguém, a não ser por um toquezinho de maldade e descuido. Uma teoria reconfortante que, a não ser que ele tivesse sorte, talvez jamais fosse contestada. Mas ele mesmo não acreditava nela e não conseguia aceitar que a enfermeira Goodale acreditasse. Além disso, era ainda mais difícil aceitar que diante dele estava uma garota disposta a se conformar com falsas teorias ou deliberadamente fechar os olhos para fatos indigestos.

Dalgliesh perguntou então sobre os movimentos dela na manhã em que Pearce morreu. Ele já sabia como fora, pelas anotações do inspetor Bailey em seu depoimento anterior, e não se surpreendeu quando a enfermeira Goodale confirmou tudo, sem hesitar. Ela havia acordado às seis e quarenta e cinco e tomado seu chá matinal com o resto do grupo na copa. Tinha comentado com elas sobre a gripe de Fallon, pois fora ao quarto dela que Fallon tinha ido quando se sentiu mal durante a noite. Nenhuma das estudantes manifestou maiores preocupações, mas se perguntaram como ficaria a demonstração agora que o grupo estava tão reduzido e imaginaram, com uma certa malícia, como a irmã Gearing se sairia com a inspeção do Conselho Geral de Enfermagem. A enfermeira Pearce bebera seu chá com o resto do grupo e a enfermeira Goodale lembrava de Pearce dizer algo como:

"Com a Fallon doente, acho que terei que ser a paciente." A enfermeira Goodale não se lembrava de quaisquer comentários ou discussões sobre isso. Todas concordavam que a próxima estudante da lista substituiria quem estivesse doente.

Depois do chá, a enfermeira Goodale se vestiu e foi para a biblioteca, para revisar o tratamento de laringectomia, como preparação para a sessão matinal. Era importante que houvesse uma resposta rápida e firme às perguntas, para que o seminário fosse um sucesso. Ela começara a trabalhar às sete e quinze e a enfermeira Dakers juntara-se a ela logo depois, compartilhando uma devoção aos estudos que, pensou Dalgliesh, ao menos proporcionou a ela um álibi para a maior parte do tempo antes do café da manhã. Ela e Dakers não conversaram nada de interessante enquanto trabalhavam, e saíram da biblioteca na mesma hora, seguindo juntas para o café da manhã. Isso havia sido por volta das dez para as oito. Ela se sentou com Dakers e as gêmeas Burt, mas saíra do refeitório antes delas, às oito e quinze. Voltou ao quarto para arrumar a cama, depois foi para a biblioteca, escrever algumas cartas. Assim que terminou, foi rapidamente ao banheiro e seguiu para a sala de demonstração, exatamente às quinze para as nove. Apenas a irmã Gearing e as gêmeas Burt estavam lá, mas as demais chegaram logo depois, ela não se lembrava da ordem exata. Achava que Pearce tinha sido uma das últimas.

Dalgliesh perguntou: "Como estava a enfermeira Pearce?".

"Não percebi nada de diferente nela, mas também não esperava por nada mesmo. Pearce era Pearce. Não causava maiores impressões."

"Ela disse alguma coisa antes do início da demonstração?"

"Sim, na verdade disse, sim. É estranho o senhor perguntar isso. Eu não tinha mencionado antes. Acho que foi porque o inspetor Bailey não perguntou. Mas ela falou, sim. Ela olhou para nós — o grupo já estava todo reunido — e perguntou se alguém tinha pegado alguma coisa do quarto dela."

"Ela disse o que era?"

"Não. Só ficou ali, com aquele olhar beligerante que às vezes tinha e disse: 'Alguém entrou no meu quarto hoje de manhã e pegou alguma coisa lá?'. Ninguém respondeu. Acho que todas negamos com a cabeça. Não foi uma pergunta que tenhamos levado a sério. Pearce costumava fazer uma grande confusão por causa de bobagens. De qualquer modo, as gêmeas Burt estavam ocupadas com os preparativos e o resto estava conversando. Ninguém deu muita atenção à pergunta de Pearce. Acho que nem a metade de nós ouviu."

"Você reparou qual foi a reação dela? Ela estava preocupada, zangada ou aflita?"

"Não demonstrou nada disso. Foi realmente esquisito. Agora eu me lembro. Ela parecia satisfeita, quase triunfante, como se algo de que suspeitava tivesse sido confirmado. Não sei por que notei isso, mas o fato é que notei. A irmã Gearing então nos chamou, para iniciar a demonstração."

Como Dalgliesh não falou nada imediatamente após a sua exposição, nem um pouco depois, ela interpretou o silêncio dele como um sinal de que estava dispensada e se levantou. Ergueu-se da cadeira com a mesma graciosidade controlada com que se sentara, alisou o avental com um gesto quase imperceptível, lançou um último olhar indagador para ele e caminhou para a porta. Então, virou-se, como se movida por um impulso.

"O senhor me perguntou se alguém teria um motivo para matar Jo. Eu disse que não sabia de nenhum. É verdade. Mas suponho que um motivo legal seja algo diferente.

Preciso lhe dizer que algumas pessoas podem achar que eu tinha um motivo."

Dalgliesh respondeu: "E tinha?".

"Eu acho que o senhor vai pensar que sim. Sou a herdeira de Jo, pelo menos acho que sou. Ela me falou disso há três meses, que tinha feito um testamento e que tudo o que possuía ficaria para mim. Me deu o nome e o endereço do advogado dela. Posso lhe passar essa informação. Eles ainda não entraram em contato comigo, mas acho que o farão, isto é, se Jo realmente fez o testamento. Acho que ela fez. Ela não era do tipo de fazer promessas e não cumprir. Talvez o senhor queira entrar em contato com os advogados agora. Essas coisas levam tempo, não é?"

"Ela disse por que estava deixando a senhorita como herdeira?"

"Disse que precisava deixar o dinheiro para alguém e que eu provavelmente faria melhor uso dele. Não levei o assunto muito a sério, e nem ela, acho. Afinal de contas, tinha só trinta e um anos. Não esperava morrer. E me avisou que provavelmente mudaria de ideia muito antes de ficar velha o bastante para que o legado viesse a se tornar uma perspectiva real para mim. Afinal de contas, ela provavelmente se casaria. Mas achava que precisava fazer um testamento, e eu era a única pessoa que lhe ocorria naquele momento. Achei que fosse apenas uma formalidade. Jamais me passou pela cabeça que ela tivesse muita coisa para deixar de herança. Foi só quando conversamos sobre o custo de um aborto que ela me disse o quanto ela valia."

"E quanto era? Muito dinheiro?"

A moça respondeu calmamente: "Cerca de dezesseis mil libras, acho. Veio do seguro dos pais".

Ela deu um sorriso meio torto.

"Uma boa soma, como o senhor pode ver, superintendente. Creio que isso poderia ser considerado um motivo perfeitamente respeitável, não acha? Agora poderemos instalar um aquecimento central na residência do vigário. E se o senhor visse a casa do meu noivo, o vigário — doze quartos, quase todos voltados para o norte ou para o leste —, iria achar que eu tive um motivo e tanto para um assassinato."

III

As irmãs Rolfe e Gearing aguardavam com as estudantes na biblioteca; as jovens tinham deixado a sala de convivência das enfermeiras para ficar lendo e estudando enquanto esperavam. Se as meninas estavam mesmo absorvendo alguma coisa, era difícil dizer, mas a cena sem dúvida sugeria um pacífico ambiente de estudo. As estudantes estavam sentadas em mesas diante da janela, aparentemente absortas nos livros abertos à frente delas. As irmãs Rolfe e Gearing, como se quisessem enfatizar sua experiência e solidariedade, haviam se retirado para o sofá diante do fogo e estavam sentadas lado a lado. Rolfe corrigia uma pilha de exercícios de alunas do primeiro ano com uma esferográfica verde, pegando os cadernos de uma pilha no chão, a seus pés, e ao terminar colocando-os num monte crescente apoiado no encosto do sofá. Gearing, aparentemente, preparava sua próxima aula, mas parecia incapaz de manter os olhos afastados dos decididos hieróglifos da colega.

A porta se abriu e Madeleine Goodale estava de volta. Sem uma palavra, sentou-se novamente em sua mesa, pegou a caneta e retomou o trabalho.

A irmã Gearing sussurrou: "Goodale parece bastante calma. Estranho, considerando que supostamente era a melhor amiga de Fallon".

A irmã Rolfe não levantou os olhos. Disse com frieza:

"Na verdade ela não se importava com a Fallon. Goodale tem um capital emocional limitado e imagino que o invista todo na pessoa extraordinariamente aborrecida com quem resolveu se casar."

"Mas ele é bem bonito. Acho que Goodale teve sorte de encontrá-lo, se você quer saber."

Como aquele era um assunto sem grande interesse para a irmã Gearing, ela não o levou adiante. Um minuto depois, disse com irritação:

"Por que a polícia não chamou mais ninguém?"

"Vão chamar." A srta. Rolfe colocou outro caderno de exercícios decorado com traços verdes na pilha a seu lado. "Eles devem estar trocando ideias sobre o depoimento de Goodale."

"Deveriam ter falado primeiro com a gente. Afinal, somos irmãs. A enfermeira-chefe deveria ter explicado. E por que Brumfett não está aqui? Não entendo por que ela deve receber um tratamento diferente do nosso."

A irmã Rolfe: "Ela está ocupada demais. Parece que duas estudantes do segundo ano pegaram a gripe na enfermaria. Por intermédio de um porteiro, ela mandou algum tipo de comunicado ao senhor Dalgliesh, decerto informando todos os seus passos ontem à noite. Encontrei o porteiro. Ele queria saber onde encontraria o senhor da Scotland Yard".

A voz de Gearing tornou-se petulante.

"Está tudo muito bem, mas ela deveria estar aqui. Deus sabe o quanto nós também estamos ocupadas! Brumfett mora na mansão Nightingale; teve tantas oportunidades de matar Fallon quanto qualquer outra."

E completou em voz baixa: "Ela teve mais oportunidades".

"O que você quer dizer com mais oportunidades?"

A voz aguda da irmã Gearing cortou o silêncio e uma das gêmeas Burt levantou a cabeça.

"Ela teve Fallon em seu poder na enfermaria nos últimos dez dias."

"Mas você não quer dizer que...? Brumfett não faria isso!"

"Isso mesmo", disse com frieza a irmã. "Então por que fazer comentários estúpidos e irresponsáveis?"

Ficaram em silêncio, que só foi quebrado pelo roçar de papéis e pelo chiado do fogo no bico de gás. A irmã Gearing agitava os dedos.

"Suponho que, se Brumfett perder mais duas enfermeiras para a gripe, vai começar a insistir com a enfermeira-chefe para chamar alguém daqui. Ela está de olho nas gêmeas Burt, eu sei."

"Então, não terá sorte. Este grupo já sofreu perdas demais. Afinal de contas, é o último período delas antes dos exames finais. A enfermeira-chefe não vai permitir novos cortes."

"Eu não teria tanta certeza. Trata-se da Brumfett, lembre-se. A enfermeira-chefe dificilmente diz não para ela. Mas, engraçado, ouvi um rumor de que elas não vão sair de férias juntas neste ano. Uma das farmacêuticas assistentes soube pela secretária da enfermeira-chefe que ela pretende ir sozinha de carro para a Irlanda."

Meu Deus, pensou a irmã Rolfe. Não existe mais privacidade neste lugar? Mas não disse nada, apenas afastou-se alguns centímetros da figura inquieta a seu lado.

Nesse momento, o telefone da parede tocou. Gearing levantou-se e atravessou a sala para atender. Virou-se para o grupo, o rosto contraído em uma expressão de desapontamento.

"Era o sargento Masterson. O superintendente Dalgliesh quer que as gêmeas Burt sejam as próximas, por favor. Ele se mudou para a sala de visitas, neste andar."

Sem uma palavra ou qualquer sinal de nervosismo, as gêmeas Burt fecharam seus livros e dirigiram-se para a porta.

IV

Meia hora depois, o sargento Masterson preparava um café. A sala de visitas contava com uma pequena cozinha — um grande recesso com uma pia e um armário revestido de fórmica, sobre o qual havia um fogão de duas bocas. O armário fora liberado de toda a sua parafernália, a não ser por quatro canecas grandes, um recipiente de açúcar e outro de chá, uma lata de biscoitos, uma jarra grande de cerâmica e um coador, e três pacotes transparentes, bem vedados, de café fresco. Ao lado da pia, viam-se duas garrafas de leite. Apesar da camada de creme perfeitamente visível, o sargento Masterson tirou a tampa de uma das garrafas e cheirou o leite, desconfiado, antes de esquentá-lo um pouco numa panela. Aqueceu a jarra de cerâmica com água quente da torneira, enxugou-a cuidadosamente com o pano de prato pendurado junto à pia, pegou uma colherada generosa de café e esperou a primeira fervura da água na chaleira. Aprovara as providências tomadas. Se a polícia tinha que trabalhar na mansão Nightingale, essa sala era tão conveniente e confortável quanto qualquer outra, e o café foi um bônus inesperado que, mentalmente, creditou a Paul Hudson. O secretário do hospital pareceu-lhe um homem eficiente e com boas ideias. O trabalho dele não devia ser fácil. O pobre infeliz provavelmente devia viver um inferno, espremido entre aqueles dois idiotas, Kealey e Grout, e aquela enfermeira-chefe nojenta.

Ele coou o café com cuidado meticuloso e ofereceu uma xícara a seu chefe. Ambos se sentaram e beberam juntos, afáveis, os olhos percorrendo o jardim devastado pela tempestade. Ambos tinham horror a comida malfeita e a café solúvel e Masterson pensou que não havia momento de maior proximidade e simpatia entre os dois do que quando comiam e bebiam juntos, lamentando os defeitos das refeições na pousada ou, como agora, apreciando um bom café. Dalgliesh aqueceu as mãos em torno da caneca e considerou típico da eficiência e imaginação de Mary Taylor assegurar que eles disporiam de um café de verdade. O trabalho dela não devia ser fácil. Aquela dupla de incompetentes, Kealey e Grout, não seria capaz de ajudar quem quer que fosse, e não se podia contar com Paul Hudson, que era jovem demais.

Depois de saborear alguns pequenos goles de café, Masterson disse: "Foi um interrogatório frustrante, senhor".

"As gêmeas Burt? Sim, admito que esperava algo mais interessante. Afinal de contas, elas estavam no centro do mistério; elas introduziram a sonda fatal; elas viram a misteriosa enfermeira Fallon a caminho da mansão Nightingale; elas encontraram a enfermeira Brumfett perambulando de madrugada. Mas já sabíamos de tudo isso. E não avançamos mais."

Dalgliesh pensou nas duas garotas. Masterson puxara uma segunda cadeira para elas, as duas se sentaram lado a lado, as mãos sardentas ritualmente pousadas sobre o colo, as pernas cruzadas de modo recatado, cada uma o espelho da outra. Suas respostas polidas e antifônicas, com um áspero sotaque rural do sudoeste da Inglaterra, eram tão agradáveis aos ouvidos quanto sua saúde exuberante para os olhos. Ele de fato simpatizara com as gêmeas Burt. Claro que poderia estar diante de uma dupla de experientes cúmplices do mal. Tudo era possível. Com certeza, tiveram as melhores oportunidades para colocar veneno na sonda e, como qualquer outra pessoa na mansão Nightingale, muitas chances de adulterar a bebida noturna de Fallon. Ainda assim, pareceram muito à vontade diante dele, um pouco aborrecidas talvez, por serem obrigadas a repetir boa parte da história delas, mas nem um pouco assustadas ou especialmente incomodadas. De vez em quando fitavam-no com ar pensativo, gentis, como se ele fosse um paciente difícil cuja condição começasse a lhes causar certa preocupação. Ele captara aquele olhar ansioso e compassivo no rosto das outras enfermeiras em seu primeiro encontro, na sala de demonstração, e achou-o desconcertante.

"E vocês não perceberam nada estranho no leite?"

Elas responderam quase em uníssono, repreendendo-o na voz tranquila do bom senso.

"Ah, não! Bem, não teríamos prosseguido se houvesse algo estranho, não é?"

"Vocês se lembram de terem tirado a tampa da garrafa? Ela estava frouxa?" Os dois pares de olhos entreolharam-se, como se obedecendo a um sinal. Então, Maureen respondeu:

"Não lembramos se estava. Mas, mesmo que estivesse, não iríamos suspeitar de que alguém pudesse ter mexido no leite. Apenas acharíamos que o leiteiro o deixou assim."

E depois Shirley acrescentou:

"De qualquer modo, não acho que perceberíamos alguma coisa de errado com o leite. Afinal, estávamos concentradas nos procedimentos para aplicar o dreno, verificando se tínhamos todos os instrumentos e equipamentos necessários. Sabíamos que a senhorita Beale e a enfermeira-chefe chegariam a qualquer minuto."

Ali estava, obviamente, a explicação. Embora elas fossem moças treinadas para observar, suas observações eram específicas e limitadas. Se estivessem acompanhando um paciente, não perderiam nenhum de seus sinais ou sintomas, nem sequer um piscar de olhos ou uma alteração de pulso; qualquer outra coisa que acontecesse na sala, por mais dramática que fosse, provavelmente passaria despercebida. A atenção delas estivera voltada para a demonstração, os aparatos, o equipamento, a paciente. A garrafa de leite não representava problema. Não precisavam se preocupar com aquilo. Ainda assim, eram filhas de fazendeiro. Uma delas — Maureen — foi quem despejara o conteúdo da garrafa. Será que poderiam se enganar com relação à cor, à textura ou ao cheiro do leite?

Como se lesse seus pensamentos, Maureen disse:

"Era improvável que pudéssemos sentir o cheiro do ácido carbólico. A sala de demonstração inteira cheira a desinfetante. A senhorita Collins espalha essa coisa por toda parte, como se fôssemos leprosas."

Shirley riu: "O ácido carbólico não atua contra lepra!".

Elas olharam uma para a outra com um sorriso alegre de cumplicidade.

E assim prosseguiu a entrevista. Não tinham teorias para propor ou sugestões a oferecer. Não conheciam ninguém que pudesse desejar nem a morte de Pearce nem a de Fallon, e ainda assim a morte das duas — uma vez ocorridas — não parecia causar-lhes nenhuma surpresa. Lembravam-se de cada palavra da conversa com a irmã Brumfett nas primeiras horas daquela madrugada, mas o encontro, aparentemente, não deixara maiores impressões. Quando Dalgliesh perguntou se a irmã parecia estranhamente preocupada ou tensa, elas olharam para ele ao mesmo tempo, de sobrancelhas cerradas e com ar perplexo, antes de responder que a enfermeira Brumfett lhes parecera perfeitamente normal.

Como se tivesse seguido o raciocínio de seu chefe, Masterson disse:

"A não ser por não ter perguntado diretamente se a irmã Brumfett parecia estar vindo do assassinato de Fallon, o senhor não poderia ter colocado em termos mais claros. Elas são uma dupla estranha, de difícil comunicação."

"Pelo menos, elas têm certeza da hora. Pegaram aquele leite pouco depois das sete e foram direto para a sala de demonstração com ele. Deixaram a garrafa fechada no carrinho de instrumentos enquanto cuidavam das preliminares da demonstração. Saíram da sala de demonstração às sete e vinte e cinco, para o café da manhã, e a garrafa ainda estava no carrinho quando voltaram aproximadamente às vinte para as nove, para concluir os preparativos. Então colocaram a garrafa, ainda fechada, dentro de uma jarra com água quente, para aquecer o leite até a temperatura corporal, e depois o entornaram no recipiente de medida, cerca de dois minutos antes de Muriel Beale e a enfermeira-chefe chegarem. A maioria dos suspeitos permaneceu junta no café da manhã das oito até as oito e vinte e cinco, assim a adulteração aconteceu entre as sete e vinte e cinco e as oito horas, ou no breve período entre o final do café da manhã e a volta das gêmeas à sala de demonstração."

Masterson disse: "Ainda acho estranho elas não terem percebido nada de esquisito no leite".

"Podem ter percebido mais do que estão se dando conta no momento. Afinal, é a enésima vez que contam a história delas. Nas semanas após a morte de Pearce, seus primeiros depoimentos ficaram gravados em suas mentes como verdades imutáveis. É por isso que não fiz a pergunta crucial sobre a garrafa de leite. Se elas me dessem a resposta errada agora, jamais a modificariam. Precisam de um choque para se lembrar de tudo. Não estão vendo nada do que aconteceu com um olhar nítido. Não gosto de reconstituições de crimes, sempre fazem com que eu me sinta um detetive de histórias de ficção. Mas acho que aqui pode ser o caso de uma reconstituição. Vou precisar ir a Londres amanhã de manhã, mas você e o Greeson podem cuidar disso. Greeson provavelmente vai se divertir."

Ele disse a Masterson rapidamente o que estava pensando e concluiu:

"Não se preocupem em incluir as irmãs. Acho que podem conseguir o desinfetante com a senhorita Collins. Mas, pelo amor de Deus, fiquem atentos e livrem-se de tudo depois. Não queremos outra tragédia."

O sargento Masterson pegou as duas canecas e levou-as para a pia. Disse:

"A mansão Nightingale parece ter um toque de má sorte mas não consigo imaginar o assassino fazendo uma nova tentativa enquanto estivermos por aqui."

Uma profecia que se revelaria singularmente equivocada.

V

Desde seu encontro com Dalgliesh na copa das enfermeiras naquela manhã, a irmã Rolfe havia tido tempo para se recuperar do choque e refletir sobre sua situação. Como Dalgliesh havia imaginado, ela estava agora bem menos receptiva. Já havia fornecido ao inspetor Bailey um depoimento claro e sem ambiguidades sobre as providências tomadas para a demonstração e a alimentação intragástrica, além de ter informado seus movimentos na manhã em que a enfermeira Pearce morreu. Confirmou o depoimento com exatidão e sem hesitações. Admitiu que sabia que a enfermeira Pearce seria a paciente e assinalou com sarcasmo que não havia por que negar que sabia, uma vez que fora ela quem Madeleine Goodale chamara quando Fallon adoeceu.

Dalgliesh perguntou: "A senhora teve alguma dúvida sobre a veracidade da doença dela?".

"Na época?"

"Na época ou agora."

"Suponho que o senhor esteja sugerindo que Fallon poderia ter fingido estar gripada para que Pearce ocupasse seu lugar e depois se esgueirou para a mansão Nightingale antes do café da manhã para adulterar o alimento. Não sei por que ela voltou, mas o senhor pode tirar da cabeça qualquer ideia de que ela estava se fingindo de doente. Nem mesmo Fallon poderia simular uma temperatura superior a trinta e nove graus, um leve torpor e o pulso acelerado. Estava mesmo bem doente naquela noite e continuou assim por quase dez dias."

Dalgliesh assinalou que era ainda mais estranho o fato de ela estar suficientemente bem para vir até a mansão Nightingale na manhã seguinte. Rolfe respondeu que era tão estranho que ela só podia pensar que Fallon tivera algum motivo de extrema urgência para voltar. Estimulada a especular sobre que motivo poderia ter sido esse, respondeu que não era sua função elaborar teorias. E então, como que por impulso, acrescentou:

"Mas não foi para matar Pearce. Fallon era muito inteligente, certamente a mais inteligente da turma. Se tivesse vindo colocar o corrosivo no preparado, saberia muito bem que era um risco considerável ser vista na mansão Nightingale, mesmo que não dessem falta dela na enfermaria, e teria preparado uma boa história. Não seria difícil pensar em alguma coisa. Mas, pelo que eu soube, ela simplesmente se recusou a dar explicações ao inspetor Bailey."

127

"Talvez fosse esperta o suficiente para perceber que essa surpreendente omissão aparentaria exatamente isso para uma outra mulher tão inteligente quanto ela."

"Como um blefe duplo? Creio que não. Seria apostar muito alto contra a inteligência da polícia."

Admitiu tranquilamente que não tinha nenhum álibi para o período que ia das sete horas, quando as gêmeas pegaram a garrafa de leite na cozinha, até dez para as nove, quando se encontrou com a enfermeira-chefe e com o dr. Courtney-Briggs na sala de estar de Mary Taylor, para aguardar a chegada de Muriel Beale. A não ser entre oito e oito e vinte e cinco, quando tomou seu café da manhã na mesma mesa que as irmãs Brumfett e Gearing. Brumfett foi a primeira a se levantar da mesa e ela fez o mesmo às oito e vinte e cinco. Primeiro foi ao seu escritório, ao lado da sala de demonstração, mas, ao encontrar o dr. Courtney-Briggs lá dentro, seguiu direto para o seu quarto, no terceiro andar.

Quando Dalgliesh perguntou se as irmãs Gearing e Brumfett pareciam diferentes no café da manhã, ela respondeu secamente que as duas não haviam demonstrado nenhum sinal de um iminente comportamento homicida, se é o que ele estava querendo saber. Gearing estava lendo o *Daily Mirror* e Brumfett o *Nursing Times*, se isso fazia alguma diferença, e a conversa entre elas tinha sido mínima. Lamentou não poder apresentar testemunhas para seus próprios passos antes ou depois da refeição, mas isso, claro, era compreensível; havia já alguns anos ela preferia fazer sua higiene e ir ao banheiro desacompanhada. Fora isso, apreciava o tempo livre antes de iniciar os trabalhos do dia e preferia passá-lo a sós.

Dalgliesh perguntou: "A senhora se surpreendeu ao encontrar o doutor Courtney-Briggs em seu escritório quando foi para lá depois do café da manhã?".

"Não especialmente. Estava certa de que ele tinha passado a noite nos alojamentos médicos e viera cedo para a mansão Nightingale, para se encontrar com a inspetora do Conselho Geral de Enfermagem. Provavelmente, precisava de um lugar para escrever uma carta. O doutor Courtney-Briggs se acha no direito de usar qualquer lugar do John Carpendar como seu escritório particular quando bem entender."

Dalgliesh perguntou o que ela fizera na noite anterior ao crime. Ela repetiu que fora ao cinema sozinha, mas dessa vez acrescentou que tinha se encontrado com Julia Pardoe na saída e que vieram caminhando juntas de volta para o hospital. Entraram pelo portão da avenida Winchester, do qual ela possuía uma chave, e regressaram à mansão Nightingale logo depois da onze. Ela foi imediatamente para o seu quarto e não encontrou ninguém. A enfermeira Pardoe, ela supôs, também havia ido direto para a cama ou se encontrado com as demais colegas na sala de convivência das estudantes.

"Então, a senhora não tem nada para me contar? Nada que possa ajudar?"

"Nada."

"Nem mesmo por que mentiu sobre ter ido ao cinema sozinha, certamente de maneira desnecessária?"

"Nada. E eu não deveria considerar que meus assuntos particulares fossem da sua conta."

Dalgliesh disse calmamente: "Enfermeira-líder Rolfe, duas de suas alunas estão mortas. Estou aqui para descobrir como e por que elas morreram. Se a senhora não quiser cooperar, é só dizer. Não é obrigada a responder às minhas perguntas. Mas não venha me dizer que perguntas eu devo fazer. Sou o encarregado desta investigação. Eu faço do meu jeito".

"Entendo. O senhor cria as regras durante o jogo. Tudo o que podemos fazer é dizer quando não queremos jogar. Trata-se de uma partida perigosa essa sua, senhor Dalgliesh."

"Conte-me alguma coisa sobre essas estudantes. A senhora é a diretora de ensino das enfermeiras, deve ter um bocado de moças sob seus cuidados. Acho que a senhora é uma boa juíza de personalidades. Vamos começar pela enfermeira Goodale."

Se ela se sentiu surpresa ou aliviada com a escolha dele, ocultou seus sentimentos.

"Acreditamos que Madeleine Goodale receberá a medalha de ouro de melhor enfermeira de sua turma. No entanto, é menos inteligente que Fallon — que Fallon *era* —, mas trabalha duro e é extremamente conscienciosa. É uma moça aqui da região. O pai dela é muito conhecido na cidade, um corretor de imóveis bem-sucedido que herdou um negócio familiar estabelecido já há muito tempo. É membro do Conselho Municipal e participou do Comitê Gestor do Hospital por vários anos. Madeleine frequentou a escola local e depois veio para cá. Acredito que jamais tenha considerado a hipótese de estudar em outra escola de enfermagem. Toda a família dela tem vínculos muito fortes com a região. Está noiva do jovem vigário da Sagrada Trindade e, pelo que sei, planejam se casar logo que ela se formar. Outra carreira promissora perdida, mas ela é que sabe quais são suas prioridades, imagino."

"As gêmeas Burt?"

"Meninas boas e sensíveis, com mais imaginação e sensibilidade do que geralmente atribuem a elas. Sua família é de fazendeiros, próximos de Gloucester. Não sei muito bem por que escolheram este hospital. Parece que uma prima delas estudou aqui e ficou muito satisfeita. São garotas desse tipo, capazes de escolher uma escola de formação de acordo com a opinião da família. Não são especialmente inteligentes, mas também não são estúpidas. Não somos obrigadas a aceitar alunas estúpidas aqui, graças a Deus. As duas têm namorado fixo e Maureen está noiva. Não creio que nenhuma delas considere a enfermagem como uma atividade permanente."

Dalgliesh respondeu: "Vocês vão ter problemas para conseguir profissionais, se essa renúncia automática em prol do casamento se tornar uma regra".

Ela respondeu com frieza: "Já estamos com problemas. Em quem mais o senhor está interessado?".

"Enfermeira Dakers."

"Pobre criança! Outra jovem aqui da região, mas com uma história muito diferente da de Goodale. O pai era um funcionário público de baixo escalão que morreu de câncer quando a filha tinha doze anos. A mãe vem sobrevivendo com dificuldade desde então, com uma pequena pensão. Ela estudou na mesma escola que Goodale, mas nunca foram amigas, pelo que eu sei. Christine Dakers é uma estudante aplicada e trabalhadora, com uma grande dose de ambição. Vai indo bem, mas não irá muito além disso. Fica cansada facilmente, não é muito resistente. As pessoas a consideram tímida e muito delicada, seja lá o que signifique esse eufemismo. Mas Dakers é forte o suficiente. Está no terceiro ano, não esqueça. Nenhuma garota chega a esse ponto da formação se tiver uma essência fraca, tanto física como mental."

"Julia Pardoe?"

A enfermeira Rolfe estava perfeitamente controlada agora e não alterou a voz ao prosseguir.

"Filha única de pais divorciados. A mãe é uma daquelas mulheres bonitas mas egoístas, que acham impossível ficar muito tempo com um único marido. Já está no terceiro, acho. Nem tenho certeza se a garota realmente sabe quem é seu pai. Não ficou muito tempo em casa. A mãe a colocou numa escola preparatória aos cinco anos. Ela teve uma carreira escolar tempestuosa e veio para cá direto do sexto ano de um desses semi-internatos femininos independentes onde não se ensina nada às alunas embora elas consigam aprender muita coisa. Tentou primeiro um dos hospitais-escola de Londres. Não atingiu os padrões de aceitação sociais e acadêmicos e a enfermeira-chefe aceitou-a aqui. Escolas como as nossas têm esse tipo de acordo com os hospitais-escola. Eles recebem dúzias de candidatas para cada lugar. A maioria, por esnobismo e na esperança de arranjar um marido. Ficamos bem satisfeitas em aceitar algumas rejeitadas; desconfio que muitas vezes elas se tornam enfermeiras melhores do que as meninas que eles aceitam. Pardoe foi uma delas. Boa cabeça, mas nenhuma formação. Uma enfermeira gentil e atenciosa."

"A senhora conhece suas estudantes muito bem."

"Também considero isso parte do meu trabalho. Mas suponho que não se espera que eu emita opiniões sobre minhas colegas."

"As irmãs Gearing e Brumfett? Não. Mas ficaria satisfeito se pudesse me dar sua opinião sobre as enfermeiras Fallon e Pearce."

"Não tenho muito a dizer sobre Fallon. Era uma garota reservada, até mesmo misteriosa. Inteligente, claro, e mais madura do que a maioria das estudantes. Acho que só tive uma conversa particular com ela. Foi no final de seu primeiro ano, eu a chamei para conversar e perguntei quais eram suas impressões sobre a enfermagem. Estava interessada em saber a opinião dela sobre nossos métodos, daquela jovem tão diferente das tradicionais alunas que vinham direto da escola para cá. Ela disse que não seria certo emitir nenhum julgamento, uma vez que ainda era uma aprendiz e tratada como uma empregada de cozinha de última categoria, mas mesmo assim achava que a enfermagem era a carreira certa para ela. Perguntei o que a atraía naquela profissão e ela respondeu que desejava adquirir habilidades que lhe dessem independência em qualquer lugar do mundo, uma qualificação que fosse sempre necessária. Não acho que tivesse ambição no sentido de progredir na profissão. O curso era apenas um meio para chegar a determinado fim. Mas talvez eu estivesse errada. Como eu disse, não a conhecia muito bem."

"Nesse caso, não saberia me dizer se tinha inimigos..."

"O que não sei dizer é a razão pela qual alguém haveria de querer matá-la, se é o que está insinuando. Me parece que Pearce seria uma vítima muito mais provável."

Dalgliesh perguntou por quê.

"Eu não simpatizava com Pearce. Não a matei, mas não sou dada a assassinar pessoas simplesmente por antipatia. Ela era uma garota esquisita, nociva e hipócrita. E não me pergunte como sei disso. Não tenho nenhuma prova real e, mesmo que tivesse, não creio que deveria entregá-la ao senhor."

"Então, não achou surpreendente ela ter sido assassinada?"

"Achei espantoso. Mas nem por um minuto pensei que sua morte pudesse ter sido suicídio ou acidente."

"E quem a senhora acha que a matou?"

Hilda Rolfe olhou para ele com um sorriso de satisfação. "O senhor é que deve me dizer, superintendente. O senhor!"

VI

"Então, a senhorita foi ao cinema ontem à noite sozinha?"

"Sim, já lhe disse isso."

"Para ver a reprise de *A aventura*. Talvez tenha achado que as sutilezas de Antonioni pudessem ser mais bem apreciadas sem uma companhia? Ou não encontrou ninguém disposto a acompanhá-la?"

Obviamente, ela não podia resistir a isso.

"Várias pessoas poderiam me levar ao cinema, se eu quisesse."

Cinema. Quando Dalgliesh tinha a idade dela, eles diziam "assistir a uma fita". Mas, o abismo entre as gerações era mais profundo do que uma mera questão semântica, a alienação era mais completa. Ele simplesmente não a compreendia. Não tinha a menor pista sobre o que se passava por trás daquela testa lisa e infantil. Os incríveis olhos violeta separados por sobrancelhas amplas e curvas fitavam-no com desconfiança, mas despreocupados. O rosto felino, com o pequeno queixo redondo e as maçãs do rosto grandes, não expressava nada mais que um vago desprezo pelo assunto. Era difícil, pensou Dalgliesh, imaginar uma figura mais bela e agradável do que Julia Pardoe junto à cama de um enfermo; a não ser, claro, que a pessoa estivesse realmente sentindo dores e sofrendo, quando então o bom senso resoluto das gêmeas Burt ou a eficiência calma de

Madeleine Goodale seriam muito mais bem-vindos. Talvez fosse preconceito, mas ele não podia imaginar nenhum homem expondo deliberadamente suas fraquezas ou sofrimento físico a essa jovem envolvente e autocentrada. E o quê, exatamente, ele se perguntou, ela estava obtendo com a enfermagem? Se o John Carpendar fosse um hospital-escola, ele talvez entendesse. Aquele truque de abrir bem os olhos ao falar, de forma a banhar o ouvinte numa súbita chama azul, com os lábios úmidos entreabertos sobre dentes ebúrneos e perfeitos, cairia muito bem em um bando de estudantes de medicina.

Não foi algo que, ele percebeu, passou sem deixar seus efeitos sobre o sargento Masterson.

Mas o que fora mesmo que a irmã Rolfe dissera dela?

"Boa cabeça, mas nenhuma formação. Uma enfermeira gentil e atenciosa."

Bem, vai ver que era isso mesmo. Mas Hilda Rolfe era preconceituosa. Assim como, a seu modo, Dalgliesh também era.

Ele prosseguiu com o interrogatório, resistindo ao impulso de ceder ao sarcasmo, ao deboche barato motivado pela antipatia.

"A senhorita gostou do filme?"

"Achei bonzinho."

"E quando foi que voltou à mansão Nightingale depois desse filme bonzinho?"

"Não sei. Um pouco antes das onze, acho. Encontrei a irmã Rolfe na porta do cinema e viemos caminhando juntas. Ela deve ter falado isso com o senhor."

Então, elas devem ter conversado hoje de manhã. Essa era a história delas, e a garota a repetia sem nem se preocupar se ele acreditava ou não. Era possível verificar, claro. A moça da bilheteria do cinema talvez se lembrasse se elas tinham chegado juntas. Mas dificilmente valeria a pena se dar ao trabalho de investigar. Só faria alguma diferença se elas tivessem passado a noite tramando o assassinato enquanto se impregnavam de cultura. E, se fosse esse o caso, ali estava uma cúmplice na iniquidade que aparentemente não estava nem um pouco preocupada.

Dalgliesh perguntou: "O que aconteceu quando vocês voltaram?".

"Nada. Fui para a sala de convivência das enfermeiras e todas estavam assistindo televisão. Bem, na verdade, desligaram assim que cheguei. As gêmeas Burt foram fazer chá na cozinha das enfermeiras e depois fomos tomá-lo no quarto de Maureen. Dakers foi com a gente. Madeleine Goodale ficou com a Fallon. Não sei a que horas elas subiram. Fui me deitar logo depois de terminar meu chá. Antes da meia-noite já estava dormindo."

Podia ser verdade. Mas fora um assassinato muito simples. Nada a impediria de ficar à espera, talvez num dos cubículos do banheiro, até ouvir Fallon indo para o banho. Com Fallon no banheiro, Julia Pardoe estaria ciente do que as demais sabiam; que um copo de uísque com limão aguardava Fallon sobre a mesa de cabeceira. Seria muito simples esgueirar-se para dentro do quarto dela e colocar alguma coisa na bebida. O quê? Era insano trabalhar no escuro com essa tendência inevitável de levantar teorias, antecipando os fatos. Enquanto a autopsia não estivesse concluída e os resultados da toxicologia não estivessem disponíveis, ele nem sequer podia afirmar que estava investigando um assassinato.

De repente, mudou de estratégia, voltando à linha anterior de questionamento.

"Você lamenta a morte da enfermeira Pearce?"

Novamente, os olhos se abriram mais, a boca se torceu num muxoxo, como se considerasse a pergunta um tanto tola.

"É claro." Uma pequena pausa. "Ela nunca me fez mal algum."

"Ela fez mal a alguém?"

"Por que não pergunta a elas?" Outra pausa. Talvez ela tenha achado que fora imprudentemente leviana e rude. "Que mal Pearce poderia fazer a alguém?"

Isso foi dito sem nenhum sinal de desdém, quase com indiferença, apenas a constatação de um fato.

"Alguém a matou. Isso significa que ela não era inofensiva. Alguém devia odiá-la o bastante para querer tirá-la do caminho."

"Ela pode ter se matado. Quando engoliu aquela sonda, sabia muito bem o que iria acontecer com ela. Ela estava aterrorizada. Qualquer um que olhasse para ela podia ver isso."

Julia Pardoe foi a primeira estudante a mencionar o medo da enfermeira Pearce. A única outra pessoa presente que percebera aquilo fora a inspetora do Conselho Geral de Enfermagem, que, em seu depoimento, enfatizara o olhar quase resignado de apreensão da moça. Era interessante e surpreendente que a enfermeira Pardoe tivesse sido tão perceptiva. Dalgliesh disse:

"Mas a senhorita realmente acha que ela mesma colocou o corrosivo no preparado?"

Os olhos azuis encontraram os dele. Ela sorriu do seu jeito secreto.

"Não. Pearce ficava sempre com medo quando tinha que ser a paciente. Ela odiava. Nunca disse nada, mas qualquer pessoa podia ver o que ela estava sentindo. Engolir aquela sonda era especialmente ruim para ela. Ela me disse uma vez que não conseguia sequer suportar um exame ou uma operação de garganta. Ela tirou as amígdalas quando era criança e o médico — ou talvez uma enfermeira — foi rude com ela e a machucou bastante. De qualquer modo, foi uma experiência horrível e ela ficou com essa fobia na garganta. Claro que, se tivesse explicado isso para a irmã Gearing, uma de nós poderia ter ficado no lugar dela. Ela não precisava ser a paciente. Ninguém a forçou. Mas suponho que Pearce achou que era sua obrigação passar por aquilo. Era uma pessoa com grande senso de obrigação."

Então, qualquer dos presentes poderia ter visto como Pearce se sentia. Mas, na verdade, apenas duas pessoas haviam notado. E uma delas tinha sido essa jovem aparentemente insensível.

Dalgliesh estava intrigado, mas não especialmente surpreso, com o fato de a enfermeira Pearce ter escolhido Julia Pardoe como confidente. Já vira isso antes, aquela atração perversa que as belas e populares exerciam sobre as sem graça e desprezadas. Algumas vezes era até recíproco; um fascínio mútuo que, como ele suspeitava, era a base de diversas amizades e casamentos que o mundo achava inexplicáveis. Mas se Heather Pearce fizera uma oferta patética de amizade ou simpatia descrevendo seus sofrimentos infantis, provavelmente não tivera sorte. Julia Pardoe respeitava a força, não a fraqueza. Seria indiferente a um apelo de piedade. Só que Pearce podia ter algo a oferecer-lhe. Nada de amizade, simpatia ou mesmo piedade; uma dose de compreensão, talvez.

Ele disse num impulso súbito:

"Creio que a senhorita provavelmente sabia mais sobre a enfermeira Pearce do que qualquer outra pessoa aqui, talvez a compreendesse melhor. Não acredito que sua morte tenha sido suicídio, nem você. Quero que me diga qualquer coisa sobre ela que possa me ajudar a encontrar um motivo."

Houve uma segunda pausa. Seria sua imaginação ou ela estava mesmo concatenando alguma ideia? Em seguida falou, com sua voz aguda, neutra e infantil:

"Acho que ela estava chantageando alguém. Ela tentou fazer isso comigo uma vez."

"Fale-me a respeito."

Ela olhou para ele pensativa, como se medindo seu grau de confiabilidade ou calculando se valia a pena contar a história. Então, seus lábios se curvaram numa sugestão de sorriso. Ela falou calmamente:

"Meu namorado passou uma noite comigo há cerca de um ano. Não foi aqui, mas no alojamento principal das enfermeiras. Eu destranquei uma das portas de incêndio e o deixei entrar. Fizemos isso apenas por diversão."

"Ele era do John Carpendar?"

"Hum, hum. Um dos cirurgiões residentes."

"E como Heather Pearce ficou sabendo disso?"

"Foi na noite do nosso exame preliminar, a primeira prova para o registro estadual. Pearce sempre ficava com dor de barriga antes dos exames. Suponho que ela estava circulando pelo corredor para ir ao banheiro e me viu deixando Nigel entrar. Ou então estava voltando para o quarto e ficou escutando na porta. Talvez tenha nos ouvido rir ou algo assim. Acho que ficou escutando por um bom tempo. Imagino como ela não ficou. Ninguém nunca quis fazer amor com a Pearce, então acho que ela se empolgou apenas de ouvir alguém na cama com um homem. De qualquer jeito, ela me cercou na manhã seguinte e ameaçou contar para a enfermeira-chefe, que me expulsaria da escola."

Ela falou sem ressentimento, quase com um toque de diversão na voz. Aquilo não a incomodara na época. E não a incomodava agora.

Dalgliesh perguntou: "E qual o preço que ela cobrou para ficar em silêncio?".

Ele não tinha dúvida de que, fosse qual fosse o preço, não havia sido pago.

"Ela disse que ainda não decidira; que teria que pensar a respeito. Teria que ser algo apropriado. O senhor tinha que ver a cara dela. Estava toda manchada, vermelha como um peru. Não sei como consegui me manter séria. Fingi que estava morrendo de medo e arrependida, e perguntei se poderíamos conversar sobre aquilo à noite. Era apenas para eu ter tempo de falar com Nigel. Ele mora fora da cidade com a mãe, uma viúva. Ela o adora e eu sabia que não ia criar nenhum problema em jurar que ele passara a noite em casa. E nem se importaria de termos passado a noite juntos. Ela acha que o seu precioso Nigel pode fazer o que bem entender. Mas eu não gostaria que Pearce contasse antes de eu ter combinado tudo com ele. Quando a vi naquela noite, disse a ela que nós dois negaríamos a história e que Nigel teria um álibi. Ela esquecera da mãe dele. Esqueceu de outra coisa também. Nigel é sobrinho

138

do doutor Courtney-Briggs. Então, se ela contasse, tudo que iria acontecer era o doutor Courtney-Briggs expulsar a ela e não a mim. Pearce era muito idiota mesmo."

"A senhorita parece ter lidado com a situação com uma eficiência e uma serenidade admiráveis. Então, nunca acabou sabendo que punição Pearce tinha reservado a vocês?"

"Ah, sim! Deixei que ela falasse antes de eu lhe contar. Foi mais divertido assim. Não era uma punição, parecia mais chantagem. Ela queria sair com a gente, entrar para a minha turma."

"Sua turma?"

"Bem, na verdade eu, Jennifer Blain e Diane Harper. Na época eu estava saindo com Nigel, e Diane e Jennifer com amigos dele. O senhor não conheceu Blain, ela é uma das estudantes que estão afastadas por causa da gripe. Pearce queria que nós arranjássemos um homem para ela, para sermos quatro casais."

"Isso não lhe pareceu surpreendente? Pelo que eu soube dela, Heather Pearce não fazia exatamente o tipo que se interessa por sexo."

"Todo mundo se interessa por sexo, cada um do seu jeito. Mas Pearce não colocava as coisas assim. Ela veio com a desculpa de que nós três não éramos confiáveis e que deveríamos ter alguém para ficar de olho na gente. Desnecessário dizer quem seria! Mas eu sabia o que ela realmente queria. O Tom Mannix. Ele era o pediatra residente na época. Tinha espinhas e era muito chato, mas Pearce simpatizava com ele. Os dois pertenciam à Associação Cristã do hospital e Tom preparava-se para ser um missionário, ou algo do gênero, quando terminasse seu período de dois anos. Ele caíra no agrado de Pearce, com certeza, e arrisco a dizer que eu poderia conseguir que ele saísse com ela uma ou duas vezes, se o pressionasse um pouco. Mas isso não faria nenhum bem a ela. Ele não queria Pearce, queria a mim. Bem, o senhor sabe como são essas coisas."

Dalgliesh sabia. Afinal de contas, aquela era a mais comum, a mais banal das tragédias pessoais. A pessoa gosta de alguém. Esse alguém não ama a pessoa. Pior, contrariando os próprios interesses e destruindo a paz de espírito da pessoa, esse alguém ama outro alguém. O que metade dos poetas e romancistas do mundo faria sem essa tragicomédia universal? Mas Julia Pardoe não fora tocada por ela. Se ao menos, pensou Dalgliesh, sua voz sugerisse um traço de piedade ou mesmo de interesse! Contudo a necessidade desesperada de Pearce, o anseio por amor que a levara àquela patética tentativa de chantagem, nada provocara em sua vítima, nem mesmo um desprezo divertido. Pelo menos Julia Pardoe poderia se dar ao trabalho de pedir que ele mantivesse a história em segredo. Nesse momento, como se lesse seus pensamentos, ela lhe disse o porquê.

"Não me incomodo que o senhor saiba disso agora. Por que deveria? Afinal, Pearce está morta. Fallon também. Quero dizer, com dois assassinatos aqui, a enfermeira-chefe e o Comitê Gestor do Hospital têm mais com que se preocupar do que comigo e Nigel indo para a cama. Mas quando penso naquela noite! Sinceramente, é hilário. A cama era muito estreita e ficava rangendo, Nigel e eu ríamos tanto que, mal conseguíamos... E ainda imaginar a Pearce com o olho na fechadura!"

Ela deu uma risada. Um reflexo espontâneo de uma lembrança alegre, inocente e inofensiva. Ao erguer os olhos para ela, o rosto pesado de Masterson iluminou-se com um sorriso amplo e tolerante, e, por um extraordinário segundo, ele e Dalgliesh tiveram que se conter para não rir com ela.

VII

Dalgliesh não tinha convocado os membros do pequeno grupo na biblioteca seguindo nenhuma ordem especial e não foi por má intenção premeditada que deixara a irmã Gearing por último. Mas a longa espera fora ingrata para ela. Obviamente, tivera tempo de manhã para maquiar o rosto com extremo cuidado; uma preparação instintiva, sem dúvida, para quaisquer encontros traumáticos que pudessem surgir ao longo do dia. Mas a maquiagem se desfizera terrivelmente. O rímel derretera e agora seus olhos estavam borrados, havia gotas de suor em sua testa e um borrão de batom na dobra do queixo. Talvez, sem se dar conta, ela tivesse futucado o rosto. Sem dúvida estava difícil manter as mãos paradas. Ficou torcendo o lenço entre os dedos e cruzando e descruzando as pernas num inquieto desconforto. Sem esperar pelas palavras de Dalgliesh, ela irrompeu num discurso frenético.

"O senhor e seu sargento ficaram com os Maycroft, no Falconer's Arms, não é? Espero que estejam confortáveis. Sheila é um pouco atrapalhada, mas Bob é ótimo quando está sozinho."

Dalgliesh tomara muito cuidado para não deixar que Bob ficasse sozinho. Escolhera o Falconer's Arms porque era pequeno, conveniente, silencioso e quase vazio; não demorou muito para entender por quê. O capitão da Força Aérea Robert Maycroft e sua mulher preocupavam-se mais em impressionar os hóspedes com sua própria gentileza do que em garantir seu conforto, e Dalgliesh ansiava ardorosamente estar longe dali até o final da semana. Enquanto isso, não tinha a menor intenção de conversar sobre os Maycroft com a irmã Gearing e a conduziu educadamente, mas com firmeza, para temas mais relevantes.

Ao contrário dos demais suspeitos, ela achou necessário gastar os primeiros cinco minutos expressando seu horror pela morte das duas moças. Fora tudo muito horrível, trágico, medonho, aterrorizante, brutal, inesquecível, inexplicável. A emoção, pensou Dalgliesh, era bastante real, ainda que a maneira como ela a expressava não fosse original. A mulher estava genuinamente abalada. Ele suspeitou de que também estivesse assustada.

Repassou com ela os eventos da segunda-feira 12 de janeiro. Ela não tinha nada novo a dizer que interessasse e seu depoimento foi coerente com o que já constava nos registros. Acordara muito tarde, vestiu-se às pressas e só conseguiu chegar ao refeitório às oito horas. Ali, encontrou-se com as irmãs Brumfett e Rolfe para tomar o café da manhã e soube por elas que a enfermeira Fallon adoecera durante a noite. Dalgliesh perguntou se ela lembrava qual das duas lhe dera a notícia.

"Bem, não posso dizer com certeza. Acho que foi Rolfe, mas não estou certa. Eu estava um pouco confusa naquela manhã, com uma coisa e outra. Não ajudou ter dormido demais daquele jeito, e eu estava naturalmente nervosa devido à inspeção do Conselho Geral de Enfermagem. Afinal, não sou qualificada como irmã de ensino. Estava apenas substituindo a irmã Manning. E se já é difícil o suficiente realizar a primeira demonstração para um grupo de estudantes, imagine então fazer isso com a presença da enfermeira-chefe, da inspetora do CGE, do doutor Courtney-Briggs e da irmã Rolfe com seus olhinhos fixos em todos os seus movimentos! Eu me dei conta de que, sem a Fallon, haveria apenas sete estudantes no grupo. Bem, isso para mim estava ótimo; quanto menos, melhor, no que me dizia respeito. Eu esperava apenas que as idiotinhas respondessem às perguntas e mostrassem alguma inteligência."

Dalgliesh perguntou quem fora a primeira a sair do refeitório.

"A Brumfett. Como sempre, desesperada para voltar para a sua enfermaria, eu acho. Saí em seguida. Levei meus papéis para a estufa com uma xícara de café e me sentei lá para passar dez minutos lendo. Christine Dakers, Diane Harper e Julia Pardoe estavam no local. Harper e Pardoe batiam papo e Dakers, sentada sozinha, lia o jornal. Quando saí elas ainda estavam lá. Fui para o meu quarto às oito e meia, peguei minha correspondência no caminho e depois desci de novo e segui direto para a sala de demonstração, pouco antes das quinze para as nove. As gêmeas Burt já estavam acabando de fazer seus preparativos e a Goodale chegou logo depois. O resto do grupo reuniu-se por volta das dez para as nove, a não ser Pearce, que chegou por último. Elas ficaram no seu zunzum normal de meninas até começarmos a trabalhar, Não me lembro de nada do que falaram. O resto, o senhor já sabe."

Dalgliesh sabia. No entanto, apesar de achar improvável haver alguma novidade a ser dita por Mavis Gearing, repassou com ela os eventos daquela traumática demonstração. Porém ela não tinha mesmo nenhuma novidade a revelar. Tudo fora muito horrível, terrível, aterrorizante, amedrontador, inacreditável. Ela jamais esqueceria enquanto vivesse.

Dalgliesh passou então para a morte de Fallon. Mas, aqui, a enfermeira Gearing o surpreendeu. Ela foi a primeira suspeita a produzir um álibi, ou o que obviamente desejava que fosse um, e apresentou a informação com compreensível satisfação. Das oito da noite até depois da meia-noite, estivera com um amigo em seu quarto. Ela disse o nome para Dalgliesh com uma relutância pudica. Era Leonard Morris, o farmacêutico-chefe do hospital. Ela o convidara para jantar, preparara uma refeição simples — espaguete à bolonhesa — na cozinha das irmãs, no terceiro andar, e servira em sua sala de estar, às oito horas, pouco depois da chegada dele. Ficaram juntos durante todas aquelas quatro horas, a não ser por uns poucos minutos, quando ela foi buscar a louça na cozinha e por uns dois minutos antes da meia-noite, quando ele foi ao banheiro, e por um período equivalente mais cedo, quando ela o deixara com a mesma finalidade. Fora isso, ficaram todo o tempo diante dos olhos um do outro. Ela acrescentou pressurosamente que Len — ou o senhor Morris, melhor dizendo — ficaria mais do que satisfeito em confirmar a história dela. Len sem dúvida se recordaria perfeitamente dos horários. Sendo farmacêutico, costumava ser bastante preciso e cuidadoso com detalhes. O único problema é que ele não estava no hospital naquela manhã. Havia ligado para a farmácia um pouco antes das nove para avisar que estava doente. Mas estaria de volta ao trabalho no dia seguinte, tinha certeza. Len detestava faltar.

Dalgliesh perguntou a que horas ele saíra de fato da mansão Nightingale.

"Bem, não pode ter sido muito depois da meia-noite. Lembro que quando meu relógio deu meia-noite Len disse que realmente estava na hora de ele ir. Saímos cerca de cinco minutos depois e descemos pela escada dos fundos, aquela que sai do apartamento da enfermeira-chefe. Deixei a porta aberta. Len pegou a bicicleta no lugar onde a deixara e eu caminhei com ele até a primeira curva do caminho. Não estava uma noite muito boa para caminhar, mas ainda tínhamos que conversar sobre alguns assuntos do hospital — as palestras de Len sobre farmacologia para as estudantes do segundo ano — e eu achei que seria bom respirar um pouco de ar puro. Len não quis me deixar voltar sozinha, então me acompanhou até a porta. Acho que era cerca de meia-noite e quinze quando ele finalmente foi embora. Entrei pela porta da enfermeira-chefe e a tranquei atrás de mim. Fui direto para o meu quarto, levei a louça do jantar para a cozinha, para lavá-la, fui ao banheiro e às quinze para a uma estava na cama. Não vi Fallon a noite toda. A próxima coisa que me lembro foi Hilda Rolfe entrando no quarto para me acordar, com a notícia de que Dakers tinha encontrado Fallon morta na cama."

"Quer dizer que a senhorita saiu e voltou pelo apartamento de Mary Taylor. De modo que a porta estava destrancada?"

"Ah, sim! A enfermeira-chefe costuma deixar a porta destrancada quando está fora. Ela sabe que achamos conveniente e mais discreto usar a sua escada. Afinal, somos mulheres adultas. Não estamos exatamente proibidas de receber amigos em nosso quarto, mas também não é lá muito agradável ficar andando com eles pela mansão, com todas as alunas nos espiando. A enfermeira-chefe é fantástica quanto a isso. Acho que ela deixa até mesmo sua sala de visitas destrancada quando não está na mansão Nightingale. Suponho que seja para a irmã Brumfett usá-la quando tiver vontade. A Brumfett, caso ainda não tenham lhe dito, é a mascote da enfermeira-chefe. A maioria das enfermeiras-chefes tem um cachorrinho. Mary Taylor tem Brumfett."

A observação, com seu cinismo cáustico, foi tão inesperada que Masterson, num gesto repentino, levantou a cabeça de suas anotações e olhou para Mavis Gearing como se ela fosse uma candidata com poucas chances que repentinamente revelara um potencial inesperado. Mas Dalgliesh deixou passar. Perguntou:

"A irmã Brumfett estava usando o apartamento da senhorita Taylor na noite passada?"

"À meia-noite! Não a Brumfett! Ela se deita cedo, a não ser que esteja na cidade, flanando com a enfermeira-chefe. Normalmente, prepara sua última xícara de chá às dez e quinze. De qualquer modo, ela foi chamada na noite passada. O doutor Courtney-Briggs pediu que ela fosse à enfermaria particular atender um dos pacientes dele que estava deixando a sala de cirurgia. Pensei que todo mundo soubesse. Foi um pouco antes da meia-noite."

Dalgliesh perguntou se a irmã Gearing a vira.

"Não, mas meu amigo a viu. Estou falando de Len. Ele pôs a cabeça para fora da porta para ver se a área estava livre para ele ir ao banheiro antes de ir embora, e viu Brumfett de capa, com aquela sua bolsa velha, sumindo escada abaixo. Era óbvio que ela estava de saída, e achei que tivesse sido chamada de volta para a enfermaria. Isso acontece sempre com a Brumfett. Imagine só, e em parte é culpa dela mesma. Ela peca por excesso de dedicação."

Essa não seria, pensou Dalgliesh, uma falta na qual a irmã Gearing incorreria. Era difícil imaginá-la arrastando-se pelos jardins à meia-noite, em pleno inverno, para atender aos chamados ocasionais de algum médico, por mais eminente que ele fosse. Mas Dalgliesh se compadeceu dela. A enfermeira oferecera-lhe uma visão deprimente da degradante falta de privacidade e dos pequenos e mesquinhos subterfúgios de que as pessoas que compartilhavam uma proximidade indesejada precisavam lançar mão para preservar sua própria intimidade ou invadir a dos outros. A

145

ideia de um homem adulto espiando sub-repticiamente pela porta antes de sair, de dois amantes adultos esgueirando-se furtivamente por uma escada dos fundos para evitar serem vistos, era grotesca e humilhante. Lembrou-se das palavras da enfermeira-chefe. "Acabamos sabendo das coisas aqui; de fato, não há privacidade." Até mesmo a bebida noturna da pobre Brumfett e sua hora usual de ir para a cama eram de conhecimento geral. Não causava surpresa que a mansão Nightingale alimentasse suas próprias neuroses, que a irmã Gearing achasse necessário justificar uma caminhada com o namorado pelo terreno da mansão, um desejo óbvio e natural de prolongar o último boa-noite, com a desculpa pouco convincente de precisar discutir assuntos do hospital. Achou tudo aquilo deprimente demais e não lamentou ter que dispensá-la.

VIII

Dalgliesh realmente apreciou sua meia hora na companhia da governanta Martha Collins. Ela era uma mulher magra, de pele morena, quebradiça e áspera como um galho seco cuja seiva secou há muito tempo. Parecia ter encolhido pouco a pouco dentro da roupa sem se dar conta disso. O avental marrom-claro de algodão grosso pendia cheio de vincos de seus ombros finos até as panturrilhas, recolhido em torno da cintura por um cinto que lembrava um cinto de estudante, listrado de vermelho e azul, fechado por uma fivela. As meias pareciam sanfonas em torno de seus tornozelos e ou ela preferia calçar sapatos no mínimo dois números maiores que o seu, ou seus pés eram curiosamente desproporcionais ao resto do corpo. Compareceu assim que foi chamada, afundou na cadeira diante de Dalgliesh, os pés imensos firmemente plantados um afastado do outro, e olhou para ele com má vontade antecipada, como uma pessoa prestes a entrevistar uma doméstica especialmente recalcitrante. No decorrer do interrogatório, não sorriu nem uma vez. Verdade seja dita, nada havia de divertido na situação, mas ela parecia incapaz até mesmo de abrir o mais leve sorriso à guisa de cumprimento. No entanto, apesar desse começo inauspicioso, a entrevista não foi das piores. Dalgliesh se perguntou se o tom ácido e a aparência perversamente repulsiva eram parte de uma *persona*. Talvez, uns quarenta anos antes, ela tivesse decidido se caracterizar como uma típica personagem de hospital, a adorada tirana dos romances, tratando todo mundo, desde a enfermeira-chefe até a mais reles empregada, com a mesma irreverência, e, ao chegar à conclusão de que a caracterização funcionara bem, decidira nunca mais abandoná-la. Ela resmungava incessantemente, mas sem maldade, apenas por praxe. Dalgliesh suspeitou que, na verdade, ela gostava de seu trabalho e não estava infeliz ou insatisfeita como queria parecer. Dificilmente teria permanecido no emprego por quarenta anos se ele fosse tão intragável quanto ela o fazia parecer.

"Leite! Nem me fale em leite. Há mais problemas com o leite nesta casa do que com toda a alimentação do hospital junta, e isso só para dizer o mínimo. Nove litros por dia, mesmo com metade da casa fora de combate por causa da gripe. Não me pergunte onde isso vai parar. Deixei de me responsabilizar por isso e foi o que eu disse para a enfermeira-chefe. A primeira coisa de manhã é levar duas garrafas para cima, para o andar das irmãs, para que elas façam seu próprio chá matinal. Eu mando subir duas das três garrafas. Provavelmente, isso parece suficiente para todas. A da enfermeira-chefe é separada, claro. Ela recebe meio litro e não abre mão de uma gota. Mas os problemas por causa do leite! A primeira irmã a se servir pega todo o creme, eu acho. Uma certa falta de consideração, foi o que eu disse para a enfermeira-chefe. Elas têm sorte de conseguir uma ou duas garrafas de leite Channel Island; ninguém mais na mansão bebe esse leite. E só fazem reclamar. A senhorita Gearing reclama porque é aguado demais para ela, e a senhorita Brumfett porque não é só Channel

147

Island, e a senhorita Rolfe quer em garrafas de meio litro, que ela sabe tão bem quanto eu que não são mais fornecidas. E então vem o leite para o chá matinal das estudantes, e aquele cacau e as coisas que elas preparam para beber à noite. Elas deveriam assinar pelas garrafas que pegam na geladeira. O leite não é contado, mas essa é a regra. Bem, o senhor mesmo pode olhar o livro de registro! Nove em dez vezes, nunca se preocupam em anotar. E depois, tem as garrafas vazias. Deveriam lavá-las e levar de volta à cozinha. Não é uma coisa que se pode chamar de um grande incômodo. Em vez disso, deixam as garrafas espalhadas pela casa, nos quartos, nos armários e na copa — e mal lavadas também —, até o lugar ficar fedendo. Minhas meninas já têm muito que fazer para ainda precisarem ficar atrás das alunas com suas garrafas vazias, e foi isso que eu disse para a enfermeira-chefe.

"O que o senhor quer dizer é: se eu estava na cozinha quando as gêmeas Burt pegaram a garrafa delas? O senhor sabe que eu estava. Foi o que eu disse para o outro policial. Onde mais poderia estar naquela hora do dia? Estou sempre na cozinha às quinze para as sete, e já tinham se passado quase três minutos quando as gêmeas Burt entraram. Não, eu não entreguei a garrafa para elas. Elas mesmas pegaram na geladeira. Não é meu trabalho ficar esperando pelas alunas, e foi o que eu disse para a enfermeira-chefe. Mas não havia nada de errado com o leite quando ele saiu da minha cozinha. Só entregaram o leite às seis e meia, e eu já tenho muita coisa para fazer antes do café da manhã para ficar botando desinfetante dentro do leite. Além disso, tenho uma desculpa. Eu fiquei com a senhora Muncie desde as seis e quarenta e cinco. Ela é a diarista que vem da cidade para me dar uma mão quando estou cheia de serviço. O senhor pode falar com ela a hora que quiser, mas não acho que vá conseguir grande coisa. A pobre criatura não tem muita coisa entre as orelhas. Imagine só, ela nem ia perceber se eu tivesse passado a manhã toda colocando veneno no leite. Mas ela me ajuda no que eu preciso. E fiquei com ela o tempo todo. Comigo não tem esse negócio de ficar indo ao banheiro a toda hora, muito obrigada. Eu faço tudo o que é necessário na hora certa.

"O desinfetante do banheiro? Achei que o senhor fosse perguntar sobre isso. Eu mesma é que encho as garrafas com o desinfetante da lata grande, que eles mandam uma vez por semana do estoque principal do hospital. Não é o meu trabalho, mas não gosto de deixar isso para as empregadas. Elas são muito descuidadas. Iam conseguir espalhar o negócio pelo piso todo do banheiro. Eu enchi aquela garrafa no banheiro de baixo um dia antes da morte da enfermeira Pearce, então ela devia estar quase cheia. Algumas alunas lembram de pôr um pouco na privada quando terminam de usar, mas a maioria não faz isso. O senhor poderia achar que as estudantes de enfermagem têm um cuidado todo especial com esse tipo de coisa, mas elas não são melhores do que qualquer garota. O produto é usado mais pelas empregadas para limpar as privadas. Todas são limpas uma vez por dia. Sou muito cuidadosa com a limpeza das privadas. Morag Smith devia ter limpado o banheiro de baixo depois do almoço, mas a enfermeira Goodale e a enfermeira Pardoe notaram que a garrafa não estava mais lá. Disseram que o outro policial a encontrou vazia no meio das moitas, nos fundos da mansão. Quem pôs lá é o que eu gostaria de saber!

"Não, o senhor não pode falar com Morag Smith. Não lhe disseram? Ela está de folga hoje. Saiu ontem depois do chá, a sortuda. Dessa chateação, pelo menos, a Morag se safou. Não, não sei se ela foi para casa. Não perguntei. As domésticas já são responsabilidade suficiente para mim quando estão debaixo do meu nariz aqui na mansão Nightingale. O que elas fazem nas folgas é uma coisa que não me interessa. E é melhor assim, a julgar pelo tipo de coisa que ouço falar. É bem provável que ela volte mais tarde hoje à noite, e a enfermeira-chefe deixou instruções para que ela se mude para o alojamento dos residentes. Parece que isto aqui ficou perigoso demais para nós. Bem, ninguém mandou eu me mudar ainda. Não sei como vou dar conta das coisas de manhã se a Morag só der as caras na hora do café. Não tenho como controlar os funcionários se eles não estiverem debaixo dos meus olhos, e foi isso que eu disse para a enfermeira-chefe. Não que a Morag seja um motivo de preocupação. Ela é teimosa, como todas, mas não trabalha mal depois que a gente a põe nos eixos. E, se alguém disser que Morag Smith mexeu com o preparado, não acredite. A garota pode ser um pouco pesada, mas não é uma maluca alucinada. Não vou deixar minhas empregadas serem difamadas sem motivo.

"E digo uma coisa para o senhor, seu detetive." Ela levantou os quadris magros da cadeira, inclinou-se por sobre a mesa e olhou para Dalgliesh com seus olhos que pareciam contas. Ele procurou encará-la sem piscar e os dois ficaram se olhando como uma dupla de lutadores antes do bote.

"Sim, senhorita Collins?"

Ela ergueu um dedo magro e ossudo e cutucou-o com força no peito. Dalgliesh encolheu-se.

"Ninguém tinha o direito de tirar aquela garrafa do banheiro sem a minha permissão ou usá-la para qualquer outra coisa que não fosse lavar a privada. Ninguém!"

Aos olhos da governanta Collins, estava claro onde repousava a enormidade daquele crime.

IX

O dr. Courtney-Briggs apareceu quando faltavam vinte minutos para a uma da tarde. Bateu com energia na porta e entrou sem esperar ser convidado, dizendo com aspereza:

"Posso lhe ceder quinze minutos agora, Dalgliesh, se for conveniente."

Seu tom pressupunha que seria. Dalgliesh assentiu e

indicou-lhe a cadeira. O médico olhou para o sargento Masterson, sentado impassível com seu caderno a postos, hesitou e depois virou a cadeira de costas para o policial. Sentou-se em seguida, colocando a mão no bolso do colete. A cigarreira que ele tirou de lá era de ouro ricamente trabalhado e tão fina que mal parecia funcional. Ofereceu um cigarro a Dalgliesh, mas não a Masterson, e não pareceu surpreso nem especialmente interessado pela recusa do superintendente. Acendeu o cigarro. As mãos fechadas em torno do isqueiro eram grandes, com dedos quadrados; não as mãos sensíveis e práticas de um médico, mas fortes como as de um carpinteiro, e muito bem tratadas.

Dalgliesh, descaradamente ocupado com seus papéis, observava o homem. Era grande, mas não gordo. O terno formal caía-lhe muito bem, em torno de um corpo elegante e bem alimentado, realçando a impressão de uma força latente e mal contida. Ainda poderia ser considerado um homem bonito. O cabelo comprido penteado para trás era forte e escuro e nele se destacava uma solitária mecha branca. Dalgliesh ficou imaginando se seria pintado. Os olhos eram muito pequenos para o rosto grande e vermelho, mas bem formados e muito afastados um do outro. Não revelavam coisa alguma.

Dalgliesh sabia que o dr. Courtney-Briggs fora o principal responsável para que o chefe de polícia acabasse chamando a Yard. Pelo relato um tanto contrariado do inspetor Bailey, no breve colóquio que tiveram quando Dalgliesh assumiu o caso, foi fácil compreender por quê. O médico fora um estorvo desde o início e seus motivos, se passíveis de uma explicação racional, levantaram especulações interessantes. A princípio, asseverara com vigor que a enfermeira Pearce fora, sem sombra de dúvida, assassinada, que era inconcebível que alguém ligado ao hospital pudesse ser relacionado com o crime e que a polícia local tinha a obrigação de seguir essa linha de raciocínio e encontrar e prender o assassino sem demora. Quando a investigação não resultou em conclusões imediatas, ficou impaciente.

151

Era um homem habituado a exercer o poder e certamente tinha todas as condições de exercê-lo. Havia pessoas eminentes em Londres que deviam a vida a ele, e algumas com uma considerável capacidade de influência. Telefonemas, alguns delicados, quase pedidos de desculpas, outros abertamente críticos, foram feitos ao chefe de polícia e à Yard. À medida que o inspetor encarregado da investigação se convencia de que a morte da enfermeira Pearce fora o resultado de uma brincadeira que terminara de forma trágica e inesperada, mais o dr. Courtney-Briggs e seus coagitadores proclamavam aos brados que ela fora assassinada, e aumentavam a pressão para que o caso passasse às mãos da Yard. E então a enfermeira Fallon foi encontrada morta. Era de se esperar que o Departamento de Investigação Criminal local se inflamasse em novas atividades, que a luz difusa lançada sobre o primeiro crime ficasse mais dirigida e focalizada nessa segunda morte. E foi esse o momento escolhido pelo dr. Courtney-Briggs para telefonar para o chefe de polícia e anunciar que não era mais necessário levar adiante mais nenhuma diligência, que era óbvio para ele que a enfermeira Fallon cometera suicídio, e que só poderia ter sido por remorsos pelo trágico resultado da brincadeira que matara sua colega, e que agora o hospital entendia ser do seu interesse encerrar o caso com o mínimo de perturbação antes que o recrutamento de enfermeiras, assim como, certamente, todo o futuro do hospital, ficasse comprometido. A polícia está acostumada com essas súbitas mudanças de humor, o que não significa que as aprecie. Dalgliesh pensou que deveria ter sido com considerável satisfação que o chefe de polícia decidira que, diante das circunstâncias, seria prudente convocar a Yard para investigar as duas mortes.

Na semana que se seguiu à morte da enfermeira Pearce, Courtney-Briggs ligara até mesmo para Dalgliesh, que fora seu paciente três anos antes. Fora um caso de apendicite, sem complicações, e, apesar de a vaidade de Dalgliesh ter saído satisfeita com o tamanho diminuto e a dis-

152

crição da cicatriz, achou que a habilidade do médico fora adequadamente compensada na época. Não tinha nenhuma vontade de ser usado para as finalidades particulares de Courtney-Briggs. O telefonema fora constrangedor e ele se ressentira disso. Achou interessante notar que o médico parecia ter decidido encarar aquele incidente como algo que seria aconselhável para os dois esquecer.

Sem levantar os olhos da papelada, Dalgliesh disse:

"Pelo que eu sei, o senhor defende a ideia de que a senhorita Fallon se matou."

"Claro. É a explicação óbvia. O senhor não está sugerindo que outra pessoa colocou veneno no uísque dela... Qual seria o motivo?"

"Há o problema, não é mesmo, do recipiente desaparecido? Quer dizer, se é que foi mesmo veneno. Nós só vamos saber depois de recebermos o relatório da autopsia."

"Que problema? Não há problema nenhum. O copo era opaco, térmico. Ela poderia ter colocado o veneno de manhã cedinho. Ninguém jamais saberia. Ou então poderia ter levado um pó numa folha dobrada, e depois jogado na privada, dando a descarga. O recipiente não é problema. Diga-se de passagem, dessa vez ele não foi corrosivo. Isso ficou muito claro quando eu vi o corpo."

"O senhor foi o primeiro médico a chegar ao local?"

"Não. Eu não estava no hospital quando ela foi encontrada. O doutor Snelling a examinou. Ele é o clínico geral que cuida das enfermeiras daqui. Percebeu imediatamente que não havia nada a fazer. Fui dar uma olhada no corpo assim que soube da notícia. Cheguei ao hospital pouco antes das nove. A essa altura, a polícia já tinha chegado, claro. O pessoal aqui da região, quero dizer. Não faço ideia de por que eles não continuaram no caso. Liguei para o chefe de polícia para expressar minha opinião. Aliás, Miles Honeyman me disse que ela morreu em torno da meia-noite. Encontrei-o quando estava de saída. Estudamos juntos na faculdade de medicina."

"Foi o que me disseram."

"O senhor fez bem em chamá-lo. Pelo que ouvi dizer, ele é considerado o melhor."

Falava de maneira complacente, o sucesso concedendo em reconhecer o sucesso. Seus critérios eram pouco sutis, pensou Dalgliesh. Dinheiro, prestígio, reconhecimento público, poder. Sim, Courtney-Briggs sempre exigiria o melhor para si, confiante em sua habilidade de pagar por aquilo.

Dalgliesh disse: "Ela estava grávida. O senhor sabia?".

"Foi o que Honeyman me disse. Não, eu não sabia. Essas coisas acontecem, mesmo nos dias de hoje, com um controle da natalidade confiável e de fácil acesso. Era de se esperar que uma garota com a inteligência dela estivesse tomando pílula."

Dalgliesh lembrou-se do episódio daquela manhã, quando o dr. Courtney-Briggs informou a idade exata da moça. Fez a pergunta seguinte sem pedir licença.

"O senhor a conhecia bem?"

A insinuação era clara e o médico não respondeu imediatamente. Dalgliesh não esperava que ele protestasse ou fizesse ameaças, e ele não fez nenhuma das duas coisas. Um respeito maior surgiu no olhar penetrante que ele lançou ao seu interrogador.

"Por algum tempo, sim." Fez uma pausa. "Pode-se dizer que eu a conheci intimamente."

"Foi sua amante?"

Courtney-Briggs olhou para ele imperturbável, refletindo. Depois falou:

"Isso é colocar em termos muito convencionais. Nós dormimos juntos com alguma regularidade durante os primeiros seis meses dela aqui. O senhor tem alguma objeção?"

"É difícil para mim objetar se ela mesma não o fez. Suponho que ela quisesse."

"Pode-se dizer que sim."

"E quando terminou?"

"Achei que já lhe tivesse dito. Durou até o fim do primeiro ano dela. Isso foi há um ano e meio.

"Vocês brigaram?"

"Não. Ela concluiu que, digamos, as possibilidades tinham se esgotado. Algumas mulheres apreciam a diversidade. Eu também. Eu não teria seguido adiante com ela se achasse que fosse do tipo que criava problemas. E não me interprete mal. Dormir com as estudantes de enfermagem não é um dos meus hábitos. Sou relativamente exigente."

"Foi difícil manter o caso em segredo? Há bem pouca privacidade num hospital."

"O senhor tem ideias românticas, superintendente. Nós não ficávamos nos beijando e nos abraçando na sala de esterilização. Quando eu disse que dormi com ela, quis dizer exatamente isso. Não uso eufemismos para o sexo. Ela ia ao meu apartamento da Wimpole Street quando tinha uma noite de folga e dormia lá. Não há nenhum residente lá e minha casa fica perto de Selborne. O porteiro da Wimpole Street deve ter percebido, mas ele sabe manter a boca fechada. Não sobrariam muitos inquilinos no prédio, se ele não soubesse. Não havia nenhum risco, contanto que ela não falasse, e ela não era do tipo falastrão. Não que eu fosse me importar, também. Em algumas áreas do comportamento privado, eu faço o que bem entendo. O senhor também, sem dúvida."

"Então, a criança não era sua?"

"Não. Não sou descuidado. Além disso, o caso estava encerrado. Mas, se não estivesse, dificilmente eu a mataria. Esse tipo de solução provoca mais constrangimentos do que evita."

Dalgliesh perguntou: "O que o senhor teria feito?".

"Dependeria das circunstâncias. Eu precisaria ter certeza de que o filho era meu. Mas esse problema em particular não é muito incomum, tampouco insolúvel, se a mulher for razoável."

"Eu soube que a senhorita Fallon planejava abortar. Ela o procurou?"

"Não."

"Poderia ter procurado?"

"Claro que sim. Mas não procurou."

"O senhor a teria ajudado?"

O médico olhou para ele.

"Essa é uma pergunta que dificilmente está incluída na sua área de atuação, imagino."

Dalgliesh disse: "Isso cabe a mim julgar. A garota estava grávida; ao que parece, pretendia abortar; contou a uma amiga que conhecia alguém que a ajudaria. É claro que tenho interesse em saber quem era essa pessoa".

"O senhor conhece a lei. Sou um médico, não um ginecologista. Prefiro me restringir à minha própria especialidade e praticá-la legalmente."

"Mas existem outras formas de ajuda. Indicá-la para alguém mais adequado, ajudá-la com os pagamentos."

Uma garota com uma herança de dezesseis mil libras dificilmente iria precisar de ajuda para pagar um aborto. Mas o legado da srta. Goodale não estava sendo divulgado, e Dalgliesh estava interessado em saber se Courtney-Briggs tinha conhecimento do capital de Fallon. O médico, porém, não deu nenhum sinal.

"Bem, ela não me procurou. Talvez estivesse pensando em mim, só que não veio falar comigo. E, se tivesse, eu não ajudaria. Eu trato de assumir minhas próprias responsabilidades, porém não assumo o que é dos outros. Se ela escolheu buscar satisfação em outro lugar, poderia também ir atrás de ajuda em outro lugar. Eu não a engravidei. Foi outra pessoa. Ele que cuidasse dela."

"Essa seria a sua resposta?

"Certamente que sim. Sem hesitar."

Sua voz continha um quê de amarga satisfação. Quando olhou para ele, Dalgliesh observou que seu rosto estava vermelho. O homem controlava suas emoções com dificuldade. E Dalgliesh não tinha nenhuma dúvida sobre a natureza dessas emoções. Era ódio. Ele prosseguiu com o interrogatório.

"O senhor estava no hospital na noite passada?"

"Sim. Fui chamado para uma cirurgia de emergência.

Um dos meus pacientes teve uma recaída. Não foi algo inesperado, mas foi muito grave. Terminei a cirurgia às onze e quarenta e cinco. A hora pode ser verificada no registro da sala de operação. Liguei então para a irmã Brumfett, na mansão Nightingale, para pedir-lhe a gentileza de voltar para a enfermaria por cerca de uma hora. Meu paciente estava na ala particular. Depois telefonei para casa, queria avisar que ia dormir lá e não aqui, no alojamento dos médicos, como às vezes faço quando uma operação termina tarde. Deixei o prédio principal pouco depois da meia-noite. Pretendia sair pelo portão da avenida Winchester. Tenho minha própria chave. Mas estava uma noite horrível, como o senhor deve ter visto, e eu encontrei um olmo atravessado na estrada. Tive sorte de não bater nele. Saí do carro e amarrei minha echarpe de seda branca num dos galhos, para alertar outras pessoas que pudessem passar por ali. Era improvável que aparecesse alguém, mas a árvore era um risco evidente e não havia como tirá-la de lá antes do amanhecer. Dei a ré no carro e saí pela entrada principal, informando sobre a árvore para o porteiro, na saída."

"O senhor lembra que horas eram?"

"Não. Talvez ele tenha registrado. Mas desconfio que devia ser algo como meia-noite e quinze, talvez um pouco mais. Perdi algum tempo lá com a árvore."

"O senhor teria que passar pela mansão Nightingale para chegar ao portão dos fundos. Não entrou lá?"

"Não tinha motivo nenhum para entrar e não entrei, nem para envenenar a enfermeira Fallon nem por qualquer outra razão."

"E o senhor não viu ninguém pelo caminho?"

"Depois da meia-noite e em plena tempestade? Não, não vi ninguém."

Dalgliesh mudou a direção das perguntas.

"O senhor viu a enfermeira Pearce morrer, é claro. Não houve mesmo nenhuma possibilidade de salvá-la?"

"Nenhuma, posso garantir. Tomei medidas bastante vigorosas, mas não é fácil quando não sabemos do que estamos tratando."

"E o senhor sabia que era veneno?

"Logo percebi. Sim. Só não sabia qual. Não que fosse fazer alguma diferença. O senhor viu o relatório *post-mortem*. Sabe o que o veneno fez com ela."

Dalgliesh perguntou: "O senhor estava na mansão Nightingale desde as oito horas, na manhã em que ela morreu?".

"O senhor sabe perfeitamente que sim, se, como imagino, teve o cuidado de ler meu depoimento original. Cheguei à mansão Nightingale pouco depois das oito. Meu contrato aqui, teoricamente, é de seis meios períodos semanais; no entanto, fico no hospital o dia inteiro às segundas, quintas e sextas, e não é raro eu ser chamado para uma operação de emergência, especialmente se for um paciente particular, e de vez em quando também venho para um turno no sábado de manhã, se a lista de operações for longa. Fui chamado pouco depois das onze horas da noite de domingo para uma apendicectomia — um dos meus pacientes particulares — e achei conveniente passar a noite no alojamento dos médicos."

"Que fica onde?"

"Naquele prédio novo com um projeto lamentável, perto do ambulatório dos pacientes externos. O café é servido na hora ingrata das sete e meia."

"O senhor chegou aqui bem cedo. A demonstração estava marcada para as nove."

"Não vim aqui apenas para a demonstração, superintendente. O senhor é de fato muito ignorante em assuntos hospitalares, não? O médico conselheiro sênior quase nunca participa das aulas práticas das enfermeiras, a não ser quando dá ele mesmo uma aula. Só compareci naquele 12 de janeiro porque a inspetora do Conselho Geral de Enfermagem estaria presente e sou o vice-presidente do Comitê de Formação de Enfermeiras. Foi uma cortesia com Muriel Beale vir encontrá-la aqui. Cheguei cedo pois queria dedicar algum tempo a algumas anotações clínicas que havia deixado no escritório da irmã Rolfe depois de uma preleção anterior. Eu também queria conversar com a enfermeira-chefe antes de a inspeção começar e garantir que estaria na hora certa para receber a senhorita Beale. Subi para o apartamento da enfermeira-chefe às oito e trinta e cinco e a encontrei terminando o café da manhã. E, se o senhor está pensando que eu poderia ter colocado o corrosivo no leite entre as oito e as oito e trinta e cinco, está perfeitamente certo. Só que não coloquei."

Ele consultou o relógio.

"E agora, se não houver mais nada que o senhor queira me perguntar, preciso ir almoçar. Tenho outros pacientes fora do hospital à tarde e o tempo é curto. Se for mesmo necessário, provavelmente poderei lhe conceder mais alguns minutos antes de ir embora, mas espero que não seja. Já assinei um depoimento sobre a morte de Pearce e nada tenho a acrescentar ou alterar. Não vi Fallon ontem. Nem mesmo sabia que ela havia tido alta da enfermaria. Ela não carregava um filho meu, e, mesmo que fosse, eu não seria tão idiota de matá-la. Aliás, o que lhe cortei sobre nosso relacionamento no passado, naturalmente, é confidencial."

Ele olhou atravessado para o sargento Masterson.

"Não que eu me importe, se vier a público. Mas, afinal de contas, a moça está morta. Podemos perfeitamente preservar a reputação dela."

Dalgliesh achou difícil acreditar que o dr. Courtney-Briggs estivesse interessado em alguma outra reputação que não a sua própria. Porém, com ar grave, tranquilizou-o da maneira adequada. Observou o médico sair, e não lamentou. Um imbecil ególatra que lhe dava um prazer quase infantil provocar. Mas um assassino? Tinha a segurança, a têmpera e o egoísmo de um assassino. Mais objetivamente, tivera a oportunidade. E o motivo? Não teria havido alguma astúcia em confessar tão depressa seu relacionamento com Josephine Fallon? Era bem possível que não conseguisse manter o segredo por muito tempo; um hospital não era, definitivamente, a mais discreta das instituições. Teria ele transformado a necessidade em virtude, tratando de passar sua versão do caso a Dalgliesh an-

159

tes que as inevitáveis fofocas chegassem aos ouvidos dele? Ou teria sido simplesmente por pura presunção, a vaidade sexual de um homem que não se preocupava em esconder qualquer rumor em que seus atributos e virilidade fossem proclamados?

Juntando seus papéis, Dalgliesh se deu conta de que estava com fome. Começara o dia cedo e a manhã fora longa. Estava na hora de tirar Stephen Courtney-Briggs da cabeça e ele e Masterson começarem a pensar no almoço.

5

CONVERSA EM TORNO DA MESA

I

As irmãs e as estudantes residentes da mansão Nightingale tomavam o café da manhã e o chá da tarde no refeitório da escola. Nas refeições principais do almoço e do jantar, juntavam-se aos demais funcionários no refeitório do hospital, onde todos, com exceção dos médicos seniores, comiam a uma proximidade institucionalizada e ruidosa uns dos outros. As refeições eram invariavelmente nutritivas, bem preparadas e tão variadas quanto permitia a necessidade de satisfazer os diferentes paladares de algumas centenas de pessoas, evitar ofensas religiosas ou suscetibilidades dietéticas, além de se manter dentro do orçamento previsto para a alimentação. Os princípios que regiam o planejamento do cardápio eram imutáveis. Fígado e rim jamais podiam ser servidos nos dias em que o médico urologista operava e as enfermeiras não tinham que se ver diante do mesmo cardápio que haviam acabado de servir aos pacientes.

O sistema refeitório fora introduzido no Hospital John Carpendar sob forte oposição de funcionários de todos os escalões. Oito anos antes, havia restaurantes separados para as irmãs e para as demais enfermeiras, um para o pessoal administrativo e de apoio, e uma lanchonete para os porteiros e o pessoal da manutenção. O arranjo agradava a todos, por fazer uma distinção adequada entre os escalões e garantir que todos comessem em relativa tranquilidade, na companhia daqueles com quem preferiam estar no intervalo do almoço. Mas agora apenas a equipe médica sênior desfrutava da paz e da privacidade de seu próprio restaurante. Esse privilégio, ciosamente defendido, estava sob permanente ataque das auditorias ministeriais, de supervisores de abastecimento governamentais e especialistas do trabalho, que, munidos de levantamentos dispendiosos, não encontravam dificuldade em comprovar que o sistema era antieconômico. Mas, por enquanto, os doutores estavam ganhando. Seu argumento mais forte era de que necessitavam de privacidade para discutir a situação dos pacientes. Embora houvesse algum ceticismo diante da sugestão de que mesmo nas refeições eles jamais interrompiam o trabalho, ela era difícil de refutar. A necessidade de preservar o sigilo dos pacientes resvalava na questão relacionamento médico-paciente, à qual os doutores recorriam rapidamente sem hesitar. Nem mesmo os auditores fiscais tinham força para se impor a essa mística. Além disso, contavam com o apoio da enfermeira-chefe Mary Taylor. Ela fizera saber que considerava muito justo que os médicos seniores mantivessem seu restaurante. E a influência de Mary Taylor sobre o presidente do Comitê Gestor do Hospital era tão óbvia e estabelecida que praticamente já não provocava comentários. Sir Marcus Cohen era um viúvo rico e bem-apessoado, e a única surpresa era que ele e a enfermeira-chefe não tivessem se casado. O motivo generalizadamente apontado para isso era que sir Marcus, um notório líder da comunidade judaica do país, teria optado por não se casar com alguém que não professasse sua fé, ou então Mary Taylor, casada com sua vocação, teria decidido não se casar com mais ninguém.

Mas a extensão da influência de Mary Taylor sobre o presidente, e portanto sobre todo o Comitê Gestor do Hospital, era indiscutível, coisa particularmente irritante para o dr. Courtney-Briggs, uma vez que diminuía consideravelmente a sua própria. Porém no caso do restaurante dos médicos seniores, a influência da enfermeira-chefe lhe fora favorável e mostrara-se decisiva.

Mas se os outros membros da equipe haviam sido forçados a manter uma proximidade forçada, nem por isso foram obrigados a virar íntimos. A hierarquia ainda era visível. O imenso refeitório fora dividido em áreas menores, separadas umas das outras por treliças e folhagens, e em cada uma dessas baias fora recriada a atmosfera de um restaurante privativo.

A irmã Rolfe serviu-se de linguado e batatas fritas, levou sua bandeja para a mesa que nos últimos oito anos dividia com as colegas Brumfett e Gearing, e olhou em volta, para os habitantes daquele estranho mundo. No nicho mais próximo da porta, ficavam os laboratoristas, animados e ruidosos em seus jalecos manchados. Próximo a eles, estava o velho Fleming, o farmacêutico dos pacientes ambulatoriais, enrolando o miolo de pão em bolinhas semelhantes a pílulas com seus dedos manchados de nicotina. Na mesa seguinte, ficavam quatro estenógrafas da área médica, com seus jalecos de trabalho azuis. A srta. Wright, a secretária sênior, que estava no John Carpendar havia vinte anos, como sempre comia com uma pressa furtiva, ansiosa por voltar para a sua máquina de datilografia. Atrás da treliça adjacente, um pequeno grupo de profissionais de apoio — a srta. Bunyon, chefe do raio X, a sra. Nethern, chefe do serviço social, e duas fisioterapeutas — preservava cuidadosamente seu status com uma eficiência calma e sem pressa, aparentando total desinteresse pela comida diante delas, depois de terem escolhido uma mesa o mais distante possível dos funcionários administrativos mais novos.

E no que todos estariam pensando? Em Fallon, provavelmente. Impossível que alguém no hospital, desde os médicos seniores até as serventes das enfermarias, não soubesse que uma segunda estudante da mansão morrera em circunstâncias suspeitas e que a Scotland Yard fora chamada. A morte de Fallon provavelmente era a fofoca do dia em grande parte das mesas. O que não impedia as pessoas de seguir almoçando ou trabalhando. Havia tanto a fazer; tantas outras preocupações urgentes; tanta fofoca... Não era

163

apenas porque a vida precisava prosseguir — num hospital, esse clichê adquiria uma relevância especial. A vida seguia em frente, avançando irresistivelmente pela infalibilidade do nascimento e da morte. Novas internações eram agendadas; todos os dias as ambulâncias descarregavam emergências; listas de cirurgias eram atualizadas; mortos eram despachados e pacientes curados, dispensados. A morte, mesmo súbita e inesperada, era mais familiar a essas jovens estudantes de rostos lisos do que até mesmo para o mais experiente dos detetives veteranos. E havia um limite para a sua capacidade de chocar. Ou a pessoa entrava em acordo com a morte logo no primeiro ano, ou então desistia de ser enfermeira. Mas assassinato? Isso era diferente. Mesmo nesse mundo violento, o assassinato ainda detinha o poder macabro e primitivo de abalar. Mas quantas pessoas na mansão Nightingale realmente acreditavam que Pearce e Fallon haviam sido assassinadas? Seria preciso bem mais do que a presença do menino-prodígio da Yard e sua comitiva para dar crédito a uma ideia tão extraordinária. Havia diversas outras explicações plausíveis, todas mais simples e críveis do que assassinato. Dalgliesh podia acreditar no que quisesse; provar era outra história.

A irmã Rolfe baixou a cabeça e começou a tirar as espinhas de seu linguado sem nenhum entusiasmo. Ela não estava muito faminta. O cheiro forte de comida pesava no ar, sufocando seu apetite. O barulho no refeitório golpeava seus ouvidos. Era incessante e inescapável, um *continuum* confuso e dissonante, e os sons individuais dificilmente podiam ser distinguidos.

A seu lado, com a capa cuidadosamente dobrada no encosto da cadeira e a bolsa disforme de tapeçaria que a acompanhava por toda parte largada a seus pés, a irmã Brumfett comia bacalhau cozido com molho de cheiro-verde com uma intensidade beligerante, como se se irritasse com a necessidade de comer e descarregasse sua irritação na comida. Brumfett quase sempre escolhia peixe cozido e Rolfe de repente pensou que não suportaria passar nem mais um almoço vendo Brumfett comer bacalhau.

Deu-se conta de que nada a obrigava a isso. Nada a impedia de ir se sentar em outro lugar, nada a não ser a petrificação da vontade, que tornava o simples ato de carregar sua bandeja para outra mesa, a um metro de distância, inacreditavelmente cataclísmico e irrevogável. À esquerda, a irmã Gearing brincava com a carne refogada e picava o repolho em quadrados perfeitos. Quando começou a comer de verdade, encheu avidamente o garfo de comida, como uma colegial esfomeada. Sempre havia essas preliminares caprichosas e salivantes. A enfermeira Rolfe perguntou-se quantas vezes ela resistira ao impulso de dizer: "Pelo amor de Deus, Gearing, pare de enrolar e coma de uma vez!". Um dia, sem dúvida, ela falaria. E mais uma irmã antipática de meia-idade seria classificada como alguém que estava "ficando difícil. Provavelmente por causa da idade".

Ela pensara em morar fora do hospital. Era permitido e ela possuía os meios de fazê-lo. A compra de um apartamento ou de uma casa pequena seria o melhor investimento para a sua aposentadoria. Mas Julia Pardoe havia descartado a ideia com alguns poucos comentários desanimadores e destrutivos, que caíram como seixos frios em seu poço profundo de desejos e planos. A irmã Rolfe ainda ouvia aquela voz aguda e infantil.

"Morar fora. Por que você gostaria disso? Nós não nos veríamos tanto."

"Mas seria bom, Julia. E com muito mais privacidade, sem todo esse risco e dissimulação. Seria uma casinha confortável e agradável. Você ia gostar de lá."

"Não seria tão fácil quanto subir a escada discretamente para estar com você quando eu quisesse."

Quando ela quisesse? Como assim, quando ela quisesse? A irmã Rolfe resistiu desesperadamente para não fazer a pergunta que jamais se atrevera a fazer.

Ela conhecia a natureza de seu dilema. Não era, afinal de contas, exclusividade dela. Em toda relação, havia uma pessoa que amava e uma outra que se deixava amar — mera manifestação da rude economia do desejo; de cada um segundo a sua capacidade, a cada um segundo as suas necessidades. Mas seria egoísmo ou presunção esperar que quem recebia tivesse noção do valor do que estava recebendo? Que ela não estava desperdiçando seu amor com uma pilantra promíscua e pérfida, que buscava o prazer onde lhe aprouvesse? Ela dissera:

"Provavelmente, você poderia ir duas ou três vezes por semana, talvez até mais. Eu não me mudaria para muito longe."

"Ah, não sei como eu conseguiria fazer isso. Não sei por que você quer se dar ao trabalho de se preocupar com uma casa. Está muito bem aqui."

Hilda Rolfe pensou: "Mas eu não estou nada bem aqui. Este lugar está me amargurando. Não são apenas os pacientes de longa permanência que se institucionalizam. É o que está acontecendo comigo. Não gosto da maioria das pessoas com quem tenho que trabalhar, eu as desprezo. Até mesmo o trabalho está perdendo o interesse. As estudantes estão cada vez mais estúpidas e mal-educadas a cada nova turma. Já nem tenho certeza da importância daquilo que esperam que eu faça".

Ouviu-se um barulho perto do balcão. Uma das serventes deixou cair uma bandeja de louça suja. Olhando instintivamente para lá, a irmã Rolfe viu que o detetive acabava de entrar e levava sua bandeja para o final da fila. Observou a figura alta, ignorada pela fila de enfermeiras tagarelas, avançando lentamente entre um médico residente de jaleco branco e uma parteira estudante, servindo-se de um pãozinho e manteiga, aguardando a atendente estender-lhe o prato com a refeição principal que escolhera. Surpreendeu-se por vê-lo ali. Jamais pensou que ele fosse comer no refeitório do hospital, ou que estaria sozinho ali. Seguiu-o com os olhos até ele chegar ao final da fila, entregar o tíquete do almoço e virar-se em busca de um lugar vago. Parecia muito à vontade e quase alheio ao mundo estranho a seu redor. Ela pensou que ele talvez fosse um homem que jamais se sentisse inferiorizado na companhia de quem quer que fosse, uma vez que estava seguro em seu mundo particular, apropriado daquela essência profunda de autoestima que é a base da felicidade. Imaginou que tipo de mundo seria o dele, depois se voltou para seu prato, remoendo esse interesse insólito que ele lhe despertara. Provavelmente, a maioria das mulheres o achava atraente com aquele rosto fino e ossudo, ao mesmo tempo arrogante e sensível. Esse, provavelmente, era um de seus patrimônios profissionais e, como homem, ele devia se aproveitar ao máximo disso. Sem dúvida, era um dos motivos pelos quais esse caso lhe fora entregue. Se o obtuso Bill Bailey nada podia fazer a respeito, que deixassem o menino-prodígio da Yard assumir. Com a casa cheia de mulheres e três solteironas de meia-idade como principais suspeitas, sem dúvida ele fantasiava suas chances. Bem, boa sorte para ele!

Mas ela não foi a única a notar a chegada dele. Sentiu, mais do que viu, a irmã Gearing contrair-se e, um segundo depois, ouviu-a:

"Ora, ora. O detetive bonitão! É melhor ele vir comer conosco, senão vai acabar no meio de um bando de estudantes barulhentas. Alguém deveria ter explicado ao pobre homem como o sistema funciona."

E agora, pensou a irmã Rolfe, ela vai lhe lançar um daqueles seus olhares sedutores e vulgares de canto de olho e nós vamos ter que aguentá-lo até o fim da refeição. O olhar foi lançado e o convite não foi recusado. Dalgliesh, carregando sua bandeja com ar tranquilo e aparentando naturalidade, abriu caminho pelo salão e aproximou-se da mesa delas. A irmã Gearing disse:

"O que o senhor fez com aquele seu sargento bonitão? Achei que os policiais andassem em dupla, como as freiras."

"Meu sargento bonitão está analisando os relatórios e almoçando sanduíches com cerveja no escritório, enquanto eu desfruto da voz da experiência com vocês. Esta cadeira está ocupada?"

A irmã Gearing moveu sua própria cadeira para mais perto de Brumfett e sorriu para ele:

"Agora está."

II

Dalgliesh sentou-se, sabendo perfeitamente que a irmã Gearing o queria a seu lado, o que não era o caso da irmã Rolfe, e que a irmã Brumfett, que o recebera com um rápido movimento de cabeça, era indiferente à sua presença ali. Rolfe olhou atravessado para ele, sem sorrir, e disse para Gearing:

"Não vá pensar que o senhor Dalgliesh está compartilhando da nossa mesa pelos seus belos olhos. O superintendente planeja se servir de informações junto com sua carne refogada."

A irmã Gearing deu uma risadinha: "Minha cara, é inútil me advertir! Eu não conseguiria guardar nenhum segredo se um homem de fato bonito resolvesse arrancá-lo de mim. Seria praticamente inútil eu cometer um assassinato. Não tenho cabeça para isso. Não que ache, por um minuto que seja, que alguém tenha feito isso — cometer um assassinato, quero dizer. De todo modo, vamos deixar esse assunto horroroso de lado durante o almoço. Já passei pelo meu interrogatório, não é mesmo, superintendente?".

Dalgliesh colocou os talheres ao lado do prato de carne refogada e, inclinando a cadeira para trás, para não precisar levantar, depositou a bandeja usada sobre a pilha no suporte mais próximo. Disse:

"As pessoas aqui parecem estar encarando a morte da enfermeira Fallon de uma forma muito tranquila."

A irmã Rolfe deu de ombros: "O senhor esperava que estivessem usando tarja preta no braço, falando em sussurros e recusando-se a comer? O serviço não pode parar. De qualquer modo, apenas poucos a conheciam pessoalmente, e ainda menos gente conhecia Pearce".

"Ou gostava dela, pelo que parece", disse Dalgliesh.

"É verdade, não acho que as pessoas em geral gostassem. Ela era muito moralista, religiosa demais."

"Se é que se pode chamar aquilo de religião", disse Gearing.

"Não era a minha ideia de religião. Não se deve falar mal dos mortos e tal, mas a garota era uma pedante. Sempre parecia estar mais interessada nos defeitos dos outros do que em seus próprios assuntos. É por isso que as outras garotas não gostavam dela. Elas respeitam uma convicção religiosa verdadeira. Assim como a maioria das pessoas, eu acho. Mas não gostavam de ser espionadas."

"Ela as espionava?", Dalgliesh perguntou.

A irmã Gearing pareceu se arrepender um pouco do que dissera.

"Talvez eu esteja colocando em termos fortes demais. Mas, se alguma coisa saía errado no grupo delas, o senhor pode estar certo de que a enfermeira Pearce sabia tudo a respeito. E ela geralmente dava um jeito de fazer com que alguma autoridade também soubesse. Sempre com as melhores intenções, claro."

A irmã Rolfe disse secamente: "Ela achava que podia interferir na vida das outras pessoas para o bem delas. Isso não contribui para a popularidade de ninguém".

A irmã Gearing empurrou o prato para o lado, puxou uma tigela de manjar com ameixas para si e começou a tirar os caroços das frutas com um cuidado comparável ao de uma cirurgia. Disse:

"Mas ela não era má enfermeira. Dava para confiar na Pearce. E os pacientes pareciam gostar dela."

A irmã Brumfett levantou os olhos do prato e falou pela primeira vez.

"Você não tem condições de opinar se ela era ou não uma boa enfermeira. Nem a Rolfe. Vocês só veem as meninas na escola de formação. Eu as vejo nas enfermarias."

"Eu também as vejo nas enfermarias. Sou a instrutora clínica, não esqueça. Meu trabalho é instruí-las na enfermaria."

Brumfett não voltou atrás.

"Toda a instrução das estudantes na minha enfermaria é dada por mim, como vocês sabem muito bem. Outras irmãs podem dar as boas-vindas à instrutora clínica em suas enfermarias, se quiserem. Mas na enfermaria particular quem dá as aulas sou eu. E prefiro desse modo quando vejo algumas das ideias extraordinárias que vocês parecem enfiar na cabeça delas. E, a propósito, eu soube — foi a Pearce quem me contou, aliás — que você esteve na minha enfermaria quando eu estava de folga, no dia 7 de janeiro, e deu uma aula lá. No futuro, por favor, consulte-me antes de usar meus pacientes como material clínico."

A irmã Gearing enrubesceu. Tentou rir, mas sua expressão pareceu artificial. Olhou para Rolfe como quem busca auxílio, mas Rolfe manteve os olhos firmemente em seu prato. Então, em tom belicoso e quase como uma criança determinada a dar a última palavra, ela disse como por acaso:

"Alguma coisa incomodou Pearce enquanto ela esteve na sua enfermaria."

A irmã Brumfett aguçou os olhos pequenos e olhou fixamente para ela.

"Na minha enfermaria? Nada a incomodou na minha enfermaria!"

A afirmativa enfática servia para deixar claro, sem sombra de dúvida, que nenhuma enfermeira que fizesse jus ao nome se incomodaria com qualquer coisa que acontecesse na enfermaria particular; que coisas incômodas não eram permitidas lá enquanto a irmã Brumfett estivesse no comando.

Gearing deu de ombros.

"Bem, o fato é que alguma coisa a perturbou. Pode ser que não tenha sido nada relacionado com o hospital, mas é difícil acreditar que a pobre da Pearce tivesse uma vida real fora daqui. Foi na quarta-feira da semana anterior à entrada dessa turma na escola. Fui até a capela um pouco depois das cinco da tarde, para arrumar as flores — por isso lembro bem em que dia foi —, e lá estava ela sentada, sozinha. Não estava ajoelhada nem rezando, apenas sentada. Bem, fiz o que tinha que fazer e saí, sem falar com ela. Afinal, a capela está aberta para o descanso e a meditação e se uma das estudantes quer meditar, para mim tudo bem. Mas quando voltei lá, quase três horas depois, porque tinha esquecido minha tesoura na sacristia, ela ainda estava lá sentada, perfeitamente imóvel e no mesmo lugar. Bem, meditação está ótimo, mas quatro horas é um pouco demais. Não acho que a garota sequer tivesse jantado. Ela parecia bem pálida também, então me aproximei e perguntei se estava tudo bem com ela, se havia algo que eu pudesse fazer. Ela nem levantou os olhos para me responder. Disse: 'Não obrigada, irmã. Havia uma coisa me incomodando sobre a qual eu tinha que pensar com muito cuidado. Vim aqui em busca de ajuda, mas não da sua'."

Pela primeira vez durante a refeição, a irmã Rolfe pareceu se divertir.

Disse: "Que pestinha mais cáustica! Querendo dizer, eu acho, que tinha ido consultar um poder mais alto do que o da instrutora clínica".

"Querendo dizer: cuide da sua vida. E foi o que eu fiz."

A irmã Brumfett disse, como se achasse que a presença da colega num lugar religioso necessitasse de alguma explicação:

"A irmã Gearing é ótima com os arranjos de flores. Por isso a enfermeira-chefe pediu que ela cuidasse da capela. Ela arruma as flores todas as quartas-feiras e sábados. E faz arranjos encantadores para o jantar anual das irmãs." Gearing olhou para ela por um segundo e depois riu.

"Ora, a pequena Mavis não é apenas um rostinho bonito. Mas obrigada pelo elogio."

O silêncio caiu. Dalgliesh voltou-se para a sua carne refogada. Não se sentia perturbado pela falta de conversa e não tinha nenhuma intenção de ajudá-las a romper o silêncio com um novo tema. Mas a irmã Gearing parecia achar condenável o silêncio na presença de um estranho. Ela falou animadamente: "Vi nas minutas que o Comitê Gestor do Hospital concordou em introduzir as propostas do Comitê Salmon. Antes tarde do que nunca. Suponho que isso signifique que a enfermeira-chefe será a diretora dos serviços de enfermagem de todos os hospitais do grupo. Diretora de enfermagem! Será um grande passo para ela, mas me pergunto como o C. B. vai reagir. Se depender dele, a enfermeira-chefe vai ter a autoridade reduzida, isso sim. Ela já é uma pedra bem grande no sapato dele".

A enfermeira Brumfett disse: "Já era hora de alguma coisa ser feita para acordar o hospital psiquiátrico e as unidades geriátricas. Mas não sei por que eles querem mudar o título. Se enfermeira-chefe servia para Florence Nightingale, também serve para Mary Taylor. Não acho que ela deseje especialmente ser chamada de diretora de enfermagem. Parece cargo de empresa. Ridículo".

A irmã Rolfe sacudiu seus ombros finos.

"Não esperem que eu me entusiasme muito com o Relatório Salmon. Estou começando a me perguntar o que está acontecendo com a enfermagem. Cada novo relatório e cada nova recomendação parecem nos afastar ainda mais da cabeceira das camas. Temos nutricionistas para cuidar da alimentação, fisioterapeutas para exercitar os pacientes, assistentes sociais para ouvir seus problemas, arrumadeiras para fazer suas camas, laboratoristas para tirar o sangue, recepcionistas para arrumar as flores e atender os parentes, instrumentadores para entregar os instrumentos para os cirurgiões. Se não tomarmos cuidado, a enfermagem vai se tornar uma prática residual, o trabalho que sobrar depois que todos os técnicos tiverem tido a sua vez. E agora esse Relatório Salmon, com toda essa conversa de primeiro, segundo e terceiro nível de gestão. Gestão de quê? É muito jargão técnico. Perguntem a si mesmas qual é a função da enfermeira hoje em dia. O que exatamente estamos tentando ensinar a essas garotas?"

A enfermeira Brumfett respondeu: "A obedecer cegamente e mostrar lealdade para com seus superiores. Obediência e lealdade. Ensine isso para as estudantes e você terá uma boa enfermeira".

172

Ela cortou a batata pela metade com tamanha violência que a faca raspou o prato. A irmã Gearing riu.

"Você está vinte anos atrasada, Brumfett. Isso foi bom para a sua geração, mas essas meninas questionam se as ordens são aceitáveis antes de obedecer e se perguntam sobre o que suas superioras fizeram para merecer respeito. Uma boa coisa também, em geral. Como você espera atrair meninas inteligentes para a enfermagem se as tratar como retardadas? Devemos encorajá-las a questionar os procedimentos estabelecidos, e até mesmo a contestar de vez em quando."

A expressão da irmã Brumfett foi de que, se dependesse dela, a inteligência seria até dispensável, caso suas manifestações fossem tão desagradáveis.

"Inteligência não é tudo. Esse é o problema hoje em dia. As pessoas acham que é."

A irmã Rolfe disse: "Entregue-me uma garota inteligente e eu a transformo numa boa enfermeira, quer ela ache que tenha vocação ou não. Não dá para ficar com as estúpidas. Elas podem agradar o seu ego, mas jamais se tornarão boas profissionais". Olhou para a irmã Brumfett enquanto falava e o tom baixo de desdém era inconfundível. Dalgliesh fitou o seu prato e fingiu estar mais interessado do que o normal na separação cuidadosa da gordura e dos nervos da carne. Brumfett reagiu da maneira previsível:

"Boas profissionais! Estamos falando de enfermeiras. Uma boa enfermeira pensa em si como enfermeira, em primeiro e último lugar. Claro que é uma profissional! Achei que todas nós estávamos de acordo sobre isso. Mas tem muita gente pensando e falando sobre *status* hoje em dia. O importante é dar conta do trabalho."

"Mas que trabalho exatamente? Não é isso mesmo que estamos nos perguntando?"

"Você, talvez. Para mim está muito claro o que estou fazendo. No momento, é cuidar de uma enfermaria bastante doente."

Empurrou o prato para o lado, jogou a capa sobre os

173

ombros com rápida eficiência, acenou-lhes com a cabeça com um gesto de despedida que era ao mesmo tempo uma advertência e um até-logo, e saiu empertigada do refeitório com seu andar oscilante de camponesa, a bolsa de tapeçaria balançando ao lado. A irmã Gearing riu e observou-a enquanto se afastava.

"Pobre e velha Brum! Segundo ela, está sempre com uma enfermaria bastante doente."

Hilda Rolfe disse em tom seco: "Ela *sempre* está".

III

Terminaram a refeição quase em silêncio. Em seguida, Mavis Gearing deixou a mesa, não sem antes murmurar alguma coisa sobre uma aula prática na enfermaria de otorrinolaringologia. Dalgliesh viu-se caminhando de volta para a mansão Nightingale ao lado da srta. Rolfe. Saíram juntos do refeitório e ele pegou seu casaco no guarda-volumes. Em seguida, atravessaram um longo corredor e o setor de pacientes externos. O lugar claramente fora aberto havia pouco tempo, e a mobília e a decoração novas ainda brilhavam. A grande sala de espera, com mesas de fórmica e poltronas reclináveis, floreiras e pinturas impessoais, era bastante alegre, mas Dalgliesh não tinha vontade nenhuma de se demorar lá. Sentia a aversão e o desconforto que todo homem saudável sente pelos hospitais, nascidos em parte do medo, em parte da repugnância, e achou aquela atmosfera de alegria estabelecida e normalidade espúria pouco convincente e intimidadora. O cheiro de desinfetante, que para Muriel Beale era o elixir da vida, infectava-o com sombrias sugestões sobre a mortalidade. Não achava que tivesse medo da morte. Estivera muito perto dela uma ou duas vezes em sua profissão e não se assombrara além do natural. Mas sentia um grande temor da velhice, da doença terminal e da invalidez. Temia a perda da independência, as humilhações da senilidade, a perda da privacidade, a abominação da dor, a paciente compaixão no rosto dos amigos que sabiam que a indulgência deles não seria esperada por muito mais tempo. Essas coisas teriam de ser enfrentadas no devido tempo, a não ser que a morte o levasse de maneira rápida e fácil. Bem, ele as enfrentaria. Não era tão arrogante a ponto de se achar imune à sina de qualquer homem. Mas, enquanto isso, preferia não ser lembrado dela.

O ambulatório ficava próximo à entrada da emergência e, ao passarem por ali, uma maca estava sendo levada para dentro. O paciente era um velho macilento; seus lábios úmidos vomitavam debilmente sobre a borda de uma tigela, os olhos imensos girando nas órbitas cadavéricas sem nada compreender. Dalgliesh percebeu que Rolfe o observava. Voltou-se para ela a tempo de capturar seu olhar especulativo e, pensou, de desprezo.

"O senhor não gosta deste lugar, não é?", perguntou.

"Não me sinto muito feliz aqui, com certeza."

"Nem eu no momento, mas imagino que por motivos muito diferentes dos seus."

Caminharam por um minuto em silêncio. Dalgliesh então perguntou se Leonard Morris costumava almoçar no refeitório quando estava no hospital.

"Nem sempre. Acho que ele traz sanduíches de casa e come no gabinete da farmácia. Prefere sua própria companhia."

"Ou a da irmã Gearing?"

Ela riu sarcasticamente.

"Ora, o senhor chegou lá, não é mesmo? Mas é claro! Ouvi dizer que ela recebeu a visita dele na noite passada... A comida, ou a atividade subsequente, parece ter sido mais do que o homenzinho aguenta. Mas que perfeitos abutrezinhos vocês da polícia são! Deve ser um trabalho estranho esse, farejar o mal como um cão em volta da árvore."

"Será que 'mal' não é uma palavra forte demais para as preocupações sexuais de Leonard Morris?"

"É claro que sim. Eu estava apenas bancando a espertinha. Mas eu não deveria deixar que o caso Morris e Gearing o preocupasse. Essa história já tem tanto tempo que chega quase a ser respeitável. Nem serve mais como fofoca. Ela é o tipo de mulher que precisa de alguém a reboque e ele gosta de ter alguém a quem confidenciar os horrores de sua família e a estupidez da equipe médica do hospital. Ao que parece, seus colegas não levam muito em conta a imagem que ele faz de si, a de um profissional da mesma estatura que os demais. Aliás, ele tem quatro filhos. Imagino que se a mulher dele resolvesse se divorciar e ele e Gearing estivessem livres para se casar, nada os deixaria mais perturbados. Gearing gostaria de ter um marido, sem dúvida, mas não acho que o pequeno Morris conste na sua lista de candidatos. Seria mais provável..."

Ela interrompeu-se. Dalgliesh perguntou:

"A senhora acha que ela tem outro pretendente mais qualificado em mente?"

"Por que não experimenta perguntar a ela? Ela não me faz confidências."

"Mas a senhora não é responsável pelo trabalho dela? A instrutora clínica não está subordinada à diretora de ensino?"

"Sou responsável por seu trabalho, não por sua moral."

Tinham chegado à saída da emergência, e quando Hilda Rolfe empurrou a porta o dr. Courtney-Briggs entrou rapidamente. Atrás dele, vinha meia dúzia de jovens médicos barulhentos, de jaleco branco e estetoscópio ao redor do pescoço. As duplas postadas junto a ele assentiam com a cabeça em respeitosa atenção enquanto o grande homem falava. Dalgliesh achou-o vaidoso e que ele tinha uma aura de vulgaridade e uma leve camada de *savoir-faire* que ele associava a um determinado tipo de homem bem-sucedido. Como se lesse seus pensamentos, a irmã Rolfe disse:

"Nem todos são assim, sabe? Veja só o senhor Molravey, nosso médico oftalmologista. Ele me lembra um camundongo do campo. Todas as terças-feiras de manhã, chega apressado e fica cinco horas na sala de cirurgia, sem falar uma palavra além do necessário, com o bigodinho tremendo e as mãozinhas cavoucando incansavelmente uma sucessão de olhos de pacientes. Depois, agradece a um por um formalmente, até a mais inexperiente enfermeira da sala, retira as luvas e corre de volta para sua coleção de borboletas."

"Um homenzinho modesto, na verdade."

Ela se virou para ele e de novo ele detectou nos olhos dela aquela chispa desagradável de desdém.

"Ah, não! Nem um pouco modesto! Trata-se apenas de outro tipo de desempenho, isso sim. O senhor Molravey está tão convencido de que ele é um médico extraordinário quanto o doutor Courtney-Briggs. Ambos são profissionais vaidosos. Vaidade, senhor Dalgliesh, é um pecado recorrente nos cirurgiões, assim como a subserviência nas enfermeiras. Jamais conheci um médico de sucesso que não estivesse convencido de que só estava abaixo do próprio Todo-Poderoso. Todos estão contaminados pelo excesso de orgulho." Ela fez uma pausa:

"Isso não seria verdadeiro também para os assassinos?"

"Para um tipo de assassino, sim. Não esqueça que o assassinato é um crime extremamente individual."

"É mesmo? Eu pensei que os motivos e os meios fossem monotonamente familiares para o senhor. Mas, é claro, o senhor é o especialista."

Dalgliesh disse: "A senhora parece ter pouco respeito pelos homens, não é mesmo?".

"Tenho um grande respeito. Apenas não os aprecio. Mas é preciso respeitar um sexo que levou o egoísmo a um nível artístico. É isso que dá força a vocês, essa habilidade de se dedicarem inteiramente aos seus próprios interesses."

Dalgliesh respondeu, um pouco malicioso, que estava surpreso com o fato de a srta. Rolfe, que tão obviamente se ressentia da subserviência de seu trabalho, não ter escolhido uma ocupação mais masculina. Medicina, talvez? Ela riu, amarga.

177

"Eu quis fazer medicina, mas meu pai não acreditava em investir na educação das mulheres. Tenho quarenta e seis anos, não esqueça. Em meus tempos de escola, não havia escola pública para todo mundo. Meu pai ganhava bem demais para que eu frequentasse uma escola pública, então foi obrigado a pagar. Mas parou de pagar assim que pôde fazer isso sem dar vexame: quando eu tinha dezesseis anos."

Dalgliesh não achou nada adequado para dizer. A confidência o surpreendeu. Dificilmente se tratava de uma mulher como ele pensara no início, capaz de revelar suas decepções pessoais a um estranho, e não se iludiu achando que ela simpatizava com ele. Ela não era do tipo de simpatizar com um homem. O desabafo fora decerto uma manifestação espontânea de amargura contida, mas se dirigira contra o pai, contra os homens em geral ou contra as limitações e a subserviência de seu trabalho. Difícil dizer.

Tinham saído do hospital agora e seguiam pelo caminho estreito que levava até a mansão Nightingale. Nenhum dos dois disse uma palavra até chegarem à casa. Hilda Rolfe fechou-se em sua capa longa e cobriu a cabeça com o capuz, como se ele pudesse protegê-la de algo além do vento cortante. Dalgliesh estava imerso em seus próprios pensamentos. E assim, tendo a larga vereda entre eles, os dois avançaram juntos e em silêncio sob as árvores.

IV

No escritório, o sargento-detetive Masterson datilografava um relatório. Dalgliesh disse:

"Um pouco antes de vir para a escola, a enfermeira Pearce estava trabalhando na enfermaria particular, supervisionada por Brumfett. Quero saber se alguma coisa de importante aconteceu lá. E também preciso de um relato detalhado das tarefas dela na última semana, assim como de um relato do que ela fez em cada hora do seu último dia de vida. Descubra quem mais da equipe de enfermagem estava lá, quais foram as tarefas da senhorita Pearce, quando ela foi liberada, que impressões as outras da equipe tiveram dela. Preciso dos nomes dos pacientes que estavam na enfermaria durante o expediente dela lá e o que aconteceu com eles. O melhor procedimento para você é conversar com as demais enfermeiras e trabalhar com base nos relatórios da enfermagem. Elas são obrigadas a manter um livro que é preenchido diariamente."

"Devo solicitá-lo à enfermeira-chefe?"

"Não. Peça-o à irmã Brumfett. Vamos lidar diretamente com ela, e, pelo amor de Deus, tenha tato. Esses relatório já estão prontos?"

"Sim, senhor. Estão datilografados. O senhor quer lê-los agora?"

"Não. Diga apenas se há algo que eu deva saber. Vou dar uma olhada neles esta noite. Seria esperar demais que algum dos suspeitos tenha passagem pela polícia?"

"Se tiverem, senhor, não estão incluídas em seus dossiês pessoais. É surpreendente como a maioria deles contém poucas informações. Mas Julia Pardoe foi expulsa da escola. Parece ser a única delinquente entre elas."

"Meu Deus! Por quê?"

"Seu dossiê não diz. Aparentemente, foi alguma coisa relacionada com um professor visitante de matemática. A diretora da escola achou que seria correto mencionar isso quando enviou as referências para a enfermeira-chefe antes de a menina começar aqui. Não é nada muito específico. Ela escreve que Julia foi mais vítima do pecado do que pecadora e que esperava que o hospital lhe desse a chance de se preparar para a única carreira pela qual demonstrou algum interesse ou aptidão."

"Um belo comentário ambíguo. Então foi por isso que os hospitais-escola de Londres não a aceitaram. Achei que a irmã Rolfe estava sendo um pouco dissimulada em relação aos motivos. Alguma coisa sobre as demais? Alguma ligação anterior entre elas?"

"A enfermeira-chefe e a irmã Brumfett foram treinadas juntas, no norte, na Enfermaria Real de Nethercastle, fizeram sua preparação como parteiras no Hospital Maternidade Municipal e vieram para cá há quinze anos, as duas como irmãs das enfermarias. O doutor Courtney-Briggs esteve no Cairo entre 1946 e 1947, assim como a irmã Gearing. Ele foi major do Royal Army Medical Corps e ela era irmã do Queen Alexandra's Royal Nursing Service. Não há indicações de que tenham se conhecido lá."

"Se isso aconteceu, dificilmente estaria nos registros pessoais deles. Mas é bem provável que tenham se encontrado. O Cairo de 1946 era um lugar com uma intensa vida social, pelo que meus amigos do Exército contam. Pergunto-me se Mary Taylor também não serviu no Q. A. R. N. S. Ela usa uma touca do serviço de enfermagem militar."

"Se serviu, senhor, não está no dossiê dela. O documento mais antigo são suas referências da escola de formação, quando veio para cá como irmã. Tinham uma opinião muito elevada sobre ela em Nethercastle."

"Eles têm uma ótima opinião sobre ela aqui também. Você verificou o Courtney-Briggs?"

"Sim, senhor. O porteiro anota os horários de todos os carros que entram e saem depois da meia-noite. O doutor Courtney-Briggs saiu à meia-noite e trinta e dois."

"Mais tarde do que ele nos levou a crer. Quero verificar os horários dele. A hora exata em que terminou a cirurgia estará no livro da sala de cirurgias. O médico assistente que o auxiliou provavelmente sabe a hora em que ele saiu — o doutor Courtney-Briggs é o tipo de homem que costuma ser acompanhado até o carro. Depois, faça o percurso de carro e marque o tempo. A esta altura, já retiraram a árvore, mas ainda deve ser possível ver onde ela caiu. Ele não pode ter precisado mais do que uns poucos minutos, no máximo, para amarrar a echarpe ali. Descubra o que aconteceu com ela. Ele não mentiria sobre algo tão fácil de verificar, mas é arrogante o suficiente para achar que pode se livrar de qualquer coisa, inclusive de um assassinato."

"O policial Greeson pode verificar isso, senhor. Ele gosta dessas reconstituições."

"Diga-lhe para conter seu anseio pela verossimilhança. Ele não precisa vestir um avental cirúrgico e entrar na sala de operações. Não que fossem deixá-lo fazer isso. Alguma notícia de sir Miles ou do laboratório?"

"Não, senhor, mas temos o nome e o endereço do sujeito com quem a enfermeira Fallon passou aquela semana na ilha de Wight. Ele é telefonista noturno do General Post Office e mora em North Kensington. A polícia local o encontrou quase imediatamente. Fallon facilitou as coisas: reservou dois quartos de solteiro em seu nome."

"Era uma mulher que valorizava a privacidade. Ainda assim, dificilmente engravidou ficando no quarto. Vou encontrar o sujeito amanhã de manhã, depois de ver o advogado da senhorita Fallon. Sabe se Leonard Morris já está no hospital?"

"Ainda não, senhor. Verifiquei na farmácia e ele telefonou hoje de manhã dizendo que não estava bem. Parece que tem uma úlcera no duodeno. Acham que ele está sofrendo uma nova crise."

"A crise vai piorar bastante se ele não voltar logo para ser interrogado. Não quero constrangê-lo com uma visita em sua casa, mas não podemos esperar indefinidamente para verificar a história da irmã Gearing. Esses dois assassinatos, se é que foram assassinatos, dependem inteiramente da questão tempo. Precisamos saber quais foram os movimentos de cada um, se possível, minuto a minuto. O tempo é decisivo."

Masterson disse: "Foi isso que me deixou surpreso na história do leite envenenado. O ácido carbólico não poderia ter sido adicionado sem um grande cuidado, especialmente para recolocar a tampa da garrafa, assegurar-se de que a concentração estava correta e que o negócio continuasse apresentando a textura e a cor do leite. Não daria para ser feito às pressas".

"Não tenho dúvida de que a pessoa foi muito cuidadosa e demorou um bom tempo. Mas acho que sei como foi feito."

Ele expôs sua teoria. O sargento Masterson, aborrecido consigo mesmo por não ter se dado conta do óbvio, disse:

"É claro. Deve ter acontecido assim mesmo."

"Deve não, sargento. Com certeza foi assim mesmo."

O sargento Masterson, porém, tinha uma objeção e manifestou-a.

Dalgliesh rebateu: "Mas isso não se aplicaria a uma mulher. Uma mulher poderia fazer isso com facilidade, e uma mulher em particular. Admito que seria mais difícil para um homem".

"Então, a pressuposição é de que o leite foi adulterado por uma mulher?"

"A probabilidade é que as duas garotas foram mortas por uma mulher. Mas é apenas uma probabilidade. Sabe se a enfermeira Dakers já está bem o suficiente para ser interrogada? O doutor Snelling ia vê-la hoje de manhã."

"A enfermeira-chefe ligou um pouco antes do almoço para dizer que a garota ainda estava dormindo, mas que quando acordasse provavelmente estaria em condições. Ela está sedada, então só Deus sabe quando isso vai ser. Devo dar uma olhada nela enquanto eu estiver na ala particular?"

"Não. Irei vê-la mais tarde. Mas você pode verificar essa história de que a senhorita Fallon voltou para a mansão Nightingale na manhã de 12 de janeiro. Alguém deve tê-la visto saindo. E onde estavam suas roupas durante a internação? Será que alguém não poderia tê-las vestido para se passar por ela? Parece improvável, mas precisa ser verificado."

"O inspetor Bailey já verificou, senhor. Ninguém viu Fallon sair, mas admitem que ela poderia ter saído da enfermaria sem ser vista. Estavam ocupados e o quarto dela era particular. Se fosse encontrado vazio, provavelmente achariam que ela havia ido ao banheiro. Suas roupas estavam penduradas no armário do quarto. Qualquer um autorizado a entrar na enfermaria poderia pegá-las, desde, claro, que

182

Fallon estivesse dormindo ou fora do quarto. Mas ninguém acha provável que alguém tenha feito isso."

"Eu também não. Acho que sei por que Fallon voltou à mansão Nightingale. A enfermeira Goodale nos disse que Fallon recebera a confirmação da gravidez apenas dois dias antes de adoecer. É possível que ela não a tivesse destruído. Nesse caso, seria a única coisa em seu quarto que ela não deixaria lá para ser encontrada por alguém. Certamente, não está entre seus papéis. Meu palpite é que ela voltou para pegá-la, rasgou-a e a jogou na privada."

"Ela não poderia ter telefonado para a enfermeira Goodale e pedido que ela destruísse o documento?"

"Não sem despertar algumas suspeitas instigantes. Ela não poderia ter certeza de que a própria Goodale atenderia o telefone, e não ia querer deixar recado. A insistência em falar com uma enfermeira em particular e a relutância em aceitar a ajuda de outra pessoa seriam consideradas muito estranhas. Mas isso não passa de uma teoria. Já terminaram de revistar a mansão Nightingale?"

"Sim, senhor. Não encontraram nada. Nenhum traço de veneno e nenhum recipiente. Na maioria dos quartos há frascos de aspirina e as irmãs Gearing e Brumfett, assim como a senhorita Mary Taylor, têm um pequeno suprimento de pílulas para dormir. Mas Fallon não morreu envenenada com soníferos, certo?"

"Não. Foi algo mais rápido do que isso. Apenas temos que nos armar de paciência até recebermos as conclusões do laboratório."

V

Precisamente às duas horas e trinta e quatro minutos da tarde, no maior e mais luxuoso dos quartos da ala particular, a irmã Brumfett perdeu um paciente. Ela sempre pensava na morte nesses termos. Um paciente perdido; a batalha chegara ao fim para ela, a irmã Brumfett sofrera uma derrota pessoal. O fato de tantas de suas batalhas estarem fadadas ao fracasso, de que o inimigo, mesmo repelido num primeiro embate, sempre tinha a certeza da vitória final, não era suficiente para mitigar a sensação de fracasso. Os pacientes não chegavam à enfermaria da irmã Brumfett para morrer; iam para melhorar, e com a incansável vontade dela de fortalecê-los eles de fato melhoravam, muitas vezes para sua própria surpresa, algumas vezes contrariando seus próprios desejos.

Ela havia mesmo achado que dificilmente iria vencer aquela batalha em especial, mas foi só quando o dr. Courtney-Briggs levou a mão à válvula do soro para fechá-la que ela aceitou a derrota. O paciente havia lutado bastante; um paciente difícil e exigente, mas um bom lutador. Fora um homem de negócios rico, cujos planos meticulosos para o futuro certamente não incluíam morrer aos quarenta e dois anos. Ela se lembrou de seu olhar furioso de surpresa, quase ultrajado, quando ele se deu conta de que a morte era algo que nem ele nem seu contador poderiam reverter. A irmã Brumfett passara tempo suficiente com a jovem viúva nas visitas diárias para concluir que o luto ou os aborrecimentos não seriam dos mais pesados para ela. O paciente era o único que poderia se enfurecer com o fracasso dos heroicos e dispendiosos esforços do dr. Courtney-Briggs para salvá-lo, e, felizmente para o médico, o paciente era o único sem a menor condição de exigir explicações ou desculpas.

O dr. Courtney-Briggs conversaria com a viúva, apresentaria suas condolências usuais feitas de frases cuidadosas, sua garantia de que tudo de mais humanamente possível fora tentado. Nesse caso, o tamanho da conta seria a garantia disso e um poderoso antídoto, sem dúvida, para a inevitável culpa pela perda. Courtney-Briggs realmente tinha muito jeito com as viúvas; e, justiça seja feita, pobres e ricas recebiam a consoladora mão dele nos ombros e suas frases estereotipadas de conforto e pesar.

Ela puxou a dobra do lençol por cima do rosto subitamente inexpressivo. Ao fechar os olhos mortos com dedos práticos, sentiu os globos oculares ainda mornos sob as pálpebras enrugadas. Seu sentimento não era nem de dor nem de raiva. Apenas, como sempre, esse peso do fracasso que a puxava para baixo como algo físico sobre os músculos do abdômen e das costas.

Eles se afastaram juntos da cama. Ao olhar para o rosto do médico, a irmã Brumfett surpreendeu-se com sua expressão de cansaço. Pela primeira vez, ele também parecia se sentir ameaçado pelo fracasso e pela idade. Naturalmente era incomum um paciente morrer quando ele estava lá. E era ainda mais incomum que morresse na mesa de operações, mesmo que a correria entre a sala de cirurgia e a enfermaria fosse, algumas vezes, pouco dignificante. Mas, ao contrário da irmã Brumfett, o dr. Courtney-Briggs não precisava acompanhar seus pacientes até o último suspiro. Mesmo assim, ela não acreditava que aquela morte em particular o deixara deprimido. Afinal de contas, já era esperada. Ele não tinha motivo para se condenar, mesmo se fosse alguém inclinado à autocrítica. Ela achou que alguma outra preocupação mais sutil o incomodava e perguntou-se se seria algo relacionado com a morte de Fallon. Ele perdeu um pouco da pose, pensou Brumfett. Subitamente, parecia dez anos mais velho.

Ele a precedeu ao entrar no escritório dela. Ao se aproximarem da cozinha da enfermaria, ouviram vozes. A porta estava aberta. Uma enfermeira estudante arrumava um carrinho com as bandejas do chá da tarde. Apoiado na pia, o sargento Masterson a observava com o ar de um homem que estivesse à vontade em casa. Quando a irmã e o dr. Courtney-Briggs apareceram na porta, a moça ruborizou, murmurou um "boa tarde, senhor" e empurrou o carrinho com uma pressa atabalhoada, passando por eles em direção ao corredor. O sargento Masterson continuou olhando para ela com uma condescendência tolerante, depois ergueu os olhos para fitar a irmã. Parecia não ter notado o dr. Courtney-Briggs.

"Boa tarde, eu poderia ter uma palavrinha com a senhora?"

Impedida de tomar a iniciativa, a irmã Brumfett disse relutante:

"No meu escritório, se tiver a bondade, sargento. É onde o senhor deveria ter me esperado, antes de mais nada. As pessoas não ficam entrando e saindo da minha enfermaria a seu bel-prazer, e isso inclui a polícia."

Inabalado, o sargento Masterson parecia até ligeiramente gratificado por aquele discurso, como se algo se confirmasse, para a sua satisfação. A irmã Brumfett apressou-se em direção ao escritório, os lábios comprimidos, pronta para a batalha. Para sua grande surpresa, o dr. Courtney-Briggs a seguiu.

O sargento Masterson disse: "Gostaria de saber, irmã, se seria possível eu ver o livro de registros da enfermaria que cobrem o período em que a enfermeira Pearce trabalhou aqui. Em especial, estou interessado na última semana dela".

O dr. Courtney-Briggs interrompeu com brusquidão:

"Não são registros confidenciais, irmã? Com certeza a polícia terá que apresentar uma intimação para que a senhora possa entregar isso a eles, não é?"

"Ah, acho que não, senhor." A voz do sargento Masterson soou baixa, quase respeitosa demais, e ainda com um toque divertido que não passou despercebido a seu interlocutor. "Os registros da enfermagem certamente não são médicos no sentido estrito. Eu só gostaria de verificar quem estava sendo atendido aqui naquela época e se aconteceu alguma coisa que possa interessar ao superintendente. Foi sugerido que algo incomodou a enfermeira Pearce enquanto ela estava trabalhando na sua enfermaria, senhorita Brumfett. Ela saiu daqui direto para a escola, lembre-se."

A irmã Brumfett, com manchas vermelhas no rosto, tão trêmula de raiva que nem conseguiu sentir medo, afinal conseguiu falar:

"Não aconteceu nada! Isso não passa de uma fofoca maldosa. Se uma enfermeira cumpre seu trabalho adequadamente e segue as ordens, não tem por que se incomodar com nada. O superintendente está aqui para investigar um assassinato, não para se meter na minha enfermaria."

O dr. Courtney-Briggs interrompeu, gentil:

"E mesmo que alguma coisa a tivesse incomodado — creio ter sido a palavra que o senhor usou —, não vejo que importância isso pode ter para a morte dela."

O sargento Masterson sorriu para ele, como se condescendendo com uma criança voluntariosa e obstinada.

"Qualquer coisa que tenha acontecido com a enfermeira Pearce na semana imediatamente anterior ao seu assassinato tem importância, senhor. É por isso que estou pedindo para verificar o livro de registros."

Como nem a irmã Brumfett nem o médico fizeram qualquer gesto de anuência, ele acrescentou:

"É apenas para confirmar informações que já temos. Sei o que ela estava fazendo na enfermaria durante aquela semana. Fui informado de que estava dedicando todo o seu tempo a um determinado paciente. Um certo senhor Martin Dettinger. 'Especializando-se' nele, acho que é como vocês dizem. Minhas informações são de que ela praticamente não saiu do quarto dele no período em que esteve trabalhando aqui, na sua última semana de vida."

Então, pensou a irmã Brumfett, ele andou fofocando com as estudantes de enfermagem. Mas claro! Era assim que a polícia trabalhava. Inútil tentar manter qualquer coisa no nível do privado com eles. Tudo, até mesmo os segredos médicos de sua enfermaria, o cuidado das enfermeiras com seus pacientes, seria farejado por esse jovem impertinente e relatado a seu oficial superior. Não havia nada no livro da enfermaria que ele não pudesse descobrir por meios mais escusos; descobrir, ampliar, distorcer e usar para causar o mal. Possuída pela raiva, sem conseguir articular uma palavra, à beira do pânico, ela ouviu a voz suave e tranquilizadora do dr. Courtney-Briggs:

"Então é melhor entregar o livro a eles, irmã. Se a polícia insiste em perder seu tempo, não há por que encorajá-los a nos fazer perder o nosso."

Sem dizer nem mais uma palavra, a irmã foi até sua mesa, inclinou-se para abrir a funda gaveta da direita e pegou um livro grande de capa dura. Em silêncio e sem olhar para ele, entregou-o ao sargento Masterson. O sargento agradeceu com efusão e voltou-se para o dr. Courtney-Briggs:

"E agora, senhor, se o paciente ainda estiver com vocês, eu gostaria de trocar algumas palavras com o senhor Dettinger."

O dr. Courtney-Briggs não fez nenhum esforço para disfarçar a satisfação em sua voz.

"Acredito que isso desafie até mesmo a sua engenhosidade, sargento. O senhor Martin Dettinger morreu no dia em que a enfermeira Pearce deixou esta enfermaria. Se bem me lembro, ela o acompanhava no momento em que ele morreu. Assim, ambos estão em segurança, longe do alcance da sua investigação. E agora, se o senhor nos dá licença, por favor, a irmã e eu precisamos trabalhar."

Ele manteve a porta aberta e a irmã Brumfett saiu empertigada na frente dele. O sargento Masterson foi deixado sozinho, com o livro de registros da enfermaria na mão.

"Imbecil", disse em voz alta.

Permaneceu ali por um momento, pensando. Depois, saiu para ir até o departamento de registros médicos.

VI

Dez minutos depois, estava de volta ao escritório. Debaixo do braço, trazia o livro de registros da enfermaria e uma pasta amarela com uma advertência em letras maiúsculas pretas de que não era para ser entregue ao paciente, além do nome do hospital e do número do registro médico de Martin Dettinger. Colocou o livro sobre a mesa e entregou a pasta a Dalgliesh.

"Obrigado. Conseguiu pegar sem problemas?"

"Sim, senhor", Masterson respondeu. Não via razão para explicar que o responsável pelos registros médicos não estava no setor e que em parte ele persuadira, em parte intimidara, o assistente júnior a lhe entregar a pasta, com uma argumentação na qual ele mesmo não acreditou nem por um minuto: de que a confidencialidade dos registros médicos deixava de se aplicar após a morte do paciente e que, quando um superintendente da Yard pedia alguma coisa, tinha o direito de recebê-la sem objeções e sem demora. Analisaram a pasta juntos. Dalgliesh disse:

"Martin Dettinger. Quarenta e seis anos. Forneceu o endereço de seu clube, em Londres, e não seu endereço pessoal. Anglicano. Divorciado. Parente mais próximo, senhora Louise Dettinger, 23 Saville Mansions, Marylebone. Mãe. Você deve ir procurar essa senhora, Masterson. Marque para amanhã no fim do dia. Posso precisar que você fique aqui durante o dia, enquanto eu estiver na cidade. E invista bastante nela. É provável que ela tenha visitado o filho com frequência enquanto ele esteve no hospital. A enfermeira Pearce dedicou-se a ele. As duas devem ter se encontrado diversas vezes. Alguma coisa incomodou Pearce enquanto ela trabalhava na enfermaria particular em sua última semana de vida, e quero saber o que foi."

Ele se voltou para o registro médico.

"Tem muito papel aqui. O pobre coitado parece que tinha uma história médica tumultuada. Sofreu de colite nos últimos dez anos e, antes disso, há um longo registro de problemas de saúde não diagnosticados, talvez precursores do que acabou por matá-lo. Foi internado três vezes durante o serviço militar, incluindo um período de dois meses num hospital do Exército no Cairo, em 1947. Foi considerado inválido para o Exército em 1952 e emigrou para a África do Sul. O que parece não ter lhe feito muito bem. Há algumas notas aqui de um hospital em Joanesburgo. Courtney-Briggs escreveu para lá; ele de fato é do tipo que se preocupa. Suas próprias anotações são abundantes.

Assumiu o caso há uns dois anos e parece ter adotado o papel de clínico geral de Dettinger, além de médico. A colite tornou-se aguda há cerca de um mês, e Courtney-Briggs operou-o para remover grande parte do intestino na sexta-feira 2 de janeiro. Dettinger sobreviveu à cirurgia, ainda que em péssimo estado, depois melhorou um pouco até o início da tarde da segunda-feira 5 de janeiro, quando sofreu uma recaída. Depois disso, mal ficou consciente por muito tempo e morreu às cinco e meia da tarde da sexta-feira 9 de janeiro."

Masterson disse: "A enfermeira Pearce estava ao seu lado quando ele morreu".

"E pelo jeito ela cuidou do senhor Dettinger quase sozinha na última semana de vida dele. Só fico imaginando o que os registros da enfermagem têm a nos dizer."

Mas os registros da enfermagem eram bem menos informativos do que o arquivo médico. A enfermeira havia anotado com sua letra cuidadosa de estudante todos os detalhes sobre a temperatura, respiração e pulso do paciente, seus momentos de agitação e breves horas de sono, os remédios e a alimentação. Era um registro detalhado, feito por uma enfermeira cuidadosa. Fora isso, porém, não lhes dizia nada.

Dalgliesh fechou o livro.

"É melhor você levar isto de volta à enfermaria e devolver a pasta médica ao departamento adequado. Já descobrimos tudo o que era possível com eles. Mas tenho a sensação de que a morte de Martin Dettinger tem alguma coisa a ver com esse caso."

Masterson não respondeu. Como todos os detetives que já tinham trabalhado com Dalgliesh, ele nutria um saudável respeito pelas intuições do velho. Podiam parecer inconvenientes, perversas e ilógicas, mas também já haviam se mostrado acertadas vezes demais para serem ignoradas. E ele não fazia nenhuma objeção a uma viagem a Londres no fim do dia. Amanhã era sexta-feira. O horário no quadro de avisos informava que as sessões das estudantes terminavam cedo na sexta. Ficariam livres logo depois das cinco. Ele se perguntou se Julia Pardoe gostaria de dar um passeio até a cidade. Afinal de contas, por que não? Dalgliesh ainda não teria voltado na hora em que ele deveria sair. Poderia ser combinado com cuidado. E sem dúvida seria um prazer interrogar algumas suspeitas por conta própria.

VII

Um pouco antes das quatro e meia, Dalgliesh, desafiando as convenções e a prudência, foi tomar o chá a sós com a irmã Gearing nos aposentos dela. Ela o encontrara por acaso no saguão do térreo enquanto as estudantes estavam na sala de estudos após o último seminário do dia. Convidara-o de modo espontâneo, sem timidez, ainda que Dalgliesh percebesse que o sargento Masterson não estava incluído. Dalgliesh teria aceitado o convite mesmo que ele viesse num papel de carta cor-de-rosa e perfumado, acompanhado das mais explícitas sugestões sexuais. Tudo que ele queria após os interrogatórios formais daquela manhã era sentar-se confortavelmente e entregar-se a um fluxo de mexericos sinceros e levemente maliciosos; escutar com a superfície mental tranquila, sem se envolver, com um leve cinismo divertido, mas sem a prontidão das garras afiadas da inteligência. Aprendera mais sobre as irmãs da mansão Nightingale na conversa durante o almoço do que em todos os interrogatórios formais, mas não poderia ficar correndo o tempo todo atrás das enfermeiras, juntando retalhos de fofocas deixados pelo caminho como lenços caídos Perguntou-se se a irmã Mavis Gearing teria algo a contar ou a perguntar. Fosse o que fosse, não achava que uma hora na companhia dela pudesse ser desperdiçada.

Dalgliesh ainda não estivera em nenhum dos quartos do terceiro andar, a não ser no apartamento da enfermeira-chefe, e surpreendeu-se com o tamanho e as proporções agradáveis dos aposentos da irmã Gearing. De lá, mesmo no inverno, não se via o hospital, e o quarto tinha uma tranquilidade própria, distante do frenesi das enfermarias e dos departamentos. Dalgliesh pensou que no verão devia ser muito agradável, com nada mais que o alto das árvores se interpondo entre a paisagem das montanhas distantes. Mesmo agora, com as cortinas cerradas diante da luminosidade que declinava e com o chiado alegre da estufa a gás, era um lugar quente e receptivo. Era provável que o sofá-cama de cretone do canto, com suas almofadas ajeitadas com cuidado, tivesse sido cedido pelo Comitê Gestor do Hospital, assim como as duas confortáveis poltronas de mesmo estofado e o restante da mobília, desinteressante porém funcional. Mas a irmã Gearing impusera sua personalidade ao aposento. Havia uma prateleira comprida ao longo de toda a parede do outro lado, sobre a qual ela organizara uma coleção de bonecas com trajes típicos de diversos países. Na outra parede, havia uma prateleira menor, com uma variedade de gatos de porcelana de todos os tamanhos e raças. Havia um espécime particularmente repulsivo, com manchas azuis, olhos saltados e enfeitado com um laço de fita azul; e, escorado nele, um cartão de felicitações. Mostrava o desenho de uma fêmea de tordo, o sexo indicado por um avental com babados e uma touca florida, pousada sobre um ramo. Aos pés dela, o tordo macho escrevia as palavras "Boa sorte" com minhocas. Dalgliesh desviou os olhos depressa daquela abominação e continuou com sua discreta inspeção do aposento.

A mesa em frente à janela provavelmente se destinava a servir de escrivaninha, mas na verdade cerca de meia dúzia de fotografias em porta-retratos com moldura prateada ocupava a maior parte do espaço de trabalho. Havia um toca-discos num canto e ao lado dele um armário cheio de discos e um pôster de um astro pop do momento pregado na parede, em cima. Havia também uma grande quantidade de almofadas, de vários tamanhos e cores, três pufes nada atraentes, um tapete de náilon marrom e branco imitando pele de tigre e uma mesinha de café, onde Mavis Gearing servira o chá. Mas o objeto mais notável do ambiente, aos olhos de Dalgliesh, era um vaso alto com uma folhagem de inverno e crisântemos arranjados com gosto, posto sobre uma mesinha lateral. Gearing era conhecida por sua habilidade com flores, e aquele conjunto de linhas e cores simples era agradável em extremo. Estranho, ele pensou, que uma mulher com um gosto tão instintivo para arranjos florais apreciasse morar num quarto com uma decoração tão vulgar e excessiva. Sugeria que a irmã Gearing podia ser uma pessoa mais complexa do que aparentava à primeira vista. Diante disso, a leitura de sua personalidade era fácil: uma solteirona de meia-idade, incomodamente voluptuosa, sem maiores atributos de inteligência ou formação, que escondia suas frustrações atrás de uma alegria um tanto forçada. Mas vinte e cinco anos como policial haviam ensinado a Dalgliesh que nenhuma personalidade estava livre de complicações ou incongruências. Apenas os jovens ou os muito arrogantes imaginavam existir uma tipologia para a classificação da mente humana.

Aqui, em seu próprio ambiente, Mavis Gearing era menos dada ao flerte do que em público. Está certo que optara por servir o chá enrodilhada numa grande almofada aos pés de Dalgliesh, mas ele achou que, pelo número e pela variedade de almofadas espalhadas pelo quarto, esse seria um hábito confortável seu de todos os dias, e não um jeito provocante de convidá-lo a se juntar a ela. O chá estava excelente. Quente e recém-preparado, acompanhado por bolinhos apetitosos, profusamente amanteigados, e pasta de anchovas. Havia uma ausência apreciável de bolos melados e descansos rendados para os pratinhos, e a alça da xícara podia ser pega confortavelmente, sem que os dedos escorregassem. Ela cuidou dele com uma eficiência tranquila. Dalgliesh achou que Mavis Gearing era uma dessas mulheres que, quando a sós com um homem, consideravam sua obrigação devotar-se inteiramente ao conforto e ao engrandecimento do ego dele. Isso poderia provocar a fúria de mulheres menos dedicadas, mas não era razoável esperar que algum homem se opusesse.

Relaxada no calor e no conforto de seu quarto, estimulada pelo chá, dava para perceber que a irmã se sentia propensa a falar. Dalgliesh deixou-a à vontade, apenas fazendo uma ou outra pergunta ocasional. Nenhum dos dois mencionou Leonard Morris. As confidências diretas que Dalgliesh gostaria de ouvir dificilmente brotariam do constrangimento ou da pressão.

"Claro que o que aconteceu com aquela pobre menina, a Pearce, foi uma coisa assustadora, qualquer que tenha sido a causa. E com toda a turma assistindo daquele jeito! Fico surpresa que isso não tenha abalado o trabalho delas completamente, mas é que a juventude de hoje é bem durona. Não que gostassem dela. Mas também não acredito que uma delas tenha colocado o corrosivo no leite. Afinal, são estudantes do terceiro ano. Sabem que o ácido carbólico é letal quando cai diretamente no estômago naquela concentração. Mas que droga, afinal elas tiveram uma aula sobre venenos no período anterior. Então, não tem como ser uma brincadeira de mau gosto que deu errado."

"Mesmo assim, essa parece ser a impressão geral."

"Bem, é natural, não é? Ninguém quer acreditar que a morte da Pearce tenha sido assassinato. E se fosse uma turma de primeiro ano eu até poderia acreditar nisso. Por impulso, uma das estudantes poderia ter mexido no preparado, talvez achando que o Lysol fosse um emético e que a demonstração ficaria mais animada se a Pearce vomitasse em cima da inspetora do CGE. Um conceito estranho de humor, mas os jovens podem ser bem grosseiros. Só que essas meninas deviam saber o que aquilo faria ao estômago."

"E quanto à morte da enfermeira Fallon?"

"Ah, na minha opinião foi suicídio. Afinal, a pobrezinha estava grávida. Decerto passou por um momento de depressão profunda e não viu sentido em prosseguir. Três anos de estudos perdidos, nenhuma família para a qual se voltar. Pobre Fallon! Não acho que ela fosse realmente do tipo suicida, deve ter agido por impulso. Houve uma boa dose de críticas ao doutor Snelling — ele é o responsável pela saúde das estudantes — por tê-la deixado voltar tão cedo para a escola depois da gripe. Mas ela detestava ficar afastada, e não era como se ela estivesse nas enfermarias. Este é o pior momento do ano para deixar as pessoas em convalescença. Ela estava tão bem de licença na escola quanto estaria em qualquer outro lugar. Mas a gripe não ajudou em nada. Provavelmente, fez com que se sentisse bem para baixo. Essa epidemia está provocando alguns efeitos bem desagradáveis. Se ao menos ela tivesse conversado com alguém. É horrível imaginá-la acabando com a vida daquele jeito, numa casa cheia de gente disposta a ajudá-la, se ela pedisse. Aqui está, deixe eu lhe servir mais uma xícara. E experimente um desses biscoitos. Feitos em casa. Minha irmã manda para mim de vez em quando."

Dalgliesh serviu-se de um biscoito da lata que lhe era estendida e comentou que havia quem achasse que talvez a enfermeira Fallon tivesse outro motivo para se suicidar, além do fato de estar grávida. Ela poderia ter adicionado o corrosivo ao leite. Não havia dúvida quanto ao fato de que fora vista na mansão Nightingale no momento decisivo.

Ele soltou a sugestão com malícia e aguardou a reação dela. Claro que não seria algo novo para ela; todas na mansão Nightingale deviam ter pensado nisso. Mas ela era simplória demais para se surpreender por um detetive sênior discutir o assunto tão abertamente com ela e estúpida demais para se perguntar o motivo.

Descartou a teoria com um resmungo.

"A Fallon, não! Teria sido uma brincadeira idiota, e ela não era nenhuma idiota. Já disse, qualquer enfermeira do terceiro ano saberia que o negócio era letal. E, se o senhor estiver sugerindo que Fallon tinha a intenção de matar Pearce — e, por Deus, em nome do quê? —, eu diria que ela seria a última pessoa a sentir remorso. Se a Fallon resolvesse se tornar uma assassina, não perderia tempo arrependendo-se, que dirá se matar depois por remorso. Não, a morte da Fallon é perfeitamente compreensível. Ela teve uma depressão pós-gripe e achou que não conseguiria cuidar do bebê."

"Então, você acha que as duas cometeram suicídio?"

"Bem, não tenho tanta certeza sobre a Pearce. É preciso ser um bocado maluca para escolher aquele jeito agonizante de morrer, e a Pearce parecia bastante saudável, na minha opinião. Mas é uma explicação possível, não é? Não consigo achar que o senhor vai conseguir provar alguma outra coisa, por mais tempo que fique aqui."

Ele achou ter notado um quê de presunçosa complacência na voz dela e fitou-a de repente. Mas o rosto fino não transparecia nada, apenas sua costumeira expressão de insatisfação vaga. Ela comia um biscoito amanteigado, mordiscando-o com dentes afiados e muito brancos. Dava para ouvi-los raspando a superfície crocante. Ela disse:

"Quando uma explicação é impossível, o improvável deve ser verdadeiro. Alguém disse algo assim. G. K. Chesterton, não foi? Enfermeiras não matam umas às outras. Ou qualquer pessoa, aliás."

"Houve a enfermeira Waddingham", Dalgliesh disse.

"Quem foi ela?"

"Uma mulher desprezível e desagradável que envenenou uma de suas pacientes com morfina, a senhorita Baguley. A vítima foi muito imprudente ao deixar seu dinheiro e propriedades para a enfermeira Waddingham em retribuição ao longo tratamento que recebeu na casa de repouso dela. Um péssimo negócio. Waddingham foi enforcada."

A irmã teve um *frisson* fingido de desgosto.

"Com quanta gente desagradável o senhor tem que se meter! De qualquer modo, provavelmente era uma dessas enfermeiras desqualificadas. O senhor não vá me dizer que essa Waddingham estava inscrita no Conselho Geral de Enfermagem..."

"Pensando bem, não creio que estivesse. E eu não estava metido nesse assunto. Aconteceu em 1935."

"Bem, aí está", disse a irmã Gearing, como que se sentindo justificada.

Ela se esticou para servir-lhe uma segunda xícara de chá, depois se aconchegou mais na almofada e recostou-se no braço da cadeira de Dalgliesh, de forma que seu cabelo roçou o joelho dele. Dalgliesh examinou a estreita faixa de cabelo mais escuro dos dois lados da linha divisória, onde não havia tintura. Visto de cima, seu rosto reduzido pela perspectiva parecia mais velho, o nariz mais fino. Via a bolsa latente de pele sob os cílios inferiores e as manchas de veias rompidas no alto das maçãs do rosto. Não era mais uma jovem; isso ele sabia. E havia muito mais a respeito dela do que ele tinha extraído de seu dossiê. Fora treinada num hospital do East End de Londres, um bairro pobre com grande concentração de imigrantes, após diversos empregos malsucedidos e mal pagos em escritórios. Sua carreira na enfermagem foi verificada, e as referências sobre ela mostraram-se suspeitosamente reticentes. Houve dúvidas quanto à conveniência de indicá-la para ser treinada como instrutora clínica, sob a insinuação de que sua motivação era a expectativa de um trabalho mais fácil que o de irmã e nem tanto o desejo de ensinar. Ele sabia que a menopausa estava sendo difícil para ela. Sabia mais sobre ela do que ela supunha, mais do que ela poderia achar que ele tinha o direito de saber. Mas ele ainda não sabia se ela era uma assassina. Às voltas momentaneamente com seus próprios pensamentos, ele mal ouviu as palavras seguintes dela.

"É estranho o senhor ser um poeta. A Fallon tinha o seu último livro de poesias no quarto dela, não é? A Rolfe me contou. Não é difícil conciliar poesia com o trabalho policial?"

"Nunca achei necessário conciliar poesia e o meu trabalho na polícia dessa forma universal."

Ela riu, um pouco intimidada.

"O senhor sabe muito bem o que estou querendo dizer. Afinal de contas, não é uma coisa tão comum... Ninguém pensa em policiais como poetas."

Claro que ele sabia o que ela queria dizer. Mas não era um assunto que estivesse disposto a discutir. Respondeu:

"Policiais são indivíduos que têm um trabalho, assim como qualquer outra pessoa. Afinal, vocês três, irmãs, não têm muito em comum, não é mesmo? A senhora e a irmã Brumfett não podiam ter personalidades mais diferentes. Não imagino a irmã Brumfett me oferecendo pãezinhos com pasta de anchova e biscoitos caseiros."

Ela reagira na hora, como ele sabia que faria.

"Ah, a Brumfett é legal depois que você a conhece. Claro que está vinte anos atrasada. Como eu disse no almoço, as meninas de hoje não estão dispostas a prestar atenção em toda essa conversa mole de obediência, dever e vocação. Mas ela é uma enfermeira maravilhosa. Que ninguém fale mal da Brum na minha frente! Há uns quatro anos me operei de apendicite aqui no hospital. Houve complicações e o corte se rompeu. Aí tive uma infecção resistente a antibióticos. Um desastre do início ao fim. O trabalho de Courtney-Briggs não foi propriamente bem-sucedido. Seja como for, senti que ia morrer. Uma noite, eu estava morrendo de dor, não conseguia dormir, tinha absoluta certeza de que não veria o sol nascer. Estava aterrorizada. Um pavor absoluto. Ah, o medo da morte! Aprendi seu significado naquela noite. Então, a Brumfett apareceu. Ela mesma estava cuidando de mim; não deixava as estudantes se encarregarem de nada durante o seu turno. Eu disse a ela: 'Não vou morrer, vou?'. Ela olhou para mim. Não disse para eu deixar de ser boba nem uma dessas mentiras reconfortantes. Apenas disse, com aquela voz impaciente dela: 'Não, se depender de mim, não vai'. E no mesmo instante o pânico desapareceu. Eu sabia que se a Brumfett estivesse lutando ao meu lado eu venceria. Pode soar um tanto idiota ou piegas dito desse jeito, mas foi o que eu pensei. Ela é assim com todos os pacientes que estão realmente mal. Confiança! A Brumfett faz com que a gente se sinta como se ela fosse nos arrastar para fora da sepultura à força de determinação, mesmo que todos os demônios do inferno estejam puxando para a outra direção; o que provavelmente era o que estava acontecendo comigo. Não se fazem mais enfermeiras assim."

Dalgliesh fez os sons adequados de assentimento e uma breve pausa antes de se voltar para as referências ao dr. Courtney-Briggs. Perguntou com uma certa ingenuidade se era comum uma cirurgia dar tão espetacularmente errado. A irmã Gearing riu:

"Meu Deus, não! As operações de Courtney-Briggs geralmente saem do jeito que ele quer. Isso não quer dizer que saiam como o paciente gostaria, se estivesse a par de tudo. C. B. é o que eles chamam de um médico heroico. Só que, na minha opinião, a maior parte do heroísmo fica por conta dos pacientes. Mas ele trabalha extraordinariamente bem. É um dos últimos grandes cirurgiões-gerais. Sabe como é, enfrenta qualquer coisa, quanto mais difícil, melhor. Acho que um médico lembra muito um advogado. Não há glória nenhuma em livrar alguém se a pessoa for obviamente inocente. Quanto mais culpado, maior a glória."

"E a senhora Courtney-Briggs? Como ela é? Suponho que ele seja casado. Ela aparece no hospital de vez em quando?"

"É raro, muito, embora supostamente seja membro da Associação de Amigos. Ela entregou os prêmios no ano passado, quando no último minuto a princesa não pôde comparecer. Loura, muito inteligente. Mais jovem do que o C. B., mas já começando a mostrar alguns sinais da idade. Por que a pergunta? O senhor não está suspeitando de Muriel Courtney-Briggs, não é mesmo? Ela nem estava no hospital na noite em que a Fallon morreu. Devia estar enfiada na cama, na sua agradável casinha perto de Selborne. E com certeza não tinha nenhum motivo para matar a pobre da Pearce."

Portanto ela teria, sim, motivos para se livrar de Fallon. Pelo jeito o caso amoroso do dr. Courtney-Briggs fora mais sabido do que Dalgliesh se dera conta. Para Dalgliesh não

199

era nenhuma surpresa Gearing estar a par. Seu nariz afiado devia gostar de farejar escândalos sexuais.

Respondeu: "Fico pensando: será que ela é ciumenta?".

A irmã Gearing, sem se dar conta do que dissera pouco antes, prosseguiu, leviana:

"Acho que ela não sabia. As esposas costumam não saber. Seja como for, o C. B. não ia terminar seu casamento para se casar com a Fallon. Não ele! A senhora C. B. tem muito dinheiro, vem de uma família muito rica. É filha única do dono da Price of Price & Maxwell, a empresa de construção — e, com os ganhos de C. B. e a renda escusa do papai, eles vivem muito bem. Não acho que Muriel se preocupe muito com o que ele faz, contanto que se comporte adequadamente com ela e que o dinheiro continue entrando. Eu também não me importaria. Além disso, se os boatos estiverem corretos, nossa Muriel não se qualifica exatamente para a Liga da Pureza."

"Alguém daqui?", Dalgliesh perguntou.

"Ah, não, não é nada disso. Ela apenas costuma circular por aí com um grupo bem seleto de grã-finos. Normalmente, aparece em fotos de todas as colunas sociais das revistas de fofocas. Eles também estão metidos com o pessoal de teatro. O C. B. tinha um irmão que era ator, Peter Courtney. Ele se enforcou há uns três anos. O senhor deve ter lido a respeito."

O trabalho de Dalgliesh não permitia que ele tivesse muitas oportunidades de assistir a uma peça, e ir ao teatro era um dos prazeres dos quais mais sentia falta. Tinha visto Peter Courtney atuar apenas uma vez, mas fora um desempenho especialmente marcante. Ele encarnara um Macbeth muito jovem, introspectivo e sensível como Hamlet, dominado sexualmente por uma esposa muito mais velha, e cuja coragem física se compunha de violência e histeria. Fora uma interpretação perversa porém interessante, e quase bem-sucedida. Pensando na interpretação dele agora, Dalgliesh teve a sensação de perceber uma semelhança entre os irmãos, alguma coisa nos olhos, talvez. Só que

Peter devia ser quase vinte anos mais novo. Ele gostaria de saber como aqueles dois homens, tão distantes em idade e talento, viam-se um ao outro.

De repente e como por acaso Dalgliesh perguntou:

"E como era a relação de Pearce e Fallon?"

"Não havia. Fallon desprezava Pearce. Não digo que ela a odiasse ou que pudesse feri-la; apenas a desprezava."

"Algum motivo especial?"

"Pearce enfiou na cabeça que tinha obrigação de contar à enfermeira-chefe sobre o uisquezinho noturno da Fallon. Uma moralista metida a besta. Ah, sei que ela está morta e que eu não devia estar dizendo isso. Mas é verdade, a Pearce conseguia ser insuportavelmente moralista. Parece que a Diane Harper — que não está mais na escola — pegou um resfriado cerca de quinze dias antes de a turma chegar para o curso e a Fallon deu a ela uma dose de uísque quente com limão. Pearce sentiu o cheiro do outro lado do corredor e concluiu que a Fallon estava tentando seduzir as mais novinhas com a bebida do diabo. Então, apareceu na copa de penhoar — elas ainda estavam no alojamento principal das enfermeiras, é claro —, farejando o ar como um anjo vingador, e ameaçou entregar a Fallon à enfermeira-chefe se ela não prometesse, praticamente de joelhos, nunca mais chegar perto da bebida. Fallon mandou que ela fosse para aquele lugar e disse o que ela deveria fazer consigo mesma quando chegasse lá. A Fallon usava umas frases bem pitorescas quando estava alterada... A enfermeira Dakers começou a chorar. Harper perdeu a cabeça e o barulho todo fez com que a irmã encarregada do alojamento fosse ver o que estava acontecendo. Pearce tratou de contar à enfermeira-chefe, mas ninguém sabe o resultado — só que a Fallon passou a guardar seu uísque no quarto. A história toda provocou um bocado de ressentimentos no terceiro ano. A Fallon nunca foi muito popular com a turma, era reservada e sarcástica demais. Mas gostavam menos ainda da Pearce."

"E Pearce não gostava de Fallon?"

201

"Bem, é difícil dizer. A Pearce nunca pareceu se preocupar com o que as outras pessoas pensavam dela. Era uma garota esquisita, muito insensível também. Por exemplo, ela podia não aprovar os hábitos alcoólicos da Fallon, mas isso não a impediu de pedir emprestado o cartão da biblioteca dela."

"Quando foi que isso aconteceu?"

Dalgliesh se inclinou e recolocou a xícara na bandeja. Sua voz era neutra, despreocupada. Mas de novo sentiu um pulsar de excitação e expectativa, uma intuição de que algo importante fora dito. Era mais que um palpite; era, como sempre, uma certeza. Podia acontecer várias vezes ao longo de um caso, se tivesse sorte, ou nunca. Não tinha como fazer acontecer e temia examinar as raízes daquilo muito de perto, pois suspeitava que era uma planta que murcharia facilmente se submetida à lógica.

"Foi um pouco antes de elas virem para o treinamento na mansão, acho. Deve ter sido uma semana antes da morte da Pearce. Na quinta-feira, acho. De qualquer modo, elas ainda não tinham se mudado para a mansão Nightingale. Foi logo depois da ceia, no refeitório principal. A Fallon e a Pearce estavam saindo juntas pela porta e eu logo atrás delas, com a Goodale. Então a Fallon virou-se para a Pearce e disse: 'Aqui está a ficha da biblioteca que prometi a você. Acho melhor eu entregar logo, pois desconfio que não vamos nos ver de manhã. É melhor você ficar com o cartão de leitura também, ou talvez não deixem você pegar o livro'. A Pearce resmungou alguma coisa e apanhou o cartão de um jeito brusco, na minha opinião, e foi isso. Por quê? Não é importante, é?"

"Não vejo por que poderia ser", disse Dalgliesh.

VIII

Ele continuou sentado por mais quinze minutos, com uma paciência exemplar. A irmã Gearing seria incapaz de adivinhar, diante da atenção polida que ele dedicava à tagarelice dela e da maneira relaxada com que ele bebia sua terceira e última xícara de chá, que cada minuto agora era concedido de má vontade. Quando acabou o chá, ele levou a bandeja até a pequena copa das irmãs, no fim do corredor, enquanto ela o seguia com suas lamúrias, insistindo para ele ficar mais um pouco. Ele agradeceu e se foi.

Foi imediatamente para o quarto semelhante a uma cela onde ainda estavam quase todos os pertences da enfermeira Pearce enquanto ela estivera no John Carpendar. Precisou de um momento para encontrar a chave certa do pesado chaveiro que tinha no bolso. O quarto fora trancado após a morte, e assim continuou. Entrou e acendeu a luz. Não havia lençóis na cama; o quarto estava arrumado e limpo como se também tivesse sido preparado para o funeral. Com as cortinas puxadas, o quarto, visto de fora, não pareceria em nada diferente de qualquer outro ali. Mesmo com a janela aberta, o ar guardava um leve odor de desinfetante, como se alguém tivesse tentado obliterar a lembrança da morte de Pearce com um ritual de purificação.

Ele não precisava refrescar sua memória. Os detritos daquela vida em particular eram pateticamente escassos. Mas ele vasculhou suas sobras outra vez, examinando-as com mãos cuidadosas, como se o contato com o tecido e o couro pudesse transmitir pistas próprias. Não levou muito tempo. Nada fora alterado desde sua primeira revista. O armário do hospital, idêntico ao do quarto da enfermeira Fallon, era mais do que suficiente para os poucos vestidos de lã, de cores e cortes desinteressantes, que, sob suas mãos inquisidoras, balançaram-se em seus cabides forrados, desprendendo um cheiro fraco de amaciante e naftalina. O grosso casaco de inverno marrom era de boa qualidade, mas nitidamente velho. Procurou mais uma vez nos bolsos. Não havia nada além do lenço, que já estava lá na primeira revista, uma bola amarfanhada de algodão branco com um cheiro de hálito azedo.

Foi até o gaveteiro. Aqui, de novo, o espaço oferecido

fora mais do que suficiente. As duas gavetas do alto estavam repletas de roupas de baixo, corpetes robustos e funcionais e calcinhas confortavelmente quentes para um inverno inglês, só que sem nenhuma concessão ao glamour ou à moda. As gavetas eram forradas com jornal. As folhas já haviam sido removidas uma vez, mas ele passou a mão debaixo delas e só sentiu a superfície áspera e mal polida da madeira. As três outras gavetas continham saias, blusas de tricô e cardigãs; uma bolsa, de couro, cuidadosamente embrulhada em papel fino; um par de sapatos sociais num saco fechado com um barbante; um sachê bordado contendo uma dúzia de lenços cuidadosamente dobrados; uma variedade de echarpes; três pares de meias de náilon idênticas, ainda dentro da embalagem.

Voltou-se outra vez para o móvel ao lado da cama e a pequena prateleira fixada acima dele. Sobre o móvel havia uma lâmpada de cabeceira, um pequeno despertador num estojo de couro, sem corda havia muito tempo, um pacote de lenços de papel com metade de um deles para fora, amassada, e uma jarra de água vazia. Havia também uma Bíblia encadernada em couro e uma pasta para correspondência. Dalgliesh abriu a Bíblia na folha de rosto e mais uma vez leu a inscrição cuidadosa na plaquinha de cobre. "Para Heather Pearce por sua dedicação e diligência. Escola Dominical St. Mark." Diligência. Palavra antiquada e intimidante, mas que, ele achava, merecera a aprovação da enfermeira Pearce.

Abriu a pasta de correspondência, porém sem muita esperança de encontrar o que procurava. Nada havia mudado desde sua primeira revista. Ali estava, ainda, a carta pela metade para a avó, um relato entediante dos acontecimentos da semana, escrito de forma tão impessoal quanto um relatório de enfermaria, e um envelope médio, remetido a ela no dia de sua morte e sem dúvida enfiado na pasta por alguém que, após abri-lo, não cogitou outro lugar para deixá-lo. Era um folheto ilustrado sobre as atividades de um abrigo em Suffolk para refugiados de guerra alemães, pelo jeito enviado na esperança de alguma doação.

Desviou a atenção para a pequena coleção de livros sobre a prateleira da parede. Já os vira antes. Antes, como agora, ficou impressionado com o convencionalismo das escolhas e com a pobreza daquela biblioteca pessoal. Um prêmio escolar por trabalhos de costura. *Contos de Shakespeare*, de Lamb. Dalgliesh nunca acreditara que alguma criança os lesse, e não havia o menor sinal de que a enfermeira tivesse lido. Dois livros de viagem, *Nos passos de São Paulo* e *Nos passos do Mestre*. A jovem escrevera seu nome cuidadosamente em ambos. Havia uma edição conhecida, mas ultrapassada, de um livro didático de enfermagem. De acordo com a data na folha de rosto, fora adquirido quase quatro anos antes. Ele se perguntou se ela o comprara para usá-lo durante o curso e só depois descobrira que as instruções que ele continha sobre a aplicação de sanguessugas e enemas estavam obsoletas. Havia um exemplar de *O tesouro dourado*, de Palgrave, também um prêmio escolar, só que desta vez — inadequadamente — por bom comportamento. O livro tampouco apresentava sinais visíveis de ter sido lido. Por fim, três edições de bolso — romances de uma escritora popular, todos com a propaganda de "O livro do filme" — e um relato fictício, altamente sentimental, sobre as perambulações de um cachorro e de um gato perdidos pela Europa, que Dalgliesh lembrava ter sido um sucesso de vendas havia uns cinco anos. A dedicatória nele dizia: "Para Heather, com amor da tia Edie, Natal de 1964". A coleção inteira pouco dizia sobre a garota morta, a não ser que suas leituras haviam sido, aparentemente, tão restritas quanto sua própria vida. E o que ele procurava não estava em nenhum lugar.

Não foi olhar de novo o quarto da enfermeira Fallon. O oficial encarregado da cena do crime revistara cada centímetro do lugar, e ele mesmo era capaz de descrever o quarto nos mínimos detalhes, incluindo um inventário preciso de tudo que continha. O cartão e a ficha da biblioteca podiam estar em qualquer lugar, mas lá ele tinha certeza de que não estavam. Em vez disso, subiu depressa as amplas escadarias que levavam ao andar de cima, onde tinha visto um telefone fixado na parede quando passou por ali levando a bandeja de chá da irmã Gearing para a copa. Um cartão preso ao lado mostrava os ramais internos e, após refletir um pouco, Dalgliesh ligou para a sala de convivência das enfermeiras. Maureen Burt atendeu. Sim, a enfermeira Goodale ainda estava lá. Quase no mesmo instante Dalgliesh ouviu a voz dela ao telefone e lhe pediu que subisse para falar com ele no quarto da enfermeira Pearce.

Ela veio tão depressa que ele ainda nem tinha chegado à porta quando viu a figura uniformizada segura de si no alto da escada. Ele se afastou e ela entrou no quarto antes dele, examinando calada a cama sem lençóis, o relógio silencioso na cabeceira, a Bíblia fechada — os olhos repousando por um momento em cada objeto com expressão gentil e desinteressada. Dalgliesh foi até a janela e, ambos em pé, olharam-se sem dizer nada por cima da cama. Então, ele disse:

"Eu soube que a enfermeira Fallon emprestou um cartão de biblioteca para a enfermeira Pearce em algum momento da semana que antecedeu a sua morte. Você estava saindo do refeitório com a irmã Gearing na hora. Consegue se lembrar do que aconteceu?"

A enfermeira Goodale não costumava demonstrar surpresa.

"Sim, acho que sim. Fallon me disse mais cedo, naquele dia, que a Pearce queria visitar uma das bibliotecas de Londres e que tinha pedido emprestado o cartão de leitura e a ficha dela. A Fallon era sócia da biblioteca de Westminster. Eles têm algumas filiais na cidade, mas só quem mora ou trabalha em Westminster pode se associar. A Fallon tinha um apartamento em Londres antes de se tornar estudante aqui e manteve sua ficha e o cartão de leitura. É uma biblioteca ótima, muito melhor que a daqui, e é bom poder retirar livros. Acho que a irmã Rolfe também é associada. A Fallon levou seu cartão de leitura e uma das fichas para o almoço, e os entregou para a Pearce quando elas estavam saindo do refeitório."

"A enfermeira Pearce disse para que os queria?"

"Para mim não. Talvez tenha dito para a Fallon. Não sei. Qualquer uma de nós poderia pegar uma das fichas da Fallon emprestada, se quiséssemos. A Fallon não pedia explicações."

"Como são exatamente essas fichas?"

"São de plástico azul-claro, ovais, com o brasão da cidade impresso nelas. A biblioteca normalmente entrega quatro para cada leitor e você deixa uma sempre que tira um livro, mas a Jo tinha apenas três. Talvez tenha perdido a quarta. Tem também o cartão do leitor. É um cartão normal de papelão, tinha o nome dela, o endereço e data de vencimento do cartão. Às vezes, o assistente pede para ver o cartão do leitor, e acho que foi por isso que a Jo emprestou o dela junto com a ficha."

"Você sabe onde estão as outras duas?"

"Sim, em meu quarto. Eu as peguei emprestadas há uns quinze dias, quando fui à cidade com meu noivo para um serviço especial na abadia. Achei que teríamos tempo de ir visitar a filial da Great Smith Street para ver se tinham o novo livro de Iris Murdoch. Mas encontramos alguns amigos do colégio teológico de Mark depois do serviço e acabamos não indo à biblioteca. Eu pretendia devolver as fichas para a Jo, mas deixei-as na minha pasta e esqueci. Ela não me lembrou. Posso mostrá-las ao senhor, se ajudar."

"Seria bom. Sabe se Heather Pearce usou a ficha dela?"

"Bem, acho que sim. Eu a vi esperando o ônibus da linha verde para a cidade naquela tarde. Nós duas estávamos de folga, então devia ser quinta-feira. Imagino que ela pretendia ir até a biblioteca."

Ela pareceu confusa.

"Por algum motivo, tenho quase certeza de que ela pegou um livro na biblioteca, mas não sei por quê."

"Não sabe? Faça um esforço."

A enfermeira Goodale ficou em silêncio, as mãos unidas tranquilamente como numa prece sobre o tecido branco e engomado de seu avental. Ele não a apressou. Ela olhou fixamente para a frente e depois virou os olhos para a cama e disse em voz baixa:

"Já sei. Eu a vi lendo um livro da biblioteca. Foi na noite em que a Jo adoeceu, uma noite antes da morte da própria Pearce. Fui até o quarto dela logo depois das onze, pedir-lhe que fosse ficar com a Jo enquanto eu chamava a irmã. Ela estava sentada na cama, lendo, e tinha feito duas tranças no cabelo. Agora eu me lembro. Era um livro grande, encadernado com uma capa escura, azul-escura, eu acho, e com um número de referência gravado em letras douradas no pé da lombada. Parecia um livro velho e muito pesado. Não acho que fosse ficção. Ela o mantinha apoiado nos joelhos, lembro disso. Quando cheguei, ela o fechou depressa e o enfiou debaixo do travesseiro. Foi uma coisa estranha, mas não significou nada para mim na época. A Pearce sempre tinha uns segredos estranhos. Além disso, eu estava muito preocupada com a Jo. Agora eu me lembro bem."

Ela ficou em silêncio por alguns instantes. Dalgliesh aguardou. Então, ela disse em voz baixa: "Sei o que está preocupando o senhor. Onde está este livro agora... Ele não estava no meio das coisas dela quando a irmã Rolfe e eu arrumamos seu quarto e fizemos uma lista de seus pertences depois que ela morreu. A polícia estava conosco e não encontramos nenhum livro parecido com aquele. E o que aconteceu com o cartão? Também não estava no meio das coisas de Fallon."

Dalgliesh perguntou:

"O que aconteceu exatamente naquela noite? Você disse que foi até o quarto da enfermeira Fallon logo depois das onze e meia. Eu pensei que ela não se deitasse antes da meia-noite."

"Naquela noite ela foi. Acho que, como ela não estava se sentindo bem, pensou que poderia melhorar se fosse se deitar mais cedo. Não disse a ninguém que estava doente. A Jo não diria. E eu não fui ao quarto dela. Ela é que foi para o meu. Pouco depois das onze e meia, ela me acordou. Estava péssima, com uma febre altíssima, e mal conseguia ficar de pé. Ajudei-a a ir para a cama, fui chamar a Pearce para ficar com ela e depois liguei para a irmã Rolfe. Normalmente, é ela a responsável por nós aqui na mansão Nightingale. A irmã veio ver a Jo e ligou para a ala particular, pedindo que uma ambulância viesse buscá-la. Depois, ligou para a irmã Brumfett, para informar o que tinha acontecido. Brumfett gosta de saber o que está acontecendo na enfermaria mesmo quando não é seu turno. Ela não gostaria de chegar ao hospital na manhã seguinte e encontrar a Jo internada sem que ela soubesse. Ela desceu para dar uma olhada na Jo, mas não foi com ela na ambulância. Não havia realmente necessidade."

"Quem a acompanhou?"

"Eu. Rolfe e Brumfett voltaram para os seus quartos e a Pearce voltou para o dela."

Então o livro dificilmente poderia ter sido retirado naquela noite, pensou Dalgliesh. Pearce teria dado por sua falta. Mesmo que tivesse resolvido não continuar lendo, dificilmente adormeceria com um livro pesado debaixo do travesseiro. Então, decerto alguém o pegara depois de sua morte. Uma coisa era certa. Um livro específico estivera com ela até tarde na noite anterior à sua morte, mas já não estava no quarto na manhã seguinte, quando a polícia, Hilda Rolfe e Madeleine Goodale examinaram o aposento pela primeira vez, em torno das dez e dez. Tivesse ou não vindo da biblioteca de Westminster, o livro estava desaparecido e, se ele não era da biblioteca, o que tinha acontecido então com a ficha e o cartão de leitura? Nenhum deles estava entre as coisas dela. E se ela tinha resolvido não usá-los e os devolvera, por que não estavam entre os pertences de Fallon?

Ele perguntou o que acontecera logo depois da morte da enfermeira Pearce.

"A enfermeira-chefe mandou as estudantes subirem para

a sala de estar dela e pediu que ficássemos lá. A irmã Gearing se juntou a nós cerca de meia hora depois, o café chegou e nós bebemos. Ficamos lá, juntas, conversando e tentando ler até que o inspetor Bailey e a enfermeira-chefe chegaram. Deviam ser umas onze horas, talvez um pouco antes."

"E vocês continuaram juntas naquela sala durante todo esse tempo?"

"O tempo todo, não. Eu fui até a biblioteca pegar um livro que eu queria e fiquei fora durante uns três minutos. A enfermeira Dakers também saiu da sala. Não tenho certeza do motivo, mas acho que ela disse alguma coisa sobre o banheiro. Fora isso, pelo que eu me lembro, nós todas continuamos juntas. A inspetora Beale, do CGE, estava com a gente."

Ela fez uma pausa.

"O senhor acha que esse livro desaparecido tem alguma coisa a ver com a morte da Pearce, não é? O senhor acha que é importante."

"Acho que pode ser. É por isso que quero que a senhorita não comente nada sobre a nossa conversa."

"Claro, se é o que o senhor quer." Ela fez uma pausa. "Mas eu não poderia tentar descobrir o que aconteceu com o livro? Posso perguntar às outras estudantes, como quem não quer nada, se elas estão com o cartão e a ficha. Posso fingir que quero usá-los."

Dalgliesh sorriu: "Deixe o trabalho de investigação comigo. Prefiro que a senhorita não diga nada".

Ele não via necessidade de dizer a ela que numa investigação de assassinato saber demais pode ser perigoso. Ela era uma moça inteligente. Logo se daria conta disso sozinha. Ela interpretou o silêncio dele como uma dispensa e virou-se para ir embora. Quando chegou à porta, hesitou e se voltou:

"Superintendente Dalgliesh, perdoe-me se estou interferindo. Não consigo acreditar que a Pearce foi assassinada. Mas, se foi, com certeza o livro da biblioteca poderia ter sido retirado de seu quarto a qualquer hora depois das

210

cinco para as nove, quando a Pearce foi para a sala de demonstração. O assassino já sabia que ela não ia sair daquela sala viva e que seria seguro para ele, ou para ela, pegar o livro. Se o livro foi retirado depois da morte da Pearce, poderia ter sido qualquer pessoa, e por um motivo perfeitamente inocente. Mas se foi retirado antes de ela morrer, pode ter sido o assassino. Isso seria verdade mesmo que o livro nada tivesse a ver com o motivo pelo qual ela foi morta. E a pergunta que a Pearce fez a nós todas, sobre se alguém tinha pegado alguma coisa de seu quarto, sugere que o livro foi levado antes de ela morrer. E por que o assassino ia se preocupar com o livro se ele nada tivesse a ver com o crime?"

"Exatamente", disse Dalgliesh. "A senhorita é uma mulher muito inteligente."

Pela primeira vez, ele viu a enfermeira Goodale desconcertada. Ela enrubesceu, ficando tão rosada e linda quanto uma jovem noiva, depois sorriu para ele, virou-se rapidamente e saiu. Intrigado com a metamorfose, Dalgliesh concluiu que o vigário local demonstrara muito bom senso e discernimento na escolha da esposa. Mas o que o conselho paroquial da igreja faria com sua inteligência determinada era outro problema. E desejou não ter de prendê-la por assassinato antes que eles tivessem a oportunidade de se decidir.

Depois, ele também saiu pelo corredor. Como sempre, estava sombrio, iluminado apenas por duas lâmpadas no teto ligadas a um emaranhado de fios trançados. Ao chegar ao alto da escada, o instinto fez com que parasse e retomasse seus passos. Acendeu sua lanterna, olhou para baixo e moveu o facho pela superfície de areia dos dois baldes contra incêndio. O mais próximo estava ressecado e coberto de poeira; obviamente ninguém o tocara desde que fora enchido. Mas a superfície do segundo tinha um aspecto mais novo. Dalgliesh calçou suas luvas de algodão fino, usada para buscas, pegou uma folha de jornal de uma das gavetas do quarto da enfermeira Pearce, abriu-a no chão

211

do corredor e lentamente entornou a areia numa pirâmide crescente. Não achou nenhum cartão de biblioteca escondido. Mas uma lata com uma tampa de rosca e um rótulo manchado caiu lá de dentro. Dalgliesh raspou os grãos de areia para revelar a figura negra de uma caveira e a palavra VENENO impressa em letras maiúsculas. Sob ela, as palavras: "Aspersor para plantas. Morte aos insetos, inofensivo para as plantas. Use com cautela, conforme as instruções".

Não precisava ler as instruções para saber o que tinha encontrado. Esse negócio era quase nicotina pura. O veneno que matara a enfermeira Fallon afinal estava em suas mãos.

6

UM LONGO FINAL DE DIA

1

Cinco minutos depois, após ter falado com o diretor do laboratório de ciência forense e com sir Miles Honeyman, Dalgliesh ergueu os olhos para um mal-humorado e defensivo sargento Masterson.

"Estou começando a entender por que a Força gosta tanto de treinar inspetores civis. Eu disse ao oficial encarregado da cena do crime para se manter no quarto, que nós cuidaríamos do resto da casa. Por alguma razão, achei que os policiais seriam capazes de usar os próprios olhos."

O sargento Masterson, ainda mas furioso por saber que a bronca se justificava, controlou-se com dificuldade. Não aceitava críticas com facilidade; de Dalgliesh, então, era praticamente impossível. Estava em posição de sentido como um velho soldado sob acusação, sabendo muito bem que Dalgliesh ficaria mais exasperado do que tranquilizado com esse formalismo, e empenhou-se em parecer ao mesmo tempo ofendido e contrito.

"Greeson sabe procurar direito. Jamais ouvi dizer que tivesse deixado algo de lado antes. É perfeitamente capaz de usar os olhos, senhor."

"Greeson enxerga muito bem. O problema é que não há ligação entre os olhos e o cérebro. E é aí que você entra. Agora o mal já está feito. Não há mais por que esperar o exame *post-mortem*. Não sabemos se essa lata estava ou não no balde quando o corpo de Fallon foi achado hoje de manhã. Mas pelo menos nós a achamos. A propósito: o laboratório já está com as vísceras. Sir Miles ligou para avisar, há cerca de uma hora. Já estão submetendo as amostras à cromatografia de gases. Agora que já sabem o que estão procurando, as coisas devem andar um pouco mais rápido. É melhor levarmos esta lata para eles assim que possível. Mas primeiro vamos dar uma olhada nela."

Ele foi até a bolsa com o kit de criminalística e pegou o pó para digitais, o aspersor e as lentes. A pequena lata foi coberta com o pó fuliginoso em suas mãos cuidadosas. Porém não havia digitais, apenas umas poucas manchas amorfas no rótulo apagado.

"Certo", disse. "Encontre as três irmãs, por favor, sargento. Elas provavelmente sabem de onde esta lata saiu. Moram aqui. A irmã Gearing está em sua sala de estar. As outras devem estar em algum lugar por aí. E se a irmã Brumfett ainda estiver na enfermaria, terá de sair de lá. Quem vier a morrer na próxima hora terá que fazer isso sem ela por perto."

"O senhor quer vê-las separadamente ou juntas?"

"Tanto faz. Não importa. Apenas, chame-as. Gearing provavelmente vai poder nos ajudar. Ela cuida das flores."

A irmã Gearing chegou primeiro. Veio alegremente, o rosto cheio de curiosidade e ainda animado pela euforia remanescente de uma bem-sucedida anfitriã. Seus olhos pousaram na lata. A transformação foi tão imediata e marcante que beirou a comicidade. Ela engasgou: "Oh, não!", colocou a mão na boca e jogou-se na cadeira diante de Dalgliesh, mortalmente pálida.

"Onde o senhor... Ah, meu Deus! Não vai dizer que a Fallon tomou nicotina?"

"Tomou ou lhe deram. A senhora reconhece esta lata, irmã?"

A voz da irmã Gearing estava quase inaudível.

"É claro. É minha... não é a lata de *spray* para rosas? Onde o senhor a encontrou?"

"Em algum lugar da casa. Onde e quando a senhora a viu pela última vez?"

"Ela fica debaixo da prateleira daquele armário branco, na estufa, bem à esquerda da porta. Todos os meus apetrechos de jardinagem ficam lá. Não consigo me lembrar da última vez que a vi."

Estava à beira das lágrimas; sua jovial confiança desfeita por completo.

"Sinceramente, é horrível demais! É assustador! Estou me sentindo péssima. De verdade. Mas como eu poderia imaginar que a Fallon sabia onde isso estava e iria tomar? Nem eu mesma me lembrava disso. Se lembrasse, teria ido dar uma olhada se ainda estava lá. Não há mesmo dúvida sobre isso? Ela de fato morreu envenenada com nicotina?"

"Até recebermos o relatório de toxicologia, as dúvidas ainda são muitas. Mas diz o senso comum que parece ter sido isso que a matou. Quando a senhora comprou a lata?"

"Sinceramente, não me lembro. Em algum momento no início do verão passado, pouco antes de acabar a temporada de rosas. Talvez uma das outras irmãs se lembre. Sou responsável pela maioria das plantas da estufa. Bem, não sou realmente responsável; nunca houve uma combinação formal. Mas como gosto de flores e ninguém mais se interessa, então faço o que posso. Eu também queria preparar uma jardineira de rosas do lado de fora do refeitório e precisava de veneno para matar as pragas. Comprei na Bloxham, uma loja de plantas na avenida Winchester. Veja, o endereço está carimbado no rótulo. E deixo isso no armário do canto da estufa, junto com meus outros apetrechos de jardinagem, luvas, barbante, regadores, espátulas e coisas assim."

"Consegue se lembrar da última vez que viu esta lata?"

"Na verdade, não. Porém busquei minhas luvas no armário sábado de manhã. No domingo haveria um serviço especial na capela e eu fui preparar as flores. Pensei em procurar alguns ramos interessantes, algumas folhagens de outono ou botões no jardim, para ajudar na decoração. Não me lembro de ter visto a lata lá no sábado, mas acho que teria notado se ela realmente não estivesse. Não tenho certeza. Há meses não mexo nela."

"Quem mais sabia que a lata estava lá?"

"Bem, qualquer pessoa poderia saber. Quero dizer, o armário não fica trancado e nada impede que as pessoas vejam o que há lá dentro. Acho que eu deveria tê-lo trancado, mas ninguém imagina que... Quero dizer, se alguém decide se matar, sempre vai achar um jeito. Estou me sentindo péssima, mas não vou deixar que façam com que eu me sinta responsável! Não vou deixar! Não é justo! Ela poderia ter usado qualquer coisa. Qualquer coisa!"

"Quem poderia?"

"Ora, a Fallon. Se foi a Fallon quem se matou. Ah, nem sei o que estou dizendo."

"A enfermeira Fallon sabia da nicotina?"

"Não, a não ser que tivesse ido procurar no armário. As únicas pessoas que posso dizer com certeza que sabiam são a Brumfett e a Rolfe. Lembro que estavam conversando na estufa quando guardei a lata no armário. Ergui a lata e disse algo tolo sobre ter veneno bastante ali para matar todo o grupo, e a Brumfett me disse que eu deveria trancar aquilo."

"E a senhora não trancou..."

"Bem, coloquei logo dentro do armário. Ele não tem tranca, então eu não podia fazer nada. De qualquer modo, o rótulo da lata é bastante claro. Qualquer pessoa pode ver que é veneno. E ninguém espera que as pessoas se matem. Além disso, por que nicotina? As enfermeiras têm todas as facilidades para conseguir drogas. Não é justo me culparem. Afinal de contas, o desinfetante que matou a Pearce também era letal. Ninguém reclamou de ele ter sido deixado no banheiro. Não se pode cuidar de uma escola de formação de enfermeiras como se fosse uma unidade psiquiátrica. Não vou permitir que me acusem. Espera-se que as pessoas sejam saudáveis, não maníacas assassinas. Não vou me sentir culpada. Não vou!"

"Se a senhora não usou o produto para matar a enfermeira Fallon, não precisa se sentir culpada. A irmã Rolfe disse alguma coisa quando a senhora chegou com a lata?"

"Acho que não. Apenas parou de ler. Mas não consigo realmente me lembrar. Nem mesmo sei dizer quando foi isso exatamente. Mas era um dia quente de verão. Disso eu me lembro. Acho que deve ter sido no fim de maio ou início de junho. A Rolfe talvez se lembre, e a Brumfett com certeza vai se lembrar."

"Vamos perguntar a elas. Enquanto isso, seria bom eu dar uma olhada nesse armário."

Deixou a lata de nicotina com Masterson, para que a embalasse e enviasse ao laboratório, pediu que o sargento encaminhasse as irmãs Brumfett e Rolfe para a estufa e saiu da sala atrás da irmã Gearing. Ela o conduziu ao térreo, ainda resmungando protestos indignados. Passaram pela sala de jantar vazia. A descoberta de que a porta da estufa estava trancada surpreendeu Gearing e a retirou de seu estado de amedrontado ressentimento.

"Droga! Esqueci. A enfermeira-chefe achou melhor trancar a estufa quando escurece, pois alguns vidros não estão muito firmes. Lembra-se de que uma vidraça caiu durante a tempestade? Ela receava que alguém entrasse por ali. Normalmente, não nos preocupamos em trancar nada até trancarmos todas as portas, à noite. A chave fica na mesa do escritório da Rolfe. Espere aí. Volto num minuto."

Voltou quase imediatamente e enfiou uma chave grande e antiga na fechadura. Entraram no interior abafado e com cheiro de moto da estufa. Gearing, certeira, estendeu a mão para o interruptor e as duas longas lâmpadas fluorescentes suspensas no elevado teto côncavo piscaram erraticamente para depois se encherem de uma luz brilhante, revelando a selva arbórea em toda a sua exuberância. A estufa era uma visão notável. Dalgliesh já percebera isso em sua primeira incursão pela casa, mas agora, ofuscado pelo brilho intenso das folhas e do vidro, piscou impressionado. Ao redor, uma pequena floresta verdejante de ramos entrelaçados e brotos espalhava-se e explodia numa profusão ameaçadora, enquanto lá fora seu reflexo pálido pendia no ar do entardecer e estendia-se, imóvel e sem substância, em meio a um verde infinito.

Algumas plantas pareciam ter florescido na estufa desde o dia em que ela fora construída. Cresciam como palmeiras maduras, ainda que em miniatura, em vasos decorados, cobrindo o teto com uma abóbada de folhas brilhantes sob o vidro. Outras, mais exóticas, faziam brotar jorros de folhagem de seus caules marcados e cheios de dentes ou, como cactos gigantes, erguiam lábios borrachudos, esponjosos e obscenos, para sugar o ar úmido. Entre eles, as samambaias espalhavam uma sombra esverdeada, as frondes frágeis movendo-se sob a corrente de ar vinda da porta. Prateleiras brancas ao longo das paredes laterais da grande sala eram ocupadas por vasos com plantas mais domésticas e agradáveis, as preferidas de Gearing — crisântemos vermelhos, rosa e brancos, e violetas africanas. A estufa poderia evocar uma cena delicada da vida doméstica vitoriana, com leques adejantes e confidências sussurradas por trás das palmas. Mas, para Dalgliesh, nenhum canto da mansão Nightingale estava livre da atmosfera opressiva do mal; as próprias plantas pareciam sugar seu maná do ar maculado.

Mavis Gearing seguiu direto para um armário baixo, de pouco mais de um metro de comprimento, de madeira, pintado de branco, posicionado embaixo da prateleira da parede à esquerda da porta, que mal podia ser visto atrás de uma cortina de samambaias pendentes. Tinha uma porta imprestável, com uma maçaneta pequena e sem fechadura. Agacharam-se juntos para examiná-lo. Apesar do reflexo ofuscante das lâmpadas fluorescentes, o interior do armário estava escuro e sua visão obstruída pela sombra das cabeças dos dois. Dalgliesh acendeu a lanterna. O facho revelou a parafernália habitual de um jardineiro de estufa. Fez um inventário mental. Havia alguns novelos de barbante verde, dois regadores, um pequeno pulverizador, envelopes de sementes — alguns abertos e pela metade, dobrados no alto —, um saco pequeno de terra de com-

218

postagem e outro de fertilizante, cerca de vinte vasos para plantar flores de diversos tamanhos, uma pequena pilha de bandejas para sementes, tesoura de poda, uma espátula e um pequeno ancinho, uma pilha desordenada de catálogos de fornecedores de sementes, três livros de jardinagem encadernados com tecido, com as capas manchadas e sujas, diversas jarras para flores e rolos emaranhados de arame.

Ela apontou para um espaço num canto ao fundo.

"Era ali que estava a lata. Guardei bem no fundo. Não podia ter sido uma tentação para ninguém. Nem dava para ver, só se abrissem a porta. Estava bem escondida, na verdade. Naquele espaço ali — dá para ver onde estava."

Ela se justificava com insistência, como se o espaço vazio a eximisse de toda responsabilidade. Então sua voz mudou. Baixou o tom e ficou rouca, apelativa, como uma atriz amadora numa cena de sedução.

"Sei que parece estranho. Primeiro, eu estava encarregada da demonstração quando a Pearce morreu. E agora isso. Mas eu não toquei naquela lata desde que a usei no verão passado. Juro que não toquei! Sei que algumas delas não vão acreditar em mim. Vão até ficar satisfeitas — isso mesmo, satisfeitas — se a suspeita recair sobre mim e Len. Isso as deixaria de fora. Além disso, são ciumentas. Sempre foram ciumentas. Porque eu tenho um homem e elas não. Mas o senhor acredita em mim, não acredita? O senhor tem de acreditar!"

Era patético e humilhante. Ela pressionou seu ombro contra o dele, os dois juntos e de joelhos numa ridícula paródia de oração. Dalgliesh sentia a respiração dela no rosto. A mão direita de Gearing, com dedos nervosos e agitados, deslizou pelo chão em direção à dele.

Nisso a atitude dela mudou. Ouviram a voz da irmã Rolfe na porta. "O sargento me disse para encontrar vocês aqui. Interrompo alguma coisa?"

Dalgliesh sentiu a pressão em seu ombro desaparecer no mesmo instante, e a irmã Gearing levantou-se desajeitada. Ele se ergueu mais devagar. Não se sentia nem parecia estar constrangido, mas não lamentava a chegada da srta. Rolfe.

A irmã Gearing começou a explicar:

"Foi o remédio para as rosas. Aquele que tinha nicotina. A Fallon deve ter bebido. Estou me sentindo péssima, mas como eu poderia saber? O superintendente achou a lata."

Ela se virou para Dalgliesh.

"O senhor disse onde?"

"Não", Dalgliesh respondeu. "Eu não disse onde." E dirigiu-se a Hilda Rolfe.

"A senhora sabia que a lata ficava neste armário?"

"Sim, vi Gearing guardá-la aí. Durante o verão, não foi?"

"A senhora não comentou isso comigo."

"Não pensei nisso até agora. Nunca me ocorreu que a Fallon pudesse ter ingerido nicotina. E, oficialmente, ainda não sabemos se foi isso."

Dalgliesh disse: "Não até recebermos o relatório da toxicologia".

"E mesmo assim, superintendente, o senhor tem certeza de que a droga saiu dessa lata? Certamente existem outras fontes de nicotina no hospital, não? Isso poderia ser um disfarce."

"Claro, ainda que para mim pareça muito improvável. Mas o laboratório forense deverá nos esclarecer sobre isso. Essa nicotina está misturada com uma proporção de detergente concentrado. Isso pode ser identificado pela cromatografia de gás."

Ela deu de ombros.

"Bem, isso deverá elucidar tudo então."

Mavis Gearing gritou: "O que você quer dizer com outras fontes? O que está querendo dizer? A nicotina não fica na farmácia, pelo que eu sei. E, de qualquer forma, o Len saiu da mansão Nightingale antes da Fallon morrer".

"Eu não estava acusando Leonard Morris. Mas ele es-

220

tava no local quando as duas morreram, não esqueça, e aqui nesta sala quando você guardou a nicotina no armário. Ele é tão suspeito quanto qualquer uma de nós."

"O senhor Morris estava com a senhora quando comprou a nicotina?"

"Bem, de fato estava, sim. Eu me esqueci, senão teria dito ao senhor. Nós tínhamos saído naquela tarde e ele voltou para cá, para o chá."

Ela se virou com raiva para a irmã Rolfe.

"Não tem nada a ver com o Len, eu lhe digo! Ele mal conhecia a Pearce ou a Fallon. A Pearce não tinha nada com o Len."

Hilda Rolfe respondeu calmamente: "Eu desconhecia que ela tivesse alguma coisa com alguém. Não sei se você está tentando colocar ideias na cabeça do senhor Dalgliesh, mas certamente está colocando na minha".

A fisionomia da irmã Gearing desfez-se em infelicidade. Lamentando-se, virou a cabeça de um lado para o outro, como se buscasse ajuda ou abrigo desesperadamente. Suas feições, doentias e surrealistas, estavam cobertas pela luminosidade verde da estufa.

A irmã Rolfe lançou um olhar penetrante para Dalgliesh, depois, ignorando-o, foi em direção à colega e disse com uma gentileza inesperada:

"Ei, Gearing, me desculpe. É claro que não estou acusando Leonard Morris nem você. Mas o fato de que ele estava aqui ia aparecer de qualquer maneira. Não deixe a polícia perturbar você. É assim que eles trabalham. Não acho que o superintendente se importe a mínima se foi você, eu ou a Brumfett quem matou a Pearce e a Fallon, contanto que possa provar que foi alguém. Bem, deixe que ele prossiga. Basta responder as perguntas e manter a calma. Que tal continuar o seu trabalho e deixar a polícia continuar o dela?"

Mavis Gearing gemia como uma criança em busca de amparo: "Mas é tudo tão horrível!".

"Claro que é! Mas não vai durar para sempre. E enquanto isso, se você precisar se confiar a algum homem, procure um advogado, um psiquiatra ou um padre. Pelo menos você terá alguma certeza de que estarão do seu lado."

Os olhos assustados de Mavis Gearing moveram-se de Dalgliesh para Rolfe. Ela parecia uma criança hesitante sobre que lado ficar. Então, as duas mulheres moveram-se imperceptivelmente juntas e olharam para Dalgliesh, a irmã Gearing com uma reprovação confusa e a irmã Rolfe com um sorriso de satisfação em seus lábios cerrados, como uma mulher que acabara de se sair bem numa travessura.

II

Naquele momento, Dalgliesh ouviu o som de passos se aproximando. Alguém atravessava o refeitório. Ele se virou para a porta, achando que a irmã Brumfett finalmente havia chegado para encontrá-lo. A porta da estufa foi aberta, mas em vez da figura atarracada da enfermeira viu um homem alto e calvo, vestindo uma capa de chuva fechada com um cinto e com um curativo de gaze sobre o olho esquerdo. Uma voz aborrecida falou da porta:

"O que aconteceu com todo mundo? Este lugar está parecendo um necrotério."

Antes que alguém respondesse, Gearing correu depressa em direção a ele e segurou-lhe o braço. Dalgliesh observou com interesse ele franzir as sobrancelhas e automaticamente recuar.

"Len, o que é isso? Você está machucado! Nem me contou nada! Achei que fosse sua úlcera. Você nunca mencionou nada sobre ter machucado a cabeça!"

"Era a minha úlcera. Mas isso também não ajudou em nada."

Ele falou direto para Dalgliesh:

"O senhor deve ser o superintendente-chefe Dalgliesh, da New Scotland Yard. Mavis Gearing me disse que o senhor queria falar comigo. Estou indo para minha cirurgia com o clínico geral, mas estou à sua disposição por meia hora."

A irmã Gearing, porém, não se desviava de suas preocupações.

"Você não me contou nada sobre um acidente! Como aconteceu? Por que não me disse quando eu liguei?"

"Porque tínhamos outras coisas para falar e porque eu não queria que você se preocupasse."

Ele se soltou do braço dela e sentou-se numa cadeira de vime. As duas mulheres e Dalgliesh se aproximaram dele. Ninguém disse nada. Dalgliesh repassou suas opiniões irracionalmente preconcebidas sobre o amante da srta. Gearing. Ele deveria estar com um aspecto ridículo, sentado ali com sua capa de chuva barata, o curativo no olho e o rosto machucado, falando com aquela voz sarcástica e áspera. Mas era curiosamente grandioso. Por algum motivo, Hilda Rolfe passara a impressão de que ele era um homem pequeno, nervoso, inútil e que se intimidava com facilidade. Aquele era um homem forte. Talvez fosse apenas a manifestação de uma energia malcontida; talvez fosse o ressentimento obsessivo decorrente do fracasso e da impopularidade, mas aquela, sem dúvida, não era uma personalidade fácil ou insignificante.

Dalgliesh perguntou: "Quando o senhor soube que Josephine Fallon estava morta?".

"Quando liguei esta manhã para o meu escritório na farmácia, logo depois das nove e meia, para avisar que eu não iria. Meu assistente me contou. Suponho que a notícia já devia ter corrido o hospital àquela altura."

"Como o senhor reagiu à notícia?"

"Reagi? Eu não reagi. Eu mal conhecia a garota. Fiquei surpreso, acho. Duas mortes na mesma casa e em tão pouco tempo; bem, é incomum, para dizer o mínimo. É realmente chocante. Pode-se dizer que fiquei chocado."

Ele falava como um político bem-sucedido que condescendia em expressar sua opinião a um repórter novato.

"Mas o senhor não viu ligação entre as duas mortes?"

"Naquele momento, não. Meu assistente disse apenas

que uma outra Nightingale — é assim que chamamos as estudantes quando estão na mansão —, uma outra Nightingale, Jo Fallon, fora encontrada morta. Perguntei como, e ele me contou algo sobre um ataque cardíaco depois de uma gripe. Achei que tivesse sido morte natural. Suponho que foi o que todo mundo pensou no início."

"E quando o senhor começou a pensar outra coisa?"

"Acho que quando Mavis ligou para mim, uma hora depois, para me dizer que o senhor estava aqui."

Então, Mavis Gearing tinha telefonado para a casa de Morris. Ela devia querer falar com ele com urgência para arriscar-se a isso. Teria sido para avisá-lo? Para combinarem a história? Enquanto Dalgliesh imaginava que desculpa, se tivesse havido uma, ela havia dado à sra. Morris, o farmacêutico respondia à pergunta que não havia sido feita.

"Mavis não costuma ligar para minha casa. Ela sabe que eu gosto de manter minha vida profissional separada de minha vida privada. Mas era natural que estivesse ansiosa para saber sobre minha saúde, depois de ter ligado para o laboratório após o café da manhã e ser informada de que eu não estava. Eu sofro de uma úlcera no duodeno."

"Sua mulher, sem dúvida, poderia tê-la tranquilizado."

Ele respondeu calmamente, mas com um olhar cortante para Hilda Rolfe, que tinha se afastado para mais longe do grupo:

"Minha mulher leva as crianças para a casa da mãe dela todas as sextas-feiras."

Como Gearing, com certeza, devia saber. Então eles tiveram, afinal, uma chance de se consultarem para combinar sua história. Mas, se estivessem construindo um álibi, por que combiná-lo para a meia-noite? Porque sabiam, pelas melhores ou piores razões, que Fallon tinha morrido naquela hora? Ou porque, conhecendo os hábitos dela, acharam que meia-noite seria o horário mais provável? Apenas o assassino, ou talvez nem mesmo ele, poderia saber com precisão quando Fallon morrera. Poderia ter sido antes da meia-noite. Poderia ter sido mais tarde, até mesmo às duas e meia. Nem Miles Honeyman, com seus trinta anos de experiência, tinha como dizer a hora exata da morte com base apenas nos dados clínicos. A única certeza era que Fallon estava morta e que morrera logo depois de beber seu uísque. Mas quando exatamente o fato acontecera? Ela costumava preparar seu drinque noturno assim que subia para se deitar. No entanto, ninguém admitia tê-la visto depois que ela saiu da sala de convivência das enfermeiras. Fallon poderia, apenas uma possibilidade, estar viva quando a irmã Brumfett e as gêmeas Burt viram sua luz acesa pelo buraco da fechadura, logo depois das duas da manhã. E, se estivesse viva, o que estivera fazendo entre meia-noite e duas da manhã? Dalgliesh se concentrara nas pessoas que haviam tido acesso à escola. Mas suponha-se que Fallon tivesse saído da mansão Nightingale naquela noite, talvez para um encontro. Ou suponha-se que tivesse adiado a preparação de seu drinque noturno de uísque e limão por estar esperando um visitante. As portas da frente e dos fundos da mansão Nightingale estavam trancadas de manhã, mas Fallon poderia ter deixado seu visitante sair durante a noite e trancado a porta depois.

Mavis Gearing, porém, ainda estava preocupada com a cabeça ferida e o rosto machucado de seu amante.

"O que aconteceu com você, Len? Precisa me dizer. Você caiu da bicicleta?"

Hilda Rolfe deu uma risada antipática. Leonard Morris lançou-lhe um calculado olhar de desprezo intimidador, depois se voltou para Gearing.

"Se você quer saber, Mavis, foi isso mesmo — depois de eu deixar você ontem à noite. Um dos olmos grandes estava atravessado no caminho e eu pedalei direto para cima dele.

Rolfe falou pela primeira vez.

"Certamente você podia ver com o farol da sua bicicleta, não é mesmo?"

"O farol da minha bicicleta, irmã, não por acaso, está regulado para iluminar a estrada. Eu vi o tronco da árvore.

O que não vi a tempo foi um de seus galhos altos, que se projetava. Tive sorte de não perder um olho." Mavis Gearing, previsivelmente, soltou um gritinho agoniado.

Dalgliesh perguntou: "A que horas isso aconteceu?".

"Acabei de lhes dizer. Na noite passada, depois de eu sair da mansão Nightingale. Ah, compreendo! O senhor quer saber a hora exata? Por acaso, eu sei. Com a batida eu caí da bicicleta e fiquei com medo de que meu relógio tivesse se quebrado. Por sorte, não quebrou. Os ponteiros marcavam exatamente meia-noite e dezessete."

"Não havia nenhuma sinalização — uma echarpe branca — amarrada ao galho?"

"Claro que não, superintendente. Se tivesse, acredito que eu não teria me chocado com ele."

"Se a echarpe estivesse amarrada no alto do galho, talvez o senhor não a visse."

"Não havia nada para ver. Depois que ergui minha bicicleta e me recuperei do impacto, inspecionei a árvore com cuidado. Meu primeiro pensamento foi que eu poderia empurrá-la um pouco e deixar parte da estrada liberada. Claro, isso foi impossível. Seria necessário um trator e correias. Mas à meia-noite e dezessete não havia echarpe nenhuma em nenhum lugar daquela árvore."

"Senhor Morris", Dalgliesh disse, "acho que está na hora de termos uma conversinha."

Mas a irmã Brumfett o aguardava do lado de fora da sala. Antes que Dalgliesh pudesse falar alguma coisa, ela disse em tom acusador:

"Me disseram para vir ao seu encontro aqui. Vim no mesmo instante, apesar de alguns inconvenientes para a minha enfermaria. Quando cheguei, disseram que o senhor não estava em sua sala, que era para eu fazer o favor de descer até a estufa. Não pretendo ficar zanzando pela mansão Nightingale atrás do senhor. Se quiser falar comigo, disponho de meia hora agora."

"Irmã Brumfett", disse Dalgliesh, "pelo seu comportamento, a senhora parece determinada a me dar a impressão de que matou aquelas meninas. É possível que tenha sido a senhora. Chegarei a uma conclusão sobre isso assim que for humanamente possível. Enquanto isso, por favor, contenha seu entusiasmo em antagonizar a polícia e aguarde até que eu possa falar com a senhora. Que será quando eu terminar de conversar com o senhor Morris. A senhora pode aguardar aí fora ou ir para o seu quarto, como preferir. Mas posso precisar da senhora daqui a meia hora, e também não tenho nenhuma intenção de ficar zanzando para encontrá-la."

Ele não fazia ideia de como ela reagiria àquela censura. A reação, porém, foi surpreendente. Os olhos atrás dos óculos grossos se suavizaram e piscaram. Seu rosto se abriu num sorriso breve e ela assentiu satisfeita, como se pelo menos tivesse conseguido provocar um estudante especialmente dócil a exibir algum lampejo de esperteza.

"Espero aqui." Ela se instalou na cadeira fora da porta do escritório e depois indicou Morris com a cabeça.

"E trate de não deixar a conversa por conta dele, do contrário será muita sorte conseguir acabar em meia hora."

III

Mas a conversa levou menos de trinta minutos. Os dois primeiros foram dedicados à instalação de Morris. Tirou a capa de chuva surrada, depois a sacudiu e alisou, desfazendo as pregas, como se, de algum modo, ela tivesse sido contaminada na mansão Nightingale, e em seguida dobrou-a com uma precisão exagerada. Por fim, sentou-se diante de Dalgliesh e tomou a iniciativa.

"Por favor, não dispare perguntas contra mim, superintendente. Não gosto de ser interrogado. Prefiro contar a história do meu jeito. O senhor não precisa se preocupar com falta de exatidão. Dificilmente eu seria o farmacêutico responsável de um hospital tão importante se não fosse alguém detalhista e não tivesse uma boa memória para os fatos."

Dalgliesh disse com suavidade: "Então, eu gostaria de alguns fatos, se não se importa, começando talvez por seus movimentos na noite passada".

Morris prosseguiu como se não tivesse ouvido essa solicitação absolutamente razoável.

"Mavis Gearing tem me concedido o privilégio de sua amizade nos últimos seis anos. Não tenho dúvida de que algumas pessoas aqui, determinadas mulheres que moram na mansão Nightingale, interpretaram de maneira toda própria essa amizade. Era de se esperar. Em uma comunidade de solteironas de meia-idade que moram juntas, com certeza há ciúme de natureza sexual."

"Senhor Morris", Dalgliesh disse gentilmente, "não estou aqui para investigar seu relacionamento com a senhorita Mavis Gearing nem o dela com as colegas. Se esses relacionamentos tiverem alguma coisa a ver com a morte das duas jovens, então, sim, o senhor pode me falar a respeito. Do contrário, deixemos de lado a psicologia barata e vamos direto aos dados concretos."

"Meu relacionamento com Mavis é essencial para sua investigação, uma vez que foi o que me trouxe a esta casa no período em que as enfermeiras Pearce e Fallon morreram."

"Está bem. Então, fale-me dessas duas ocasiões."

"A primeira foi na manhã em que a enfermeira Pearce morreu. O senhor, sem dúvida, está a par dos detalhes. Naturalmente, relatei minha visita ao inspetor Bailey, pois ele havia mandado colocar um aviso em todos os murais do hospital para que fosse informado o nome das pessoas que visitaram a mansão Nightingale na manhã em que a enfermeira Pearce morreu. Mas não tenho nenhuma objeção em repetir a informação. Passei por aqui a caminho da farmácia para deixar um bilhete para ela. Na verdade, era um cartão desses de boa sorte que se costuma enviar aos amigos antes de algum evento importante. Eu sabia que a senhorita Gearing é quem faria a primeira demonstração do dia, na verdade a primeira desta escola, pois a irmã

Manning, a assistente da senhorita Rolfe, está doente, gripada. Como era de se esperar, Mavis estava nervosa, acima de tudo por causa da presença da inspetora do Conselho Geral de Enfermagem. Infelizmente, perdi o correio na tarde anterior. Como eu estava ansioso para que ela recebesse meu cartão antes de ir para a demonstração, decidi deixá-lo no escaninho dela. Vim para o trabalho mais cedo, cheguei à mansão Nightingale pouco depois das oito e saí logo depois. Não vi ninguém. A equipe e as estudantes deviam estar no café da manhã. Não entrei na sala de demonstração. Não queria chamar a atenção. Coloquei o envelope com o cartão no escaninho da senhorita Gearing e me retirei. Era um cartão bastante divertido. Tinha dois tordos, o macho escrevia as palavras 'Boa sorte' com minhocas aos pés da fêmea. Mavis pode ter guardado o cartão; ela tem uma queda por essas bobagens. Sem dúvida, ela pode mostrá-lo, se o senhor pedir. Confirmaria minha história sobre o que eu estava fazendo na mansão Nightingale."

Dalgliesh disse com ar grave: "Eu já vi o cartão. O senhor sabia sobre o que seria a demonstração?".

"Eu sabia que seria sobre alimentação intragástrica, mas não que a enfermeira Fallon adoecera à noite, nem quem faria o papel de paciente."

"O senhor faz ideia de como o veneno corrosivo foi parar no recipiente?"

"Se o senhor apenas deixar que eu siga meu próprio ritmo... Eu estava prestes a lhe dizer isso. Não faço ideia. A explicação mais provável é que alguém quis fazer uma brincadeira estúpida sem se dar conta de que o resultado poderia ser fatal. Isso ou acidente. Há precedentes. Um bebê recém-nascido foi morto na maternidade de um hospital — não o nosso, felizmente — há apenas três anos, quando uma garrafa de desinfetante foi confundida com a de leite. Não sei explicar como o acidente daqui pode ter acontecido, ou quem na mansão Nightingale poderia ser tão ignorante a ponto de achar que colocar veneno corrosivo no leite pudesse resultar em algo divertido."

Fez uma pausa, como se desafiasse Dalgliesh a interrompê-lo com outra pergunta. Deparando-se apenas com um tranquilo olhar indagador, prosseguiu:

"Isso é tudo, quanto à morte da enfermeira Pearce. Não tenho como ajudá-lo mais. Com relação à enfermeira Fallon, a questão já é bem diferente."

"Algo que aconteceu ontem à noite? Alguém que o senhor tenha visto?"

A irritação foi incontida: "Nada a ver com a noite passada, superintendente. Gearing já falou com o senhor sobre a noite passada. Não vimos ninguém. Saímos do quarto dela logo depois da meia-noite e descemos pela escada dos fundos, pelo apartamento da enfermeira-chefe. Peguei minha bicicleta no meio dos arbustos, nos fundos da casa — não vejo motivo para anunciar minhas visitas às mentes mesquinhas femininas da vizinhança —, e caminhamos juntos até a primeira curva do caminho. Depois paramos para conversar e eu a acompanhei de volta à mansão Nightingale e a observei entrar pela porta dos fundos. Ela deixara a porta aberta. Finalmente, saí pedalando, como já lhe disse, até chegar ao olmo caído à meia-noite e dezessete. Se alguém passou por ali depois de mim e colocou uma echarpe branca num galho, só posso dizer que não o vi. Se ele veio de carro, deve ter estacionado do outro lado da mansão Nightingale. Não vi carro nenhum."

Outra pausa. Dalgliesh não fez nenhum sinal, mas Masterson permitiu-se um suspiro de cansada resignação ao virar uma página de seu bloco de anotações.

"Agora, superintendente, o acontecimento que estou prestes a lhe contar ocorreu na primavera passada, quando essa turma atual de estudantes, inclusive a enfermeira Fallon, estava no segundo ano. Como sempre, dei a aula sobre venenos. No final da palestra, todas as estudantes, menos a enfermeira Fallon, juntaram seus livros e foram embora. Ela se aproximou da minha mesa e me perguntou o nome de um veneno que poderia matar instantaneamente e sem causar dor, e que qualquer pessoa pudesse conseguir. Estranhei a pergunta, mas não vi razão para não responder. Em momento algum me ocorreu que a pergunta pudesse ter alguma aplicação pessoal e, de qualquer modo, era uma informação que ela poderia obter em qualquer livro da biblioteca do hospital sobre farmacopeia ou medicina forense."

Dalgliesh perguntou: "E o que exatamente o senhor respondeu a ela, senhor Morris?".

"Eu disse que a nicotina era um veneno assim, e que poderia ser obtido num *spray* comum para rosas."

Verdade ou mentira? Quem poderia dizer? Dalgliesh deu-se conta de que normalmente conseguia detectar quando um suspeito mentia, mas não era o caso desse suspeito. E, se Morris insistisse nessa história, como poderia ser desmentida? E se fosse uma mentira, a finalidade era clara — sugerir que Josephine Fallon tinha se matado. E o motivo óbvio para que ele resolvesse fazer isso era proteger a irmã Gearing. Ele a amava. Esse homem pedante, que beirava o ridículo; aquela mulher madura, tola e oferecida — eles se amavam. E por que não? O amor não era uma prerrogativa das pessoas jovens e atraentes. Era, porém, um empecilho para qualquer investigação — lamentável, trágico e burlesco, conforme o caso, mas de forma alguma negligenciável. O inspetor Bailey, pelo que pudera ver de suas anotações do primeiro crime, nunca acreditou de todo na história do cartão de boa sorte. Na sua opinião, seria um gesto tolo e infantil para um homem adulto, e em particular desacordo com o caráter de Morris; por isso ficou desconfiado. Mas Dalgliesh pensava de maneira diferente. Combinava com seus passeios ciclísticos solitários e nada românticos para ir visitar a amante; a ignomínia de esconder a bicicleta nas moitas, nos fundos da mansão Nightingale; a lenta caminhada pelo frio de uma meia-noite de janeiro, prolongando aqueles preciosos minutos derradeiros; sua defesa atrapalhada, mas curiosamente dignificante, da mulher amada. E essa sua última declaração, verdadeira ou falsa, no mínimo era inconveniente. Se ele insistisse nela, poderia ser um argumento poderoso para quem preferisse acreditar que Fallon morrera por suas próprias mãos. E ele iria sustentá-lo. Olhou para Dalgliesh, agora com a expressão firme e exaltada de quem estava em vias de se tornar um mártir, sustentando o olhar do adversário, desafiando-o a desacreditá-lo. Dalgliesh suspirou:

"Está bem", disse. "Não vamos perder tempo com especulações. Vamos rever os horários da sua movimentação na noite passada."

IV

Fiel à sua promessa, a irmã Brumfett aguardava do lado de fora, quando Masterson deixou Leonard Morris sair. Mas seu humor de alegre aquiescência havia desaparecido e ela se sentou em frente a Dalgliesh pronta para uma batalha. Diante daquele olhar matriarcal, ele sentiu um pouco do desconforto de uma estudante novata de enfermagem recém-chegada a uma enfermaria particular; e alguma outra coisa mais forte e terrivelmente familiar. Sem hesitar, sua mente seguiu o rastro de um medo surpreendente, até sua origem. A diretora de sua escola havia olhado para ele da mesma maneira uma vez, provocando no menino de oito anos, saudoso de casa, o mesmo desconforto, o mesmo medo. Por um segundo, Dalgliesh forçou-se a sustentar o olhar dela.

Era sua primeira oportunidade de observá-la de perto e sozinha. Seu rosto era desagradável, ainda que comum. Os olhos pequenos e astutos fuzilaram os dele através dos aros de aço dos óculos, a ponte semimergulhada numa dobra carnuda sobre o nariz manchado. O cabelo grisalho era curto e emoldurava com suas ondas as bochechas marsupiais e o queixo determinado. A elegante touca plissada, que em Mavis Gearing parecia delicada como um suspiro de renda espiralado e que favorecia até mesmo os traços andróginos de Hilda Rolfe, estava presa mais para baixo sobre a testa da irmã Brumfett, como a decoração de uma torta em volta de uma crosta particularmente pouco apetitosa. Bastava substituir esse símbolo de autoridade por um chapéu de feltro comum, cobrir o uniforme com um casaco bege sem corte, e teríamos o protótipo da dona de casa madura, de classe média, caminhando empertigada pelo supermercado com uma bolsa disforme na mão e os olhos aguçados atrás da pechincha da semana. Ainda assim, aparentemente, era uma das melhores irmãs de toda a história do John Carpendar. E, coisa ainda mais surpreendente, ali estava a amiga preferida de Mary Taylor.

Antes que ele pudesse começar a interrogá-la, ela disse:

"A enfermeira Fallon cometeu suicídio. Primeiro, matou Pearce, depois se matou. Fallon assassinou Pearce. Por acaso, sei que foi ela. Então, por que o senhor não para de perturbar a enfermeira-chefe e deixa o hospital prosseguir com seu trabalho? Não há nada que o senhor possa fazer agora para ajudar nenhuma das duas. Ambas estão mortas."

Pronunciada em tom autoritário e desconcertantemente evocativo, a declaração tinha a força de um comando. A resposta de Dalgliesh foi desproporcionalmente cortante. Ela que se danasse! Não iria ser intimidado.

"Se a senhora sabe com tanta certeza, deve ter alguma prova. E qualquer coisa que a senhora saiba precisa ser revelada. Estou investigando assassinatos, irmã, não o roubo de uma comadre do hospital. A senhora tem a obrigação de não omitir provas."

Ela riu de maneira estridente, rude e sarcástica, como um animal engasgado. "Provas! Não dá para chamar isso de prova. Mas eu sei!"

"A enfermeira Fallon falou com a senhora enquanto esteve internada em sua enfermaria? Estava delirando?"

Não passava de uma suposição. Ela fungou com escárnio.

"Se isso aconteceu, não tenho a obrigação de lhe dizer. O que um paciente fala quando está delirando não é

233

tema para fofocas. Pelo menos não na minha enfermaria. Tampouco é alguma prova. Apenas aceite o que estou dizendo e pare de criar caso. Fallon matou Pearce. Por que o senhor acha que ela voltou para a mansão Nightingale naquela manhã, com quarenta graus de febre? Por que o senhor acha que ela se recusou a explicar o motivo para a polícia? Fallon matou Pearce. Vocês, homens, gostam de complicar as coisas. Mas na verdade é tudo muito simples. Fallon matou Pearce e não há dúvida de que tinha lá seus motivos."

"Não existem motivos válidos para um assassinato. E mesmo que Fallon tenha matado Pearce, duvido que tenha cometido suicídio depois. Tenho certeza de que suas colegas comentaram com a senhora sobre o veneno para rosas. Lembre-se de que Fallon não estava na mansão Nightingale quando a lata de nicotina foi guardada no armário da estufa. A turma dela esteve fora da mansão Nightingale desde a primavera do ano passado e Mavis Gearing comprou o veneno para rosas no verão. A enfermeira adoeceu na noite em que o período letivo começou e só voltou para a mansão Nightingale na noite anterior a sua morte. Como explica que ela soubesse onde encontrar a nicotina?"

Brumfett pareceu surpreendentemente desconcertada. Ficou em silêncio por um momento e depois resmungou algo ininteligível. Dalgliesh aguardou. Depois, ela falou, na defensiva:

"Não sei como ela ficou sabendo. Isso cabe ao senhor descobrir. Mas é óbvio o que ela fez."

"A senhora sabia onde a nicotina estava guardada?"

"Não. Não tenho nada a ver com o jardim nem com a estufa. Gosto de sair do hospital nos meus dias de folga. Costumo jogar golfe com a enfermeira-chefe ou então de fazer um passeio de carro com ela. Tentamos nos organizar para que nossas horas de lazer coincidam."

Falava num tom presunçoso. Não fez a menor tentativa de disfarçar sua grande autossatisfação. O que estaria tentando comunicar?, ele se perguntou. A referência à enfermeira-chefe seria seu jeito de dizer que era a favorita da professora e que precisava ser tratada com deferência?

Respondeu: "A senhora não estava na estufa naquela tarde do verão passado, quando Mavis Gearing levou a lata?".

"Não me lembro."

"Acho melhor a senhora tratar de se lembrar, irmã. Não deve ser difícil. Outras pessoas se lembram muito bem."

"Se estão dizendo que eu estava lá, então vai ver que estava."

"A irmã Gearing diz que mostrou o frasco para vocês e que brincou, dizendo que dava para envenenar a escola inteira com apenas algumas gotas. A senhora respondeu que ela deixasse de ser infantil e guardasse a lata bem trancada. Está lembrada agora?"

"É o tipo de comentário tolo que Mavis Gearing faria e sem dúvida eu disse para ela ter cuidado. Pena que não tenha me ouvido."

"A senhora encara essas mortes com muita calma, irmã."

"Eu encaro todas as mortes com muita calma. Do contrário, não poderia fazer o meu trabalho. A morte acontece o tempo todo num hospital. Provavelmente, está acontecendo agora na minha enfermaria, como já aconteceu hoje à tarde com um dos meus pacientes!"

Falou num protesto súbito e apaixonado, empertigando-se como que ultrajada pela possibilidade de o dedo da morte tocar qualquer um que estivesse sob sua responsabilidade. Dalgliesh achou desconcertante aquela mudança súbita de humor. Como se aquele corpo roliço e sem atrativos guardasse o temperamento de uma *prima donna*, apaixonado e irracional. Por um momento, os olhos pequenos e sem graça por trás das lentes grossas encontraram os dele em um surdo ressentimento, a pequena boca obstinada marcada pelo desgosto. E então, de repente, houve uma metamorfose. Ela o fuzilou com o olhar, o rosto inflamado de indignação enchendo-se de uma ferocidade viva. Ele vislumbrou aquele amor fervoroso e possessivo com que ela cercava aqueles sob seus cuidados. Ali estava uma mulher, aparentemente sem graça, que dedicara a vida a um só objetivo com uma determinação extraordinária. Se algo — ou alguém — se interpusesse no caminho daquilo que ela considerava um bem maior, até onde sua determinação a levaria? Para Dalgliesh ela parecia uma mulher antes de mais nada inteligente. Mas o assassinato com frequência era o último recurso dos sem-inteligência. E teriam sido aqueles assassinatos, com toda a sua complexidade, obra de uma mulher inteligente? Uma garrafa de desinfetante encontrada às pressas; uma lata de nicotina prontamente acessível. Será que essas duas mortes não falavam de um impulso repentino e descontrolado, de um apelo irrefletido aos meios mais fáceis? Por certo num hospital haveria formas mais sutis de se livrar de alguém.

Os olhos astutos o fitavam com uma antipatia vigilante. O interrogatório todo era um ultraje para ela. Inútil buscar a conciliação com uma testemunha assim e ele não tinha estômago para tentar. Disse:

"Gostaria de rever seus passos na manhã em que a enfermeira Pearce morreu e na noite passada."

"Eu já contei ao inspetor Bailey sobre a manhã em que Pearce morreu. E mandei uma nota para o senhor."

"Eu sei. E lhe agradeço por isso. Agora, gostaria de ouvir da senhora."

Ela não protestou mais, porém relatou a sequência de seus movimentos e atividades como se lesse o quadro de horários de uma ferrovia.

O relato de seus passos na manhã da morte de Heather Pearce batia quase exatamente com a declaração escrita já entregue ao inspetor Bailey. Ela descreveu apenas suas próprias atividades, não apresentou teorias, não emitiu nenhuma opinião. Depois daquele primeiro surto de revelações, aparentemente ela decidira se ater aos fatos.

Ela acordara às seis e meia da manhã na segunda-feira 12 de janeiro e se encontrara com a enfermeira-chefe para o chá matinal, que costumavam tomar juntas no apartamento de Mary Taylor. Deixara a enfermeira-chefe às sete e quinze e fora tomar banho e se vestir. Permanecera em seu quarto até dez para as oito, quando apanhara seu jornal na prateleira do saguão e fora tomar o café da manhã. Não vira ninguém na escada nem no saguão. As irmãs Gearing e Rolfe haviam se reunido a ela no refeitório e as três haviam tomado café juntas. Terminado o café, fora a primeira a sair; não soube dizer a hora exata, mas provavelmente não passava das oito e vinte, dera uma passada rápida em sua sala de estar no terceiro andar, depois fora andando para o hospital, chegando a sua enfermaria pouco antes das nove. Sabia da inspeção do Conselho Geral de Enfermagem, uma vez que, obviamente, a enfermeira-chefe havia comentado com ela. Sabia da aula prática, uma vez que os detalhes do programa de ensino das enfermeiras estavam afixados no quadro de avisos do saguão. Sabia que Josephine Fallon estava doente, pois a irmã Rolfe ligou para ela durante a noite. Não sabia, no entanto, que a enfermeira Pearce ocuparia o lugar de Fallon. Concordou que poderia ter sabido disso facilmente se tivesse olhado no quadro de avisos, mas não se preocupou em verificar. Não havia por que se preocupar. Ter um certo interesse genérico pelo programa de ensino de enfermeiras era uma coisa; preocupar-se em saber quem ia ser a paciente era outra.

Ela não sabia que a enfermeira Fallon havia voltado para a mansão Nightingale naquela manhã. Se soubesse, teria repreendido a moça com severidade. Quando chegou à enfermaria, Fallon estava em seu quarto, na cama. Ninguém da enfermaria reparou na ausência dela. Decerto a enfermeira encarregada achou que ela tivesse ido ao banheiro. Foi censurável a enfermeira de plantão não verificar, mas a enfermaria estava com muito movimento e ninguém ia imaginar que os pacientes, em especial as estudantes de enfermagem, fossem se comportar como idiotas. A enfermeira Fallon deve ter permanecido fora da enfermaria por cerca de vinte minutos. Pelo jeito sua caminhada daquela manhã não lhe fizera mal. Recuperou-se depressa da gripe e não houve complicações. Não deu a impressão de estar especialmente deprimida durante sua permanência na enfermaria e se alguma coisa a perturbava não a comunicou à irmã Brumfett. Na opinião de Brumfett, a garota parecia perfeitamente bem ao ser liberada da enfermaria e voltar para sua turma na mansão Nightingale.

Em seguida, repassou o que havia feito na noite anterior com a mesma voz monótona e inexpressiva. Como a enfermeira-chefe estava em Amsterdam, na conferência internacional, ela passou a noite sozinha, assistindo televisão na sala de convivência das irmãs. Foi para a cama às dez da noite e acordou cerca de quinze para a meia-noite com o telefonema do dr. Courtney-Briggs. Foi para o hospital por um atalho entre as árvores e ajudou a enfermeira-estudante de plantão a preparar a cama para a volta do paciente. Ficou com ele até ter certeza de que o oxigênio e o soro estavam sendo administrados de maneira satisfatória e que sua condição geral estava tão boa quanto seria de se esperar. Voltou à mansão Nightingale pouco depois das duas da manhã e, ao subir para o seu quarto, encontrou Maureen Burt saindo do banheiro. A outra gêmea apareceu logo depois e elas trocaram algumas palavras. Recusou o chocolate que elas se ofereceram para lhe preparar e seguiu direto para o quarto. Sim, havia uma luz brilhando na fechadura de Fallon naquela hora. Ela não foi ao quarto de Fallon e não tinha como saber se a garota estava viva ou morta. Dormiu bem e acordou logo depois das sete, quando Hilda Rolfe veio apressada lhe dar a notícia de que haviam encontrado o corpo de Fallon. Ela não tinha visto Fallon desde que a moça fora liberada da enfermagem depois da ceia da terça-feira.

Ao fim do relato, os dois ficaram em silêncio e depois Dalgliesh perguntou:

"A senhora gostava da enfermeira Pearce? E da enfermeira Fallon?"

"Não. Mas também não desgostava. Não acredito em manter relacionamentos pessoais com as estudantes de enfermagem. Gostar ou desgostar não é relevante. Ou elas são boas enfermeiras ou não são."

"E elas eram boas enfermeiras?"

"A Fallon era melhor do que a Pearce. Era mais inteligente e tinha mais imaginação. Não era uma colega fácil, mas os pacientes gostavam dela. Algumas pessoas a achavam rígida, coisa que nenhum paciente diria. Pearce era muito esforçada. Andava por aí parecendo uma jovem Florence Nightingale, ou pelo menos era como ela mesma se via. Sempre preocupada com a impressão que causava. Uma garota essencialmente tola. Mas dava para confiar nela. Ela sempre fazia o que era correto. Já Fallon fazia o que era direito. Para isso é preciso instinto, além de capacitação. Espere só quando o senhor estiver morrendo, meu caro. O senhor vai saber a diferença."

Então Josephine Fallon não só era inteligente: também era criativa. Ele acreditava nisso. Porém essas eram as duas últimas qualidades que ele esperava que a irmã Brumfett valorizasse. Lembrou-se da conversa no almoço, da insistência dela na necessidade de uma obediência inquestionável. Falou cuidadosamente:

"Fico surpreso por a senhora incluir a imaginação entre as virtudes de uma estudante de enfermagem. Achei que a senhora prezava a obediência absoluta acima de tudo. É difícil conciliar imaginação, que certamente é algo muito individual, até mesmo iconoclasta, com a submissão à autoridade de um bom subordinado. Desculpe-me se pareço atrevido. Esta conversa não tem muito a ver com as minhas atividades, eu sei. Mas é que fiquei curioso."

Tinha muito a ver com as atividades dele; sua curiosidade não era irrelevante. Mas ela não precisava saber disso. Ela respondeu de modo áspero:

"A obediência à autoridade de direito vem em primeiro lugar. Trata-se de um serviço disciplinado; nem seria preciso eu lhe dizer isso. Apenas quando a obediência passa a ser automática, quando a disciplina é aceita e mesmo bem-vinda, é que alguém aprende a sabedoria e a coragem que permitem fugir às regras em determinados momentos. Imaginação e inteligência são perigosas na enfermagem se baseadas na indisciplina."

Então ela não era uma conformista tão simples ou obstinada quanto aparentava, ou gostava de aparentar a suas colegas. Além disso, também tinha imaginação. Seria essa, ele se perguntou, a Brumfett que Mary Taylor conhecia e valorizava? Ainda assim, estava convencido de que sua primeira impressão não fora errada. Em essência, ela não era uma mulher inteligente. Estaria ela, mesmo agora, enunciando a teoria, talvez as palavras, de outra pessoa? "A sabedoria e a coragem que permitem fugir às regras." Bem, alguém na mansão Nightingale havia fugido às regras, alguém a quem não faltara coragem. Olharam-se. Ele começava a se indagar se a mansão Nightingale havia lançado algum tipo de feitiço sobre ele, se sua atmosfera ameaçadora começara a afetar seu julgamento. Por trás dos óculos grossos, pensou ter visto uma mudança nos olhos dela, achou ter detectado uma urgência em se comunicar, em ser compreendida, até mesmo um pedido de ajuda. E então a ilusão de desfez. Voltava a fitar a mais medíocre, intransigente e menos complexa de todas as suspeitas. E o interrogatório chegou ao fim.

V

Já passava das nove da noite, mas Dalgliesh e Masterson continuavam no escritório. Havia pelo menos duas horas de trabalho pela frente antes que pudessem encerrar o expediente, para verificar e comparar os depoimentos, procurar discrepâncias reveladoras, planejar as atividades do dia seguinte. Dalgliesh deixou Masterson continuar com o trabalho e discou o número do apartamento da enfermeira-chefe, para perguntar se ela teria vinte minutos para conceder-lhe. A cortesia e as normas ditavam que ele deveria mantê-la informada, mas ele desejava falar com ela por outro motivo, antes de deixar a mansão Nightingale.

Ela deixara a porta do apartamento aberta para ele, Dalgliesh seguiu direto pelo corredor até a sala de estar, bateu na porta e entrou. Penetrou num ambiente de paz, silêncio e luz. E frio. A sala estava surpreendentemente gelada. Um fogo brilhante ardia na lareira, mas seu calor não chegava aos cantos mais distantes da sala. Ao passar por ela, observou que estava vestida de forma adequada, com calça larga de veludo marrom envolvendo suas pernas longas, um suéter castanho de cashmere de colarinho alto com as mangas puxadas para trás, deixando à mostra pulsos delicados. Uma echarpe de seda verde-brilhante lhe envolvia o pescoço.

Sentaram-se juntos no sofá. Dalgliesh notou que ela estivera trabalhando. Via-se uma pasta aberta encostada ao pé da mesinha do café e alguns papéis espalhados sobre ela. Havia uma cafeteira junto à lareira e o cheiro reconfortante de madeira aquecida e café dominava a sala.

Ela lhe ofereceu café ou uísque; nada mais. Aceitou o café e ela se levantou para pegar uma segunda xícara. Quando voltou com o café servido, ele disse:

"A senhora já foi informada, espero, de que nós encontramos o veneno."

"Sim. Gearing e Rolfe vieram falar comigo depois que o senhor as interrogou. Suponho que isso signifique que foi assassinato."

"Acho que sim, a não ser que a própria enfermeira Fallon tenha escondido a lata. Mas parece improvável. Inventar um mistério deliberado para um suicídio com o objetivo de criar o máximo de problemas seria a atitude de um exibicionista ou de um neurótico. Essa moça não me parece ser nem uma coisa nem outra, mas gostaria de ouvir sua opinião."

"Concordo com o senhor. Fallon, eu diria, era uma pessoa essencialmente racional. Se decidiu se matar, foi por motivos que lhe pareceram bons na ocasião e eu esperaria que ela deixasse um bilhete breve, porém lúcido, explicando que motivos teriam sido esses. Muitos suicidas se matam para causar problemas para outras pessoas. Fallon não."

"Essa é também a minha avaliação, mas eu queria perguntar a alguém que de fato a conhecia."

Ela perguntou: "O que diz Madeleine Goodale?".

"Madeleine Goodale acha que sua amiga se matou; mas isso antes de encontrarmos a nicotina."

Ele não disse onde e ela também não perguntou. Dalgliesh não pretendia contar a ninguém da mansão Nightingale onde a lata fora encontrada. Mas uma pessoa sabia onde ela fora escondida e, com sorte, acabaria revelando seu conhecimento incriminador.

Ele prosseguiu: "Há uma outra questão. A senhorita Gearing contou-me que recebeu um amigo em seu quarto na noite passada; disse que o deixou sair pela porta do seu apartamento. Isso a surpreende?".

"Não. Eu deixo o apartamento aberto quando não estou aqui, para que as irmãs possam usar a escada dos fundos. Isso ao menos dá a elas uma ilusão de privacidade."

"Às custas de sua própria privacidade, por certo."

"Ah, creio que está claro que elas não devem entrar no apartamento. Confio nas minhas colegas. Mesmo que não confiasse, não há nada aqui que possa interessá-las. Mantenho todos os documentos oficiais em meu escritório, no hospital."

Ela estava certa. Não havia nada ali que pudesse interessar a qualquer outra pessoa além dela. A sala de estar, apesar de todos os seus traços de individualidade, era quase tão comum quanto o apartamento dele no alto do Tâmisa, em Queenhithe. Talvez esse fosse um dos motivos por que ele se sentia tão em casa. Não havia fotografias convidando a especulações; nenhuma escrivaninha coberta com a usual abundância de objetos triviais; nenhum quadro que revelasse um gosto pessoal; nenhum convite para sugerir a diversidade, ou mesmo a existência, de uma vida social. Ele mantinha seu apartamento inviolado; para ele era intolerável achar que as pessoas podiam entrar e sair à vontade. Mas aqui havia uma reticência ainda maior; a autossuficiência de uma mulher tão reservada que não permitia nem mesmo que seu espaço pessoal revelasse algo a seu respeito.

Ele disse: "O doutor Courtney-Briggs me contou que foi amante de Josephine Fallon por um breve período, no primeiro ano dela aqui. A senhora sabia disso?".

"Sabia. Da mesma maneira que sei que o visitante de Mavis Gearing de ontem era, quase certamente, Leonard Morris. Num hospital, os boatos se espalham como por osmose. Nem sempre conseguimos lembrar quando foi que nos contaram sobre o último escândalo; ficamos sabendo — só isso."

"E há muita coisa para se saber?"

"Mais, talvez, do que em instituições menos vistosas. O senhor acha isso muito surpreendente? Pessoas obrigadas a assistir diariamente a tudo o que o corpo é capaz de sofrer em termos de agonia e degradação talvez não sejam tão escrupulosas quando se trata de utilizá-lo para o próprio consolo."

Quando e com quem, ele se perguntou, ela encontrava o seu consolo? No trabalho, com o poder que o cargo indubitavelmente lhe dava? Na astronomia, traçando por longas noites os caminhos das estrelas em movimento? Com Brumfett? Certamente, por Deus, não com Brumfett!

Ela disse: "Se o senhor está achando que Stephen Courtney-Briggs pode ter matado para proteger sua reputação, bem, eu não acredito nisso. Eu soube do caso. Assim como metade do hospital, sem dúvida. Courtney-Briggs não é exatamente discreto. Além disso, um motivo como esse se aplicaria apenas a um homem vulnerável à opinião pública".

"Todos os homens são, de alguma maneira, vulneráveis à opinião pública."

Ela lançou-lhe um olhar súbito e penetrante com seus olhos extraordinariamente saltados.

"É claro. Sem dúvida Stephen Courtney-Briggs é tão capaz de matar para evitar um desastre pessoal ou uma desgraça pública quanto qualquer um de nós. Mas não, eu acho, para evitar que as pessoas soubessem que uma mulher jovem e atraente queria ir para a cama com ele; ou que, mesmo sendo um homem de meia-idade, ainda é capaz de obter seu prazer sexual onde bem lhe agrada."

Haveria um traço de desdém, quase de ressentimento, na voz dela? Por um momento, ele percebeu um eco da irmã Rolfe.

"E da amizade de Hilda Rolfe com Julia Pardoe? A senhora sabia?"

Ela sorriu com uma leve amargura.

"Amizade? Sim, eu sei, e acho que compreendo. Mas não estou certa de que o senhor entenda. A reação ortodoxa, se o caso viesse a público, seria que Rolfe está corrompendo Pardoe. Mas se aquela jovem mulher foi corrompida, suspeito que tenha acontecido antes de ela vir para o John Carpendar. Não pretendo interferir. O caso vai se resolver por si mesmo. Julia Pardoe deve se qualificar como enfermeira registrada do Estado em alguns meses. Por acaso, sei que ela tem planos para o futuro que certamente não incluem continuar aqui. Desconfio que uma grande dose de infelicidade aguarda a irmã Rolfe. Mas vamos enfrentar isso quando acontecer."

A voz dela lhe dizia que ela sabia, que estava atenta, que tinha a situação sob controle. E que não era assunto para maiores discussões.

Ele terminou seu café em silêncio, depois se levantou para ir embora. Não havia mais nada que precisasse saber no momento e sentia-se desagradavelmente suscetível a toda nuance da voz dela, a todo silêncio que pudesse sugerir que a presença dele era enfadonha. Dificilmente seria bem-vindo, sabia disso. Estava acostumado a ser, na melhor das hipóteses, o arauto das más notícias e, na pior, dos desastres. Mas ao menos podia evitar impor sua companhia a ela um minuto além do necessário.

244

Quando ela se levantou para acompanhá-lo até a porta, ele fez uma referência casual à arquitetura da casa e perguntou desde quando pertencia ao hospital. Ela respondeu:

"É uma história trágica e terrível. Foi construída em 1880 por Thomas Nightingale, um fabricante local de barbantes e cordas que subiu na vida e queria uma casa para dar dignidade à sua nova posição. O nome, por acaso, é apropriado; nada tem a ver com Florence Nightingale ou com o pássaro de mesmo nome. O sr. Nightingale morou aqui com a mulher até 1886; eles não tinham filhos. Em janeiro daquele ano, uma das empregadas, uma garota de dezenove anos chamada Nancy Gorringe, pega num orfanato pela senhora Nightingale, foi encontrada enforcada numa das árvores do terreno. Quando desceram o corpo, ficou evidente que ela vinha sendo sistematicamente maltratada, surrada e até mesmo torturada durante meses. Tratava-se de um sadismo calculado. Um dos aspectos mais horríveis do caso era que outros empregados da casa pareciam fazer ideia do que estava acontecendo, mas se omitiram. Aparentemente, eram bem tratados; prestaram um tributo tocante a Nightingale no julgamento, garantindo que ele era um homem justo e um patrão conscencioso. Deve ter sido parecido com esses casos modernos de crueldade contra crianças em que apenas um membro da família é vítima de violência e negligência e os demais consentem tacitamente com a situação. Um prazer indireto com o sadismo, suponho, ou apenas o desejo desesperado de preservar a própria segurança. Ainda assim, é estranho. Nenhum deles se voltou contra Nightingale, nem mesmo quando a revolta local atingiu o máximo nas semanas que se seguiram ao julgamento. Ele e a esposa foram condenados e passaram muitos anos na prisão. Tenho a impressão de que morreram lá. De qualquer modo, jamais voltaram para a mansão Nightingale. Ela foi vendida a um fabricante de botas aposentado, que morou aqui por apenas dois anos até concluir que não gostava do lugar. Foi vendida a um dos administradores do hospital, que viveu os últimos doze anos de sua vida aqui e a deixou para o John Carpendar. A mansão sempre foi motivo de constrangimento para o hospital, ninguém sabe muito bem o que fazer com ela. Não é de fato adequada a uma escola de formação de enfermeiras, mas é difícil saber ao certo para que poderia servir. Dizem que nesta época do ano se pode ouvir o fantasma de Nancy Gorringe chorando pelos terrenos depois que escurece. Eu nunca ouvi e é uma história que procuramos evitar que as estudantes conheçam. Mas esta jamais foi uma casa feliz."

E agora era ainda mais infeliz, pensou Dalgliesh enquanto voltava ao escritório. Agora havia dois assassinatos para se somar àquela história de violência e ódio.

Disse a Masterson que ele estava liberado e acomodou-se para um último e solitário estudo da papelada. Mal o sargento saiu, o telefone externo tocou. Era o diretor do laboratório de ciências forenses para dizer que os testes estavam concluídos. Josephine Fallon morrera de envenenamento por nicotina e a substância viera da lata de veneno para rosas.

VI

Duas horas se passaram até que finalmente ele trancou a porta lateral da mansão Nightingale atrás de si e foi caminhando de volta para o Falconer's Arms.

O caminho era iluminado por uma espécie de luz de rua antiquada, com lâmpadas muito espaçadas e fracas, de forma que na maior parte do tempo ele caminhou no escuro. Não encontrou ninguém, e podia perfeitamente acreditar que esse caminho solitário não era nada popular entre as estudantes após o cair da noite. A chuva havia parado, mas o vento aumentava, sacudindo as últimas gotas dos galhos entremeados dos olmos. Ele sentia as gotas batendo em seu rosto e escorrendo pelo colarinho do casaco e, por instantes, arrependeu-se de naquela manhã haver resolvido não usar o carro. As árvores cresciam muito próximas do caminho, separadas por uma margem estreita de grama molhada. A noite estava quente, apesar do vento crescente, e uma leve neblina movia-se entre as árvores e girava ao redor das lâmpadas. O caminho tinha cerca de três metros de largura. Devia ter sido uma estrada importante para a mansão Nightingale, mas serpenteava inconsequentemente pelos grupos de olmos e bétulas, como se o proprietário original da casa tivesse querido se autoengrandecer encompridando o caminho de acesso.

Enquanto caminhava, ele pensava em Christine Dakers. Estivera com a garota às três e quarenta e cinco da tarde. A enfermaria particular estava muito tranquila naquela hora e, se a irmã Brumfett estava por perto, teve o cuidado de se manter fora do caminho. A enfermeira de plantão recebera Dalgliesh e o conduzira ao quarto da srta. Dakers. A jovem estava recostada nos travesseiros, sentada, e com uma aparência tão corada e triunfante que mais parecia uma mãe que acabara de dar à luz. Recebeu-o com boas-vindas, como se esperasse cumprimentos e flores. Alguém já lhe enviara um vaso de narcisos e havia dois arranjos de crisântemos ao lado da bandeja de chá, na mesa de refeição, e uma variedade de revistas espalhadas sobre a coberta da cama.

Procurou parecer despreocupada e contrita enquanto contava sua história, mas sua atuação foi pouco convincente. Na verdade, ela estava radiante de felicidade e aliviada. E por que não? A enfermeira-chefe fora visitá-la. Ela havia se confessado e fora perdoada. Agora estava tomada pela doce euforia da absolvição. Mais precisamente, as duas garotas que podiam ser uma ameaça para ela haviam sumido para sempre. Diane Harper deixara o hospital. E Heather Pearce estava morta.

E do quê, exatamente, a enfermeira Dakers havia se confessado? Por que essa surpreendente libertação do espírito? Ele gostaria de saber. Só que saiu do quarto sabendo quase tanto quanto antes. Pelo menos, pensou, ela confirmou o depoimento de Madeleine Goodale sobre as horas de estudos das duas na biblioteca. A não ser que houvesse um conluio, o que parecia improvável, elas garantiram álibis mútuos para antes do café da manhã. E depois do café tomaram sua última xícara na estufa, onde ela ficou lendo o *Nursing Mirror* até a hora de ir para a demonstração. As enfermeiras Pardoe e Harper estavam com ela. As três saíram juntas da estufa, foram rapidamente ao banheiro do segundo andar e depois direto para a sala de demonstração. Era muito difícil imaginar como Christine Dakers poderia ter posto veneno no leite.

Dalgliesh havia caminhado quase cinquenta metros, quando interrompeu o passo e parou, congelado pela imobilidade, durante um inacreditável segundo em que pensou ter ouvido o som de uma mulher gritando. Ficou parado, esforçando-se para identificar aquela voz estranha e desesperada. Por um momento, tudo ficou em silêncio, até mesmo o vento parecia ter parado. Depois, ouviu de novo, e desta vez de maneira inequívoca. Não era o grito noturno de um animal ou a imaginação de uma cabeça cansada e excitada. Em algum lugar, no meio daquele grupo de árvores à esquerda, uma mulher uivava de sofrimento.

Ele não era supersticioso, mas sua sensibilidade imaginativa rendia-se à atmosfera. Em pé, no meio do escuro, ouvindo aquela voz humana lamentando-se em contraponto ao vento que aumentava, sentiu um arrepio de terror. O horror e o desamparo daquela empregada do século XIX tocou-o levemente, como se com os próprios dedos frios dela. Durante um segundo de pavor, foi tomado pelo sofrimento e pelo desespero dela. O passado misturou-se ao presente. O terror era eterno. O último ato de desespero acontecia aqui e agora. Então, o momento se desfez. Tratava-se de uma voz real, de uma mulher viva. Ligando a lanterna, desviou-se do caminho e adentrou o escuro absoluto em meio às árvores.

A cerca de vinte metros da margem do gramado, viu uma cabana de madeira de uns quatro metros quadrados, a única janela mal iluminada lançando um quadrado de luz na casca do olmo mais próximo. Caminhou com passadas rápidas até lá, os pés sem emitir ruído na terra encharcada, e empurrou a porta. Foi recebido pelo cheiro quente e intenso de madeira e parafina. E algo mais. Cheiro de vida humana. Sentada numa cadeira de vime quebrada, com um candeeiro sobre uma caixa logo ao lado, estava uma mulher.

A impressão de um animal capturado em seu covil foi imediata e inevitável. Olharam um para o outro, mudos. Apesar dos gritos selvagens interrompidos assim que ele entrou, como se fossem fingidos, os olhos penetrantes que o examinaram estavam desanuviados e tinham um brilho ameaçador. Aquele animal talvez estivesse sofrendo, só que em seu próprio território e com todos os sentidos alertas. Quando falou, sua voz tinha uma tristeza beligerante, sem nenhum traço de curiosidade ou medo.

"Quem é o senhor?"

"Meu nome é Adam Dalgliesh. E o seu?"

"Morag Smith."

"Ouvi falar de você, Morag. Você deve ter voltado para o hospital ao entardecer."

"Isso mesmo. E a senhorita Collins mandou eu ir para o alojamento dos funcionários residentes, fazendo o favor. Pedi para voltar para o alojamento dos médicos, já que eu não podia ficar na mansão Nightingale. Mas ah, não! Que medo o quê! Me dou muito bem com os doutores. Então, já para o alojamento. Eles adoram perturbar a gente por aqui, gostam mesmo. Pedi para falar com a enfermeira-chefe, mas a senhorita Brumfett disse que não era para eu ir incomodar ela."

Fez uma pausa no seu relato de desgraças para mexer no pavio do candeeiro. A luz aumentou. Ela revirou os olhos para ele.

"Adam Dalgliesh. Que nome engraçado. O senhor é novo aqui, né?"

"Cheguei hoje de manhã. Acho que eles contaram a

249

você sobre a enfermeira Fallon. Sou um detetive. Estou aqui para descobrir como ela e a enfermeira Pearce morreram."

A princípio, ele achou que as notícias iam provocar uma nova onda de lamentos. Ela abriu bem a boca e depois, pensando melhor, tossiu de leve e a fechou bem fechada outra vez. Respondeu com aspereza:

"Não fui eu que matei ela."

"A enfermeira Pearce? É claro que não. Por que você faria isso?"

"Não foi isso que o outro achou."

"Que outro?"

"Aquele inspetor, aquele desgraçado do Bill Bailey. Dava para ver o que ele tava achando. Fazendo aquele monte de pergunta, os olhos pregados em mim todo o maldito tempo. O que você andou fazendo desde que saiu da cama? Que diacho ele acha que eu tava fazendo? Trabalhando! Isso é o que eu tava fazendo. Você gostava da enfermeira Pearce? Ela te tratou mal alguma vez? Queria só ver ela tentar. Mesmo assim, eu nunca conheci ela. Bem, e eu não andava pela mansão já tinha mais de uma semana. Mas dava para ver do que ele tava atrás. Sempre a mesma coisa. A culpa é da pobre da empregada."

Dalgliesh entrou na cabana e se sentou num banco junto à parede. Teria que interrogar Morag Smith e esse parecia um momento tão bom quanto qualquer outro. Ele disse:

"Acho que você está enganada, sabe? O inspetor Bailey não suspeitava de você. Foi o que ele me disse."

Ela fungou com desdém.

"O senhor não pode acreditar em tudo que a polícia diz pro senhor. Porcaria, o seu pai nunca disse isso, não? Ele suspeitava de mim, sim senhor. Porcaria de um encrenqueiro, esse Bailey. Meu Deus, o meu pai bem que podia ensinar umas coisas da polícia pro senhor."

Sem dúvida que a polícia poderia contar um bocado sobre o pai dela, Dalgliesh pensou, mas rejeitou aquela linha de argumentação por achá-la pouco lucrativa. O nome

250

do inspetor se juntou a uma série aliterativa de ofensas e Morag estava disposta a saboreá-las. Dalgliesh apressou-se em defender o colega.

"O inspetor Bailey só estava fazendo o trabalho dele. Não queria chatear você. Eu também sou um policial e preciso fazer perguntas. Todos precisamos. Eu não vou chegar a lugar nenhum se você não me ajudar. Se as enfermeiras Pearce e Fallon foram mortas, então eu vou descobrir quem fez isso. Elas eram jovens, você sabe. A enfermeira Pearce tinha mais ou menos a sua idade. Não acho que quisessem morrer."

Ele não tinha certeza de como Morag reagiria a esse seu apelo gentil à justiça e aos sentimentos, mas viu seus olhinhos agudos espiando-o em meio à semiobscuridade.

"Ajudar o senhor!" A voz era de puro escárnio. "Não vem me enrolar. O seu tipo não precisa de ajuda. Vocês sabem muito bem como é que a água entra no coco."

Dalgliesh refletiu sobre essa surpreendente metáfora e concluiu que, até prova em contrário, tratava-se de um elogio. Colocou a lanterna em pé sobre o banco, de forma que ela encheu o teto com uma mancha de luz, acomodou o quadril com mais firmeza contra a parede e recostou a cabeça num chumaço grosso de ráfia pendurado num prego acima dele. Estava surpreendentemente confortável. Em tom de conversa perguntou:

"Você vem muito aqui?"

"Só quando estou zangada." O tom sugeria que essa era uma eventualidade para a qual mulheres razoáveis deveriam estar devidamente preparadas.

"Tenho privacidade aqui." E acrescentou na defensiva: "Ao menos costumava ter".

Dalgliesh se sentiu repreendido.

"Desculpe. Não virei para cá de novo."

"Ah, o senhor não me incomoda. Pode voltar, se quiser."

A voz podia ser desagradável, mas o elogio era inquestionável. Ficaram sentados, num silêncio curiosamente companheiro.

Estavam fechados pelas paredes grossas da cabana, isolados dos lamentos do vento num silêncio estranho. Ali dentro, o ar estava frio mas abafado, com um cheiro penetrante de madeira, parafina e húmus. Dalgliesh olhou ao redor. Não era um lugar desconfortável. Havia um fardo de palha num canto, outra cadeira de vime parecida com aquela na qual Morag estava encolhida, uma caixa com o fundo para cima, coberta por um oleado, que servia de mesa. Sobre ela, mal se distinguia a forma de um fogareiro a óleo. Numa das prateleiras, havia uma chaleira de alumínio e duas canecas. Desconfiou que o jardineiro utilizava o lugar como um retiro confortável depois do trabalho árduo, assim como um abrigo para as mudas e um local de armazenamento. Na primavera e no verão, isolado pelo silêncio das árvores e cercado pelo canto dos pássaros, devia ser, Dalgliesh pensou, um recanto agradável para se esconder. Mas estavam em pleno inverno. Ele disse:

"Desculpe perguntar, mas não seria mais confortável ficar zangada no seu quarto? E com mais privacidade?"

"Não tem conforto na mansão Nightingale. Nem no alojamento dos empregados. Gosto daqui. Tem o cheiro igual ao da cabana do meu pai, na horta dele. E ninguém vem pra cá depois que escurece. Têm medo do fantasma."

"E você não tem?"

"Não acredito nisso."

Era, Dalgliesh pensou, a declaração máxima de um ceticismo convicto. Se você não acredita em alguma coisa, ela não existe. Sem se deixar torturar pela imaginação, a pessoa podia usufruir da recompensa de sua própria certeza, mesmo que fosse a posse indiscutível de uma cabana de jardim em momentos de mau humor. Achou aquilo admirável. Pensou se poderia perguntar a causa do sofrimento dela, sugerir que talvez podia se abrir com a enfermeira-chefe. Será que a causa daquele grito desolado fora apenas um ressentimento profundo pelas observações de Bill Bailey? Bailey era um bom detetive, mas sem muito tato com as pessoas. Eles não podiam se dar ao luxo de ser críticos. Qualquer detetive, mesmo competente, sabia o que significava hostilizar uma testemunha, ainda que sem intenção consciente de fazê-lo. Depois era um inferno conseguir alguma coisa útil da pessoa — e em geral isso ocorria com as mulheres —, mesmo que a antipatia fosse um pouco inconsciente. O sucesso de uma investigação dependia em grande parte de fazer com que as pessoas se dispusessem a ajudar, estimulando-as a falar. Bill Bailey fracassara de maneira elementar com Morag Smith. Adam Dalgliesh também já falhara.

Ele se lembrou do que o inspetor Bailey, naquela hora rápida de conversa, quando estava lhe passando o caso, havia dito sobre as duas empregadas.

"Estão fora disso. A velha, Martha Collins, trabalha no hospital há quarenta anos e, se tivesse tendências homicidas, já teria mostrado antes. Sua preocupação foi com o roubo do desinfetante do banheiro. Parece considerar isso uma afronta pessoal. Provavelmente, considera o banheiro responsabilidade sua e o assassinato não lhe diz respeito. A jovem, Morag Smith, é meio piradinha, se quer saber, e teimosa como uma mula. Pode ter sido ela, eu acho, mas juro pela minha vida que não consigo imaginar um motivo. Heather Pearce não fez nada que a aborrecesse, pelo que sei. E, de qualquer modo, ela dificilmente teria tempo. Morag só foi transferida da residência dos médicos para a mansão Nightingale um dia antes de Pearce morrer. Parece que não ficou muito satisfeita com a mudança, mas dificilmente isso seria motivo para matar as estudantes de enfermagem. Além do mais, a garota não está assustada. Teimosa, mas não assustada. Se foi ela, duvido que algum dia você possa provar."

Ficaram sentados em silêncio. Ele não estava ansioso para sondar os motivos do sofrimento dela e suspeitava que em algum momento ela cedera à necessidade irracional de dar uma boa chorada. Escolhera seu lugar secreto para isso e tinha direito à privacidade emocional, mesmo que sua privacidade física tivesse sido invadida. Ele próprio era reservado, não tinha estômago para a bisbilhotice emocional que proporciona a tantas pessoas a ilusão reconfortante de que se importam com os outros. Ele raramente se importava. Para ele os seres humanos eram sempre interessantes e nada neles o surpreendia. Mas não se envolvia. Não ficou surpreso com o fato de ela gostar da cabana, que tinha cheiro de casa.

Tomou consciência de um confuso murmúrio ao fundo. Ela reiniciara seu desfile de aborrecimentos.

"Ficava olhando para mim o tempo todo, o sujeito. E me perguntando sempre a mesma coisa, sem parar. Um metido a besta também. Dava para ver que estava gostando."

De repente, virou-se para Dalgliesh.

"O senhor tá no clima de sexo?"

Dalgliesh dedicou à pergunta uma grave atenção.

"Não, estou velho demais para entrar no clima quando estou com frio e cansado. Na minha idade, a gente precisa dos confortos básicos se quiser dar algum prazer à parceira ou obter algum crédito para si mesmo."

Ela olhou para ele com um misto de descrédito e comiseração.

"O senhor não é tão velho assim. De todo jeito, obrigada pelo lenço."

Ela deu uma última assoada convulsa no nariz antes de devolvê-lo. Dalgliesh enfiou-o depressa no bolso, resistindo à tentação de deixá-lo cair com discrição atrás do banco. Esticando as pernas, pronto para se levantar, mal ouviu o que ela disse em seguida.

"O que você disse?", perguntou, tomando cuidado para manter a voz neutra, sem parecer questionadora.

Ela respondeu mal-humorada.

"Eu disse que ele nunca descobriu que eu bebi o leite, aquele cretino. Nunca disse pra ele."

"O leite usado na demonstração? Quando foi que você bebeu ele?"

Ele procurou parecer despreocupado, apenas levemente interessado. Mas estava consciente do silêncio na caba-

254

na e de dois olhos penetrantes olhando para ele. Será que ela realmente não fazia ideia do que estava dizendo?

"Eram oito horas, talvez um minutinho antes. Fui até a sala de demonstração para ver se eu tinha deixado a minha lata de cera lá. E aí tinha aquela garrafa de leite no carrinho e eu bebi um pouco. Só um pouquinho de cima."

"Direto da garrafa?"

"Bom, não tinha nenhum copo lá, tinha? Eu estava com sede, vi o leite e provei um pouco. Depois dei uma golada."

Ele fez a pergunta crucial.

"Bebeu só a nata por cima?"

"Não tinha nenhuma nata. Não era esse tipo de leite."

O coração dele acelerou.

"E o que você fez depois?"

"Nada."

"Mas não ficou com medo de que a diretora de ensino visse que a garrafa não estava cheia?"

"A garrafa estava cheia. Eu completei ela com água da torneira. De qualquer jeito, só dei uns dois goles."

"E recolocou a tampa no lugar?"

"Isso mesmo. Tomei cuidado pra ninguém ver."

"E você nunca contou para ninguém?"

"Ninguém me perguntou. Aquele inspetor perguntou se eu tinha ido na sala de demonstração e eu disse que fui antes das sete, para fazer a limpeza. Eu não ia contar nada a ele. Aquele desgraçado daquele leite nem era dele, não foi ele que pagou."

"Morag, você tem certeza absoluta da hora?"

"Oito horas. Era o que o relógio da sala tava mostrando, de qualquer jeito. Olhei para ele porque eu tinha que ir ajudar a servir o café porque as empregadas do refeitório estavam gripadas. Tem gente que acha que dá pra gente estar em três lugares ao mesmo tempo. Assim mesmo, fui para o refeitório, e as irmãs e as estudantes já tinham começado a comer. Então, a senhorita Collins me olhou daquele jeito dela. Atrasada de novo, Morag! Então, devia ser oito mesmo. As estudantes sempre começam a tomar café às oito."

"E estavam todas lá?"

"Claro que estavam todas lá! Falei pro senhor! Estavam tomando o café."

Só que ele sabia que elas haviam estado lá. Os vinte e cinco minutos entre oito e oito e vinte e cinco foram os únicos em que todas as suspeitas haviam estado juntas, comendo sob os olhos de Martha Collins e completamente visíveis umas para as outras. Se a história de Morag era verdadeira, e ele não duvidava disso nem por um momento, então o escopo da investigação se reduzira drasticamente. Apenas seis pessoas não tinham um álibi sólido para todo o período depois das oito até a classe se reunir, às oito e quarenta. Seria preciso verificar os depoimentos, claro, mas sabia o que ia encontrar. Era o tipo de informação que fora treinado a evocar sempre que quisesse, e os nomes surgiram em sua mente sem dificuldade. Irmã Rolfe, irmã Gearing, irmã Brumfett, enfermeira Goodale, Leonard Morris e Stephen Courtney-Briggs.

Gentil, ajudou a moça a se levantar.

"Vamos, Morag, vou acompanhar você até o alojamento. Você é uma testemunha muito importante e não quero que pegue uma pneumonia antes de eu ter o seu depoimento."

"Eu não quero escrever nada. Não sou professora."

"Alguém vai escrever para você. Você terá apenas que assinar."

"Não me importo em fazer isso. Não sou idiota. Sei assinar o meu nome, eu acho."

E ele teria que estar lá para vê-la assinar. Tinha a impressão de que o sargento Masterson não teria maior sucesso que o inspetor Bailey em lidar com Morag. Seria mais seguro ele mesmo pegar o depoimento dela, ainda que isso significasse ir para Londres mais tarde do que planejara.

Mas seria um tempo bem gasto. Ao se virar para fechar a porta da cabana com firmeza, pois ela não tinha tranca, sentiu-se mais satisfeito do que em qualquer outro momento desde que encontrara a nicotina. Agora estava progredindo. No geral, não fora um dia tão ruim.

7

DANSE MACABRE

I

Eram cinco minutos para as sete da manhã seguinte. O sargento Masterson e o detetive Greeson estavam na cozinha da mansão Nightingale com a srta. Collins e a sra. Muncie. Para Masterson, parecia ser ainda o meio da noite, escuro e frio. A cozinha tinha um cheiro agradável de pão fresco, um cheiro do campo, nostálgico e reconfortante. Mas a srta. Collins estava longe do protótipo da cozinheira corpulenta e receptiva. Com os lábios comprimidos e as mãos na cintura, ela observava Greeson colocar uma garrafa cheia de leite na parte da frente da prateleira do meio da geladeira. Disse:

"Que garrafa elas devem pegar?"

"A que estiver mais à mão. Foi o que fizeram da outra vez, não foi?"

"Foi o que disseram. Eu tinha coisa melhor para fazer do que ficar olhando para elas. Também tenho coisa melhor para fazer agora."

"Por nós, tudo bem. Nós nos encarregaremos de olhar."

Quatro minutos depois, as gêmeas Burt entraram juntas. Nenhuma delas falou. Shirley abriu a porta da geladeira e Maureen pegou a primeira garrafa que viu. Acompanhadas por Masterson e Greeson, as gêmeas seguiram para a sala de demonstração pelo corredor silencioso e ressoante. A sala estava vazia e as cortinas fechadas. As duas luzes fluorescentes brilhavam sobre um semicírculo de cadeiras vazias e na cama alta e estreita havia um grotesco boneco de demonstração recostado nos travesseiros, de boca redonda e com duas aberturas negras e largas no lugar das narinas. As gêmeas iniciaram os preparativos em silêncio. Maureen colocou a garrafa no carrinho e depois pegou o aparato da sonda de alimentação e ajeitou-o do lado da cama. Shirley pegou instrumentos e tigelas em diversos armários e arrumou-os no carrinho. Os dois policiais observavam. Vinte minutos depois, Maureen disse:

"Isso foi tudo que fizemos antes do café da manhã. Deixamos a sala exatamente como ela está agora."

Masterson disse: "Certo. Então vamos avançar nossa observação até as oito e quarenta, quando vocês voltaram. Não há por que esperar. Podemos chamar as demais estudantes agora".

Obedientemente, as gêmeas ajustaram seus relógios de bolso, enquanto Greeson ligava para a biblioteca, onde as outras aguardavam. Vieram quase imediatamente e na ordem em que haviam chegado no dia da demonstração. Madeleine Goodale primeiro, seguida de Julia Pardoe e Christine Dakers, que chegaram juntas. Nenhuma delas fez menção de falar e todas ocuparam seus lugares em silêncio no semicírculo de cadeiras, tremendo um pouco, pois a sala estava fria. Masterson observou que mantinham os olhos afastados do grotesco boneco na cama. Quando terminaram de se acomodar, ele disse:

"Certo, enfermeira. Pode prosseguir com a demonstração. Comece aquecendo o leite."

Maureen olhou para ele, confusa.

"O leite? Mas ninguém teve chance de..." Sua voz sumiu.

Masterson disse: "Ninguém teve chance de envená-lo? Não importa. É só prosseguir. Quero que vocês façam exatamente o mesmo que da outra vez".

Ela encheu uma grande jarra com água quente da torneira, depois colocou a garrafa fechada dentro dela por alguns segundos, para aquecer o leite. Recebendo o sinal impaciente de Masterson para prosseguir, tirou a tampa da garrafa e derramou o líquido numa jarra medidora. Depois, pegou o termômetro de vidro do carrinho de instrumentos e verificou a temperatura do líquido. A turma observava num silêncio fascinado. Maureen olhou para Masterson. Sem receber nenhum sinal, ela pegou a sonda esofágica e a inseriu na boca rígida do boneco. Sua mão estava perfeitamente firme. Por fim, ergueu o funil de vidro acima da cabeça e fez uma pausa. Masterson disse:

"Siga em frente, enfermeira. Não vai fazer mal à boneca ficar um pouco molhada. É para isso que ela é feita. Uns poucos mililitros de leite morno não vão apodrecer suas tripas."

Maureen fez uma pausa. Desta vez, o líquido era visível e os olhos de todos estavam fixos na curva branca do fluxo. Então, subitamente, a garota fez uma pausa, o braço ainda erguido, e ficou imóvel como um manequim numa pose estranha.

"Bem", disse Masterson: "Vai ou não vai?".

Maureen baixou a jarra até as narinas e então, sem dizer nada, passou-a para a irmã. Shirley cheirou e olhou para Masterson.

"Isto não é leite, não é? É desinfetante. O senhor queria testar se a gente realmente saberia!"

Maureen disse: "O senhor está nos dizendo que era desinfetante na outra vez; que o leite já estava envenenado quando o tiramos da geladeira?".

"Não. Na outra vez, o leite estava limpo quando vocês o pegaram na geladeira. O que vocês fizeram com a garrafa depois que o leite foi colocado na jarra medidora?"

Shirley disse: "Coloquei no canto da pia e a enxaguei. Desculpe, esqueci. Eu devia ter feito isso antes".

"Não importa. Faça agora."

Maureen tinha colocado a garrafa na mesa ao lado da pia, com a tampa amassada ao lado. Shirley a pegou. Então fez uma pausa. Masterson disse em voz baixa:

"E então?"

A garota se virou para ele, perplexa.

"Tem alguma coisa diferente, alguma coisa errada. Não foi assim."

"Não foi? Então pense. Não se preocupe. Relaxe. Apenas relaxe e pense."

A sala estava mergulhada num silêncio sobrenatural. Então, Shirley virou-se para a irmã.

"Já sei, Maureen! É a tampa da garrafa. Da outra vez, pegamos na geladeira a garrafa de leite homogeneizado com tampa prateada. Mas quando voltamos para a sala de demonstração depois do café, estava diferente. Não lembra? A tampa era dourada. O leite era de outra marca, Channel Island."

A enfermeira Goodale disse em voz baixa, da sua cadeira: "Sim. Eu também me lembro. A única tampa que eu vi era dourada".

Maureen olhou para Masterson com um ar confuso de interrogação. "Então alguém trocou a tampa?"

Antes que ele pudesse responder, ouviram a voz calma de Madeleine Goodale.

"Não necessariamente a tampa. Alguém trocou a garrafa inteira."

Masterson não respondeu. Então, o velho estava certo! A solução de desinfetante fora preparada com cuidado e tempo, e a garrafa letal substituiu a que Morag Smith bebera. E onde fora parar a garrafa original? Quase certo que fora deixada na copa, no andar das irmãs. A irmã Gearing não reclamara com a srta. Collins que o leite estava aguado?

II

Os negócios de Dalgliesh na Yard foram concluídos rapidamente e por volta das onze da manhã ele estava em North Kensington.

O número 49 da Millington Square, W.10, era uma casa grande e deteriorada em estilo italiano, com o reboco se desfazendo. Ela não tinha nada de notável. Havia centenas de casas como ela nessa parte de Londres. Estava claramente dividida em apartamentos conjugados, pois cada janela tinha uma cortina diferente, ou nenhuma, e dali emanava aquela curiosa atmosfera de segredo e isolamento resultante da superocupação que pairava em todo o bairro. Dalgliesh viu que não havia um quadro de campainhas na entrada, nem uma relação organizada de inquilinos. A porta da frente estava aberta. Empurrou a porta envidraçada que dava no saguão e foi imediatamente envolvido pelo cheiro de comida azeda, cera de chão e roupa suja. As paredes do saguão estavam cobertas com um papel grosso e cheio de crostas, agora pintado de marrom-escuro e brilhando como se exsudasse graxa e transpiração. O chão e a escada eram cobertos por um linóleo padronizado, com retalhos mais novos onde o desgaste se tornara mais perigoso, mas, de resto, puído e sem remendos. A cor predominante da pintura era um verde institucional. Não havia sinal de vida, mas mesmo àquela hora do dia ele sentiu sua presença por trás das diversas portas fechadas enquanto seguia para o andar de cima sem ser incomodado.

O número 14 ficava nos fundos do andar superior. Ao se aproximar da porta, ouviu o som penetrante e entrecortado de alguém batendo à máquina. Bateu com força e o barulho cessou. Esperou mais de um minuto antes que a porta se entreabrisse e dois olhos desconfiados e hostis o encarassem.

"Quem é você? Estou trabalhando. Meus amigos sabem que não devem me chamar de manhã."

"Mas eu não sou um amigo. Posso entrar?"

"Acho que sim. Mas não tenho muito tempo. E não acho que vai valer a pena para você. Não quero me juntar a nada; não tenho tempo. Nem comprar nada, porque não tenho dinheiro. Mesmo assim, tenho tudo de que preciso." Dalgliesh mostrou seu cartão.

"Não estou comprando nem vendendo; nem mesmo informações, que é o que vim buscar. É sobre Josephine

Fallon. Sou da polícia e estou investigando a morte dela. O senhor, suponho, é Arnold Dowson?"

A porta se abriu mais.

"É melhor entrar." Nenhum sinal de medo, mas talvez alguma inquietação nos olhos verdes.

Era um quarto extraordinário, um pequeno sótão de teto inclinado e com uma janela de água-furtada, mobiliado quase apenas com caixotes de madeira crua, algumas ainda marcadas com o nome do verdureiro original ou do comerciante de vinho. Tinham sido montadas engenhosamente, de forma que a parede era uma colmeia, do chão ao teto, de células de madeira clara de tamanho e formas irregulares, contendo todo o arsenal de itens necessários à sobrevivência diária. Algumas estavam cheias de pilhas de livros de capa dura; outras, de edições de bolso com capa cor de laranja. Uma outra emoldurava um aquecedor elétrico de duas barras, perfeitamente adequado para esquentar um quarto pequeno. Em outro caixote, havia uma pilha de roupas limpas, mas sem passar. Outro guardava um jogo de canecas com faixas azuis, e outro ainda exibia uma miscelânea de objetos, conchas marinhas, um cão Staffordshire, um vidro pequeno cheio de penas. A cama de solteiro, com um cobertor por cima, ficava sob a janela. Um caixote com a boca virada para baixo servia de mesa e escrivaninha. As duas únicas cadeiras eram de lona, dobráveis, do tipo usadas em piqueniques. Dalgliesh se lembrou de um artigo que uma vez tinha visto num suplemento dominical em cores sobre como decorar um apartamento conjugado com menos de cinquenta libras. Arnold Dowson provavelmente fizera o mesmo pela metade do preço. Mas não era um quarto desagradável. Tudo era funcional e simples. Talvez um tanto claustrofóbico para alguns, e havia algo de obsessivo na arrumação meticulosa e na maneira como cada centímetro fora completamente aproveitado, o que impossibilitava o repouso. Era o quarto de um homem autossuficiente e bem organizado que, como ele dissera a Dalgliesh, tinha tudo o que queria.

O ocupante combinava com o quarto. Parecia arrumado demais. Era jovem, não aparentava muito mais do que vinte anos, Dalgliesh pensou. Seu suéter bege de gola polo estava limpo, com as duas mangas cuidadosamente dobradas na mesma altura e o colarinho de uma blusa muito branca por baixo visível no pescoço. A calça jeans era desbotada mas sem manchas, e fora lavada e passada com cuidado. Um vinco percorria as duas pernas, e as barras, dobradas para cima, haviam sido costuradas com capricho. O resultado não condizia com um traje tão informal. Calçava sandálias de couro com fivelas, do tipo usado por crianças, sem meias. O cabelo muito liso e penteado como um capacete emoldurava seu rosto como o corte de um pajem medieval. O rosto sob a franja brilhante era ossudo e delicado, o nariz adunco e grande, a boca pequena e bem delineada, com um toque de petulância. Mas o traço mais marcante eram as orelhas — as menores que Dalgliesh já vira num homem e completamente descoradas, inclusive nas pontas. Pareciam feitas de cera. Sentado num caixote de laranjas virado, as mãos penduradas entre os joelhos e os olhos atentos fixos em Dalgliesh, ele parecia o personagem central de uma pintura surrealista; isolado e nítido contra o fundo difuso. Dalgliesh puxou um dos caixotes e se sentou na frente do rapaz. Disse:

"Você sabia que ela havia morrido, não é?"

"Sabia. Li nos jornais hoje de manhã."

"Sabia que ela estava grávida?"

Ao menos isso causou alguma emoção. O rosto contraído empalideceu. Ergueu a cabeça surpreso e olhou para Dalgliesh em silêncio por um instante, antes de responder.

"Não. Não sabia. Ela não me falou."

"Estava com aproximadamente três meses de gravidez. Poderia ser seu filho?"

Dowson olhou para baixo, fitando as mãos.

"Poderia, acho. Não tomei precauções, se é o que o senhor quer saber. Ela disse para eu não me preocupar, que ela cuidava disso. Era uma enfermeira, afinal de contas. Achei que sabia se cuidar."

264

"Desconfio que isso é algo que ela jamais soube fazer. Não seria melhor você me falar a respeito?"

"Sou obrigado?"

"Não. Você não precisa dizer nada. Pode exigir um advogado e provocar a confusão e o problema que bem entender, além de um bom atraso. E para quê? Ninguém o está acusando de tê-la assassinado. No entanto alguém fez isso. Você a conhecia e, supostamente, gostava dela. Ao menos por algum tempo, de qualquer forma. Se quiser ajudar, o melhor a fazer é me contar tudo o que sabe sobre ela."

Dowson levantou-se lentamente. Parecia um velho lerdo e atrapalhado. Olhou ao redor, como se estivesse desorientado. E então disse:

"Vou preparar um chá."

Arrastou os pés até um fogão de duas bocas instalado à direita da diminuta lareira sem uso, levantou a chaleira como se verificasse seu peso para saber se tinha água suficiente, e acendeu o gás. Pegou duas canecas em um dos caixotes e as colocou sobre outro caixote, que arrastou de modo a ficar entre ele e Dalgliesh. Dentro dele havia uma pilha de jornais cuidadosamente dobrados, que pareciam não ter sido lidos. Abriu um deles sobre o caixote e ajeitou as canecas azuis e uma garrafa de leite com tanta formalidade como se eles estivessem bebendo em porcelana Crown Derby. Não disse nada até o chá estar pronto e servido. Então, falou:

"Eu não era o único amante dela."

"Ela falou com você sobre os outros?"

"Não, mas acho que um deles era médico. Talvez mais de um. Não seria surpreendente naquelas circunstâncias. Um dia estávamos falando sobre sexo e ela disse que a natureza e o caráter de um homem sempre se revelavam quando ele fazia amor. Que se ele fosse egoísta, insensível ou bruto, não tinha como esconder isso na cama, independentemente de como agisse quando vestido. Então ela contou que uma vez fora para a cama com um cirurgião e que ficara bem claro que quase todos os corpos com que ele tivera contato até aquele dia haviam estado anestesiados; sua admiração pela própria técnica era tamanha que nem lhe passava pela cabeça que estava na cama com uma mulher consciente. Ela achou a maior graça na coisa. Não acho que se importasse muito. Achava graça em muitas coisas."

"Mas o senhor acha que ela era feliz?"

Ele pareceu refletir. Dalgliesh pensou: E, pelo amor de Deus, não me responda "E quem é?".

"Não, não parecia realmente feliz. Pelo menos não a maior parte do tempo. Mas ela sabia como ser feliz. Isso é o que importava."

"Como vocês se conheceram?"

"Estou aprendendo a ser escritor. É isso que eu quero, nunca quis outra coisa. Preciso ganhar algum dinheiro para viver até terminar meu primeiro romance e publicá-lo, então trabalho à noite como telefonista continental. Sei francês o suficiente para isso. O salário não é ruim. Não tenho tempo para ter muitos amigos e nunca tinha ido para a cama com nenhuma mulher até conhecer a Jo. As mulheres parecem não gostar de mim. Eu a conheci no verão passado, no parque St. James. Ela estava de folga e eu tinha ido lá para olhar os patos e ver como era o parque. Eu queria que uma das cenas do meu livro acontecesse no parque St. James em julho e fui lá para fazer umas anotações. Ela estava deitada de costas na grama, olhando o céu. Parecia bem sozinha. Uma das folhas do meu caderno se soltou e voou até o rosto dela. Eu fui atrás e me desculpei, e nós dois passamos a perseguir a folha juntos."

Ele segurava a caneca de chá, olhando para ela como se mirasse novamente a superfície do lago no verão.

"Estava um dia esquisito — muito quente, sem sol e tempestuoso. O vento soprava em rajadas mornas. O lago parecia pesado como óleo."

Ele fez uma pausa e, como Dalgliesh não disse nada, prosseguiu:

"Assim, nos conhecemos e ficamos conversando. Eu a convidei para voltar e tomar chá. Não sei o que eu esperava. Depois do chá, conversamos mais um pouco e ela fez amor comigo. Depois de algumas semanas, ela me disse que não tinha aquilo em mente quando veio aqui, mas não sei. Nem sei por que ela voltou. Talvez estivesse chateada."

"E você, tinha em mente aquilo?"

"Também não sei. Talvez. Sei que eu queria fazer amor com uma mulher. Queria saber como era. É uma experiência sobre a qual não dá para escrever se você não tiver experimentado."

"E às vezes nem mesmo assim. E por quanto tempo ela continuou a lhe fornecer material literário?"

O rapaz pareceu não perceber a ironia. Disse:

"Ela costumava vir aqui a cada quinze dias, em suas folgas. A gente nunca saía, a não ser para ir a um *pub* de vez em quando. Ela trazia comida e cozinhava, depois a gente conversava e ia para a cama."

"Sobre o que vocês conversavam?"

"Acho que eu é que falava a maior parte do tempo. Ela não me contava muito sobre si, apenas que seus pais tinham sido mortos quando ela era criança e que tinha sido criada em Cumberland, por uma tia idosa. Essa tia já tinha morrido. Acho que a Jo não teve uma infância muito feliz. Ela sempre quis ser enfermeira, mas pegou tuberculose com dezessete anos. Não foi uma coisa muito forte, ela ficou dezoito meses num sanatório na Suíça e se curou. Mas os médicos a aconselharam a não estudar enfermagem. Então ela trabalhou em vários lugares diferentes. Foi atriz por uns três anos, mas não fez muito sucesso. Depois trabalhou por algum tempo como garçonete e vendedora numa loja. Depois ficou noiva, só que não foi em frente. Rompeu o noivado."

"Ela contou por quê?"

"Não, só que descobriu alguma coisa sobre o homem que impossibilitou o casamento com ele."

"Ela falou o que foi, ou quem era?"

"Não, e nem eu perguntei. Mas acho que ele devia ser algum tipo de pervertido sexual."

Vendo a expressão de Dalgliesh, completou depressa:

"Eu de fato não sei. Ela nunca me contou. A maioria das coisas que eu sei sobre a Jo surgiram por acaso, no meio da conversa. Ela nunca falava sobre si por muito tempo. Foi só uma ideia que me passou pela cabeça. Ela falava do noivado com um certo desânimo."

"E depois disso?"

"Bem, ao que parece ela chegou à conclusão de que poderia muito bem retomar aquela sua ideia original de ser enfermeira. Achou que, com sorte, passaria pelo exame médico. Escolheu o hospital John Carpendar porque queria estar perto de Londres mas não dentro da cidade, e achou que um hospital pequeno seria menos puxado. Ela não queria pôr em risco sua saúde, eu acho."

"Ela falava sobre o hospital?"

"Não muito. Parecia estar satisfeita lá. Mas ela me poupava dos detalhes íntimos das trocas de comadres."

"Sabe se tinha algum inimigo?"

"Devia ter, não é? Já que alguém a matou. Mas nunca comentou nada sobre isso. Talvez ela não soubesse."

"Esses nomes significam alguma coisa para você?"

Ele leu o nome de todas as pessoas — estudantes, irmãs, médico, farmacêutico — que haviam estado na mansão Nightingale na noite em que Josephine Fallon morreu.

"Acho que ela mencionou Madeleine Goodale para mim. Tenho a impressão de que eram amigas. E o nome Courtney-Briggs me soa familiar. Mas não me lembro de detalhes."

"Qual foi a última vez que vocês se viram?"

"Há umas três semanas. Ela veio aqui na sua noite de folga e preparou o jantar."

"Como ela estava?"

"Inquieta e querendo muito ir para a cama. Então, um pouco antes de ir embora, disse que não voltaria a me ver.

268

Alguns dias depois, recebi uma carta. Dizia apenas: 'O que eu disse foi para valer. Por favor, não me procure. Não foi nada que você tenha feito, não se preocupe. Adeus e obrigada. Jo'."

Dalgliesh perguntou se ele tinha guardado a carta.

"Não. Guardo apenas papéis importantes. Quero dizer, não tenho espaço aqui para empilhar cartas."

"E você tentou falar com ela novamente?"

"Não. Ela me pediu que não fizesse isso e não havia por que eu insistir. Talvez, só se eu soubesse que ela estava esperando um filho que podia ser meu. Mas também não tenho certeza. Não havia nada que eu pudesse fazer. Eu não tinha como cuidar de uma criança aqui. Bem, o senhor pode ver isso. Como poderia? Ela não ia querer se casar comigo e eu jamais pensei em me casar com ela. Não quero me casar com ninguém. Mas não acho que ela tenha se matado por causa do bebê. Não a Jo."

"Está bem. Você não acha que ela se matou. Diga-me o porquê."

"Ela não era desse tipo."

"Ah, vamos lá! Você consegue se sair melhor do que isso."

O rapaz respondeu com agressividade: "É a verdade. Conheci duas pessoas que se suicidaram. Uma era um garoto, no meu último ano de escola, quando a gente se preparava para o exame de conclusão do ensino médio. O outro era o gerente de uma lavanderia a seco onde eu trabalhei. Eu era o motorista da caminhonete de entregas. Bem, nos dois casos, todo mundo disse as coisas de sempre, como aquilo era horrível e como estavam surpresos. Mas eu não fiquei nada surpreso. Não que eu estivesse esperando por algo assim. É que aquilo apenas não me surpreendeu de verdade. Quando se pensava naquelas duas mortes, dava para acreditar que eles tinham mesmo feito aquilo".

"Sua amostragem é bem reduzida."

"A Jo não se mataria. Por que ela faria isso?"

"Posso imaginar algumas razões. Ela não havia sido muito bem-sucedida na vida até então. Não tinha nenhum parente para se importar com ela, e muito poucos amigos. Demorava para pegar no sono à noite, não se sentia verdadeiramente feliz. Pelo menos conseguira ser aceita no curso de formação de enfermeiras e faltavam poucos meses para o exame final. E aí descobre que está grávida. Sabia que seu amante não assumiria a criança, que seria inútil ir atrás dele em busca de conforto ou apoio."

Dowson gritou, protestando com veemência:

"Ela nunca foi atrás de ninguém em busca de conforto ou apoio! É isso que estou tentando lhe dizer! Dormiu comigo porque quis. Não sou responsável por ela. Não sou responsável por ninguém. Ninguém! Sou responsável apenas por mim mesmo. Ela sabia o que estava fazendo. Não se tratava de uma garota jovem e inexperiente que precisasse da bondade e da proteção dos outros."

"Se você acredita que apenas os jovens e os inocentes precisam de conforto e proteção, está adotando um clichê. E se você começar a adotar clichês, vai acabar escrevendo assim."

O garoto respondeu, sombrio: "Pode ser. Mas é nisso que eu acredito".

De repente ele se levantou e foi até a parede. Ao voltar para perto do caixote no centro do quarto, Dalgliesh viu que ele segurava uma pedra grande e lisa. Encaixava-se com suavidade na palma de sua mão, perfeitamente oval. Era cinza-claro, manchada como um ovo. Dowson a deixou escorregar para a mesa, onde ela oscilou suavemente até ficar imóvel. Em seguida ele se sentou novamente e inclinou-se para a frente, com a cabeça entre as mãos. Ficaram olhando juntos para a pedra. Dalgliesh não disse nada. De repente, o garoto falou:

"Foi ela quem me deu. Achamos juntos na praia, em Ventnor, na ilha de Wight. Fomos para lá em outubro passado. Mas claro que o senhor sabe disso. Deve ter sido assim que me encontrou. Pegue-a. É surpreendentemente pesada."

270

Dalgliesh pegou a pedra nas mãos. Era agradável ao toque, lisa e fria. Apreciou a perfeição da forma esculpida pelo mar, as bordas bem arredondadas e rígidas, mas que se ajustavam com tanta suavidade à palma de sua mão.

"Nunca passei férias na praia quando era garoto. Meu pai morreu antes de eu completar seis anos e minha velha era pobre. Então, nunca fui à praia. Jo achou que seria divertido irmos até lá. Estava bem quente em outubro, lembra? Pegamos a barca em Portsmouth e só tinha umas seis pessoas lá além de nós. A ilha também estava vazia. Dava para caminhar de Ventnor até o farol de St. Catherine sem encontrar vivalma. Estava bem quente e deserto e a gente pôde tomar banho sem roupa. Jo encontrou essa pedra. Ela achou que serviria como peso de papéis. Eu não ia furar meu bolso carregando esse peso até em casa, mas ela a trouxe. Então, quando voltamos para cá, ela me deu de presente, uma lembrança. Eu queria que ela ficasse com a pedra, mas ela disse que eu esqueceria o passeio muito antes dela. O senhor percebe? Ela sabia como ser feliz. Não tenho certeza se eu sei. A Jo sabia. Se você é uma pessoa assim, não se mata. Não quando sabe como pode ser maravilhoso viver. Colette sabia disso. Ela escreveu sobre uma 'ligação secreta, feroz e irresistível com a terra e com tudo o que jorra de seu seio'." Olhou para Dalgliesh.

"Colette era uma escritora francesa."

"Eu sei. E você acredita que Josephine Fallon podia se sentir assim?"

"Sei que podia. Não por muito tempo. Nem sempre. Mas quando ela estava feliz era maravilhosa. Se você já experimentou alguma vez esse tipo de felicidade, não se mata. Enquanto estiver vivo, há sempre a esperança de voltar a viver isso. Então, por que privar-se dessa esperança para sempre?"

Dalgliesh respondeu: "Você se priva da infelicidade também. Isso pode parecer mais importante. Mas acho que você está certo. Não creio que Josephine Fallon tenha se matado. Acho que foi assassinada. É por isso que estou perguntando se não há nada mais que possa me contar".

271

"Não. Eu estava trabalhando na central na noite em que ela morreu. Acho melhor lhe dar o endereço. Suponho que o senhor vá querer verificar."

"Temos motivos para pensar que é bastante provável que tenha sido alguém familiarizado com a mansão Nightingale. Mas vamos dar uma olhada."

"Aqui está o endereço, então."

Ele rasgou um canto do jornal que cobria a mesa e, tirando um lápis do bolso da calça, escreveu o endereço com uma mão nervosa, a cabeça quase encostando no papel. Depois, dobrou o papel como se fosse uma mensagem secreta e empurrou-o pela mesa.

"Leve a pedra também. Gostaria que o senhor a guardasse. Não, leve-a. Por favor, leve-a. O senhor acha que sou insensível, que não estou sofrendo por ela. Mas estou. Quero que o senhor descubra quem a matou. Não vai fazer bem algum a ela, ou ao homem, mas quero que o senhor descubra. E sinto muito. Apenas não posso me deixar levar demais pelos sentimentos. Não posso me deixar envolver. O senhor entende?"

Dalgliesh pegou a pedra na mão e levantou-se para ir embora.

"Sim", disse. "Eu entendo."

III

O dr. Henry Urquhart, do escritório Urquhart, Wimbush e Portway, era o advogado de Josephine Fallon. O encontro de Dalgliesh com ele estava marcado para meio-dia e vinte e cinco, um horário bastante incômodo escolhido por Urquhart, pensou Dalgliesh, sugerindo que cada minuto do tempo do advogado era valioso e que ele não estava disposto a passar mais de meia hora com a polícia antes do almoço. Dalgliesh foi atendido assim que chegou. Duvidava que um detetive-sargento fosse recebido tão depressa. Essa era uma das pequenas vantagens de sua paixão por se encarregar do trabalho ele mesmo, controlar a investigação de seu escritório com um pequeno exército de detetives, peritos, fotógrafos, especialistas em digitais e cientistas, todos atendendo ao seu ego e isolando-o com eficiência de tudo o mais exceto dos protagonistas mais relevantes do crime. Sabia que tinha a reputação de resolver os casos rapidamente, mas jamais se lamentava de cumprir tarefas que alguns de seus colegas achavam mais adequadas a detetives de baixo escalão. Como resultado, algumas vezes recebia informações que um interrogador menos experiente poderia perder. Não esperava nada nessa linha no encontro com o dr. Henry Urquhart. A reunião provavelmente não passaria de uma troca formal e meticulosa de fatos relevantes. Porém fora necessário ir até Londres. Precisava resolver algumas questões na Yard. E era sempre um prazer visitar a pé, sob o sol intermitente de uma manhã de inverno, esses recantos isolados da City.

O escritório de advocacia Urquhart, Wimbush e Portway era um dos mais respeitados e bem-sucedidos da cidade. Dalgliesh achava que poucos clientes do dr. Urquhart poderiam estar envolvidos numa investigação de assassinato. Possivelmente tivessem pequenas dificuldades ocasionais com os fiscais da rainha; contra todas as recomendações, talvez se dedicassem a demandas imprudentes ou insistissem obstinadamente em elaborar testamentos insensatos; talvez recorressem a serviços advocatícios para buscar alguma defesa técnica contra as leis de proibição do álcool ao volante; na verdade, quem sabe precisassem desembaraçar-se de uma ou outra situação tola ou desavisada. Mas quando assassinassem, seria dentro da lei.

A sala para a qual foi conduzido poderia servir de cenário para um filme — o escritório de um advogado de sucesso. As brasas ardiam numa pilha alta sobre a grelha. No beiral da lareira, o retrato do fundador observava do alto, aprovando a atuação do bisneto. A escrivaninha em que este se sentava era da mesma época do retrato e exibia as mesmas características de durabilidade, adequação para a tarefa e uma opulência vigorosa muito próxima da ostentação. Na parede oposta, havia uma pequena pintura a óleo. Dalgliesh achou que lembrava muito um Jan Steen. Anunciava ao mundo que a firma sabia reconhecer uma pintura de qualidade quando a via e tinha condições de exibi-la em suas paredes.

O dr. Urquhart, alto, ascético e um pouco grisalho nas têmporas, com um ar reservado de mestre-escola, combinava com o papel de advogado de sucesso. Usava um terno extremamente bem cortado, mas de tweed escuro, como se um ortodoxo risca de giz fosse ficar caricatural. Recebeu Dalgliesh sem nenhuma curiosidade ou preocupação aparentes, mas o superintendente observou com interesse que a caixa da srta. Fallon já estava na mesa, diante dele. Dalgliesh informou rapidamente os assuntos que o levavam até lá e concluiu:

"O senhor pode me dizer alguma coisa sobre ela? Numa investigação de assassinato, tudo o que pudermos descobrir sobre o passado e a personalidade da vítima pode ajudar."

"E o senhor tem certeza de que foi assassinato?"

"Ela foi morta porque ingeriu nicotina em seu uísque noturno. Até onde sabemos, ela não fazia ideia da existência do veneno para rosas no armário da estufa e, se soubesse e resolvesse usá-lo, duvido que em seguida fosse esconder a lata."

"Entendo. E há também a sugestão de que o veneno administrado à primeira vítima — Heather Pearce, não é? — fosse destinado à minha cliente, é isso mesmo?"

O dr. Urquhart sentou-se por um momento, os dedos apoiados uns nos outros, a cabeça ligeiramente inclinada, como se estivesse consultando seu subconsciente, um poder superior ou o fantasma de sua ex-cliente antes de manifestar o que sabia. Dalgliesh achou que seria tempo perdido. Urquhart era um homem que sabia muito bem até aonde podia ir, profissionalmente ou não. A encenação não convenceu. E quando contou sua história, ela não colaborou em nada para dar alguma carnadura aos ossos secos da vida de Josephine Fallon. Os fatos estavam ali. Consultou as páginas a sua frente e apresentou-os de maneira lógica e lúcida, sem emoções. A hora e o lugar em que ela havia nascido; as circunstâncias da morte dos pais; sua educação subsequente pela tia idosa, que, junto com ele, foram seus curadores até a maioridade da srta. Fallon; a data e as circunstâncias da morte da tia por câncer no útero; o dinheiro deixado a Josephine Fallon e a maneira exata como foi investido; os movimentos da jovem após completar vinte e um anos, até onde, ele assinalou com frieza, ela havia se dado ao trabalho de informá-lo.

Dalgliesh disse: "Ela estava grávida. O senhor sabia?".

Não se poderia dizer que a notícia desconcertou o advogado, ainda que seu rosto se contraísse em uma expressão de sofrimento vago, como um homem que jamais conseguira se reconciliar com os desacertos do mundo.

"Não. Ela não me contou. Mas eu não esperaria que contasse, a não ser, claro, que estivesse pensando em processar o pai para que reconhecesse a criança. Suponho que isso não estivesse em questão."

"Ela contou à sua amiga Madeleine Goodale que pretendia fazer um aborto."

"Realmente. Um negócio caro e, na minha opinião, apesar da legislação recente, um tanto ambíguo. Falo em termos morais, é claro, não legalmente. A legislação atual..."

Dalgliesh disse: "Conheço a legislação atual. Então, não há nada mais que o senhor possa me dizer?".

O tom do advogado tinha um traço de reprovação.

"Já lhe contei bastante sobre a formação e a condição financeira dela, até onde me foi dado saber. Não tenho como lhe dar informações mais recentes ou íntimas. A senhorita Fallon raramente me consultava. E, de fato, tinha poucos motivos para isso. Da última vez, foi sobre seu testamento. Acredito que o senhor já esteja ciente dos termos. A senhorita Madeleine Goodale é a única herdeira. O espólio provavelmente chegará a cerca de vinte mil libras."

"Houve outro testamento antes?"

Teria sido imaginação de Dalgliesh, ou ele detectara uma leve contração facial, um franzir quase imperceptível, assinalando uma pergunta indesejável?

"Houve dois, mas o segundo jamais foi assinado. O primeiro foi feito logo após sua maioridade e deixava tudo para a caridade médica, inclusive para pesquisas sobre câncer. O segundo ela queria que fosse assinado na ocasião de seu casamento. Estou com a carta dela aqui."

Entregou o papel a Dalgliesh. O remetente era de um apartamento em Westminster e escrito com uma letra confiante, firme e pouco feminina.

"Prezado dr. Urquhart, escrevo para informar que me casarei no dia 14 de março no cartório de registro civil de St. Marylebone com Peter Courtney. Ele é ator, o senhor talvez já tenha ouvido falar dele. O senhor poderia fazer o obséquio de redigir um testamento para ser assinado por mim nessa data? Deixarei tudo para o meu marido. Seu nome completo, aliás, é Peter Albert Courtney Briggs. Sem hífen. Creio que o senhor precisa saber disso para redigir o testamento. Nós vamos morar neste endereço.

"Também preciso de algum dinheiro. O senhor poderia fazer o favor de solicitar aos Warrander que disponibilizem duas mil libras para mim até o fim do mês? Obrigada. Espero que o senhor e o sr. Surtees estejam bem. Atenciosamente, Josephine Fallon."

Uma carta fria, pensou Dalgliesh. Sem explicações. Nenhuma justificativa. Nenhuma manifestação de felicidade ou esperança. Isso para não mencionar a ausência de convite para o casamento.

Henry Urquhart disse: "Os Warrander são seus corretores de ações. A senhorita Fallon sempre lidou com eles por nosso intermédio, e guardamos todos os documentos oficiais dela. Preferia que nós fizéssemos isso. Dizia que preferia viajar desimpedida".

Repetiu a frase, sorrindo compreensivamente, como se por algum motivo achasse aquilo notável, e olhou para Dalgliesh à espera de algum comentário.

Ele prosseguiu: "Surtees é meu assistente. Ela sempre perguntava sobre o Surtees".

Ele parecia achar isso mais intrigante do que o próprio conteúdo da carta.

Dalgliesh disse: "E Peter Courtney enforcou-se logo depois".

"Exatamente, três dias antes do casamento. Ele deixou um bilhete para o juiz de instrução. Não foi lido no inquérito, fico feliz em dizer. Era bastante explícito. Courtney escreveu que pretendia se casar para livrar-se de algumas dificuldades financeiras e pessoais, mas no último momento achou que não poderia enfrentar isso. Consta que ele era um jogador compulsivo. Disseram-me que o jogo, na verdade, é uma doença semelhante ao alcoolismo. Conheço pouco dessa síndrome, mas posso concluir que suas consequências podem ser trágicas, em especial para um ator cujos ganhos, ainda que expressivos, são um tanto irregulares. Peter Courtney estava muito endividado, e impossibilitado de livrar-se de uma compulsão que aumentava suas dívidas dia a dia."

"E seus problemas pessoais? Creio que ele era homossexual. Circularam boatos sobre isso na época. Tem ideia se sua cliente sabia disso?"

"Não tenho nenhuma informação. Parece improvável que não soubesse, uma vez que se comprometeu com ele a ponto de ficar noiva. Ela pode, claro, ter sido muito confiante, ou imprudente, imaginando que pudesse ajudá-lo a se curar. Eu teria desaconselhado o casamento caso ela me consultasse, mas já lhe disse que ela não me consultava."

E pouco depois, pensou Dalgliesh, em apenas alguns meses, ela iniciara sua formação no John Carpendar e estava indo para a cama com o irmão de Peter Courtney. Por quê? Solidão? Tédio? Necessidade desesperada de esquecer? Pagamento por serviços prestados? Que serviços? Simples atração sexual, caso fosse meramente atração física, por um homem que era uma versão grosseira do noivo perdido? Necessidade de recuperar a confiança de que era capaz de despertar desejo heterossexual? O próprio Courtney-Briggs insinuara que a iniciativa fora dela. E certamente ela é quem tinha encerrado o caso. Fora notório o ressentimento amargo do médico por uma mulher que cometera a temeridade de rejeitá-lo antes que ele resolvesse rejeitá-la.

Ao se levantar para sair, Dalgliesh disse: "O irmão de Peter Courtney é um dos cirurgiões seniores do hospital John Carpendar. Mas talvez o senhor já soubesse disso".

Henry Urquhart sorriu com seu jeito contido, sem prazer.

"Ah, sim, eu sei. Stephen Courtney-Briggs é meu cliente. Diferentemente do irmão, ele obteve um hífen para o seu nome e um sucesso mais estável." E acrescentou com aparente descaso:

"Ele estava passeando no barco de um amigo, no Mediterrâneo, quando o irmão morreu. Voltou imediatamente. Claro que foi um grande choque, além de um constrangimento razoável."

Deve ter sido, pensou Dalgliesh. Mas Peter morto certamente era menos constrangedor do que Peter vivo. Sem dúvida fora adequado para Stephen Courtney-Briggs ter um ator famoso na família, um irmão mais novo que, sem competir com ele em seu campo, agregava brilho à sua aura de sucesso, abrindo-lhe as portas do mundo artístico e seu exagerado culto ao ego. Mas o ativo havia se transformado em passivo; o herói, em objeto de zombaria ou, na melhor das hipóteses, de pena. Um fracasso que seu irmão teria dificuldade em perdoar.

Cinco minutos depois, Dalgliesh apertou a mão de Urquhart e saiu. Ao ouvir os passos de Dalgliesh no saguão, a garota à mesa de telefone olhou em torno, enrubesceu e parou, momentaneamente confusa, com o plugue na mão. Fora bem treinada, mas não o suficiente. Sem querer constrangê-la ainda mais, Dalgliesh sorriu e saiu rapidamente do prédio. Não tinha dúvida de que, seguindo instruções de Henry Urquhart, ela estava ligando para Stephen Courtney-Briggs.

278

IV

Saville Mansions era um quarteirão de prédios do final do período vitoriano, próximo à avenida Marylebone, próspero, mas sem ostentação ou opulência. Como era de se esperar, Masterson teve dificuldade em encontrar uma vaga para o seu carro, e já passava das sete e meia da noite quando entrou no prédio O saguão era dominado por um elevador instalado entre grades ornamentadas e por uma mesa de recepção presidida por um porteiro uniformizado. Masterson, que não tinha a intenção de revelar seus assuntos, dirigiu-lhe um aceno rápido e seguiu depressa para a escada. O número 23 ficava no segundo andar. Apertou a campainha e preparou-se para esperar um pouco.

Mas a porta se abriu imediatamente e ele quase foi abraçado por uma aparição extraordinária, pintada como uma caricatura de prostituta de teatro, usando um vestido curto de *chiffon* escarlate que seria inconveniente até mesmo numa mulher com a metade da idade dela. O corpete estava tão baixo que ele entrevia a fenda dos seios caídos e amontoados para o alto dentro dos bojos do sutiã, podendo ver também onde o pó de arroz se acumulara nas comissuras da pele seca e amarelada. Os cílios estavam pesados de rímel; o cabelo quebradiço, tingido com um inacreditável louro e coberto de laquê em torno do rosto enrugado; a boca pintada de carmim pendia aberta, com um desânimo incrédulo. A surpresa foi mútua. Olharam-se como se não fosse possível acreditar no que viam. A mudança de expressão dela, de alívio para decepção, foi quase cômica.

Masterson recuperou-se primeiro e se apresentou:

"A senhora se lembra?", disse. "Telefonei hoje de manhã e marquei de vir."

"Não posso recebê-lo agora. Estou de saída. Achei que fosse meu parceiro de dança. O senhor disse que viria no fim da tarde."

Uma voz ainda mais aguda e irritada pela decepção. Parecia pronta a fechar a porta na cara dele. Masterson colocou um pé rapidamente no vão.

"Fui retido por algo inadiável. Peço desculpas."

Retido por algo inadiável. Com certeza. Aquele interlúdio desvairado, mas extremamente satisfatório, no banco de trás do carro havia ocupado mais tempo do entardecer do que ele imaginara. Demorou mais, também, porque não encontraram logo um lugar suficientemente isolado, mesmo numa tarde escura de inverno. A estrada Guildford oferecera poucas curvas promissoras ao longo do campo aberto, com suas margens protegidas pelo mato e pistas pouco movimentadas. Julia Pardoe também se mostrara cheia de cuidados. Sempre que ele reduzia a marcha num ponto provável, ouvia um "aqui, não" dito por ela em voz baixa. Ele a vira primeiro, quando ela se preparava para atravessar a faixa de pedestres que levava até a entrada da estação de Heatheringfield. Ele diminuiu a velocidade, mas, em vez de acenar, inclinou-se e abriu a porta do passageiro. Ela parou apenas por um segundo antes de ir até ele, o casaco balançando sobre as botas de cano alto, e sentar-se no banco a seu lado, sem dizer uma palavra ou lançar-lhe um olhar. Ele perguntou:

"Você está indo para a cidade?"

Ela assentira com a cabeça e sorrira discretamente, os olhos fixos no para-brisa. Simples assim. Ela mal pronunciara umas dez palavras durante todo o caminho. As preliminares hesitantes ou mais explícitas que ele achava que aquele jogo exigia dele não haviam obtido reação. Ele poderia não passar de um motorista ao lado de quem ela estivesse fazendo um passeio numa proximidade incômoda. No fim, espicaçado pela raiva e pela humilhação, começou a considerar a hipótese de ter se enganado. Mas a confirmação viera daquela imobilidade concentrada, dos olhos que, às vezes por vários minutos, fitavam com uma intensidade azul as mãos dele segurando o volante ou trocando as marchas. Ela também queria, com certeza. Tanto quanto ele. Só que seria impossível chamar aquilo de "rapidinha". Ela lhe dissera uma coisa surpreendente: que estava indo se encontrar com Hilda Rolfe; as duas jantariam mais cedo para depois ir ao teatro. Ora, ou bem elas seriam obrigadas a ir ao teatro sem jantar ou bem perderiam o primeiro ato; pelo jeito, para ela qualquer das duas possibilidades servia.

Divertido e ligeiramente curioso, ele perguntou:

"Como você vai explicar seu atraso para a irmã Rolfe? Ou nem vai se preocupar em aparecer?"

Ela deu de ombros.

"Vou lhe contar a verdade. Pode ser bom para ela." Vendo o rosto dele franzir-se subitamente, ela completou com desdém:

"Ah, não se preocupe! Ela não vai entregar você para o senhor Dalgliesh. Hilda não é desse tipo."

Masterson torceu para que ela estivesse certa. Isso era algo que Dalgliesh não perdoaria.

"O que ela vai fazer?", ele perguntou.

"Se eu contar? Largar o emprego, acho; sair do John Carpendar. Ela não aguenta mais aquilo lá. Está lá só por minha causa."

Esforçando-se para afastar da mente a lembrança daquela voz aguda e impiedosa e voltando ao presente, Masterson obrigou-se a sorrir para aquela mulher tão diferente que o encarava agora e falou em tom conciliador:

"O trânsito, a senhora sabe como é... Vim dirigindo de Hampshire. Mas não vou demorar."

Mostrando sua identificação com aquele ar um tanto furtivo típico do gesto, entrou no apartamento. Ela não procurou impedi-lo, mas seus olhos estavam inexpressivos, sua mente sem dúvida em outro lugar. Assim que ela fechou a porta, o telefone tocou. Sem um murmúrio sequer, ela o deixou esperando no corredor e entrou quase correndo numa sala à esquerda. Ele a ouviu elevar a voz, protestando. Primeiro, o tom foi de argumentação, depois passou a implorar. Por fim, calou-se. Ele se aproximou em silêncio pelo corredor e aguçou os ouvidos. Achou ter ouvido o ruído de discagem. Ela então voltou a falar. Ele não distinguia as palavras. Desta vez, a conversa terminou em segundos. Em seguida, novamente o barulho de discagem.

Mais lamúrias. Ao todo, ela fez quatro ligações antes de voltar ao corredor.

"Alguma coisa errada?", ele perguntou. "Posso ajudar?"

Ela revirou os olhos e fitou-o intensamente por um segundo, como uma dona de casa avaliando a qualidade e o preço de uma peça de carne. Sua resposta, quando veio, foi taxativa e surpreendente.

"Você sabe dançar?"

"Fui campeão de dança na polícia por três anos seguidos", ele mentiu. A força policial, como era de se esperar, não promovia concursos de dança, mas ele achou improvável que ela soubesse disso, e a mentira, como a maioria de suas mentiras, brotou com facilidade e espontaneamente.

De novo aquele olhar penetrante e especulativo.

"Você vai precisar de um smoking. As coisas do Martin ainda estão aqui. Vou vendê-las, mas o homem ainda não veio. Prometeu que viria hoje à tarde, mas não apareceu. Não se pode confiar em mais ninguém hoje em dia. O senhor parece ser do mesmo tamanho. Ele era bem largo antes da doença."

Masterson resistiu à tentação de rir alto. Disse, sério:

"Gostaria de ajudá-la, se a senhora estiver em alguma dificuldade. Mas sou um policial. Estou aqui para obter algumas informações, não para passar a noite dançando."

"Não será a noite inteira. O baile termina às onze e meia. É o Baile dos Medalhistas da Escola Delaroux, no salão Athenaeum, depois da Strand. Podemos conversar lá."

"Seria mais fácil conversar aqui." A expressão aborrecida dela instalou-se com obstinação.

"Não quero conversar aqui."

Ela falou com a insistência teimosa de uma criança mimada. E depois o tom endureceu para proferir o ultimato:

"O baile ou nada."

Encararam-se em silêncio. Masterson refletiu. Era uma ideia grotesca, claro, mas ele não conseguiria nada com aquela mulher se não concordasse. Dalgliesh o tinha mandado para Londres atrás de informações e o orgulho não o deixaria voltar à mansão Nightingale de mãos vazias. Mas será que seu orgulho permitiria que ele passasse o resto da noite na companhia daquela bruxa pintada, em público? O problema não era dançar. Essa era uma das habilidades, ainda que não das mais importantes, que Sylvia lhe ensinara. Ela era uma loura fogosa, dez anos mais velha do que ele, para cujo marido, um gerente de banco estúpido, ser traído era uma tarefa definitivamente obrigatória. Sylvia era louca por dança de salão e eles fizeram progressos juntos, ganhando uma série de medalhas de bronze, prata e ouro em competições, até que o marido começou a ficar ameaçador, a mulher a pensar em divórcio, e Masterson, prudente, concluiu que o relacionamento já ultrapassara seu prazo de validade, para não mencionar sua capacidade de se exercitar em ambientes fechados. Além do quê, o trabalho policial oferecia uma carreira razoável para um homem ambicioso em busca de alguma desculpa para um período de relativa retidão. Agora seu gosto por mulheres e dança mudara e ele tinha pouco tempo para uma e outra. Mas Sylvia tivera sua utilidade. Como dizem na academia de polícia, não se deve desperdiçar nenhuma habilidade no trabalho policial.

Não, com a dança não haveria dificuldade. Se ela seria tão hábil quanto ele já era outra questão. A noite decerto ia ser um fiasco e, quer ele fosse quer não, ela talvez acabasse falando. Mas quando? Dalgliesh gostava de trabalhar rápido. Aquele era um caso em que o número de suspeitos se limitava a uma comunidade pequena e fechada, e em geral ele não esperaria dedicar mais de uma semana a eles. Não ia se sentir exatamente grato a seu subordinado por haver desperdiçado uma noite. Além do mais, ainda havia aquele tempo passado no carro pelo qual ele deveria responder de algum jeito. Não seria uma noite das melhores se voltasse sem nada. E que diabo! Acabaria sendo uma ótima história para os rapazes. E, caso a noite se tornasse inviável, sempre poderia dar um jeito de se livrar dela. Melhor não esquecer de levar suas roupas para o carro, caso precisasse escapar depressa.

"Está bem", disse. "Mas é melhor que isso valha o meu tempo."

"Vai valer."

O smoking de Martin Dettinger vestiu muito bem nele, melhor do que ele havia imaginado. Era estranho esse ritual de vestir a roupa de outro homem.Vasculhou os bolsos, como se eles pudessem guardar algum tipo de pista. Mas não encontrou nada. Os sapatos eram muito pequenos e Masterson não se esforçou para que seus pés entrassem neles. Por sorte, estava usando sapatos pretos com solado de couro. Eram muito pesados para a dança e não combinavam com o smoking, mas iam ter que servir. Enfiou seu terno na caixa de papelão fornecida com relutância pela sra. Dettinger e partiram.

Como ele sabia que haveria poucas chances de achar uma vaga para o carro na rua Strand ou nas proximidades, dirigiu-se à South Bank e estacionou perto da administração municipal. Caminharam então até a estação Waterloo e pegaram um táxi. Essa parte da noite não foi das piores. Ela havia se enrolado num volumoso e antiquado casaco de pele. Ele tinha um cheiro forte e azedo, como se um gato tivesse passado por ali, mas pelo menos ela ficava escondida. No caminho todo, nenhum dos dois disse uma única palavra.

A dança já havia começado, quando chegaram pouco depois das oito, e o salão estava desagradavelmente cheio. Abriram caminho até uma das poucas mesas vazias que restavam sob a galeria. Masterson observou que os instrutores homens exibiam um cravo vermelho e as mulheres um branco. Havia uma intensa atividade de beijos promíscuos e tapinhas carinhosos em ombros e braços. Um dos homens cumprimentou a sra. Dettinger com afetação exagerada e manifestações de boas-vindas e congratulações.

"A senhora está maravilhosa, senhora D. Lamento que o Tony esteja doente. Mas fico feliz por ter encontrado um parceiro."

O olhar para Masterson foi descuidadamente curioso.

A sra. Dettinger recebeu os cumprimentos com uma desajeitada sacudida de cabeça e uma ponta de malícia no olhar satisfeito. Não fez menção de apresentar Masterson.

Continuaram sentados nas duas danças seguintes e Masterson se deu por satisfeito em ficar olhando em torno do salão. Toda a atmosfera era enfadonhamente respeitável. Um enorme arranjo de balões pendia do teto, pronto sem dúvida para ser solto no clímax orgiástico das festividades da noite. Os músicos da banda vestiam terno vermelho com adereços dourados nos ombros e tinham o olhar entristecido e resignado de quem já havia visto tudo aquilo antes. Masterson contava com uma noite de cínico desinteresse, com a gratificação de poder observar o ridículo alheio, com o insidioso prazer da repulsa. Lembrou-se de como um diplomata francês descrevera o jeito inglês de dançar, *avec les visages si tristes, les derrières si gais.* Aqui, os traseiros comportavam-se com absoluta sobriedade, mas os rostos exibiam sorrisos estudados de fingida alegria, tão artificiais que ele achou que a escola havia ensinado e recomendado expressões faciais para acompanhar os passos certos. Longe da pista de dança, as mulheres pareciam preocupadas, com expressões que variavam da leve apreensão a uma ansiedade que beirava a histeria. Estavam em número muito maior do que os homens e algumas dançavam juntas. Eram, na maioria, de meia-idade ou mais velhas, vestiam-se com um estilo uniformemente antiquado, os corpetes apertados e baixos, as imensas saias decoradas de lantejoulas.

A terceira dança foi um *quickstep*. Ela se virou para ele de repente e disse: "Vamos dançar esta". Sem emitir protestos, ele a conduziu até a pista e com o braço esquerdo envolveu o corpo rígido dela. Resignou-se diante da perspectiva de uma noite longa e exaustiva. Se aquela harpia velha tivesse alguma coisa de útil para contar — e ela parecia convencida de que tinha —, então por Deus ela iria contar, mesmo que ele precisasse interrogá-la aos berros no meio daquele maldito salão até ela cair. A ideia era agradável e ele se entregou a ela. Podia imaginá-la desconjuntada como uma marionete com fios soltos, as pernas finas retorcidas, os braços pendurados em absoluta exaustão. A não ser pelo fato de que era provável que ele sucumbisse primeiro. Aquela meia hora com Julia Pardoe por certo não tinha sido a melhor preparação para uma noite de dança de salão. Mas aquela velha sem-vergonha era cheia de vida. Ele sentia o gosto de gotas de suor escorrendo pelos cantos de sua boca, enquanto a respiração dela mal se alterara e suas mãos estavam frescas e secas. O rosto junto ao seu era intenso, os olhos brilhavam, o lábio inferior entreaberto. Ele parecia estar dançando com um saco de ossos animado.

A música parou de repente. O maestro virou-se e iluminou a pista com seu sorriso artificial. Os músicos relaxaram, permitindo-se um breve sorriso. O caleidoscópio de cores no meio da pista fechou-se e depois se abriu em novos padrões, enquanto os pares se soltavam e saltitavam de volta para as mesas. Um garçom circulava, anotando pedidos. Masterson fez um sinal com o dedo.

"O que a senhora vai querer?"

Fez a pergunta sem nenhuma gentileza, como um pão-duro forçado a pagar a rodada. Ela pediu um gim-tônica e, quando a bebida chegou, pegou-a sem agradecer ou manifestar algum sinal de satisfação. Ele pediu um uísque duplo. O primeiro de muitos. Abrindo a saia encarnada em torno da cadeira, ela começou a sondar o salão com aquele olhar desagradavelmente intenso que ele começava a reconhecer muito bem. Era como se ele não estivesse lá. Cuidado, pensou, não perca a paciência. Ela quer manter você aqui. Deixe.

"Fale-me do seu filho", disse suavemente, tomando cuidado para manter a voz neutra e desinteressada.

"Agora não. Uma outra noite. Não há pressa."

Ele quase soltou um berro de exasperação. Será que ela realmente achava que ele pretendia encontrá-la de novo? Será que achava que iam dançar para sempre em nome de uma meia promessa de uma migalha de informação? Imaginou-os requebrando grotescamente ao longo dos anos, participantes involuntários de uma farsa surrealista. Ele tirou os óculos.

"Não haverá outra vez. A não ser que a senhora me ajude. O superintendente não gosta muito de gastar dinheiro público quando não há nada de novo para se saber. Eu preciso justificar cada minuto do meu tempo."

Incutiu na voz o nível certo de ressentimento e de justa reivindicação. Ela olhou para ele pela primeira vez desde que se sentaram.

"Há algo novo para o senhor saber. Eu nunca disse que não havia. E quanto aos drinques?"

"Os drinques?" Ele ficou momentaneamente confuso.

"Quem paga os drinques?"

"Bem, eles costumam estar incluídos nas despesas. E quando é uma questão de me divertir com os amigos, como nesta noite, claro que sou eu que pago."

Ele mentia com facilidade. Entre seus talentos, esse era um dos que mais o ajudavam no trabalho, pensava ele.

Ela concordou, satisfeita. Mas não disse nada. Ele se perguntava se deveria tentar outra vez, quando a banda irrompeu num chá-chá-chá. Sem uma palavra, ela se levantou e virou-se para ele. Foram de novo para a pista.

O chá-chá-chá foi seguido por um mambo, o mambo por uma valsa, a valsa por um foxtrote lento. E nada de ela lhe revelar alguma coisa. Então, houve uma mudança na programação da noite. As luzes diminuíram subitamente e um homem esguio, brilhando da cabeça aos pés como se tivesse se banhado em gel de cabelo, apareceu diante do microfone e ajustou-o à sua estatura. Uma loura lânguida o acompanhava, o cabelo penteado de forma elaborada e num estilo que havia pelo menos cinco anos saíra de moda. As luzes dos holofotes giravam sobre eles. Ela balançava uma echarpe de *chiffon* descuidadamente com a mão direita e com ar de proprietária observava a pista de dança que se esvaziava. Houve um corre-corre de expectativa. O homem consultou a lista em sua mão.

"E agora, senhoras e senhores, o momento tão esperado. As apresentações de dança. Nossos medalhistas do ano demonstrarão, para nosso deleite, as danças com as quais ganharam seus prêmios. A senhora Dettinger dançando" — ele consultou a lista — "dançando o tango."

Com a mão gorducha, fez um movimento circular. A orquestra irrompeu numa fanfarra dissonante. A sra. Dettinger se levantou, arrastando Masterson com ela. Segurava-o pelo pulso como se fosse um torno. O holofote girou e parou sobre eles. Alguns aplausos. O homem magro continuou:

"A senhora Dettinger está dançando com... pode nos dizer o nome de seu novo par, senhora Dettinger?" Masterson disse em voz alta:

"Senhor Edward Heath."

O homem magro fez uma pausa, depois resolveu aceitar a situação. Com entusiasmo forçado na voz, anunciou:

"A senhora Dettinger, medalha de prata, dançando o tango com o senhor Edward Heath."

Os pratos soaram e ouviram-se mais alguns aplausos. Masterson conduziu seu par para o meio da pista com exagerada cortesia. Estava consciente de sua leve embriaguez e sentia-se grato por isso. Ia tratar de se divertir.

Firmou a mão na curva das costas dela e adotou uma expressão de lasciva expectativa. Provocou uma risadinha instantânea na mesa mais próxima. Ela franziu a sobrancelha e ele observou fascinado um rubor inadequado invadir seu rosto e pescoço. Percebeu satisfeito que ela estava muito nervosa, que aquela farsa patética afinal de contas era importante para ela. Foi para aquele momento que ela se vestira com tanto apuro, que maquiara o rosto envelhecido. O Baile dos Medalhistas da Escola Delaroux. A apresentação de tango. E então seu parceiro havia falhado com ela. Provavelmente faltou coragem ao pobre-diabo. Mas o destino oferecera-lhe um substituto bem-apessoado e competente. Devia ter parecido um milagre. Foi para aquele momento que ele tinha sido atraído até o salão Athenaeum, para dançar hora após hora, tediosamente. Uma ideia hilariante. Meu Deus, ela estava nas mãos dele agora. Aquele era o grande momento dela. E ele trataria de fazer com que, na pressa, ela não se esquecesse disso.

O ritmo lento teve início. Ele notou com irritação que era a mesma velha canção que havia tocado a maior parte da noite. Foi sussurrando a letra no ouvido dela. Ela cochichou:

"Nós deveríamos dançar o tango Delaroux."

"Nós vamos dançar o tango Charles Masterson, minha querida."

Segurando-a com firmeza, ele a pôs em marcha, decidido, pela pista, numa paródia afetada da dança, balançando-a tão cruelmente em torno dele que o penteado impregnado de laquê quase varreu o chão. Ouviu os ossos dela estalando e segurou-a na posição enquanto lançava um sorriso surpreso de satisfação ao grupo da mesa mais próxima. As risadas soaram mais altas agora, e mais prolongadas. Quando a puxou para cima à espera do próximo compasso, ela sibilou:

"O que o senhor quer saber?"

"Ele reconheceu alguém, não foi? Seu filho. Quando estava no hospital John Carpendar. Ele viu alguém conhecido?"

"O senhor vai se comportar e dançar corretamente?"

"Talvez."

Voltavam a dançar o tango, só que da maneira ortodoxa. Sentiu que ela relaxava levemente em seus braços, mas ele continuou segurando-a com firmeza.

"Foi uma das irmãs. Ele já a tinha visto antes."

"Qual delas?"

"Não sei, ele não me disse."

"O que foi que ele lhe contou?"

"Depois da dança."

"Fale agora se não quiser acabar no chão. Onde ele a viu antes?"

"Na Alemanha. Ela estava no banco dos réus. Era um

julgamento de guerra. Ela se livrou, mas todo mundo sabia que era culpada."

"Em que lugar da Alemanha?"

Ela pronunciou as palavras com os lábios esticados pelo sorriso forçado de dançarina profissional.

"Felsenheim. Um lugar chamado Felsenheim."

"Fale de novo. Diga o nome de novo!"

"Felsenheim."

O nome não lhe dizia nada, mas ele sabia que acabaria se lembrando. Com sorte, conseguiria os detalhes mais tarde, porém os fatos mais relevantes deviam ser arrancados dela ali, enquanto estava em seu poder. Podia não ser verdade, claro. Tudo aquilo podia não ser verdade. E, se fosse verdade, podia ser irrelevante. Mas essa era a informação que ele tinha ido buscar. Sentiu-se invadido por um acesso de confiança e bom humor. Até mesmo corria o risco de gostar da dança. Decidiu que tinha chegado a hora de fazer algo espetacular e conduziu-a por uma série complicada de passos, iniciada com uma sequência progressiva e terminando num *promenade* fechado que os levou diagonalmente de um lado ao outro do salão. Uma execução irretocável e os aplausos foram intensos e demorados. Ele perguntou:

"Qual era o nome dela?"

"Irmgard Grobel. Era muito nova na época, claro. Martin disse que foi por isso que ela se livrou. Ele nunca teve a menor dúvida de que ela era culpada."

"A senhora tem certeza de que ele não contou qual das irmãs era?"

"Não. Ele estava muito doente. Falou comigo sobre o julgamento quando veio da Europa, então eu já sabia da história. Mas ele ficou inconsciente a maior parte do tempo no hospital. E quando estava acordado quase sempre delirava."

Então ele podia ter se enganado, pensou Masterson. Era uma história bastante improvável. E, com certeza, não era fácil reconhecer um rosto depois de vinte e cinco anos;

a não ser que ele tivesse observado aquele rosto com intenso fascínio durante o julgamento. Algo que deve ter marcado um homem jovem e provavelmente sensível. O suficiente, talvez, para que revivesse a situação em seu delírio e criasse a ilusão de que um daqueles rostos inclinados sobre ele, durante seus poucos momentos de consciência e lucidez, fosse o de Irmgard Grobel. Mas isso supondo, apenas supondo, que ele estivesse certo. Se tinha contado para a mãe, também poderia ter falado com sua enfermeira especial ou deixado escapar em meio ao delírio. E que uso Heather Pearce teria feito daquela informação?

Cochichou baixinho no ouvido dela: "Para quem mais a senhora contou isso?".

"Para ninguém. Não contei para ninguém. Por que faria isso?"

Mais um giro para um lado. E outro sobreposto. Muito bom. Mais aplausos. Ele firmou sua pegada e deixou a voz sair rouca e ameaçadora sob o sorriso forçado.

"Para quem mais? A senhora deve ter falado com mais alguém."

"Por que eu faria isso?"

"Porque a senhora é uma mulher."

Foi a resposta certa. A teimosia obstinada de seu rosto se suavizou. Ela ergueu os olhos para ele por um segundo, depois piscou rapidamente com aqueles cílios ralos cobertos de rímel numa imitação de flerte. Ah, meu Deus, pensou ele, ela vai se fazer de tímida.

"Ora, bem... Talvez eu tenha dito apenas para uma pessoa."

"Sei muito bem que a senhora falou. Quero saber com quem."

Novamente o olhar manhoso, um ligeiro beicinho de submissão. Ela resolvera desfrutar daquele homem dominador. Por algum motivo, talvez devido ao gim, ou pela euforia da dança, sua resistência desmoronara. De agora em diante, seria ladeira abaixo.

"Falei com o doutor Courtney-Briggs, o médico do Martin. Bem, parecia ser a coisa certa."

"Quando?"

"Na quarta-feira passada. Na quarta-feira da semana passada, quero dizer. No consultório dele, na rua Wimpole. Ele tinha acabado de sair do hospital na sexta-feira em que Martin morreu, então não consegui falar com ele antes. Ele só está no John Carpendar às segundas, quintas e sextas."

"Ele pediu para falar com a senhora?"

"Ah, não! A enfermeira de plantão que estava substituindo a irmã disse que ele teria o maior prazer em conversar comigo se eu achasse que isso poderia ajudar e que eu poderia ligar para o consultório dele na rua Wimpole para marcar uma hora. Na época, eu não liguei. De que adiantaria? Martin estava morto. Mas então eu recebi a conta. Não achei gentil, tão pouco tempo depois de Martin ter morrido. Duzentos guinéus! Achei uma exorbitância. Afinal de contas, não foi como se eles tivessem feito alguma coisa boa. Então, achei que eu poderia simplesmente aparecer na rua Wimpole para vê-lo e contar o que eu sabia. Não era correto o hospital empregar uma mulher assim. Uma verdadeira assassina. E depois ainda cobrar todo aquele dinheiro. O hospital mandou outra conta, pela assistência, entende? Mas nada parecido com os duzentos guinéus do doutor Courtney-Briggs."

As frases eram desarticuladas. Ela falava junto ao ouvido dele quando surgia a oportunidade. Mas não estava ofegante ou incoerente. Sua energia era mais do que suficiente para dançar e falar. Masterson é quem sentia o esforço. Outra sequência progressiva levando ao *doré* e terminando num *promenade* fechado. Ela não errou um só passo. A velhota fora bem ensaiada, mesmo que não tenham podido lhe ensinar graça ou leveza.

"E então a senhora foi correndo contar a ele o que sabia e sugerir que retirasse uma fatia de seus lucros?"

"Ele não acreditou em mim. Disse que Martin estava delirante e tinha se enganado, que ele se responsabilizava pessoalmente por todas as irmãs. Mas tirou cinquenta libras da conta."

Ela disse isso com uma amargura satisfeita. Masterson se surpreendeu. Mesmo que Courtney-Briggs tivesse acreditado na história, não havia motivo para ele reduzir tanto seus honorários. Não era ele o responsável pelo recrutamento ou pela indicação do pessoal de enfermagem. Não tinha por que se preocupar. Masterson se perguntou se o médico teria acreditado na história. Obviamente ele não comentara nada nem com o presidente do comitê gestor do hospital nem com a enfermeira-chefe. Talvez fosse verdade que ele podia se responsabilizar pelas irmãs e que a dedução das cinquenta libras não tivesse passado de um recurso para sossegar uma mulher insistente. Mas, para Masterson, Courtney-Briggs não era do tipo que se submetia a chantagem ou aceitava abrir mão de um pêni do que ele achava que lhe era devido.

Nesse momento, a música chegou ao final.

Masterson sorriu com benevolência para a sra. Dettinger e a conduziu de volta à mesa. Os aplausos duraram até eles chegarem à mesa e interromperam-se abruptamente, quando o homem lustroso anunciou a dança seguinte. Masterson olhou em torno procurando o garçom, e acenou.

"Muito bem", disse a seu par, "não foi tão ruim assim, foi? Se a senhora se comportar direitinho até o fim da noite, talvez eu até possa levá-la para casa."

Ele a levou para casa. Saíram cedo, mas ele só deixou o apartamento da Baker Street depois da meia-noite. Àquela altura, ele sabia que já tinha obtido o máximo da história que ela era capaz de contar. Ela foi ficando sentimental ao voltarem, uma reação, ele achava, ao triunfo e ao gim. Ele a manteve abastecida de bebida durante o resto da noite, não a ponto de deixá-la descontroladamente bêbada, porém o suficiente para que continuasse falante e dócil. Mas o caminho de volta para casa fora um pesadelo, tornado ainda mais difícil pelo olhar zombeteiro e desprezivo do motorista do táxi que os levou do salão até o estacionamento em South Bank e pelas sobrancelhas desaprovadoramente erguidas do porteiro ao chegarem a Saville Mansions. Ao entrarem no apartamento, ele a adulou, confortou e induziu a ficar coerente, preparou um café forte para os dois na cozinha impossível de tão pequena — cozinha de puta, ele pensou, feliz por encontrar mais um motivo para desprezá-la — e serviu-o prometendo que claro que não a deixaria, que telefonaria de novo no sábado, que os dois seriam eternos parceiros de dança. À meia-noite tinha arrancado dela tudo o que desejava saber sobre a carreira de Martin Dettinger e sua permanência no hospital John Carpendar. Não havia muito de novo a saber sobre o hospital. Ela não fizera visitas frequentes ao filho durante a semana em que ele estivera lá. Ora, para quê? Não havia nada que pudesse fazer por ele. Ele passava a maior parte do tempo inconsciente e na verdade não a reconhecia nem quando desperto. A não ser daquela vez, claro. Ela imaginara ouvir alguma palavra de consolo e consideração, mas só obteve aquela risada estranha e a conversa sobre Irmgard Grobel. Ele já lhe contara aquela história muitos anos antes. Estava cansada de ouvi-la. Um garoto que está morrendo devia pensar na mãe. Fora um esforço terrível ficar lá assistindo. Ela era uma pessoa sensível. Os hospitais a perturbavam. O falecido sr. Dettinger nunca tivera ideia de o quanto ela era sensível.

Aparentemente, havia muita coisa que o falecido sr. Dettinger não compreendera, entre elas as necessidades sexuais de sua mulher. Masterson ouviu a história do casamento sem nenhum interesse. Era a história de sempre, uma esposa insatisfeita, um marido rabugento e uma criança sensível e infeliz. Masterson ouviu sem se comover. Não se interessava especialmente pelas pessoas. A seu ver, elas dividiam-se em dois grandes grupos, as que seguiam a lei e os vilões, e a guerra sem fim que ele travava contra os últimos preenchia, como ele sabia, algumas necessidades não verbalizadas de sua natureza. Mas por fatos ele se interessava. Sabia que, quando alguém passava pela cena do crime, alguma prova era deixada para trás, ou então levada. O trabalho do detetive era encontrar essa prova. Sabia

294

que as impressões digitais jamais haviam mentido, mas que os seres humanos mentiam com frequência e de maneira irracional, fossem culpados ou inocentes. Sabia que podia contar com os fatos no tribunal, mas que as pessoas não eram confiáveis. Sabia que a motivação era imprevisível, ainda que fosse honesto o suficiente para reconhecer as suas. No exato momento em que penetrava em Julia Pardoe, tinha se dado conta de que aquele ato, com sua fúria e exaltação, de alguma maneira se dirigia contra Dalgliesh. Mas jamais lhe ocorreu perguntar por quê. Parecia uma especulação inútil. Também não se perguntou se para a garota tinha sido igualmente um ato maldoso e de desforra pessoal.

"A gente pensa que um filho que está morrendo vai querer a mãe. Foi horrível ficar ali sentada ouvindo aquela respiração medonha, baixinho no começo, depois horrivelmente alta. Claro que ele estava num quarto particular. Foi isso que o hospital cobrou. Não foi por conta do sistema público. Mas os outros pacientes devem ter ouvido o barulho pela enfermaria toda."

"Respiração de Cheyne-Stokes", disse Masterson. "Acontece antes dos estertores finais."

"Eles tinham que ter feito alguma coisa. Aquilo me incomodava demais. Aquela enfermeira especial dele tinha que ter feito alguma coisa. A sem graça. Acho que estava cumprindo com suas obrigações, mas ela nunca me deu a menor atenção. Afinal de contas, os vivos precisam de algum cuidado. Não havia mais nada a fazer por Martin."

"Essa era a enfermeira Pearce. A que morreu."

"Sim, lembro que o senhor me contou. Que ela também morreu. Só ouço falar de morte. Está por toda parte. Qual o nome daquela respiração?"

"Cheyne-Stokes. Significa que a pessoa vai morrer."

"Eles tinham que ter feito alguma coisa. Aquela moça tinha que ter feito alguma coisa. Ela respirou assim antes de morrer?"

"Não, ela gritou. Alguém derramou desinfetante em seu estômago e ele foi corroído."

"Não quero ouvir falar disso! Não quero mais ouvir falar disso! Fale da dança. Você vai voltar sábado que vem, não vai?"

E assim foi. Tedioso e exaustivo e, no final, quase assustador. O sentimento de triunfo por ter obtido o que fora buscar desaparecera antes da meia-noite e ele estava consciente de seu ódio e aversão. Enquanto ouvia as baboseiras dela, brincava mentalmente com uma violência imaginária. Era fácil ver como essas coisas aconteciam. Um bastão à mão. O rosto idiota esmagado até virar uma pasta. Golpe após golpe. Ossos se estilhaçando. Um jato de sangue. Um orgasmo de puro ódio. Enquanto imaginava aquilo, teve dificuldade em manter sua respiração regular. Segurou a mão dela com delicadeza.

"Sim", respondeu. "Sim, eu volto. Sim. Sim."

A pele agora estava seca e quente. Ela poderia estar com febre. As unhas pintadas estavam riscadas. Nas costas das mãos, as veias saltavam como fios púrpura. Ele percorreu as marcas amarronzadas da idade com um dedo carinhoso.

Pouco depois da meia-noite, a voz dela balbuciou algumas incoerências, a cabeça pendeu para a frente e ela adormeceu. Masterson aguardou um momento, depois soltou a mão dela e foi até o quarto na ponta dos pés. Não precisou de mais do que dois minutos para trocar de roupa. Depois, ainda na ponta dos pés, foi até o banheiro, lavou o rosto e a mão que tocara a dela; lavou-os repetidas vezes. Por fim, deixou o apartamento, fechando a porta com cuidado atrás de si, como se temesse despertá-la, e saiu para a noite.

V

Quinze minutos depois, o carro de Masterson passou em frente ao apartamento onde as srtas. Beale e Burrows bebericavam chocolate junto a um fogo mortiço em seus penhoares aconchegantes. Ouviram o som crescente do motor no fluxo intermitente do tráfego e interromperam a conversa para especular, com um interesse fortuito, sobre os motivos que levavam as pessoas a estarem na rua nas primeiras horas da madrugada. Certamente, não era comum as duas ainda estarem acordadas a uma hora daquela, mas no dia seguinte seria sábado e elas podiam se dar ao luxo de conversar até mais tarde diante da perspectiva confortável de não precisarem se levantar cedo.

Conversavam sobre a visita do superintendente-chefe Dalgliesh naquela tarde. De fato, concordaram, fora mesmo um sucesso, quase um prazer. Ele pareceu ter apreciado o chá. Sentou-se lá, acomodado na poltrona mais confortável, e os três conversaram como se ele fosse tão inofensivo e familiar quanto o pároco local.

Ele disse à srta. Beale: "Desejo ver a morte da enfermeira Pearce através de seus olhos. Fale-me sobre isso. Conte-me tudo o que a senhora viu e sentiu desde o momento em que entrou com seu carro pelos portões do hospital".

E a srta. Beale lhe contou, sentindo um prazer encabulado com sua meia hora de fama, e com o evidente reconhecimento dele por ela ter observado tudo com tanto cuidado e por ser capaz de descrever tudo com tamanha clareza. Ele era um bom ouvinte, elas reconheceram. Bem, isso era parte de seu trabalho. Também era inteligente, fazendo as pessoas falarem. Mesmo Angela, sentada em silêncio e atenta a maior parte do tempo, não soube explicar por que se sentira levada a mencionar seu encontro recente com a irmã Rolfe na biblioteca de Westminster. E os olhos dele piscaram com interesse, interesse que se apagou em decepção quando ela lhe disse a data. A amiga concordou que ela não podia ter se enganado. Ele ficara desapontado. A irmã Rolfe fora vista na biblioteca no dia errado.

VI

Passava das onze da noite quando Dalgliesh girou a chave na gaveta de sua escrivaninha, trancou o escritório e saiu pela porta lateral da mansão Nightingale para voltar a pé para a estalagem Falconer's Arms. Na curva onde o caminho se estreitava antes de mergulhar nas sombras escuras das árvores, olhou para trás, para a enorme e sinistra massa desolada da casa, com seus quatro torreões negros contra o céu noturno. A casa estava mergulhada quase na total escuridão. Havia apenas uma janela iluminada e ele só precisou de um minuto para identificar qual era. Então, Mary Taylor estava em seu quarto, mas ainda não adormecera. A luz não passava de um brilho fraco, talvez a de uma lâmpada de cabeceira, e, enquanto ele olhava, ela se apagou.

Seguiu até o portão da Winchester. Naquele ponto as árvores ficavam muito próximas do caminho. Os ramos escuros dobravam-se sobre sua cabeça, bloqueando a luz tênue do poste mais próximo. Percorreu cerca de cinquenta metros na mais completa escuridão, caminhando rápida e silenciosamente sobre o tapete de folhas mortas. O estado de exaustão física em que se encontrava parecia provocar um distanciamento entre seu corpo e sua mente: condicionado pela realidade, o corpo movia-se em semiconsciência pelo mundo físico familiar, enquanto a mente liberta se lançava em disparada por uma órbita em que fantasia e realidade exibiam faces igualmente ambíguas. Dalgliesh surpreendeu-se por estar tão cansado. Esse trabalho não estava mais desgastante do que outros. Ela vinha trabalhando muitas horas, mas mesmo assim uma jornada de dezesseis horas era algo comum quando ele estava num caso. E aquele cansaço extraordinário não era uma exaustão resultante de frustração ou fracasso. O caso seria solucionado na manhã seguinte. Mais tarde, naquela noite, Masterson voltaria com mais uma peça do quebra-cabeça e o quadro estaria completo. Em dois dias, no máximo, deixaria a mansão Nightingale. Dali a dois dias, pisaria pela última vez naquele quarto branco e dourado do torreão sudeste.

Avançando como um autômato, ouviu tarde demais os

passos súbitos e abafados às suas costas. Instintivamente, virou-se para encarar seu adversário e sentiu o golpe atingi-lo da têmpora esquerda até o ombro. Não sentiu dor, apenas um estalo, como se seu crânio inteiro tivesse rachado, um torpor no braço esquerdo e, um segundo depois, que pareceu uma eternidade, a mornidão quase reconfortante do sangue jorrando. Ele ofegou e despencou para a frente, porém ainda consciente. Cego pelo sangue e lutando contra a náusea, tentou se levantar, procurando a terra com as duas mãos, forçando-se a se erguer e a lutar. Mas seus pés escorregaram em vão na terra úmida e os braços não tinham força. Estava cegado pelo próprio sangue. O cheiro sufocante do húmus molhado contra seu nariz e boca era tão penetrante quanto um anestésico. Ficou ali caído, com ânsia de vômito e desamparado, a dor aumentando a cada espasmo, e aguardou, com raiva impotente, o golpe final de aniquilação.

Mas nada aconteceu. Sem resistir, mergulhou na inconsciência. Segundos depois, foi chamado de volta para a realidade por uma mão que sacudia seu ombro gentilmente. Alguém se inclinava sobre ele. Ouviu a voz de uma mulher.

"Sou eu. O que houve? Alguém acertou o senhor?"

Era Morag Smith. Ele tentou responder, avisá-la para fugir depressa. Os dois não seriam páreo para um assassino decidido. Mas sua boca parecia incapaz de articular as palavras. Estava consciente de que em algum lugar muito próximo um homem gemia, e deu-se conta com irritação de que a voz era a dele. Parecia não ter controle sobre ela. Percebeu mãos mexendo em sua cabeça. Tremia como uma criança.

"Argh! O senhor tá cheio de sangue!"

Ele tentou falar novamente. Ela inclinou a cabeça para mais perto dele. Podia ver as mechas escuras de cabelo e o rosto branco pairando à sua frente. Tentou se levantar e dessa vez conseguiu ficar de joelhos.

"Conseguiu vê-lo?"

"Nada! Ele me ouviu chegando. Saiu correndo para a mansão. Porcaria, o senhor tá um horror. Vem cá, apoia em mim."

"Não. Vá pedir ajuda. Ele pode voltar."

"Não volta, não. De qualquer jeito, é melhor a gente ir junto. Não tô a fim de ir sozinha. Uma coisa são fantasmas; assassinos carniceiros é bem diferente. Vamos lá, eu dou uma mão para o senhor."

Ele sentia os ossos pontudos dos ombros magros dela, mas o corpo frágil era incrivelmente rijo e aguentou bem o peso dele. Forçou-se a se levantar e ficou oscilando sobre os pés. Perguntou:

"Homem ou mulher?"

"Não vi. Podia ser qualquer um. Esquece isso agora. Vai conseguir chegar na mansão Nightingale? É mais perto."

Dalgliesh sentia-se muito melhor agora que havia conseguido ficar de pé. Mal enxergava o caminho, mas tentou dar alguns passos para a frente, apoiando as mãos nos ombros dela.

"Acho que sim. A porta dos fundos é a mais próxima. Não são mais do que cinquenta metros. Toque a campainha do apartamento da enfermeira-chefe. Sei que ela está lá."

Arrastaram-se devagar pelo caminho, removendo, como Dalgliesh percebeu com tristeza, qualquer pegada que ele pudesse esperar encontrar na manhã seguinte. Não que essas folhas decompostas fossem oferecer muitas pistas. Perguntou-se o que teria acontecido com a arma. Mas era uma especulação inútil. Não poderia fazer nada antes de haver alguma luz. Foi tomado por uma onda de gratidão e afeto por aquela pessoa pequenina, cujo braço fino e leve como o de uma criança envolvia sua cintura. Uma dupla estranha, nós dois, ele pensou. Disse:

"Você provavelmente salvou a minha vida, Morag. Ele só fugiu porque ouviu você chegar."

Ele? Ou seria ela? Se pelo menos Morag tivesse chegado a tempo de ver se era homem ou mulher. Mal ouviu-a retrucando.

300

"Pare de falar, seu doido."

Mas ouviu, sem se surpreender, que ela chorava. Ela não fez nenhum esforço para tentar deter ou abafar os soluços, e isso não os impediu de continuarem avançando. Talvez, para Morag, chorar fosse quase tão natural quanto caminhar. Ele não tentou confortá-la, a não ser por uma leve pressão nos ombros, que ela entendeu como um pedido de mais apoio e apertou o braço um pouco mais em sua cintura, inclinando-se para ele e ajudando-o a caminhar. E dessa maneira atrapalhada os dois seguiram sob as sombras das árvores.

VII

A luz na sala de demonstração era brilhante, brilhante demais. Atravessava suas pálpebras grudadas e ele mexia a cabeça de um lado para o outro, tentando escapar da dor aguda. Então, sua cabeça foi amparada por mãos frias. As mãos de Mary Taylor. Ouviu a voz dela dizendo-lhe que Courtney-Briggs estava no hospital. Que ela mandara chamá-lo. Então, as mesmas mãos começaram a tirar sua gravata, a abrir os botões da camisa e a fazer seus braços deslizarem pelo paletó com hábil experiência.

"O que aconteceu?"

Era a voz de Courtney-Briggs, áspera, masculina. Então, o médico chegara. O que ele estava fazendo no hospital? Outra operação de emergência? Os pacientes de Courtney-Briggs tinham uma tendência curiosa para sofrer recaídas. Que álibi teria para a última meia hora? Dalgliesh disse:

"Alguém ficou à espreita, esperando por mim. Preciso verificar quem está na mansão."

Uma mão firme segurou seu braço. Courtney-Briggs o forçava a voltar para a cadeira. Dois borrões cinzentos flutuavam sobre ele. A voz dela, novamente:

"Agora não. O senhor mal pode ficar em pé. Um de nós irá."

"Vão agora."

"Só um minuto. Já trancamos todas as portas. Vamos saber se alguém voltar. Confie em nós. Apenas relaxe."

Muito razoável. Confie em nós. Relaxe. Ele agarrou os braços de metal da cadeira, tentando se apossar da realidade.

"Eu mesmo quero verificar."

Parcialmente cegado pelo sangue, ele mais sentiu do que viu o olhar mútuo de preocupação deles. Sabia que estava parecendo uma criança insolente, batendo os pés com insistência contra a calma implacável dos adultos. Enlouquecido de frustração, tentou se levantar da cadeira. Mas o chão girou desagradavelmente e depois se ergueu para ir de encontro a ele em meio a espirais de cores contundentes. Inútil. Não conseguia ficar em pé.

"Meus olhos", disse.

Courtney-Briggs falou, com uma voz irritantemente sensata: "Espere um pouco. Preciso examinar sua cabeça primeiro".

"Mas eu quero enxergar!"

Sua cegueira o enfurecia. Será que agiam assim de propósito? Levantou a mão e começou a cutucar as pálpebras quebradiças. Ouvia-os conversando em voz baixa, na língua de sussurros de sua profissão, da qual ele, o paciente, era excluído. Estava consciente de novos sons, o chiado de uma estufa de esterilização, o retinir dos instrumentos, uma tampa de metal se fechando. Então, o cheiro de desinfetante ficou mais forte. Agora ela estava limpando seus olhos. Uma mecha de algodão, deliciosamente fresca, foi passada sobre cada pálpebra e ele abriu os olhos, piscando para ver com mais clareza o brilho do penhoar dela e a longa trança caída sobre seu ombro esquerdo. Falou diretamente com ela.

"Preciso saber quem está na mansão Nightingale. A senhora pode verificar agora, por favor?"

Sem dizer uma palavra ou olhar para o dr. Courtney-Briggs, ela se apressou em sair da sala. Assim que a porta se fechou, Dalgliesh disse:

"O senhor não me contou que seu irmão foi noivo de Josephine Fallon."

"O senhor não me perguntou."

A voz do médico era despreocupada e desinteressada, a resposta de um homem cuja mente estava voltada para o seu trabalho. Ouviu-se o ruído da tesoura, o contato momentâneo do aço frio contra seu crânio. O médico cortava o cabelo de Dalgliesh ao redor do ferimento.

"O senhor deveria saber que isso seria do meu interesse."

"Ah, do seu interesse! O senhor se interessa, é verdade. Vocês têm uma capacidade infinita de se interessar pelos assuntos alheios. Mas eu me limito a satisfazer sua curiosidade apenas no que se refere às mortes dessas duas moças. O senhor não pode se queixar de que eu tenha deixado qualquer coisa relevante de lado. A morte de Peter não é relevante — é apenas um tragédia particular."

Mais um constrangimento público, pensou Dalgliesh, do que uma tragédia particular. Peter Courtney violara o primeiro princípio do irmão, a necessidade de ser bem-sucedido. Dalgliesh disse:

"Ele se enforcou."

"Como o senhor disse, ele se enforcou. Uma maneira não tão digna ou agradável de partir, mas o pobre garoto não dispunha dos meus recursos. No dia em que fizerem meu diagnóstico final, terei à disposição meios mais adequados para resolver o assunto em vez de me pendurar na ponta de uma corda."

Sua presunção era chocante, pensou Dalgliesh. Até mesmo a morte do irmão tinha que ter alguma relação com ele. Mantinha-se complacentemente seguro no centro de seu universo particular, enquanto as outras pessoas — irmão, amante, pacientes — giravam em torno daquele sol, existindo em virtude da excelência de seu calor e luz, obedientes a sua força centrípeta. Mas não era assim que a maioria das pessoas se via? Será que Mary Taylor era menos autocentrada? E ele próprio? Será que ele e ela simplesmente não saciavam seu egoísmo essencial de maneira mais sutil?

O médico foi até sua maleta preta de instrumentos, pegou um espelho preso a um aro de metal e ajustou-o em torno da cabeça. Voltou para Dalgliesh com o oftalmoscópio na mão e se sentou em frente ao paciente. Ficaram um diante do outro, as testas quase se tocando. Dalgliesh sentia o instrumento de metal tocando seu olho direito. Courtney-Briggs ordenou:

"Olhe para a frente."

Dalgliesh olhou obedientemente para o pequeno ponto luminoso. Disse:

"O senhor saiu do prédio principal do hospital por volta da meia-noite. Falou com o porteiro do portão principal à meia-noite e trinta e oito. Onde esteve nesse intervalo?"

"Já lhe disse. Havia um olmo caído bloqueando o caminho de volta. Fiquei alguns minutos examinando a situação e me assegurando de que outras pessoas não se machucassem nele."

"Aconteceu exatamente isso com uma pessoa. À meia-noite e dezessete. Não havia nenhuma echarpe de alerta amarrada nos galhos a essa hora."

O oftalmoscópio passou para o outro olho. A respiração do médico era absolutamente regular.

"Ele se enganou."

"Não é o que ele acha."

"Então, o senhor deduz que eu cheguei perto da árvore caída depois de meia-noite e dezessete. Pode ser que sim. Como eu não estava tramando nenhum álibi, não fiquei verificando a hora de dois em dois minutos."

"O senhor está sugerindo que levou mais de dezessete minutos para ir do prédio do hospital até aquele lugar específico?"

"Ah, acho que eu poderia inventar uma boa história para explicar o atraso, não acha? Poderia alegar que precisei, conforme o seu deplorável jargão policial, obedecer a um chamado da natureza e saí do carro para ir meditar entre as árvores."

"E o senhor foi?"

"Posso ter ido. Depois que eu cuidar da sua cabeça, que, aliás, vai precisar de uns doze pontos, vou pensar um pouco no assunto. O senhor me perdoe se eu agora tiver que me concentrar no meu trabalho."

A enfermeira-chefe voltara silenciosamente. Assumiu sua posição ao lado de Courtney-Briggs, como um acólito à espera de ordens. Seu rosto estava muito pálido. Sem esperar que ela dissesse alguma coisa, o médico entregou-lhe o oftalmoscópio. Ela disse:

"Todas as que deveriam estar na mansão Nightingale estão em seus quartos." Courtney-Briggs percorria o ombro esquerdo de Dalgliesh com as mãos, causando-lhe dor a cada puxão de seus dedos fortes e inquiridores. Disse:

"A clavícula parece estar bem. Bastante machucada, mas sem fratura. Sua agressora devia ser uma mulher alta: o senhor tem mais de um metro e oitenta."

"Se tiver sido uma mulher. Ou ela poderia ter uma arma longa, um taco de golfe talvez."

"Um taco de golfe. Enfermeira-chefe, e os seus tacos? Onde ficam guardados?"

Ela respondeu, obediente: "No corredor, nos fundos da minha escada. A bolsa costuma ficar logo atrás da porta".

"Então, é melhor ir dar uma olhada agora."

Ela foi e voltou em menos de dois minutos. Eles a esperaram em silêncio. Quando voltou, falou diretamente com Dalgliesh.

"Um dos de aço não está lá."

A notícia pareceu animar Courtney-Briggs. Ele falou quase jovialmente:

"Bem, aí está sua arma! Mas não há muita razão para sair atrás dela agora à noite. Ainda deve estar largada em algum lugar lá fora. Seus homens podem encontrar o taco e fazer o que for necessário com ele amanhã; procurar digitais, investigar se há sangue ou cabelo, todos os truques de sempre. O senhor não tem a menor condição de se preocupar com isso agora à noite. Precisamos suturar esse ferimento. Terei que levá-lo até a sala de cirurgia do ambulatório. Vai precisar de uma anestesia."

"Não quero anestesia."

"Então, eu faço uma local. Serão apenas umas poucas injeções em torno do corte. Podemos fazer isso aqui, enfermeira-chefe."

"Não quero anestesia nenhuma. Apenas dê os pontos." Courtney-Briggs explicou pacientemente, como se falasse com uma criança:

"Trata-se de um corte muito profundo e ele terá que ser suturado. Vai doer muito se o senhor não aceitar o anestésico."

"Estou lhe dizendo que não quero. E também não quero injeções profiláticas de penicilina ou antitetânica. Quero apenas os pontos."

Percebeu que os dois se entreolhavam. Sabia que estava sendo terrivelmente obstinado, mas não se importava. Por que não acabavam logo com aquilo? Então Courtney-Briggs falou num tom estranho, formal: "Se o senhor preferir outro médico...".

"Não, só quero que vocês acabem logo com isso."

Houve um momento de silêncio. Então o médico disse: "Está bem, serei o mais rápido que eu puder".

Ele estava ciente de que Mary Taylor havia se posicionado atrás dele. Ela puxou a cabeça dele para trás e apoiou-a contra seu peito, entre suas mãos frias e firmes. Ele fechou os olhos como uma criança. A agulha parecia enorme, uma haste de aço ao mesmo tempo fria como gelo e quente como fogo, perfurando sua cabeça repetidas vezes. A dor era abominável, suportável apenas pela raiva e por sua determinação obstinada em não demonstrar fraqueza. Contraiu as feições numa máscara rígida. Mas era enfurecedor sentir as lágrimas involuntárias escorrendo sob as pálpebras.

Uma eternidade se passou e então ele percebeu que tinha acabado. Ouviu-se dizendo:

"Obrigado. E agora eu gostaria de voltar para o meu

escritório. O sargento Masterson recebeu instruções de vir para cá se eu não estivesse no hotel. Ele pode me levar de carro."

Mary Taylor enrolava uma atadura ao redor de sua cabeça. Ela não disse nada. Courtney-Briggs falou:

"Prefiro que você vá direto para a cama. Podemos deixá-lo num quarto do alojamento médico esta noite. Vou providenciar um raio X logo ao amanhecer. Depois, gostaria de vê-lo novamente."

"O senhor pode providenciar o que bem entender para amanhã. Mas agora quero apenas ficar sozinho."

Levantou-se da cadeira. Ela segurou seu braço com a mão, para apoiá-lo. Mas ele deve ter feito algum gesto, pois ela soltou a mão. Sentia-se surpreendentemente leve sobre os pés. Era estranho que aquele corpo insubstancial pudesse suportar todo o peso de sua cabeça. Explorou o ferimento com a mão e sentiu a atadura áspera; ela parecia a uma enorme distância de seu crânio. Então, focalizando os olhos com atenção, caminhou sem se atrapalhar cruzando a sala até a porta. Ao chegar lá, ouviu a voz de Courtney-Briggs.

"Você vai querer saber onde eu estava na hora da agressão. Estava em meu quarto, no alojamento dos médicos. Estou passando a noite aqui porque tenho uma cirurgia bem cedo amanhã. Lamento não poder apresentar-lhe um álibi. Espero apenas que o senhor se dê conta de que, se eu quiser tirar alguém do caminho, tenho métodos mais sutis à minha disposição do que um taco de golfe."

Dalgliesh não respondeu. Sem olhar em volta e sem dizer nada, deixou-os e fechou a porta da sala de demonstração silenciosamente atrás de si. A escada parecia uma escalada formidável e, a princípio, temeu não ser capaz de enfrentá-la. Mas agarrou o corrimão com firmeza e, com passos cuidadosos, um após outro, fez o caminho de volta até o escritório e acomodou-se para aguardar Masterson.

8

UM CÍRCULO DE TERRA QUEIMADA

I

Eram quase duas da manhã quando o porteiro fez um sinal para que Masterson entrasse pelo portão principal do hospital. O vento aumentava continuamente enquanto ele dirigia pelo caminho tortuoso até a mansão Nightingale, em meio à avenida de árvores negras e agitadas. A casa estava às escuras, a não ser pela janela iluminada onde Dalgliesh ainda trabalhava. Masterson olhou para aquela luz de cenho franzido. Fora irritante e desconcertante descobrir que Dalgliesh ainda estava na mansão Nightingale. Esperava fazer seu relatório só no dia seguinte; não era uma perspectiva desagradável ter que fazê-lo agora, pois se sentia fortalecido pelo sucesso, mas o dia fora longo. Esperava não ter de enfrentar uma daquelas sessões do superintendente que duravam a noite inteira.

Masterson entrou pela porta lateral e deu duas voltas na chave depois de passar. Foi recebido pelo silêncio imponente e assustador do amplo salão de entrada. A casa parecia estar com a respiração suspensa. Sentiu mais uma vez o cheiro estranho mas já familiar de desinfetante e cera de chão, hostil e um pouco sinistro. Receoso de agitar a casa adormecida — semivazia como se encontrava —, não acendeu a luz e seguiu pelo corredor guiando-se pelo facho de sua lanterna. Os recados no quadro de avisos do salão brilhavam em sua brancura, fazendo-o lembrar-se das notas de pêsames no átrio de alguma catedral desconhecida. Orações pela alma de Josephine Fallon. Avançou na ponta dos pés, como se temesse despertar os mortos.

No escritório do primeiro andar, Dalgliesh estava sentado à escrivaninha com uma pasta aberta diante de si. Masterson permaneceu imóvel na entrada, contendo a surpresa. O rosto do superintendente estava abatido e cinzento sob um enorme casulo de gaze. Estava sentado rigidamente ereto, os braços pousados na mesa, as mãos um pouco abertas de cada lado da página. Uma posição familiar. Pela primeira vez, Masterson observou que o superintendente tinha mãos admiráveis e que sabia tirar proveito delas quando as exibia. Havia muito concluíra que Dalgliesh era um dos homens mais orgulhosos que conhecia. Essa vaidade essencial era cuidadosamente guardada para não ser reconhecida por todos, porém era gratificante flagrá-lo naquele pecado menor. Dalgliesh ergueu os olhos sem sorrir.

"Eu o esperava de volta há duas horas, sargento. O que estava fazendo?"

"Obtendo informações por meios não ortodoxos, senhor."

"Sua aparência é a de alguém que foi submetido aos meios não ortodoxos, não o contrário."

Masterson engoliu a resposta óbvia. Se o velho queria bancar o misterioso sobre seu ferimento, não iria lhe dar a satisfação de se mostrar curioso.

"Fiquei dançando até quase meia-noite, senhor."

"Na sua idade, isso não deveria ser tao cansativo. Fale-me da dama. Ela parece ter causado uma forte impressão sobre você. A sua noite foi agradável?"

Masterson poderia ter respondido com toda a razão que a noite fora um inferno, mas contentou-se em narrar o que descobrira. A apresentação de tango foi prudentemente esquecida. O instinto lhe dizia que Dalgliesh talvez não achasse o expediente engraçado ou inteligente. Por outro lado, fez um relato preciso dos acontecimentos da noite. Tentou ater-se aos fatos, sem demonstrar emoção, no entanto percebeu que estava se deliciando com partes de sua narrativa. A descrição da sra. Dettinger foi concisa porém cáustica. Próximo do fim, já não se preocupava em ocultar seu desprezo e repulsa por ela. Achou que estava fazendo um trabalho bastante bom.

Dalgliesh ouviu em silêncio. Sua cabeça enfaixada ainda estava inclinada sobre a pasta e Masterson não tinha nenhuma pista do que ele estava sentindo. Ao fim do relato, Dalgliesh olhou para cima.

"O senhor gosta do seu trabalho, sargento?"

"Sim, senhor, a maior parte do tempo."

"Achei que responderia isso."

"A pergunta teve a intenção de ser uma censura, senhor?"

Masterson sabia que estava entrando em uma área perigosa, mas não resistiu a dar o primeiro passo para tentar sentir o terreno.

Dalgliesh não respondeu a pergunta. Em vez disso, falou:

"Não creio que um detetive possa ser gentil o tempo todo. Mas se algum dia você começar a sentir prazer na crueldade, então provavelmente é hora de deixar de ser um detetive."

Masterson ficou vermelho e quieto. Ouvir isso de Dalgliesh! Dalgliesh, que não dava a mínima para a vida pessoal de seus subordinados, como se não soubesse que eles tinham uma; cuja inteligência cáustica podia ser tão devastadora quanto um golpe de porrete. Ser gentil! E de que gentileza ele mesmo podia falar? Quantos de seus sucessos notáveis foram alcançados pela via da gentileza? Ele jamais seria brutal, claro. Era orgulhoso demais, exigente demais, controlado demais, malditamente desumano demais, na verdade, para demonstrar algo tão compreensível como um pouco de brutalidade mundana. Sua reação à maldade era um franzir de nariz e não um bater de pé no chão. Mas gentileza! Imagine só se os rapazes soubessem disso, pensou Masterson.

Dalgliesh continuou a falar, como se não tivesse dito nada de especial.

"Vamos procurar a senhora Dettinger novamente, claro. E vamos querer um depoimento. Você acha que ela disse a verdade?"

"É difícil saber. Não consigo imaginar por que ela mentiria. Mas é uma mulher esquisita e não estava muito feliz ao meu lado. Talvez, possa ter sentido algum tipo de satisfação perversa em nos enganar. Pode ter trocado o nome de Grobel pelo de alguma outra acusada, por exemplo."

"Para que a pessoa que o filho dela reconheceu na enfermaria pudesse ter sido qualquer uma das acusadas de Felsenheim ainda viva e não esclarecida. O quê, exatamente, o filho disse a ela?"

"Esse é o problema, senhor. Parece que ele deu a entender que essa mulher alemã, Irmgard Grobel, era funcionária do John Carpendar, mas ela não se lembra das palavras exatas. Acha que foi algo como: 'Este é um hospital esquisito, mãe. Contrataram a Grobel como enfermeira-líder'."

Dalgliesh disse: "O que sugere que não era a mesma irmã que estava cuidando dele, senão ele provavelmente teria mencionado isso. Claro que ele estava inconsciente a maior parte do tempo e talvez não tivesse visto a irmã Brumfett antes ou se dado conta de que ela era a encarregada da enfermaria. Ele não tinha a menor condição de perceber as sutilezas de uma hierarquia hospitalar. De acordo com o seu prontuário médico, na maior parte do tempo ele estava ou delirando ou inconsciente, o que poria seu testemunho sob suspeita, mesmo que ele não tivesse inconvenientemente morrido. De qualquer modo, ao que tudo indica, sua mãe não levou a história muito a sério no início. Ela não comentou nada com ninguém do hospital? Com a enfermeira Pearce, por exemplo?".

"Ela diz que não. Acho que a principal preocupação da senhora Dettinger na época era pegar os pertences do filho e o atestado de óbito para requerer o seguro."

"Vida dura, sargento?"

"Bem, ela está pagando quase duas mil libras por ano pelas aulas de dança e o dinheiro está acabando. Esse pessoal do Delaroux gosta de pagamentos antecipados. Ouvi tudo sobre as finanças dela quando a levei para casa. A senhora Dettinger não queria criar caso. Mas, ao receber a conta do doutor Courtney-Briggs, ocorreu-lhe que poderia usar a história do filho para conseguir um desconto. E conseguiu mesmo. Cinquenta pratas."

"O que sugere que Courtney-Briggs é mais filantrópico do que imaginávamos, ou então achou que a informação valia o dinheiro. Ele pagou logo?"

"Ela diz que não. Primeiro, ela o procurou no consultório da rua Wimpole, na noite de quarta-feira 21 de janeiro. Como não conseguiu muita coisa, ligou para ele no sábado de manhã. A recepcionista disse que o dr. Courtney-Briggs estava fora do país. Ela pretendia ligar de novo na segunda-feira, mas o cheque de cinquenta libras acabou chegando pelo correio da manhã. Não havia nenhuma carta ou explicação, apenas uma nota com os cumprimentos dele. Mas ela entendeu a mensagem perfeitamente bem."

"Então, ele estava fora do país no sábado passado. Para onde, eu me pergunto. Alemanha? Isso é algo a se verificar."

Masterson disse: "Tudo parece muito improvável, senhor. E realmente não se encaixa".

"Não. Já não temos dúvida de quem matou aquelas meninas. Pela lógica, todos os fatos apontam para uma pessoa. E, como você diz, essa nova prova realmente não se encaixa. É desconcertante você procurar uma peça perdida de um quebra-cabeça no meio da sujeira e encontrar outra."

"Então, o senhor acredita que não seja nada relevante, senhor? Eu odiaria pensar que meu empenho desta noite com a senhora Dettinger foi em vão."

"Ah, isso é relevante. Extremamente relevante. E nós encontramos alguma confirmação. Localizamos o livro que havia desaparecido da biblioteca. A biblioteca municipal de Westminster foi muito solícita. A senhorita Pearce foi até a filial de Marylebone na tarde de quinta-feira 8 de janeiro, quando estava de folga, e perguntou se tinham um livro sobre julgamentos de guerra alemães. Ela disse que estava interessada em um julgamento de Felsenheim, em novembro de 1945. Eles não tinham nada em estoque, mas disseram que poderiam consultar outras bibliotecas de Londres e sugeriram que ela voltasse ou ligasse para eles num ou dois dias. Ela ligou no sábado de manhã. Disseram-lhe que, entre outros, haviam conseguido encontrar um livro que tratava do julgamento de Felsenheim, ela o encomendou e ficou de ir buscá-lo à tarde. Em todas as visitas, ela deu o nome de Josephine Fallon e apresentou o cartão e a ficha azul de Fallon. Normalmente, é claro, eles não teriam observado nome e endereço. Isso aconteceu desta vez porque o livro fora especialmente trazido de outra biblioteca."

"O livro foi devolvido, senhor?"

"Sim, mas anonimamente, e não sabem dizer o dia exato da devolução. Talvez na quarta-feira seguinte à morte de Pearce. Alguém o deixou no carrinho de não ficção. Quando a assistente foi colocar os livros recém-devolvidos no carrinho, ela o reconheceu e o levou de volta ao balcão, para ser registrado, separado e devolvido à biblioteca original. Ninguém viu quem o deixou lá. A biblioteca é especialmente movimentada e as pessoas entram e saem quando bem entendem. Nem todo mundo tem um livro para devolver ou vai até o balcão. Seria muito fácil levar um livro numa cesta ou no bolso e enfiá-lo entre os outros no carrinho. A assistente que o encontrou trabalhou no balcão durante a maior parte da manhã e da tarde e uma das funcionárias mais jovens ficou encarregada de colocar os livros no carrinho. A moça estava com o trabalho atrasado, então sua chefe foi lhe dar uma ajuda. Ela viu o livro na hora. Isso foi por volta das quatro e meia. Mas o livro pode ter sido posto lá em qualquer momento."

"Alguma digital, senhor?"

"Nada que ajude. Algumas manchas. Muitos funcionários da biblioteca manusearam o livro, e só Deus sabe quantos leitores o pegaram. E por que não? Não tinham como saber que era uma das provas de uma investigação de assassinato. Mas há algo de interessante nele. Dê uma olhada."

Abriu uma das gavetas da escrivaninha e tirou de lá um livro grande, encadernado com tecido azul-escuro e com o número de catálogo da biblioteca gravado na lombada. Masterson colocou-o em cima da mesa. Sentou-se e abriu o livro com cautela, com toda a calma. Era um conjunto de relatos sobre diversos julgamentos de guerra da Alemanha, de 1945 em diante, pelo jeito documentados com cuidado, sem sensacionalismo e escrito por um advogado com título de conselheiro da rainha, que fizera parte da divisão jurídica do Exército. Havia poucas fotos e apenas duas relacionadas com o julgamento de Felsenheim. Uma delas era uma panorâmica do tribunal, com uma visão pouco nítida do médico no banco dos réus, e a outra era do comandante do campo. Dalgliesh disse:

"Martin Dettinger é mencionado, mas apenas superficialmente. Durante a guerra, ele serviu na infantaria leve de Wiltshire de Sua Majestade e, em novembro de 1945, foi indicado como um dos membros do tribunal militar na Alemanha Ocidental para o julgamento de quatro homens e uma mulher acusados de crimes de guerra. Esses tribunais foram criados por uma determinação especial do Exército de junho de 1945, e este era formado por um presidente, que era brigadeiro dos granadeiros, quatro oficiais do Exército, inclusive Dettinger, e um promotor militar, indicado pelo setor legal do Exército para as Forças Armadas. Como eu disse, eles precisavam julgar quatro pessoas que, supostamente, como você pode ver pelo processo, na página 127, tinham 'agido em conjunto e no intento comum de, em nome do então *Reich* alemão, no dia 3 de setembro de 1944, ou em data próxima, deliberada e equivocadamente, auxiliar, incitar e participar da morte de 31 seres humanos de nacionalidade polonesa e russa'."

Masterson não se surpreendeu por Dalgliesh ser capaz de citar a acusação palavra por palavra. Era um truque

314

do chefe, essa capacidade de memorizar e apresentar fatos com tamanha precisão. Dalgliesh conseguia fazer isso melhor do que ninguém e, se queria exercitar sua técnica, não seria o seu sargento quem iria interromper. Não disse nada. Percebeu que o superintendente tinha nas mãos uma grande pedra cinza, perfeitamente oval, que rolava devagar entre os dedos. Devia ter chamado sua atenção no jardim e ele a pegara para usar como peso de papel. Com certeza não estava na escrivaninha pela manhã. A voz cansada e tensa prosseguiu.

"Esses trinta e um homens, mulheres e crianças eram trabalhadores-escravos na Alemanha. Foi dito que sofriam de tuberculose. Enviaram-nos a uma instituição na Alemanha Ocidental originalmente criada para cuidar de doentes mentais, mas que desde o verão de 1944 se dedicava não à cura, mas ao ramo do extermínio. Não há dados sobre quantos alemães portadores de doenças mentais foram executados lá. Os funcionários foram obrigados a guardar segredo sobre o que acontecia, só que muitos rumores circulavam pela vizinhança. No dia 3 de setembro de 1944, um transporte com cidadãos poloneses e russos foi enviado à instituição. Disseram-lhes que seriam tratados da tuberculose. Naquela noite, receberam injeções letais — homens, mulheres e crianças — e, pela manhã, estavam todos mortos e enterrados. Foi por esse crime, e não pela morte de cidadãos alemães, que aqueles quatro estavam sendo acusados. Um era o diretor da instituição, o doutor Max Klein; outro um jovem farmacêutico, Ernst Gumbmann; outro o enfermeiro-chefe Adolf Straub; e outro uma jovem enfermeira sem especialização, de dezoito anos, chamada Irmgard Grobel. O diretor e o enfermeiro-chefe foram considerados culpados. O médico foi condenado à morte e o enfermeiro-chefe a vinte e três anos de prisão. O farmacêutico e a mulher foram absolvidos. Você pode ver o que o advogado dela disse na página 140. É melhor você ler."

Surpreso, Masterson pegou o livro em silêncio e abriu na página 140. Começou a ler. A voz dele soou alta demais.

"Este tribunal não está julgando a ré Irmgard Grobel por sua participação na morte de cidadãos alemães. Já sabemos o que acontecia no instituto Steinhoff. E sabemos também que estava de acordo com a lei alemã decretada por Adolf Hitler. Segundo as ordens encaminhadas pela autoridade mais alta, muitos milhares de alemães insanos foram mortos de maneira absolutamente legal a partir de 1940. Em termos morais, essas ações podem ser julgadas como cada um preferir. A questão não é se os funcionários do Steinhoff achavam errado ou uma questão de clemência. A questão é se achavam que estavam agindo dentro da lei. As testemunhas já provaram que tal lei estava em vigor. Irmgard Grobel, se esteve envolvida com a morte dessas pessoas, agiu de acordo com essa lei.

"Mas não estamos preocupados com os doentes mentais. Desde julho de 1944, essa lei foi ampliada para abranger trabalhadores estrangeiros vítimas de tuberculose incurável. Pode-se argumentar que a acusada, sem dúvida alguma, estaria agindo legalmente no caso dessas mortes ao testemunhar a eliminação de cidadãos alemães, libertos de sua miséria em nome dos interesses do Estado. Mas não é essa a minha alegação. Não estamos em posição de julgar o que pensava a acusada. Ela não esteve envolvida nas mortes que são objeto deste tribunal. O transporte dos russos e poloneses chegou a Steinhoff no dia 3 de setembro de 1944, às seis e meia da tarde. Naquele dia, Irmgard Grobel estava voltando de sua folga. O tribunal já ouviu que ela chegou ao alojamento das enfermeiras às sete e meia e vestiu seu uniforme. Assumiu o posto a partir das nove horas. Entre o horário em que entrou no instituto e chegou à enfermaria, no bloco E, ela falou apenas com duas outras enfermeiras, as testemunhas Willig e Rohde. As duas declararam que não informaram Grobel sobre a chegada do transporte. Assim, Grobel entra na enfermaria. Sua viagem foi difícil e ela está cansada e se sente mal. Está em dúvida se deve ou não solicitar uma dispensa. Nesse momento, o telefone toca e o doutor fala com ela. O tribunal ouviu as provas testemunhais dessa conversa. Klein pede que Grobel verifique a farmácia e informe a quantidade de evipan e fenol disponível no estoque. Vocês ouviram como o evipan era entregue em caixas de papelão, cada uma com vinte e cinco injeções e cada injeção incluindo uma cápsula de evipan em pó e um recipiente com água esterilizada. O evipan e o fenol, junto com outras drogas perigosas, eram mantidos na sala das enfermeiras. Grobel verifica as quantidades e informa Klein que existem duas caixas de evipan e cerca de 150 centímetros cúbicos de fenol líquido no estoque. Klein então manda que ela prepare todo o evipan e o fenol para entregar ao enfermeiro Straub, que irá buscá-los. Também manda que entregue dez seringas de dez centímetros cúbicos e uma certa quantidade de agulhas reforçadas. A acusada alega que em momento algum ele disse a ela qual a finalidade das drogas solicitadas, e os senhores ouviram do acusado Straub que ele tampouco a esclareceu.

"Irmgard Grobel não saiu da sala das enfermeiras até ser carregada de volta para o seu dormitório, às nove e vinte daquela noite. O tribunal ouviu como a enfermeira Rohde, ao chegar para trabalhar, encontrou-a desmaiada no chão. Por cinco dias, ela esteve confinada à cama, com vômito intenso e febre. Ela não viu os russos e poloneses chegarem ao bloco E, não viu seus corpos serem levados para fora nas primeiras horas do dia 4 de setembro. Quando voltou ao seu posto, os corpos já tinham sido enterrados.

"Senhor presidente, este tribunal ouviu as testemunhas que comprovaram a bondade de Irmgard Grobel, sua gentileza com as crianças doentes, sua habilidade como enfermeira; eu gostaria de lembrar ao tribunal que ela mesma é jovem, quase uma criança. Mas não peço sua absolvição com base em sua juventude nem em seu sexo: faço isso apenas porque ela é a única entre os acusados manifestamente inocente da acusação. Ela não teve participação na morte desses trinta e um russos e poloneses. Nem sequer sabia da existência deles. A defesa não tem mais nada a acrescentar."

A voz amarga de Dalgliesh rompeu o silêncio.

"O usual pretexto teutônico da legalidade, como você pode observar, sargento. Eles não perdiam muito tempo com seus assassinatos, não é? Admitidos às seis e meia e logo depois das nove já recebendo as injeções. E por que evipan? Não podiam ter certeza de que a morte seria imediata, a não ser que injetassem uma dose pesada. Duvido que menos de vinte centímetros cúbicos fosse o bastante para matar instantaneamente. Não que isso fosse motivo de preocupação para eles. O que salvou Grobel foi estar dispensada até tarde naquela noite. A defesa alega que ela jamais foi informada de que os prisioneiros estrangeiros tinham chegado, de que ninguém sabia até a manhã do dia 4. Essa mesma alegação garantiu a liberdade do farmacêutico. Tecnicamente, ambos eram inocentes, se é que essa palavra pode ser aplicada a qualquer um que tenha trabalhado no Steinhoff."

Masterson ficou em silêncio. Fora há tanto tempo. Grobel era uma menina. Dez anos mais jovem do que ele agora. A guerra era uma história antiga. Não tinha mais importância para a sua vida do que a Guerra das Rosas, menos até, pois nem sequer evocava os toques vagamente românticos e cavalheirescos da história aprendida em sua infância. Não nutria nenhum sentimento especial pelos alemães, na verdade por raça nenhuma, a não ser aquelas que ele considerava cultural e intelectualmente inferiores. Os alemães não estavam entre elas. Para ele, a Alemanha significava hotéis limpos e boas estradas, costeleta de porco com vinho da região no Apfel Wine Stuben Inn, o Reno serpenteando abaixo dele como uma faixa de prata, o incrível *camping* em Koblenz.

E se algum dos acusados de Felsenheim estivesse vivo, possivelmente estaria na meia-idade agora. A própria Irmgard Grobel teria quarenta e três anos. Era uma história muito antiga. Tinha relevância apenas por afetar esse caso. Disse:

"Isso aconteceu há tanto tempo. Será que um segredo desses justificaria matar alguém para se preservar? Quem se importa agora? A política oficial não é perdoar e esquecer?"

"Nós, ingleses, somos bons em perdoar nossos inimigos; isso nos libera da obrigação de ter que gostar dos nossos amigos. Dê uma olhada neste livro, Masterson. O que você nota nele?"

Masterson afrouxou as páginas, agitou-as delicadamente, ergueu o livro até o nível dos olhos e examinou a encadernação. Depois, recolocou-o na mesa e pressionou as páginas centrais. Ali, bem no fundo da dobra, achou alguns grãos de areia.

Dalgliesh disse: "Enviamos uma amostra para o laboratório analisar, mas não é difícil adivinhar o resultado. Quase com certeza é de um dos baldes contra incêndio da mansão Nightingale".

"Então, foi onde ficou escondido até que ele, ou ela, pudesse devolvê-lo à biblioteca. A mesma pessoa escondeu o livro e a lata de veneno para rosas. Tudo se encaixa perfeitamente, senhor."

"Um pouco perfeitamente demais, não acha?", disse Dalgliesh.

Mas o sargento Masterson lembrou-se de outro detalhe.

"Aquele folheto que encontramos no quarto de Pearce! Não era sobre as atividades de um abrigo em Suffolk para vítimas do fascismo? E se Pearce pediu que o mandassem para ela? Não seria outro exemplo do processo de ajustar a punição ao crime?"

"Acho que sim. Vamos entrar em contato com esse lugar de manhã e descobrir o que ela lhes prometeu, se é que prometeu alguma coisa. E voltaremos a falar com Courtney-Briggs. Ele estava na mansão Nightingale mais ou menos na hora em que Fallon morreu. Quando soubermos quem ele veio visitar e por quê, estaremos próximos de solucionar o caso. Só que tudo isso tem de esperar até amanhã."

Masterson conteve um bocejo. Disse: "Já é amanhã, senhor, há cerca de três horas".

II

Se o porteiro da noite do Falconer's Arms se surpreendeu com a volta dos dois hóspedes nas primeiras horas da madrugada, um claramente doente e com a cabeça toda enfaixada, era treinado para não demonstrar. Sua pergunta, se havia algo que pudesse fazer pelos cavalheiros, foi perfunctória; a resposta de Masterson, apenas civilizada. Subiram os três lances de escada até seu andar, pois o antiquado elevador era inconstante e barulhento. Decidido a não revelar sua fraqueza ao sargento, Dalgliesh forçou-se a subir todos os degraus sem se apoiar no corrimão. Sabia que era uma vaidade tola, e quando conseguiu chegar ao quarto estava pagando o preço disso. Sentia-se tão fraco que precisou se apoiar na porta fechada por um minuto até conseguir costurar um caminho incerto até a pia. Agarrado às torneiras para não cair, foi atacado por ânsias de vômito dolorosas e inúteis, a testa apoiada nos braços. Sem levantar a cabeça, girou a torneira da direita. Dela saiu um jato de água gelada. Jogou a água no rosto e bebeu em grandes goles das mãos em concha. Sentiu-se imediatamente melhor.

Dormiu de maneira intermitente. Era difícil repousar com conforto a cabeça enfaixada nos travesseiros, e a perda de sangue parecia ter deixado sua mente ativa e lúcida demais, combatendo o sono. Quando conseguiu cochilar, foi apenas para sonhar. Ele caminhava pelo terreno do hospital com Mavis Gearing. Ela corria como uma garotinha entre as árvores, brandindo sua tesoura de jardinagem e falando em tom brincalhão:

"É maravilhoso o que se pode encontrar aqui para um belo espetáculo, mesmo nesta época morta do ano."

Não parecia estranho ela cortar rosas vermelhas já crescidas dos galhos mortos ou que nenhum dos dois comentasse nada sobre o corpo de Mary Taylor balançando suavemente de um dos galhos, o pescoço branco adornado por um nó de forca.

Ao amanhecer, dormiu mais profundamente. Mesmo assim, o toque insistente e agudo do telefone despertou-o instantaneamente. O mostrador luminoso de seu relógio de viagem mostrava cinco e quarenta e nove. Mexeu com dificuldade a cabeça afundada no travesseiro e buscou o fone. Reconheceu a voz na mesma hora. Mas àquela altura ele já sabia que era capaz de distingui-la da voz de qualquer outra mulher no mundo.

"Senhor Dalgliesh? É Mary Taylor. Lamento incomodá-lo, mas achei que o senhor gostaria de ser avisado. Houve um incêndio. Nada perigoso, apenas do lado de fora. Parece ter começado numa cabana de jardinagem a uns cinquenta metros da mansão. A mansão não corre nenhum perigo, mas o fogo se espalhou rapidamente entre as árvores."

Surpreendeu-se com a clareza com que estava conseguindo pensar. Seu ferimento não doía mais. Sentiu-se literalmente de cabeça leve e foi necessário tocar na atadura áspera para ter certeza de que ela ainda estava lá. Disse:

"Morag Smith. Ela está bem? Ela usava a cabana como uma espécie de refúgio."

"Eu sei. Ela me contou isso na noite passada, depois de trazer o senhor. Providenciei uma cama para ela passar a noite aqui. Morag está em segurança. Foi a primeira coisa que verifiquei."

"E o resto das pessoas da mansão Nightingale?"

Ela ficou em silêncio. Depois falou, num timbre mais agudo: "Vou verificar agora. Não me ocorreu que...".

"É claro que não. Por que pensaria nisso? Vou também."

"Será mesmo necessário? O doutor Courtney-Briggs insistiu em dizer que o senhor precisa descansar. A brigada anti-incêndio tem tudo sob controle. No início temeram que a mansão Nightingale estivesse ameaçada, mas cortaram algumas árvores mais próximas. As chamas devem estar controladas em meia hora. O senhor não pode esperar até amanhecer?"

"Já estou indo", ele respondeu.

Masterson estava deitado de costas, imóvel, entorpecido de cansaço, e seu rosto pesado tinha uma expressão vazia de sono, a boca semiaberta. Levou quase um minuto para acordar. Dalgliesh teria preferido deixá-lo lá em seu estupor, mas sabia que, em seu atual estado de fraqueza, não seria seguro dirigir. Masterson, finalmente desperto após muitas sacudidas, ouviu as instruções de seu superintendente sem fazer nenhum comentário, depois vestiu sua roupa num silêncio ressentido. Era prudente demais para questionar a decisão de Dalgliesh de voltar à mansão Nightingale, mas era óbvio, pelo seu mau humor, que achava a viagem desnecessária, e o curto trajeto até o hospital foi feito em silêncio.

O fogo era visível como uma brasa vermelha no céu noturno muito antes de poderem avistar o hospital, e ao passarem pelo portão aberto da avenida Winchester ouviram o crepitar entrecortado das árvores em chamas. O cheiro de madeira queimada, forte e doce no ar gelado, dissolveu o mau humor e a indignação de Masterson. Ele aspirou o ar com uma satisfação ruidosa e disse com uma sinceridade feliz: "Gosto deste cheiro, senhor. Lembra a minha infância, acho. Acampamentos de verão com os escoteiros. Enrolados num cobertor em volta da fogueira, as fagulhas subindo e desaparecendo na noite. Uma coisa danada de boa de se ter treze anos e ser o líder da patrulha é ter mais poder e glória do que jamais se terá pelo resto da vida. O senhor sabe como é".

Dalgliesh não sabia. Sua infância solitária fora vazia desses prazeres tribais. Mas era um detalhe interessante e curiosamente tocante da personalidade de Masterson. Líder da tropa de escoteiros! Bem, e por que não? Um legado diferente, uma mudança no destino, e ele poderia facilmente ter se tornado o líder de uma gangue de rua, sua ambição e brutalidade essenciais canalizadas para rumos menos conformistas.

Masterson conduziu o carro sob as árvores até uma distância segura e eles caminharam em direção às chamas. Como se por um acordo tácito, pararam e ficaram juntos sob a sombra das árvores, observando em silêncio. Ninguém pareceu notá-los e ninguém se aproximou. Os bombeiros prosseguiam com seu trabalho. Havia apenas um carro e pelo jeito a mangueira estava vindo da mansão Nightingale. O incêndio já estava controlado, mas ainda era espetacular. A cabana se consumira inteira, restava apenas um anel de terra preta indicando o lugar onde ela estivera; as árvores ao redor eram como paus de forcas escurecidos, atrofiados e retorcidos na agonia das chamas. Em volta, alguns ramos mais novos ainda ardiam furiosamente, estalando e crepitando sob os jatos da mangueira. Uma única chama estremecia e retorcia-se sob a brisa contínua, saltando de um topo a outro das árvores, ardendo lá no alto como a luz clara e incandescente de uma vela antes de ser golpeada por um jato certeiro de água. Enquanto olhavam, uma conífera alta foi tomada pelo fogo e explodiu com uma chuva de agulhas douradas. Ouviram uma leve exclamação e Dalgliesh viu que um pequeno grupo de estudantes cobertas por capas escuras, que observavam de longe, aproximou-se discretamente da área iluminada pelo fogo. A labareda brilhou por um instante no rosto delas e ele pensou ter reconhecido Madeleine Goodale e Julia Pardoe. Então viu a figura alta e inconfundível da enfermeira-chefe caminhando em direção a elas. Disse algumas poucas palavras e o pequeno grupo virou-se relutante e sumiu em meio às árvores. Foi então que ela viu Dalgliesh. Por um momento, manteve-se imóvel. Envolta em sua longa capa preta, o capuz caído nas costas, ela estava parada diante de uma única árvore pequena, como uma vítima na estaca, o brilho do fogo dançando atrás dela e iluminando sua pele pálida. Então veio caminhando lentamente em direção a ele, que notou que seu rosto estava muito pálido. Disse:

"O senhor estava certo. Ela não estava no quarto. Deixou uma carta para mim."

Dalgliesh não respondeu. Sua mente estava tão clara que parecia funcionar por conta própria, não apenas percorrendo todas as pistas do crime, mas como se observasse tudo de uma grande altura; uma paisagem sem sombras abriu-se abaixo dele, compreensível, inequívoca. Agora, sabia tudo o que havia para saber. Não só como as duas garotas tinham sido mortas; não só quando e por quê; não só por quem. Ele conhecia a verdade essencial do crime por inteiro, pois se tratava de um crime. Talvez jamais pudesse provar; mas ele sabia.

Meia hora depois, o fogo estava apagado. Esgotadas, as mangueiras arrastaram-se e hesitaram sobre a terra queimada ao serem enroladas, fazendo saltar pequenos sopros de fumaça acre. Os últimos observadores sumiram pelas sombras e a cacofonia de fogo e vento foi substituída por um suave chiado de fundo, quebrado apenas pelas ordens do chefe dos bombeiros e pela voz indistinta de seus homens. Até mesmo o vento diminuíra um pouco e seu toque no rosto de Dalgliesh era gentil e morno após passar pela terra fumegante. Por toda parte, pairavam as exalações da madeira calcinada. As luzes do caminhão dos bombeiros foram dirigidas ao círculo de fumaça onde antes ficava a cabana. Dalgliesh caminhou até lá, com Masterson à esquerda e Mary Taylor à direita. O calor atravessava incomodamente as solas de seus sapatos. Restava pouca coisa a ser vista; uma peça de metal retorcida de maneira grotesca, que podia ter sido parte de um fogão; o resto calcinado de uma chaleira de metal — um chute bastaria para desintegrá-la e torná-la irreconhecível. E havia algo mais, não mais do que uma forma que, mesmo sob a extrema profanação da morte, ainda era horrivelmente humana. Ficaram olhando em silêncio para baixo. Foram necessários alguns minutos para identificar os poucos detalhes; o osso do quadril ridiculamente pequeno ao ser despido de seu revestimento vivo de músculos e carne; o crânio revirado para cima, inocente como um cálice; a mancha onde o cérebro fora consumido.

Dalgliesh disse: "Coloque uma tela em volta deste lugar e trate de mantê-lo vigiado. Depois ligue para sir Miles Honeyman".

Masterson disse: "Ele vai ter um belo problema de identificação aqui, senhor".

"Sim", respondeu Dalgliesh, "se nós já não soubéssemos de quem se trata."

III

Seguiram em tácita concordância e sem dizer uma palavra pela mansão silenciosa até o apartamento da enfermeira-chefe. Ninguém os acompanhou. Ao entrarem na sala de estar, o relógio sobre o beiral da lareira bateu seis e meia. O dia ainda não clareara e, em contraste com o ar aquecido pelo incêndio do lado de fora, o ambiente estava desagradavelmente gelado. As cortinas tinham ficado afastadas e a janela aberta. A enfermeira-chefe correu para fechá-la e puxar as cortinas com um rápido movimento defensivo dos braços. Depois se virou, fitando Dalgliesh com um olhar fixo e compassivo, como se o visse pela primeira vez.

"O senhor parece estar extremamente cansado e com frio. Venha para perto do fogo e sente-se."

Ele caminhou até a lareira e apoiou-se nela, temendo que, uma vez sentado, jamais conseguisse se levantar de novo. Mas o beiral parecia instável, o mármore escorregadio como gelo. Deixou-se cair na poltrona e observou-a ajoelhar-se no tapetinho diante da lareira e colocar alguns gravetos secos sobre as cinzas ainda mornas que haviam restado do fogo da noite anterior. Os gravetos arderam, ganhando vida com as labaredas. Ela acrescentou uns poucos blocos de carvão, mantendo as mãos voltadas para as chamas. Então, sem se levantar, tirou uma carta do bolso da capa e entregou a ele.

Um envelope azul-claro sem selo e endereçado, com uma letra redonda e infantil, ainda que firme, "a quem possa interessar". Ele retirou a carta. Papel azul, barato, muito comum, sem pauta, mas com as palavras escritas em linhas tão retas que ela devia ter usado uma folha pautada como guia.

"Eu matei Heather Pearce e Josephine Fallon. Elas descobriram algo sobre o meu passado, algo que não lhes dizia respeito, e estavam ameaçando me chantagear. Quando a irmã Gearing ligou para me avisar que Fallon adoecera e fora internada na enfermaria, eu sabia que a enfermeira Pearce atuaria como paciente no lugar dela. Peguei a garrafa de desinfetante bem cedo naquela manhã e coloquei numa das garrafas vazias de leite que estavam na copa das irmãs. Recoloquei a tampa com cuidado e levei a garrafa comigo para o café da manhã, na minha bolsa de tapeçaria. Tudo o que eu precisava fazer era me esgueirar para dentro da sala de demonstração depois de terminar o café e substituir a garrafa de leite pela de veneno no carrinho. Se houvesse alguém na sala, eu poderia dar uma desculpa qualquer e tentar uma outra hora, de outro jeito. Mas a sala estava vazia. Levei a garrafa de leite para cima, para a copa das irmãs, e joguei a embalagem vazia de desinfetante por uma das janelas do banheiro.

"Eu estava na estufa quando a irmã Gearing trouxe sua lata de *spray* de nicotina para as rosas e me lembrei dela quando decidi matar Fallon. Sabia onde a chave da estufa ficava guardada e usei luvas cirúrgicas para não deixar impressões digitais. Era algo muito simples colocar o veneno no copo de limão e uísque de Fallon enquanto ela estava no banheiro e a bebida esfriava em sua mesa de cabeceira. Sua rotina à noite nunca mudava. Eu pretendia ficar com a lata para depois colocá-la em sua mesa de cabeceira mais tarde naquela noite, para que parecesse que ela cometera suicídio. Eu sabia que seria importante pressionar suas digitais na lata e que isso não seria difícil. Tive que mudar meus planos porque o dr. Courtney-Briggs ligou para mim pouco depois da meia-noite, para que eu voltasse à enfermaria. Não podia manter a lata comigo, pois seria impossível carregar minha bolsa o tempo todo na enfermaria, e não achei seguro deixá-la em meu quarto. Então, escondi no balde de areia que fica na frente do quarto da enfermeira Fallon, pensando colocá-la em sua mesa de cabeceira quando eu voltasse para a mansão Nightingale. Esse plano também se mostrou inviável. Quando cheguei no alto da escada, as gêmeas Burt saíram de seus quartos. Havia luz na fechadura da enfermeira Fallon e elas disseram que iam levar um pouco de chocolate quente para ela. Eu pensei que o corpo fosse ser encontrado naquela noite. Não havia nada que eu pudesse fazer, a não ser subir e ir para a cama. Fiquei lá deitada, esperando a cada minuto que o alarme fosse dado. Fiquei pensando se as gêmeas teriam mudado de ideia ou se Fallon teria adormecido antes de beber o uísque com limão. Mas não ousei descer para olhar. Se eu tivesse conseguido colocar a lata de nicotina ao lado da cama de Fallon, ninguém jamais suspeitaria de assassinato e eu teria cometido dois crimes perfeitos.

"Não há mais nada a dizer, a não ser que ninguém sabia o que eu pretendia fazer e que ninguém me ajudou.

Ethel Brumfett."

Mary Taylor disse: "É a letra dela, sem dúvida. Achei a carta no beiral da lareira dela depois que telefonei para o senhor e voltei para verificar se todas estavam em segurança. Mas será verdade?".

"Ah, sim, é verdade. Ela matou as duas. Apenas a assassina poderia saber onde estava escondida a lata de nicotina. Era óbvio que a segunda morte deveria parecer suicídio. Então, por que a lata não foi deixada na mesa de cabeceira? Só pode ter sido porque a assassina teve seus planos interrompidos. A irmã Brumfett foi a única pessoa da mansão Nightingale a ser chamada durante a noite e, ao voltar, foi impedida de ir até o quarto de Fallon. Mas desde o início ela era a principal suspeita. A garrafa de veneno precisava ser preparada com tranquilidade e por alguém com acesso às garrafas de leite e ao desinfetante, e que pudesse carregar a garrafa letal de um lugar para o outro sem ser notada. A irmã Brumfett não ia a parte alguma sem sua enorme bolsa de tapeçaria. Não teve sorte ao escolher uma garrafa com a tampa da cor errada. Pergunto-me se ela chegou a perceber isso. Mesmo que tivesse percebido, não teria tempo para trocá-la. O plano inteiro dependia da substituição, que levaria apenas um segundo. Ela precisava torcer para que ninguém notasse. E, de fato, ninguém notou. E há um elemento que a tornava única entre os suspeitos. Só ela não estava presente para testemunhar nenhuma das duas mortes. Não podia erguer um dedo contra Fallon enquanto a garota fosse sua paciente. Teria sido impossível para ela. E ela preferiu não assistir a nenhum dos assassinatos. É preciso ser um assassino psicopata ou um profissional para querer assistir à morte de sua vítima."

Ela disse: "Sabemos que Heather Pearce era uma chantagista em potencial. Pergunto-me qual terá sido o incidente patético do passado horrível da pobre Brumfett que ela descobriu para se divertir".

"Acho que a senhora sabe tão bem quanto eu. Heather Pearce descobriu sobre Felsenheim."

Ela pareceu paralisar-se no silêncio. Estava encolhida junto à poltrona aos pés dele e desviou o rosto. Um momento depois, virou-se e olhou para Dalgliesh.

"Ela não era culpada, o senhor sabe. Brumfett agia de acordo com as regras, de modo autoritário, foi treinada a considerar a obediência algo inquestionável e a primeira obrigação de uma enfermeira. Mas ela não matou seus pacientes. O veredicto daquele tribunal de Felsenheim foi justo. E, mesmo que não tenha sido, foi o veredicto de um tribunal constituído segundo a lei. Ela é oficialmente inocente."

Dalgliesh disse: "Não estou aqui para questionar o veredicto de Felsenheim".

Como se ele não tivesse dito nada, ela prosseguiu, ansiosa, como se quisesse convencê-lo a acreditar.

"Ela me contou essa história quando estudávamos na enfermaria geral de Nethercastle. Ela viveu na Alemanha a maior parte da infância, mas sua avó era inglesa. Depois do julgamento ela ganhou a liberdade, claro, e, por fim, em 1944, casou-se com um sargento inglês, Ernest Brumfett. Tinha dinheiro, foi apenas um casamento de conveniência, uma forma de sair da Alemanha e ir para a Inglaterra. Sua avó já havia morrido na época, mas ela ainda tinha alguns laços com este país. Foi para Nethercastle como enfermeira assistente e trabalhou tão bem que dezoito meses depois não houve a menor dificuldade para que a enfermeira-chefe a aceitasse como estudante. Foi uma decisão inteligente do hospital. Eles não costumavam investigar muito a fundo o passado de ninguém, quanto mais de uma mulher que já comprovara seu valor. O hospital é um prédio vitoriano enorme, sempre lotado e com uma falta crônica de funcionários. Brumfett e eu terminamos nossa formação juntas, fomos juntas para o hospital-maternidade da região para nos qualificarmos como parteiras, depois viemos juntas para o sul, para o John Carpendar. Fazia aproximadamente vinte anos que eu conhecia Ethel Brumfett. Eu a vi pagar vezes sem fim por qualquer coisa que tivesse acontecido no instituto Steinhoff. Ela era só uma menina na época. Não podemos dizer o que aconteceu com ela em seus anos de infância na Alemanha. Só podemos saber o que a mulher adulta fez por este hospital e por seus pacientes. O passado não tem nenhuma importância."

Dalgliesh disse: "Até que a coisa que sempre a apavorara inconscientemente por fim aconteceu. Até que alguém daquele passado a reconheceu".

Ela disse: "Então, todos os seus anos de trabalho e luta teriam sido em vão. Posso entender por que ela achou necessário matar Pearce. Mas por que Fallon?".

"Por quatro motivos. A enfermeira Pearce queria alguma prova da história de Martin Dettinger antes de falar com a irmã Brumfett. A maneira mais óbvia de conseguir isso seria consultar um registro do julgamento. Assim, pediu que Fallon lhe emprestasse o cartão da biblioteca. Ela foi até a biblioteca de Westminster na quinta-feira e outra vez no sábado, quando o livro ficou disponível. Talvez o tenha mostrado à irmã Brumfett quando falou com ela, comentando que pegara o cartão com Fallon. Mais cedo ou mais tarde, Fallon ia querer o cartão de volta. Era fundamental que ninguém jamais soubesse por que a enfermeira Pearce o havia pedido, ou o nome do livro que ela havia retirado da biblioteca. Esse foi um dos diversos fatos significativos que a irmã Brumfett preferiu omitir de sua confissão. Depois de substituir a garrafa de leite pela de veneno, ela foi até o andar de cima, pegou o livro no quarto da enfermeira Pearce e escondeu-o num dos baldes de incêndio, até poder devolvê-lo, anonimamente, à biblioteca. Ela sabia muito bem que Pearce jamais sairia viva daquela sala de demonstração. Típico dela escolher o mesmo esconderijo para a lata de nicotina. A irmã Brumfett não era uma mulher com muita imaginação.

"Mas o problema com o livro da biblioteca não foi o principal motivo para ela matar a enfermeira Fallon. Houve mais três. Ela queria embaralhar os motivos, dar a impressão de que Fallon é que era para ser a vítima. Se Fallon morresse, sempre haveria a possibilidade de que se pensasse que Pearce fora morta por engano. Fallon é que estava escalada para atuar como paciente na manhã da inspeção. Fallon era uma vítima mais verossímil. Estava grávida e isso, por si só, poderia ser um motivo. A irmã Brumfett havia cuidado dela na enfermaria e podia ter ficado sabendo, ou quem sabe desconfiasse, da gravidez. Não acho que existissem muitos sinais ou sintomas dos pacientes de Brumfett que passassem despercebidos a ela. Então, havia a possibilidade de Fallon ser responsabilizada pela morte de Pearce. Afinal de contas, ela admitiu ter voltado à mansão Nightingale na manhã do crime e se recusou a dar qualquer explicação. Poderia ter colocado o veneno no recipiente de alimentação. Depois, talvez atormentada pelo remorso, teria se matado. Essa explicação se encaixaria muito convenientemente nos dois mistérios. Era uma teoria atraente do ponto de vista do hospital, e um grande número de pessoas preferiu acreditar nisso."

"E o último motivo? O senhor disse que eram quatro. Ela queria evitar perguntas sobre o cartão da biblioteca; queria sugerir que Fallon era a verdadeira vítima e, se pudesse, queria implicar Fallon na morte de Pearce. Qual foi o quarto motivo?"

"Ela queria proteger a senhora. Foi o que sempre quis. Não foi fácil no primeiro assassinato. A senhora estava na mansão Nightingale; teve as mesmas oportunidades que qualquer um de adulterar o leite. Mas pelo menos ela podia estar certa de que a senhora tinha um álibi para o momento da morte de Fallon. A senhora estava a salvo em Amsterdam. Não poderia, de forma alguma, ter matado a segunda vítima. Assim, por que motivo teria matado a primeira? Desde o início desta investigação, eu concluí que os dois crimes tinham ligação. Era coincidência demais pressupor dois assassinos, na mesma casa, ao mesmo tempo. E isso automaticamente a excluía da lista de suspeitos."

"Mas por que alguém suspeitaria que eu tivesse matado qualquer uma das duas?"

"Porque o motivo que imputamos a Ethel Brumfett não faz sentido. Pense nisso. Um homem moribundo sai momentaneamente da inconsciência e vê um rosto inclinado sobre ele. Abre os olhos e, em meio à dor e ao delírio, reconhece uma mulher. A enfermeira Brumfett? A senhora reconheceria o rosto de Ethel Brumfett passados vinte e cinco anos? O rosto comum, ordinário e insignificante de Brumfett? Existe apenas uma num milhão de mulheres com um rosto tão lindo e peculiar que possa ser reconhecido mesmo com um olhar de relance, através de vinte e cinco anos de memória. O seu rosto. A senhora, e não a irmã Brumfett, era Irmgard Grobel."

Ela disse em voz baixa: "Irmgard Grobel está morta".

Ele prosseguiu, como se ela não tivesse dito nada.

"Não é de surpreender que a enfermeira Pearce jamais tenha suspeitado, em momento algum, que Grobel pudesse ser a senhora. Afinal, a senhora é a enfermeira-chefe, protegida das imperfeições humanas por uma adoração quase religiosa, que dirá de pecados maiores. Devia ser psicologicamente impossível para ela achar que a senhora pudesse ser uma assassina. E, ainda por cima, havia as palavras usadas por Martin Dettinger. Ele disse que era uma das irmãs. Acho que sei por que ele cometeu esse erro. A senhora visita todas as enfermarias do hospital uma vez por dia, fala com quase todos os pacientes. O rosto que ele viu com nitidez curvado sobre si não era só o de Irmgard Grobel. Viu uma mulher usando o que, para ele, era o uniforme de uma irmã, a capa curta e a touca triangular do serviço de enfermagem militar. Em sua mente confusa pelas drogas, esse uniforme significava uma irmã. Ainda significaria uma irmã para qualquer um que tivesse sido tratado num hospital do Exército, e ele passou meses internado nesses hospitais."

Ela repetiu em voz baixa: "Irmgard Grobel está morta".

"E, assim, contou à enfermeira Pearce quase o mesmo que havia contado à sua mãe. A senhora Dettinger não se interessou muito. Por que se interessaria? Mas depois ela recebeu a conta do hospital e achou que poderia economizar algumas libras. Se o doutor Courtney-Briggs não fosse tão ganancioso, duvido que ela tivesse levado adiante essa ideia. Mas levou e Courtney-Briggs recebeu uma informação bastante intrigante, que achou que valia a pena se dar ao trabalho de investigar. Podemos imaginar o que Heather Pearce pensou. Deve ter sentido o mesmo triunfo e sensação de poder de quando viu a enfermeira Dakers abaixando-se para pegar aquelas libras esvoaçantes no caminho diante dela. Só que, dessa vez, alguém bem mais importante e interessante do que uma colega estaria em seu poder. Jamais lhe ocorreu que o paciente poderia estar se referindo a outra mulher que não a irmã encarregada do tratamento dele. Mas ela sabia que precisaria provar ou, ao menos, se assegurar de que Dettinger, um moribundo, afinal de contas, não estava delirando ou tendo alucinações. Assim, ela passou seu meio dia de folga na quinta-feira na biblioteca de Westminster e encomendou um livro sobre o julgamento de Felsenheim. Eles tiveram que solicitar em outra unidade e ela voltou para buscar o livro no sábado. Acho que leu o suficiente do livro para se convencer de que Martin Dettinger sabia do que estava falando. Creio que ela conversou com a irmã Brumfett no sábado à noite e que a irmã não negou a acusação. Pergunto-me que preço Pearce estava cobrando. Nada tão comum, ou compreensível, ou mesmo repreensível quanto um pagamento direto em troca de seu silêncio. Pearce gostava de exercer o poder, mas apreciava ainda mais espojar-se em seu moralismo. Deve ter escrito na manhã de domingo para o secretário da Liga de Assistência às Vítimas do Fascismo. A irmã Brumfett seria obrigada a pagar, mas o dinheiro seguiria em prestações regulares para a Liga. Pearce era ótima em criar punições adequadas aos crimes."

Agora ela estava em silêncio, sentada ali com as mãos delicadamente cruzadas no colo e olhando com ar inexpressivo para um passado impenetrável. Ele disse com delicadeza:

"Tudo isso pode ser verificado, como a senhora sabe. Não sobrou muito do corpo dela, mas não precisamos dele enquanto tivermos o seu rosto. Existem registros do julgamento, fotografias, os registros de seu casamento com um sargento chamado Taylor."

Ela falou com uma voz tão baixa que ele precisou inclinar a cabeça para ouvir:

"Ele arregalou bem os olhos e olhou para mim. Não falou nada. Havia terror, desespero naquele olhar. Achei que estivesse delirando ou talvez amedrontado. Achei que naquele momento estava se dando conta de que ia morrer. Eu lhe disse algumas palavras e seus olhos se fecharam. Não o reconheci. Como poderia?

"Não sou mais aquela criança de Steinhoff. Não estou querendo dizer que penso como se Steinhoff tivesse acontecido a alguma outra pessoa. Aconteceu mesmo a alguma outra pessoa. Hoje nem consigo me lembrar do que houve exatamente naquele tribunal em Felsenheim; não me lembro de um único rosto."

Mas ela havia precisado contar a alguém. Fazia parte de se tornar outra pessoa, de tirar Steinhoff da cabeça. E então contou a Ethel Brumfett. As duas eram jovens estudantes em Nethercastle, e Dalgliesh supôs que Brumfett tenha representado algo para ela: gentileza, confiabilidade, devoção. Do contrário, por que Brumfett? Por quê, em nome de Deus, escolhê-la como confidente? Ele deve ter pensado um pouco em voz alta, pois ela falou ansiosamente, como se fosse importante ele compreender:

"Contei a ela porque ela era uma pessoa muito comum. Havia uma segurança em sua simplicidade. Achei que, se Brumfett me ouvisse, acreditasse em mim e continuasse a gostar de mim, então nada do que tinha acontecido seria afinal tão terrível. O senhor não pode entender isso."

Mas ele entendia. Tinha havido um menino assim na escola primária, tão comum, tão seguro, que era como um talismã contra a morte e a desgraça. Dalgliesh lembrava-se do garoto. Engraçado, mas não pensava nele havia mais de trinta anos. Sproat Minor, com seu rosto redondo e agradável, usava óculos, uma família convencional, uma educação sem nada de extraordinário, uma normalidade abençoada. Sproat Minor, protegido pela mediocridade, insensível aos terrores do mundo. A vida não podia ser tão assustadora enquanto existisse um Sproat Minor. Por um instante Dalgliesh perguntou-se por onde ele andaria.

Disse: "E Brumfett desde então agarrou-se à senhora. Quando a senhora veio para cá, ela veio atrás. Aquele impulso de confidenciar, a necessidade de ter ao menos uma amiga que soubesse tudo a seu respeito, colocou-a sob o poder dela. Brumfett, a protetora, a conselheira, a confidente. Cinemas com Brumfett; golfe matinal com Brumfett; férias com Brumfett; passeios pelo campo com Brumfett; chá matinal e drinques noturnos com Brumfett. A devoção dela deve ter sido realmente sincera. Afinal de contas, estava disposta a matar pela senhora. Mas não passava também de chantagem. Uma chantagista mais ortodoxa, que simplesmente exigisse uma remuneração regular livre de impostos, teria sido infinitamente melhor do que a devoção intolerável de Brumfett".

Ela disse com ar triste: "É verdade. É tudo verdade. Como o senhor conseguiu descobrir?".

"Porque ela era uma mulher essencialmente tola e estúpida, o que não é o seu caso."

Ele poderia ter acrescentado: "E porque eu me conheço".

Ela gritou, protestando com veemência:

"E quem sou eu para desprezar a tolice e a estupidez? Que direito eu tenho de ser tão seletiva? Ora, ela não era inteligente! Nem mesmo pôde matar por mim sem fazer uma enorme confusão. Não foi inteligente que chegue para enganar Adam Dalgliesh, mas desde quando esse é um critério para medir inteligência? O senhor alguma vez a viu trabalhando? Chegou a vê-la com um paciente moribundo ou com uma criança doente? Alguma vez observou essa mulher tola e estúpida, cuja devoção, cuja companhia aparentemente só me faziam desprezá-la, trabalhando uma noite inteira para salvar uma vida?"

"Eu vi o corpo de uma de suas vítimas e li o relatório da autopsia de outra. Mas levarei em conta a opinião da senhora sobre a bondade dela com as crianças."

"Não foram vítimas dela. Foram minhas."

"Ah, não", ele disse. "Houve apenas uma vítima sua na mansão Nightingale: Ethel Brumfett."

Ela se ergueu depressa e o encarou com olhos incrivelmente verdes e especulativos. Parte da mente de Dalgliesh sabia que havia palavras que ele devia dizer. Quais seriam? Quais eram aquelas frases bastante familiares da advertência institucional, o longo sermão profissional que surgia quase espontaneamente no momento do confronto? Haviam se perdido como irrelevâncias sem sentido no limbo de sua mente. Sabia que era um homem doente, ainda fraco pela perda de sangue, e que precisava parar agora, passar a investigação para Masterson e ir para a cama. Ele, o mais escrupuloso dos detetives, já se manifestara como se nenhuma das regras tivesse sido formulada, como se enfrentasse um inimigo pessoal. Mas precisava ir em frente. Mesmo que não pudesse provar, precisava ouvi-la admitir o que ele sabia ser a verdade. Como se fosse a pergunta mais natural do mundo, indagou em voz baixa:

"Ela já estava morta quando a senhora a jogou no fogo?"

IV

Naquele instante, alguém tocou a campainha do apartamento. Sem dizer uma palavra, Mary Taylor jogou a capa sobre os ombros e foi atender. Ouviu-se um rápido murmúrio e Stephen Courtney-Briggs a seguiu para dentro da sala. Consultando o relógio, Dalgliesh viu que os ponteiros marcavam sete horas e vinte e quatro minutos. O dia de trabalho quase já se iniciava.

Courtney-Briggs já estava vestido. Não demonstrou surpresa com a presença de Dalgliesh e nenhuma preocupação especial com seu óbvio estado de fraqueza. Falou para os dois indistintamente:

"Fui informado de que houve um incêndio à noite. Não ouvi os caminhões."

Mary Taylor, o rosto tão pálido que Dalgliesh achou que ela fosse desmaiar, falou calmamente:

"Eles entraram pela avenida Winchester e não acionaram as sirenes para não acordar os pacientes."

"E esses rumores de que encontraram um corpo queimado nas cinzas da cabana do jardim? De quem era o corpo?"

Dalgliesh disse: "Da irmã Brumfett. Ela deixou um bilhete confessando os assassinatos das enfermeiras Pearce e Fallon".

"Brumfett as matou! Brumfett!"

Courtney-Briggs olhou para Dalgliesh com hostilidade, suas feições amplas e elegantes pareciam se desfazer numa descrença irritada. "Ela disse por quê? A mulher enlouqueceu?"

Mary Taylor disse: "Brumfett não estava louca e sem dúvida acreditava ter um motivo".

"Mas o que vai acontecer com a minha enfermaria hoje? Começo a operar às nove. A senhora sabe disso, enfermeira-chefe. E a lista é bastante longa. As duas enfermeiras da equipe estão afastadas por causa da gripe. Não posso confiar pacientes que sejam doentes graves a estudantes do primeiro e do segundo ano."

A enfermeira-chefe respondeu com calma: "Cuidarei disso agora mesmo. A maioria das enfermeiras da manhã já deve estar de pé. Não será fácil, mas se necessário pegaremos alguém da escola".

Ela virou-se para Dalgliesh: "Prefiro dar meus telefonemas de uma das salas de estar das irmãs. Mas não se preocupe. Entendo a importância da nossa conversa. Voltarei para terminarmos".

Os dois observaram-na sair e fechar a porta atrás de si. Courtney-Briggs pareceu notar Dalgliesh pela primeira vez. Falou bruscamente:

"Não se esqueça de ir ao setor de radiologia para tirar um raio X da cabeça. O senhor não tem o direito de não estar na cama. Vou examiná-lo assim que terminar minha lista da manhã." Usou um tom de voz que sugeria uma tarefa tediosa para a qual deveria encontrar tempo.

Dalgliesh perguntou: "Quem o senhor veio visitar na mansão Nightingale na noite em que Josephine Fallon foi assassinada?".

"Já lhe disse. Ninguém. Eu nem sequer entrei na mansão."

"Existem pelo menos dez minutos em aberto, dez minutos durante os quais a porta dos fundos que leva ao apartamento da enfermeira-chefe ficou destrancada. A irmã Gearing deixou seu amigo sair por ali e estava caminhando com ele pelo jardim. Então, o senhor achou que a enfermeira-chefe estivesse lá, apesar da ausência de luzes, e subiu a escada até o apartamento dela. Deve ter ficado lá algum tempo. Por quê? Eu me pergunto. Curiosidade? Ou estava procurando alguma coisa?"

"Por que eu iria visitar a enfermeira-chefe? Ela não estava lá. Mary Taylor estava em Amsterdam naquela noite."

"Mas o senhor não sabia disso naquele momento, não é? A senhorita Taylor não tinha o hábito de participar de conferências internacionais. Podemos desconfiar que o motivo seja por não desejar que seu rosto se torne por demais conhecido. Essa relutância em assumir cargos públicos podia ser interpretada como modéstia numa mulher tão capaz e inteligente. Só na terça-feira bem tarde é que ela foi convidada para ir a Amsterdam representar a presidente do Comitê de Formação de Enfermeiras. O senhor vem ao hospital apenas nas segundas, quintas e sextas. Mas na noite de quarta-feira o senhor foi chamado para operar um paciente particular. Não creio que a equipe de cirurgia, às voltas com uma emergência, tenha se lembrado de mencionar que a enfermeira-chefe não estava no hospital. Por que eles iriam se lembrar?" Fez uma pausa.

Courtney-Briggs disse: "Então eu teria planejado uma visita à enfermeira-chefe no meio da noite? O senhor está insinuando que eu seria um visitante bem-vindo? Está sugerindo que ela estava à minha espera?".

"O senhor veio encontrar Irmgard Grobel."

Houve um momento de silêncio. Então, Courtney-Briggs disse: "Como o senhor sabe sobre Irmgard Grobel?".

"Pela mesma pessoa que contou ao senhor, a senhora Dettinger."

Mais silêncio. Então ele disse com a determinação de um homem que deseja muito que acreditem nele:

338

"Irmgard Grobel está morta."

"Está mesmo?", perguntou Dalgliesh. "O senhor não esperava encontrá-la no apartamento da enfermeira-chefe? Não seria essa sua primeira oportunidade de confrontá-la com o que o senhor sabia? E o senhor devia estar ansioso por isso. O exercício do poder é sempre prazeroso, não é?"

Courtney-Briggs respondeu calmamente: "O senhor deve saber disso".

Entreolharam-se em silêncio. Dalgliesh perguntou:

"O que o senhor tinha em mente?"

"Nada. Não associei Grobel com a morte de Pearce ou a de Fallon. Mesmo que tivesse associado, não creio que iria falar. Este hospital precisa de Mary Taylor. No que me diz respeito, Irmgard Grobel não existe. Ela foi julgada uma vez e considerada inocente. Isso foi o bastante para mim. Sou um médico, não um teólogo moralista. Eu guardaria o segredo dela."

É claro que guardaria, pensou Dalgliesh. O valor desse segredo se perderia caso a verdade fosse revelada. Era uma informação muito importante e especial, obtida com algum custo, e ele a utilizaria do seu próprio jeito. Mary Taylor ficaria em seu poder para sempre. A enfermeira-chefe, que se opunha a ele de maneira tão frequente e irritante; cujo poder crescia; que estava prestes a ser nomeada diretora dos serviços de enfermagem de todos os hospitais do grupo; que influenciava o presidente do Conselho Gestor contra ele. Sir Marcus Cohen. Quanta influência restaria quando aquele aplicado judeu soubesse da história do instituto Steinhoff? Tornara-se elegante esquecer essas coisas. Mas será que sir Marcus Cohen perdoaria?

Ele pensou nas palavras de Mary Taylor. Existe mais de uma forma de chantagem. Heather Pearce e Ethel Brumfett sabiam disso. E talvez a chantagem mais sutil e compensadora não fosse aquela que fazia exigências financeiras, mas a que desfrutasse do conhecimento secreto sob o manto da generosidade, da gentileza, da cumplicidade e da superioridade moral. A irmã Brumfett não pediu muito, afinal de contas, apenas um quarto próximo a seu ídolo; o prestígio de ser vista como a amiga da enfermeira-chefe; a companheira de suas horas de folga. A pobre e estúpida Pearce exigira apenas alguns poucos xelins por semana e um ou dois versículos das escrituras. Mas como devem ter se regalado com o poder. E como Courtney-Briggs iria se sentir infinitamente mais gratificado. Não admira que estivesse tão determinado a guardar segredo, que não apreciasse a ideia de a Scotland Yard ocupar a mansão Nightingale.

Dalgliesh disse: "Podemos provar que o senhor voou para a Alemanha na noite da última sexta-feira. E acho que sei por quê. Era uma forma mais rápida e certa de obter a informação desejada do que importunar o departamento jurídico do Exército. O senhor provavelmente consultou os arquivos dos jornais e os registros do julgamento. É o que eu teria feito. E, sem dúvida, o senhor tem bons contatos. Mas podemos descobrir aonde o senhor foi e o que fez. Não se pode entrar e sair anonimamente do país, como o senhor sabe".

Courtney-Briggs disse: "Admito que eu sabia. Também admito que vim à mansão Nightingale para falar com Mary Taylor na noite em que Fallon morreu. Mas não fiz nada ilegal, nada que possa me prejudicar".

"Acredito nisso."

"Mesmo que eu tivesse revelado tudo antes, seria tarde demais para salvar Pearce. Ela já tinha morrido quando a senhora Dettinger foi falar comigo. Não tenho nenhum motivo para me censurar por isso."

Ele começava a se defender desajeitadamente, como um garoto na escola. Então, ouviram passos suaves se aproximando e olharam em torno. Mary Taylor estava de volta. Falou diretamente com o médico.

"Posso mandar ao senhor as gêmeas Burt. Receio que isso signifique o fim dessa turma, mas não temos escolha. Elas terão que ser reconvocadas para as enfermarias."

Courtney-Briggs respondeu mal-humorado: "Elas servem. São moças razoáveis. E quanto a uma irmã?".

340

"Achei que a irmã Rolfe pudesse assumir temporariamente. Infelizmente não será possível. Ela está deixando o John Carpendar."

"Deixando o hospital? Ela não pode fazer isso!"

"Não vejo como impedi-la e não creio que tenha oportunidade nem de tentar."

"E por que ela está indo embora? O que aconteceu?"

"Ela não quer dizer. Acho que alguma coisa na investigação policial a aborreceu."

Courtney-Briggs virou-se para Dalgliesh.

"Veja só! Dalgliesh, entendo que esteja apenas fazendo seu trabalho, que foi mandado para cá para esclarecer a morte das garotas. Agora, por acaso não lhe ocorre que sua interferência piora ainda mais as coisas?"

"Sim", disse Dalgliesh. "E no seu trabalho? Já lhe ocorreu alguma vez?"

V

Ela acompanhou Courtney-Briggs até a porta da frente. Não se demoraram. Em menos de um minuto, ela estava de volta. Caminhando com desembaraço até a lareira, tirou a capa dos ombros e a depositou com cuidado no encosto do sofá. Depois, ajoelhou-se, pegou a pinça de bronze para ajeitar o fogo e foi empilhando os blocos de carvão, cada labareda alimentada por sua pepita incandescente. Sem olhar para Dalgliesh, disse:

"Nossa conversa foi interrompida, superintendente. O senhor me acusava de assassinato. Já enfrentei essa acusação uma vez, mas ao menos o tribunal de Felsenheim apresentou algumas provas. Que provas o senhor tem?"

"Nenhuma."

"Nem vai encontrar."

Ela falou sem raiva ou complacência, mas de maneira muito intensa, com uma determinação silenciosa que nada tinha de inocente. Olhando para baixo, para a brasa ardente na lareira, Dalgliesh disse:

"Mas a senhora não negou. A senhora ainda não mentiu para mim e não acho que vá começar a fazer isso agora. Por que ela se mataria daquela maneira? Ela apreciava o conforto. Por que morrer de modo tão desconfortável? Os suicidas não costumam escolher mortes desconfortáveis, a não ser que sejam psicóticos demais para se importar. Ela podia ter acesso a diversas drogas anestésicas. Por que não usar uma delas? Por que se dar ao trabalho de se esgueirar por um jardim escuro e frio para imolar-se numa solitária agonia? Nem mesmo se fortaleceu pela gratificação de um espetáculo público."

"Existem precedentes."

"Não muitos neste país."

"Talvez ela fosse psicótica demais para se importar."

"Isso será dito, é claro."

"Ela pode ter se dado conta de que seria importante não deixar um corpo identificável, a fim de convencer o senhor de que ela era Grobel. Diante de uma confissão por escrito e de uma pilha de ossos calcinados, por que o senhor insistiria em ir adiante? Não haveria por que se matar para me proteger se fosse possível confirmar sua verdadeira identidade facilmente."

"Uma mulher inteligente e de visão poderia pensar assim. Ela não era uma coisa nem outra. Mas a senhora é. Talvez tenha lhe parecido uma tentativa válida. E mesmo que jamais soubéssemos de Irmgard Grobel e Felsenheim, tornou-se importante se livrar de Brumfett. Como a senhora disse, ela nem mesmo podia matar sem fazer uma enorme confusão. Ela já tinha entrado em pânico quando tentou me matar. Poderia facilmente entrar em pânico de novo. Ela fora um estorvo por anos e agora se tornara uma ameaça perigosa. A senhora não pediu que ela matasse em seu nome. Nem sequer era uma maneira razoável de enfrentar a dificuldade. As ameaças de Pearce poderiam ser resolvidas se a irmã Brumfett, em vez de perder a cabeça, simplesmente fosse falar com a senhora sobre o assunto. Mas ela precisava demonstrar sua devoção da maneira mais espetacular que conhecia. Matou para proteger a senhora. E essas duas mortes criaram uma ligação indissolúvel entre vocês para o resto da vida. Como a senhora poderia voltar a ser livre, ou estar em segurança, enquanto Brumfett vivesse?"

"O senhor não vai me contar como fiz isso?"

Eles poderiam passar, Dalgliesh pensou, por dois colegas debatendo um caso. Mesmo em meio à sua fraqueza, ele sabia que aquela conversa bizarra estava perigosamente fora dos padrões, que a mulher ajoelhada a seus pés era uma inimiga, que a inteligência que se opunha à dele era inquestionável. Ela não tinha mais nenhuma esperança de salvar sua reputação, mas estava lutando pela liberdade, talvez até mesmo pela própria vida. Ele disse:

"Posso lhe dizer como eu teria feito isso. Não seria difícil. O quarto dela era o mais próximo da porta do seu apartamento. Suponho que ela tenha pedido aquele quarto, e nada que a irmã Brumfett desejasse lhe podia ser negado. Porque ela sabia do instituto Steinhoff? Porque ela exercia um domínio sobre a senhora? Ou meramente porque ela se pendurou na senhora com todo o peso de sua devoção e a senhora não teve crueldade suficiente para se libertar? E, assim, ela dormia ao seu lado.

"Não sei como ela morreu. Pode ter sido um comprimido, uma injeção, algo que a senhora lhe deu com a desculpa de que a ajudaria a dormir. Ela já tinha escrito a confissão, a seu pedido. Gostaria de saber como a convenceu a fazer isso. Não creio que ela tenha pensado, um só minuto, que aquilo seria usado. Não está endereçada a mim nem a ninguém em especial. Imagino que a senhora tenha lhe dito que era preciso haver algo por escrito, caso alguma coisa acontecesse a ela ou à senhora e que um registro do que realmente aconteceu poderia vir a ser necessário no futuro, uma prova que a protegesse. Então, ela escreveu aquele bilhete direto, provavelmente ditado pela senhora. O estilo tem uma objetividade e uma lucidez que, imagino, pouco têm a ver com a irmã Brumfett.

"E, assim, ela morre. Resta apenas carregar o corpo dela por uns dois metros, até a sua porta. Mesmo assim, essa era a parte mais arriscada do plano. E se as irmãs Gearing ou Rolfe aparecessem? Então, a senhora deixa a porta de Brumfett e a do seu apartamento abertas e escuta bem para ter certeza de que o corredor está liberado. Em seguida, põe o corpo nos ombros e vai depressa para o seu apartamento. Deixa o corpo na cama e volta para fechar a porta do quarto dela e trancar a sua própria porta da frente. Ela era uma mulher roliça mas pequena. A senhora é alta e forte, e foi treinada para erguer pacientes inválidos. Essa parte não foi tão difícil.

"Mas agora precisa levar o corpo para o carro. É conveniente ter acesso à própria garagem pelo corredor do andar de baixo e uma escada particular. Com as duas portas do apartamento trancadas, pode trabalhar sem receio de ser interrompida. O corpo é colocado no bagageiro do carro e coberto com uma manta de viagem. A senhora então segue pelo terreno e dá a ré no carro sob as árvores, aproximando-se o máximo possível da cabana. Deixa o motor do carro ligado. É importante garantir uma fuga rápida, estar de volta ao apartamento antes de o fogo ser visto. Essa parte do plano é um pouco arriscada, porém o acesso da avenida Winchester raramente é usado depois que escurece. O fantasma de Nancy Gorringe se encarrega disso. Seria inconveniente, mas não catastrófico, se alguém a visse. Afinal, trata-se da enfermeira-chefe, nada a impede de dirigir à noite. Se alguém aparecesse, bastava continuar dirigindo e escolher outro lugar, ou outro momento. Ninguém aparece. O carro está bem no meio das árvores; os faróis apagados. A senhora leva o corpo até a cabana. Uma segunda viagem é feita, com a lata de gasolina. Depois disso, não há mais nada a fazer a não ser embeber o corpo e a área ao redor, mobília e pilhas de madeira, e jogar um fósforo aceso pela porta aberta.

"Em um instante, o carro já está passando de volta pelas portas da garagem. Assim que elas se fecham, a senhora está a salvo. Com certeza, sabe que o fogo vai arder com tanta intensidade que será visto quase imediatamente. Mas a senhora já está de volta ao seu apartamento, pronta para receber a ligação informando que o carro dos bombeiros está a caminho, e pronta para me chamar. E o bilhete de suicídio que ela deixou em seu poder, possivelmente para jamais ser usado, está pronto para ser entregue."

Ela perguntou em voz baixa: "E como o senhor irá provar isso?".

"Provavelmente, nunca vou conseguir. Mas sei que foi assim que aconteceu."

Ela disse: "Mas vai tentar provar, não vai? Afinal, o fracasso é intolerável para Adam Dalgliesh. Vai tentar provar, não importa a que custo para o senhor ou para qualquer pessoa. Além disso, existe uma chance. Não há muita esperança de achar marcas de pneu sob as árvores, claro. Os efeitos do fogo, das rodas do caminhão de bombeiros, as pegadas dos homens terão apagado quaisquer pistas no solo. Mas o senhor decerto pode examinar o interior do carro, em especial a manta. Não se esqueça da manta no carro, superintendente. Pode haver fibras da roupa, quem sabe alguns fios de cabelo. Isso não seria surpreendente. A senhorita Brumfett saía de carro muitas vezes comigo; a manta de viagem, na verdade, pertence a ela, imagino que esteja cheia de fios de cabelo. E quanto às pistas no meu apartamento? Se eu carreguei o corpo pela estreita escada dos fundos, com certeza haverá marcas nas paredes onde os sapatos dela rasparam, não é? A não ser, claro, que a mulher que matou Brumfett tivesse juízo suficiente para tirar os sapatos dela e levá-los à parte, talvez pendurados em torno do pescoço pelo cadarço. Não poderiam ser deixados no apartamento. O senhor talvez fosse conferir o número de pares de sapato que Brumfett possuía. Afinal, alguém da mansão Nightingale poderia dizer isso ao senhor. Temos tão pouca privacidade aqui. E mulher nenhuma iria descalça pelo mato ao encontro da morte.

"E as outras pistas no apartamento? Se a matei, não deveria haver uma seringa, um vidro de pílulas, alguma coisa que indicasse o que eu havia usado? Mas tanto o armário de remédios dela quanto o meu contêm um estoque de aspirina e pílulas para dormir. Digamos que eu lhe tivesse dado uma dessas? Ou simplesmente a tivesse deixado atordoada ou sufocada? Qualquer método seria bom desde que não fizesse sujeira. Como o senhor vai poder provar de que maneira ela morreu, quando tudo o que resta são alguns ossos esturricados? Para não mencionar o bilhete de suicídio, escrito com a própria letra dela, contendo fatos que apenas o assassino de Pearce e Fallon podia saber. No que quer que o senhor queira acreditar, superintendente, vai me dizer que o oficial encarregado do inquérito não vai achar que o bilhete foi uma prova suficiente de confissão antes de ela atear fogo em si mesma?"

Dalgliesh sabia que já não tinha como se manter de pé. Lutava contra o enjoo e a fraqueza. A mão com que se segurava na prateleira da lareira estava mais fria que o mármore e escorregadia por causa do suor, e o próprio mármore parecia macio e pastoso. O machucado começava a latejar dolorosamente e a dor de cabeça surda, que até então não passara de um vago desconforto, começava a ficar aguda e penetrante como agulhas enfiadas atrás de seu olho esquerdo. Cair desmaiado aos pés dela seria inesquecivelmente humilhante. Esticou o braço até encontrar o encosto da cadeira mais próxima. Sentou-se lentamente. A voz dela parecia vir de muito longe, mas ao menos ele conseguia ouvir suas palavras e sabia que sua própria voz ainda estava firme.

Ela disse: "E se eu lhe disser que posso lidar com Stephen Courtney-Briggs, que ninguém mais, além de nós três, precisa saber sobre Felsenheim? O senhor estaria disposto a deixar meu passado de fora do seu relatório, para que ao menos aquelas garotas não tenham morrido em vão? É importante para este hospital que eu permaneça como enfermeira-chefe. Não estou lhe pedindo clemência. Não estou preocupada comigo. O senhor jamais irá provar que eu matei Ethel Brumfett. Não vai parecer ridículo tentar? O procedimento mais corajoso e razoável não seria esquecer que um dia esta conversa aconteceu, aceitar a confissão de Brumfett como a verdade que de fato é, e encerrar o caso?".

Ele disse: "Isso é impossível. Seu passado faz parte das provas. Não posso suprimir provas ou omitir fatos relevantes do meu relatório só porque não gosto deles. Se algum dia eu fizer isso, terei que largar o meu trabalho. Não apenas este caso em particular, mas o meu trabalho. E para sempre".

"E o senhor não poderia fazer isso, claro. O que seria de um homem como o senhor sem seu trabalho, sem este trabalho especificamente? Vulnerável como qualquer um de nós. Talvez até mesmo fosse obrigado a começar a viver e a sentir como um ser humano."

"A senhora não pode me atingir por esse caminho. Por que se humilhar tentando? Existem regulamentos, ordens e um juramento. Sem eles, ninguém poderia exercer o trabalho policial com segurança. Sem eles, Ethel Brumfett não estaria segura, a senhora não estaria segura e Irmgard Grobel não estaria segura."

"É por isso que o senhor não vai me ajudar?"

"Não só por isso. Não tenho alternativa."

Ela disse com tristeza: "Uma resposta honesta, de qualquer modo. E o senhor não tem nenhuma dúvida?".

"Claro que tenho. Não sou tão arrogante. Sempre há dúvidas." E sempre houve. Mas eram dúvidas intelectuais e filosóficas, elas não o atormentavam e não eram insistentes. Havia muitos anos não tiravam o seu sono.

"Mas há o regulamento, não é? E as ordens. Até mesmo um juramento. São escudos muito convenientes atrás dos quais se esconder quando as dúvidas se tornam problemáticas. Eu sei. Eu já me protegi atrás deles uma vez. O senhor e eu não somos tão diferentes afinal de contas, Adam Dalgliesh."

Ela pegou a capa do encosto da cadeira e jogou-a sobre os ombros. Aproximou-se e ficou diante dele, sorrindo. Depois, ao notar sua fraqueza, estendeu as duas mãos e segurou as dele, ajudando-o a erguer-se. Ficaram de pé, encarando-se. De repente, a campainha da porta dela soou e quase no mesmo instante ouviu-se o toque insistente e agudo do telefone. Para ambos, o dia acabava de começar.

9

EPÍLOGO DE VERÃO

I

Passava um pouco das nove quando ele recebeu a chamada. Dalgliesh deixou o prédio da Yard e atravessou a rua Victoria em meio a uma neblina matinal, sinal claro de mais um dia quente de agosto. Encontrou o endereço sem dificuldade. Um grande prédio de tijolos vermelhos entre a rua Victoria e a avenida Horseferry, não especialmente sórdido, mas sombrio e deprimente, com um formato alongado e funcional, com a fachada pontuada por janelas de proporções desprezíveis. Não havia elevador e ele subiu, sem ser incomodado, os três lances da escada revestida de linóleo até o último andar.

O andar cheirava a suor azedo. Do lado de fora do apartamento, uma mulher repulsivamente gorda de avental florido queixava-se ao policial encarregado com miados anasalados. Quando Dalgliesh se aproximou, ela se virou para ele, debulhando-se numa cascata de protestos e reclamações. O que o senhor Goldstein ia dizer? Ela, na verdade, não estava autorizada a sublocar um quarto. Só fizera isso para agradar à madame. E agora isso. As pessoas não tinham consideração.

Ele passou por ela sem dizer nada e entrou no quarto. Era uma caixa quadrada, entulhada, cheirando a lustra-móveis e decorada com uma excessiva quantidade de símbolos pesados de prestígio de uma década qualquer do passado. A janela estava aberta e as cortinas de renda puxadas, mas havia pouco ar. O médico da polícia e o policial assistente, os dois muito grandes, pareciam ter ocupado todo o espaço.

E ainda havia um corpo à vista; só que ele não era responsabilidade sua. Como se conferindo uma lembrança, apenas lançou um olhar ao corpo rígido na cama, observando com um interesse distante o braço esquerdo pendendo frouxo na beirada, os dedos longos e finos curvados, a seringa hipodérmica ainda espetada no antebraço, um inseto metálico com o ferrão enterrado na carne macia. A morte não roubara sua personalidade, pelo menos não ainda. Isso logo teria início, com toda a grotesca indignidade da decomposição.

O médico da polícia, em mangas de camisa e suando muito, pedia desculpas, parecendo preocupado de ter feito algo errado. Quando ele virou as costas para a cama, Dalgliesh se deu conta do que ele dizia:

"E como a Nova Scotland Yard fica tão perto e o segundo bilhete estava endereçado ao senhor"... Ele fez uma pausa incerta.

"Ela se aplicou evipan. O primeiro bilhete é bastante explícito. Um caso claro de suicídio. Por isso o policial não queria ligar para o senhor. Ele achou que não devia incomodá-lo. Realmente, não há nada de interessante aqui."

Dalgliesh disse: "Fico satisfeito por terem ligado. E não é incômodo algum".

Havia dois envelopes brancos, um lacrado e endereçado a ele; o outro aberto e dirigido "A quem possa interessar". Ele ficou pensando se ela teria sorrido ao escrever essa frase. Observado pelo médico e pelo policial, Dalgliesh abriu a carta. A letra era perfeitamente firme, preta e pontiaguda. Ele se deu conta, com alguma surpresa, de que era a primeira vez que via a letra dela.

"Eles não acreditariam, mas o senhor estava certo. Eu matei Ethel Brumfett. Foi a primeira vez que matei alguém; é importante o senhor saber disso. Injetei evipan nela, o mesmo que farei em breve comigo mesma. Ela achou que eu estava lhe dando um sedativo. Pobre e crédula Brumfett!

Ela tomaria nicotina sem dificuldade se eu lhe desse, e o resultado teria sido o mesmo.

"Achei que eu pudesse construir uma vida útil de algum modo. Não foi assim, e não tenho temperamento para conviver com o fracasso. Não me arrependo do que fiz. Foi o melhor para o hospital, o melhor para ela e o melhor para mim. Eu não aceitaria ser detida só porque Adam Dalgliesh encara seu trabalho como a encarnação das leis morais."

Ela estava errada, pensou Dalgliesh. Eles acreditaram nele, sim; apenas exigiram, muito razoavelmente, que ele conseguisse alguma prova. Não encontrou nenhuma, nem na época nem depois, ainda que tenha se dedicado ao caso como se fosse uma vingança pessoal, odiando a ela e a si mesmo. E ela não admitiu nada; nem por um momento pareceu perto de entrar em pânico.

Não havia restado quase nada a ser explicado no inquérito reaberto de Heather Pearce e na investigação sobre Josephine Fallon e Ethel Brumfett. Talvez o juiz responsável pela investigação achasse que já havia rumores e especulações demais. Ele sentou-se diante do júri e não fez nenhuma tentativa de inibir as perguntas para as testemunhas, nem mesmo controlar os procedimentos. A história de Irmgard Grobel e do instituto Steinhof tinha vindo à tona e, sentado com Dalgliesh no fundo do tribunal, sir Marcus Cohen ouviu tudo com o rosto rígido de dor. Após o inquérito, Mary Taylor atravessou a sala, foi até ele, entregou sua carta de demissão e afastou-se sem dizer uma palavra. Ela deixou o hospital no mesmo dia. E isso, para o John Carpendar, foi o fim. Nenhuma outra evidência tinha surgido. Mary Taylor saiu livre; livre para encontrar este quarto, esta morte.

Dalgliesh foi até a lareira. Na pequena grelha, coberta por um verde bilioso, havia um abanador empoeirado e um vasilhame cheio de folhas secas. Afastou-os cuidadosamente do caminho. Estava ciente de que o médico da polícia e o policial fardado o observavam. O que achavam que ele estava fazendo? Destruindo provas? Por que se preocupariam? Tinham seu próprio pedaço de papel pronto para ser etiquetado, incluído entre as provas e arquivado para ser esquecido. Aquilo dizia respeito apenas a ele.

Abriu o bilhete no vão da lareira e riscou um fósforo em uma de suas pontas. Mas havia uma leve corrente de ar e o papel era grosso. Precisou segurá-lo e sacudi-lo levemente, até que as pontas de seus dedos ficassem chamuscadas e a folha escurecida se soltasse, desaparecendo na escuridão da chaminé, e fosse soprada para o alto, em direção ao céu de verão.

II

Dez minutos depois, nesse mesmo dia, a srta. Beale se aproximou de carro do portão do hospital John Carpendar e parou em frente à guarita do porteiro. Foi recebida por um rosto desconhecido, um novo porteiro, mais jovem, com seu uniforme de verão sem mangas.

"A inspetora do Conselho Geral de Enfermagem? Bom dia, senhora. Infelizmente, esta não é a entrada mais conveniente para a nova escola de enfermagem. Trata-se apenas de uma instalação provisória, construída numa área limpa do terreno, onde tivemos um incêndio. É bem perto de onde ficava a antiga escola. Se a senhorita virar nessa primeira curva..."

"Está bem, obrigada", disse a srta. Beale. "Conheço o caminho."

Havia uma ambulância parada em frente à entrada da emergência. Enquanto a srta. Beale passava lentamente, a enfermeira Dakers, usando a touca com acabamento de renda e a faixa azul de enfermeira efetiva, saiu do hospital, falou rapidamente com os assistentes e supervisionou a transferência do paciente. Para a srta. Beale ela parecia ter crescido em estatura e autoridade. Não havia traços da estudante aterrorizada naquela figura confiante: então a

352

enfermeira Dakers conseguira sua qualificação. Bem, era de se esperar. Talvez as gêmeas Burt também tivessem sido promovidas e estivessem trabalhando em algum lugar do hospital. Mas havia mudanças. A enfermeira Goodale se casara, a srta. Beale vira o anúncio no jornal. E Hilda Rolfe, pelo que Angela lhe dissera, fora trabalhar como enfermeira em algum lugar da África central. Nesta manhã ela iria se encontrar com uma nova diretora de ensino. E com uma nova enfermeira-chefe. A srta. Beale pensou rapidamente em Mary Taylor. Estaria vivendo bem em algum outro lugar, talvez até mesmo como enfermeira. As Mary Taylors da vida eram sobreviventes por natureza.

Dirigiu pelo caminho familiar entre os gramados ressecados pelo verão, as floreiras explodindo com rosas enormes, e entrou no túnel verde de árvores. O ar ainda estava morno, o caminho estreito pintado com os primeiros raios brilhantes do sol da manhã. E aqui estava o último recanto de que se lembrava. A mansão Nightingale, ou o que restava dela, diante de seus olhos.

Uma vez mais, parou o carro e contemplou o lugar. A casa parecia ter sido desajeitadamente cortada em duas por um cutelo gigante, uma criatura viva cruelmente mutilada, com sua vergonha e nudez expostas a todos os olhares. Uma escada, despojada de seu corrimão e brutalmente golpeada, oscilava para lugar nenhum; no segundo andar, um delicado filamento luminoso pendia do fio condutor, saindo do revestimento rachado; no andar de baixo, as janelas em arco da fachada, sem os vidros, formavam uma elegante arcada de pedra trabalhada, mostrando o papel de parede desbotado de seu interior, com áreas mais claras onde antes quadros e espelhos estiveram pendurados. Dos tetos restantes, fios desencapados brotavam como pelos de uma vassoura. Apoiada numa árvore diante da casa, havia uma variada coleção de lareiras, estantes e partes de painéis trabalhados, claramente separados para ser aproveitados. No alto do que restava da parede dos fundos, a silhueta de uma figura contra o céu catava os tijolos soltos de maneira aleatória. Eles caíam uns sobre os outros no

353

monte de entulho no interior da casa, provocando sopros de poeira para o alto.

Diante da demolição, um outro operário, nu da cintura para cima e da cor do bronze, operava um trator no qual fora instalado um guindaste com uma imensa bola de aço presa a uma corrente. Enquanto a srta. Beale observava, as mãos tensas no volante como se esforçando para conter uma reação instintiva de protesto, a bola balançou para a frente e arrasou com o que restava da parede dianteira. Por um momento, tudo que restou foi a reverberação de um barulho medonho. Então, a parede dobrou-se lentamente e desabou para dentro com um rugido cascateante de tijolos e cimento, provocando uma monstruosa nuvem de poeira amarela através da qual a silhueta solitária da figura contra o céu podia ser vista como uma espécie de demônio supervisor.

A srta. Beale parou por um instante, depois engatou a marcha e dirigiu o carro para a direita, onde as linhas baixas, funcionais e limpas da nova escola provisória podiam ser vistas por entre as árvores. Aqui havia normalidade, sanidade, um mundo que ela reconhecia. Resistiu à emoção de testemunhar a violenta destruição da mansão Nightingale, mais parecida com remorsos e sumamente ridícula. Era uma casa detestável; uma casa maligna. Deveria ter sido demolida cinquenta anos antes. E jamais fora nem minimamente adequada a servir de sede para uma escola de formação de enfermeiras.

SÉRIE POLICIAL

Réquiem caribenho
Brigitte Aubert

Bellini e a esfinge
Bellini e o demônio
Bellini e os espíritos
    Tony Bellotto

Os pecados dos pais
O ladrão que estudava Espinosa
Punhalada no escuro
O ladrão que pintava como
    Mondrian
Uma longa fila de homens
    mortos
Bilhete para o cemitério
O ladrão que achava que era
    Bogart
Quando nosso boteco fecha as
    portas
O ladrão no armário
Na linha de frente
    Lawrence Block

O destino bate à sua porta
Indenização em dobro
Serenata
    James M. Cain

Post-mortem
Corpo de delito
Restos mortais
Desumano e degradante
Lavoura de corpos
Cemitério de indigentes
Causa mortis
Contágio criminoso
Foco inicial
Alerta negro
A última delegacia
Mosca-varejeira
Vestígio
Predador
Livro dos mortos
Em risco
    Patricia Cornwell

Edições perigosas
Impressões e provas
A promessa do livreiro
Assinaturas e assassinatos
O último caso da colecionadora
de livros
    John Dunning

Máscaras
Passado perfeito
Ventos de Quaresma
    Leonardo Padura Fuentes

Tão pura, tão boa
Correntezas
    Frances Fyfield

O silêncio da chuva
Achados e perdidos
Vento sudoeste
Uma janela em Copacabana
Perseguido
Berenice procura
Espinosa sem saída
Na multidão
Céu de origamis
    Luiz Alfredo Garcia-Roza

Neutralidade suspeita
A noite do professor
Transferência mortal
Um lugar entre os vivos
O manipulador
    Jean-Pierre Gattégno

Continental Op
Maldição em família
    Dashiell Hammett

O talentoso Ripley
Ripley subterrâneo
O jogo de Ripley
Ripley debaixo d'água
O garoto que seguiu Ripley
A chave de vidro
    Patricia Highsmith

Sala dos Homicídios
Morte no seminário
Uma certa justiça
Pecado original
A torre negra
Morte de um perito
O enigma de Sally
O farol
Mente assassina
Paciente particular
Crânio sob a pele
Mortalha para uma enfermeira
    P. D. James

Música fúnebre
    Morag Joss

*Sexta-feira o rabino acordou
tarde*
Sábado o rabino passou fome
*Domingo o rabino ficou em
casa*
Segunda-feira o rabino viajou
*O dia em que o rabino foi em-
bora*
Harry Kemelman

Um drink antes da guerra
Apelo às trevas
Sagrado
Gone, baby, gone
Sobre meninos e lobos
Paciente 67
Dança da chuva
Coronado
Dennis Lehane

Morte em terra estrangeira
Morte no Teatro La Fenice
Vestido para morrer
Morte e julgamento
Acqua alta
Enquanto eles dormiam
Donna Leon

A tragédia Blackwell
Ross Macdonald

É sempre noite
Léo Malet

Assassinos sem rosto
Os cães de Riga
A leoa branca
O homem que sorria
O guerreiro solitário
Henning Mankell

Os mares do Sul
O labirinto grego
O quinteto de Buenos Aires
O homem da minha vida
A Rosa de Alexandria
Milênio
O balneário
Manuel Vázquez Montalbán

O diabo vestia azul
Walter Mosley

Informações sobre a vítima
Vida pregressa
Joaquim Nogueira

Revolução difícil
Preto no branco
No inferno
George Pelecanos

Morte nos búzios
Reginaldo Prandi

Questão de sangue
Os ressucitados
O enigmista
Ian Rankin

*A morte também frequenta o
Paraíso*
Colóquio mortal
Lev Raphael

O clube filosófico dominical
Amigos, amantes, chocolate
Alexander McCall Smith

Serpente
A confraria do medo
A caixa vermelha
Cozinheiros demais
Milionários demais
Mulheres demais
Ser canalha
Aranhas de ouro
Clientes demais
A voz do morto
A segunda confissão
Rex Stout

Fuja logo e demore para voltar
O homem do avesso
O homem dos círculos azuis
Relíquias sagradas
Um lugar incerto
Fred Vargas

A noiva estava de preto
Casei-me com um morto
A dama fantasma
Janela indiscreta
Cornell Woolrich

ESTA OBRA FOI COMPOSTA PELO GRUPO DE CRIAÇÃO EM GARAMOND E
IMPRESSA PELA GEOGRÁFICA EM OFSETE SOBRE PAPEL PAPERFECT
DA SUZANO PAPEL E CELULOSE PARA A EDITORA SCHWARCZ
EM FEVEREIRO DE 2011